黄花沟之恋

智广俊 著

远方出版社

图书在版编目 (CIP) 数据

黄花沟之恋 / 智广俊著 . -- 呼和浩特 : 远方出版社，2019.2

ISBN 978-7-5555-1212-7

Ⅰ . ①黄… Ⅱ . ①智… Ⅲ . ①中篇小说 – 小说集 – 中国 – 当代 ②短篇小说 – 小说集 – 中国 – 当代 Ⅳ . ① I247.7

中国版本图书馆 CIP 数据核字 (2019) 第 025739 号

黄花沟之恋
HUANGHUA GOU ZHI LIAN

著　　者	智广俊
责任编辑	董美鲜　张利君
责任校对	莫　一
装帧设计	韩　芳
插页绘图	李颖峰
出版发行	远方出版社
社　　址	呼和浩特市乌兰察布东路 666 号　邮编 010010
电　　话	（0471）2236473 总编室　2236460 发行部
经　　销	新华书店
印　　刷	内蒙古爱信达教育印务有限责任公司
开　　本	170mm × 240mm　1/16
字　　数	270 千
印　　张	17.5
版　　次	2019 年 2 月第 1 版
印　　次	2019 年 4 月第 1 次印刷
印　　数	1—3000 册
标准书号	ISBN 978-7-5555-1212-7
定　　价	58.00 元

目 录

contents

情感伦理篇

人间世态篇

农村题材篇

小小说篇

情感伦理篇

黄花沟之恋

一

灵秀开着银灰色的捷达在车流中不断地鸣笛加速，一路超车，就像骑着马儿在草原上驰骋，得心应手，悠然自得，这个从山沟里出来的女子，已经完全融入城市的生活中了。

车在腾达大厦门前停下。灵秀下车进了大厦，从六楼电梯口出来，向前台的小李笑着打了声招呼，敲开李莎的办公室门进去。

李莎正在看报，扫了一眼灵秀，继续低头看报。灵秀走到办公桌前，甜甜地问候一声："李总好。"随后，从挎包里掏出资料夹站在一旁等候。李莎嘴里含糊地应答了一声，头也没抬，继续看报。好一阵才抬起头，她接过灵秀递过来的资料夹，既不说话，也不翻看资料，神情有些恍惚。灵秀好生奇怪，李总一向待人礼貌，做事专注，今天这是怎么了？灵秀的眼睛不由得瞅了一眼桌子上的报纸，心顿时狂跳了起来，天哪！报纸醒目的头条标题是：《大山深处的活愚公——山柱》，并配有一张满脸沧桑的庄稼老汉的相片，那是自己的父亲呀。

灵秀冲动地说："李总，我能借您的报纸看一下吗？"

面对李莎疑惑不解的目光，灵秀进一步解释说："报纸上登的是我的父亲。”

李莎大吃一惊，一下子站了起来，脱口而出道：“山柱是你爸？”

灵秀说：“是我爸。”

李莎把报纸递给灵秀，并让她在办公桌前的一个椅子上坐下，亲自泡了一杯茶递过来，然后说：“我刚看过报，你父亲真是了不起，在大山里植树造林三十多年，将万亩荒山变成了郁郁葱葱的森林。”

灵秀说：“您不知他吃了多大的苦，受了多大的罪，光铁镐、铁锹就磨损用坏了一百多把，他是用自己的汗水和血水种活了满坡的树。”

李莎说：“你的父亲不愧是一位劳动模范，我在读报道他的文章时，眼睛几次湿润。灵秀，我冒昧地请教一下，黄花沟是一个荒凉贫瘠的地方，方圆十几里没有一座学校，你的父亲是如何把你培养成大学生的？”

灵秀说：“李总，您真是了解我们山区，当年我们黄花沟村只有二十几户人家，小孩到山外学校念书要走十八里的山路。我是我的母亲教出来的，十二岁那年，我直接上了镇里的初中。”

李莎说：“哟，看来你的母亲是一个才女。你的父亲更是不可思议，一个山汉娶上了才女。”

灵秀说：“说来话长，我的父亲和我的母亲结合在一起，那真是不可思议的事。”

李莎站起来，重新给灵秀续水。灵秀赶紧站起来道谢。

李莎问：“你父母的婚姻一定很浪漫吧？”

灵秀说：“谈不上浪漫，那是苦难中结出的花朵。”

李莎说：“说出来听听。”

灵秀说：“我的母亲是四川农村人，她高中毕业已经考上了师范学校。她的表姑要去内蒙古跑一趟生意，让她陪同，说好挣了钱，给她五百元作为报酬。母亲为了筹学费，就跟她的表姑上路了，谁知她的表姑是一个人贩子，她把我母亲卖给内蒙古后山的一个老光棍当媳妇。母亲宁死不从，半夜从那个老光棍家跑了出来，跑进了大山里，慌乱中从悬崖上掉了下去，摔断了腿，昏死过去。父亲上山种树时，遇见并救了母亲。”

李莎笑着说：“你的父亲英雄救美，一并俘获了你母亲。”

灵秀说：“哪里的话，母亲在养伤期间，发现父亲人品好，并爱上了我的父亲，谁知，我父亲的心思不在她身上，他的心被一个下乡女知青勾走了，虽然那个女知青一走之后了无音讯，可我父亲就傻乎乎地苦恋苦等，直到有一个原来下乡的知青找到他，说那位女知青出国后遭遇车祸死了，并赠送给他一百万遗产，我的父亲才死了心。母亲也苦等了父亲两年。”

李莎流出了眼泪，灵秀惶然不知所措。

李莎平息了一下心情，说：“过几天，你带我去一趟你的老家黄花沟，好吗？”

灵秀说：“那当然好。李总，你怎么会想去大山里的黄花沟？”

李莎说：“我对那个地方熟悉，已经多年没有回去过了。”

二

灵秀开着越野车驶进了家乡的山沟，一条土路随着小河向前延伸，河水涨了，路就成了河床，河水退去了，车开过来，河床就成了路。一路上坑洼连着坑洼，车就像在浪尖上行走，颠簸不已，气得灵秀不断地发脾气。可李莎倒好，坐在副驾驶座上，虽然身体东摇西晃，却依然兴致勃勃地瞅着窗外，一脸兴奋。这让灵秀感到诧异，灵秀想，平时李总以高贵优雅的形象示人，有着泰山崩顶不动神色的神态，到了黄花沟竟然如此激动，她肯定与黄花沟有着不解的渊源故事。灵秀不敢打探李莎的内心世界，但她知道，李莎既然进了黄花沟，就会暴露她与黄花沟的秘密，她饶有兴致地期待着这个秘密浮出水面。

车开到龙鳞岩下，李莎示意灵秀把车停下。她走出车门，仰首望着龙鳞岩久久不语。

龙鳞岩十分壮观。一块又一块巨石生成的山脊像龙鳞一样从陡峭的山顶蜿蜒到了小河边，山体突兀断裂，巍峨的崖头宛如龙头高高扬起，雄霸河中，逼着河水转弯拐道，岩头下聚成一弯潭水，好一幅巨龙戏水图。

灵秀在一旁介绍道："李总，这是我们黄花沟里的第一景致——黄龙戏水。要不是藏在深山中，早成了旅游景点了。"

李莎微微一笑，说："三十多年前，我差点儿从龙鳞岩上跳下去了却生命。"

灵秀惊讶地张开嘴，半天合不拢。

三

时间回到一九七二年。

山沟坡上散落着几排黄泥矮屋，三四尺高的碎石墙圈成一个个院落，村西的两间房甚至连院墙也没有，孤零零地守在村头。山墙上用白粉写的标语"农业学大寨，大干促大变"，为荒凉的小村增添了一丝时代气息。

一个壮实的黑脸汉子挑着水桶从沟底爬起，来到西头的一间房前。房门开了，迎出来一位身材娇小、面容憔悴的女青年。

山柱挑水进了屋，把水倒进水缸。炕上孤零零地放着一卷行李，还有几本散乱的书。墙角立着一张小学的破课桌，桌上放着一个漱口缸，桌下有两层夹板，底层放着半袋面，上层摆放着碗筷刀具。墙上贴着一张知识青年下乡的宣传画。屋里很干净，但显得格外简陋、冷清。

跟进来的李莎慢声细语地说："山柱哥，我来挑吧。你已经帮助我们挑了三年水了，今后还是我来挑吧。"

山柱说："在山里哪有女人挑水的？原来你们三个人在时，我就帮你们挑水。如今陈菊和张芳她们被抽调回城了，就剩下你了，你再去挑水，我这不是欺负人吗？"

李莎说："我家庭出身不好，要经受更多的劳动锻炼。"

山柱说："这与劳动锻炼有啥关系，人与人之间相互帮助是应该的。"

李莎不作声了。

刚下乡时，几个女知青最愁的事情就是挑水。水井在沟底，女知青担水爬不上沟，两人抬一桶水吧，水桶晃荡起来，水会洒在后面人的身上，要多狼狈有多狼狈。有一次，李莎与张芳抬一桶水，水洒在张芳身上，张芳冲李莎发脾气，山柱站在沟沿上看着笑。张芳火了，爬上沟沿就骂山柱："山柱，你还是一个大男人吗？看女人的笑话！你这个贫下中农也真太无情无义了，对知青没有一点阶级感情。"

山柱红了脸，赶紧把水桶接过来，送到知青宿舍。陈菊热情地让山柱坐在炕边，李莎拿出两块糖块硬塞进山柱的上衣口袋里。山柱涨红了脸，鼻尖上冒出了汗珠，他早想帮这几个女知青的忙，就是不敢张口，借这个机会，就大方地说："以后我给你们挑水吧。"

张芳带头拍手叫好，还用手拍拍山柱的肩膀，说："这才是革命友谊，阶级感情。"李莎跟着说："我们可以给你洗衣服、织毛衣，咱们互相帮助。"

山柱帮她们挑了三年水。他的付出也得到了回报，女知青改善伙食时，就留他吃饭。她们每次从城里返回时，总会给山柱带点小礼物。女知青带来的书籍杂志，成了山柱的精神食粮。山柱很自然地融入这个女知青团体中，主动帮她们干点重活，参与她们的胡吹海聊，成了女知青小组的"编外成员"。当然，山柱和女知青之间是纯洁的友谊关系，没有牵涉丝毫男女感情的非分之想。

李莎是个谨慎的人，李菊、张芳被抽调回城后，就想到自己应该与山柱拉开一定的距离。一个孤女接受一个小伙子的帮助，别人会怎么想呢？山柱是个好人，但好人并不一定会成为自己所爱的人，李莎可没有在农村扎根的打算。李莎已向大队书记提出要去公社水库的工地劳动，公社从生产队抽调壮劳力修建水库，劳动强度大，社员谁也不愿意去，李莎看准的是水库工地集体安排吃住。

山柱问李莎："我刚听说，后天你就要去水库的工地上劳动？"

李莎低声回答："是。"

山柱说："知青集体户就剩下你一个人了，大队调你去水库工地，也是怕你孤单。水库工地的活儿重，自己干活儿时要悠着点，不要累坏了，身体可是革命的本钱呀。”

李莎说：“我一不怕苦二不怕死，就担心累死也洗白不了头上这顶出身不好的黑帽子。”

山柱说：“唉，党的政策是讲究成分，但不唯成分，重在自己表现嘛。全生产队里的人对你的评价都很高，大家都选你为模范社员了。”

李莎说：“可就我这个模范社员留在了队里，人家都被抽调回城了。”

山柱说：“放心吧，下次就轮到你了。我们这些返乡青年根本就没有进城的指望，难道我们就不活了？”

李莎苦笑着，这个山柱说话就是实在，是呀，农村有不少像山柱这样能干的好青年，一样窝在山沟里，城里人就一定高贵吗?

山柱又说：“到了公社，发现了好书可一定要捎回来，也让我沾点光，我特别想读林业方面的书。如果把村里前后的几座大山都种上了树，变成林海花果山，我看你也就不想回城市了。”

李莎笑着说：“别看你这人外表木讷，内心倒是很浪漫的。”

山柱说：“是人都应该有梦想。”

第二天一早，李莎背着行李包，右手提着放脸盆茶缸的网兜，左肩扛着铁锹，锹把握在左手里，走出了家门。山柱早早地在不远处等着，说：“我送你到山顶吧。”然后不由分说地从李莎身上抢过行李卷和铁锹，往前头走。

山柱家在知青宿舍上头，有一百多步的距离，两人刚走近山柱家院墙，山柱的老娘就从院里迎了出来，她枯瘦的手里握着两个煮熟的鸡蛋，对李莎说：“莎莎，大娘家的老母鸡昨天下了两个蛋，给你煮熟了吃，到水库工地劳动吃不好，苦又重，自己要懂得保护好自己。”

李莎赶过去扶住大娘，十分感动。这几年来，女知青们都把山柱娘当作干妈来对待，是山柱娘教会了她们做农家饭，腌咸菜，晒干野菜，教会她们在农村过日子的技能。老人家善良体贴，给了女知青们母亲般的温暖。李莎知道山柱孤儿寡母，生活艰难，老人养的三只母鸡，是家里的油盐罐，吃饭用咸盐，点灯用的煤油全靠老母鸡下蛋来换。她推托不要，老人不依，最后还是山柱接过来，冲前头走了。山柱把李莎送到山顶，水库工地就在下面的山沟岔里，下山路好走，山柱把行李卷和铁锹递给李莎，分手告别了。

山柱返回家，见老娘还站在路边瞭望。山柱娘对山柱说："莎莎真是一个好姑娘，可惜生在一个那样的家庭，真是命苦哟。"

山柱的心也毛躁了起来，很不好受。

下乡的女知青们为山柱了解山外的世界打开了一扇天窗，她们带来的见闻、带来的书籍，使山柱的心活泛了起来，有了改变生活的渴望。当然，山柱是个务实的庄稼汉，他从不指望能脱离农村到城市里去，下乡知青还愁返城不得，哪能轮得上自己一个返乡初中生去城市。他在琢磨如何改变自己所在的村子，改变自己贫困的家庭，找上一个与自己踏实过日子的山里妹子。那几个女知青走后，山柱的生活一下子就空虚了起来，他越来越爱胡思乱想，可就是找不到改变现状的路径，越来越苦闷烦躁。

机会说来就来了，县里举办植树造林技术培训班，大队选送山柱去学习。山柱通过十天的学习，眼界大开，收获很大。林业专家在会上讲，林科院最近引进并试验成功了一批林果新品种，在家乡大山里也可以栽种海红、小型苹果、杏树，甚至连葡萄也能种。山柱在与专家交流的过程中提问："黄花沟河滩地有杨树，但长得弯曲不顺不成材，种果树能行吗？"林业专家告诉他："黄花沟那地方，从气候角度来说，种新品种果树没有一点问题，只要有水源就行。从土质角度来说，灰腾梁更适合种松树，而不是杨树，成材的松树那可是值钱的好木料哟。"山柱听了极为兴奋，黄花沟山上有一个长流不息的山泉，筑坝把山泉水聚住，把山泉下面的山坡开垦成梯田，种果树、建果园，那是多好的事呀。家乡要想富，绿化荒山种果树，成了山柱新的梦想，新的奋斗目标。

山柱在林业技术培训班上草拟了一份组建黄花沟果园苗圃的报告，从县城返回直接来到大队部，正遇大队部开会，山柱就在会上向大队领导做了汇报。大队干部听了山柱的介绍，得知在山沟里也能种果树，极为兴奋，可就是担心能不能成功。山柱说："林业专家考虑到了大家的顾虑，特意组织我们到大青山示范果园参观了一次，我亲眼所见苹果树、杏树上挂满了果，我还悄悄地摘了一个苹果回来。”说完从衣服口袋里掏出一个核桃大的青果让大家看。大队干部都把这个青果蛋蛋传看了一遍，信心大增。黄花沟就属于大青山山脉，黄花沟离大青山果园也就是一百多公里，按说，那里能种果树，我们这里也一样能。山柱还说：“县里对建第一批社队果园无偿提供树苗，林业技术员还亲自来指导。”王支书是一个有魄力的人，工作处处爱争先，他说：“县里领导多次讲话提出建社队林场，迟建不如早建。”大队队委会一致通过组建黄花沟果园苗圃，从每个生产队抽调两三名劳力，组成专业队，队长就由山柱来担任。

大队部散了会，山柱在伙房草草地吃了口饭，就往水库工地住处走去，他有一个多月的时间没见李莎了。他担心李莎吃不消建水库的强体力劳动，想动员她再回黄花沟，一块儿建果园。

山柱在工房没有见到李莎，到处问人，大家都不知道李莎的去向，最后还是做饭的张婶说林队长追查一把钢钎的下落，可能李莎到工地找去了。林队长也不在，山柱心里不由得咯噔一下，就往工地上赶，半道上遇到林队长，山柱问起李莎，林队长支支吾吾地说不知道。山柱情知不妙，厉声喝道：“李莎有个三长两短，砸烂你的头。”他不顾林队长的解释，飞快地往水库的工地上跑去。

太阳已经落山了，天已经黑了下来。工地上空无一人，山柱隐隐约约看到有一个黑影往山顶移动，就拼命跑着去追。

山雨来了，风急雨骤。李莎在雨中踉跄着向前走去，漫无目标，不知不觉来到了龙鳞岩头，再往前走，生命就了结了。她坐在崖石上，好一顿痛哭，她骂林队长是个畜生，仗势欺人，这样的流氓恶棍，竟然还当着队长。天上的雷公电母，睁开你们的眼睛吧，咋能让林队长这种坏人猖狂！老天爷，你还有没有良心，就不给善良的人一条生路吗？她想起城里孤苦伶仃的妈妈，柔肠寸断。二十几年来，母女俩相依为命，艰难求生，我就要了却生命了，妈妈，原谅我这个不孝女儿吧，来世再报答您吧，女儿实在不想活了。苦难屈辱，我怕你了，我要从山崖上跳下去，摆脱了你的追逐纠缠！妈妈，来世再见吧！

就在这紧要关头，山柱跑上前去，一把抱住李莎，大声吼道：“李莎，你别糊涂！”

李莎挣扎不开，山柱背上李莎往家走。

李莎一路哭喊：“山柱，你救我干啥，你让我死去，你让我死去，死了就从苦难中解脱了！”

李莎醒来已经是第二天的上午，浑身虚脱无力，脑子一片混沌。山柱娘见李莎醒来，轻声呼唤：“莎莎，起来吃碗面就好了。”

李莎闭着眼睛不作声。老人用手轻轻地抚摸李莎的头发和脸庞。李莎不禁抱住老人的手，抽泣着说：“大娘，活着真没意思，我不想活了。”

山柱娘说：“瞎说，人活着谁没有个三灾六难，大娘活了六十多岁，啥没见过？黑云闪电过去就是大晴天，好日子还在后头哩。”

山柱娘扶着李莎坐起来。山柱赶快拉风匣烧火煮面，一眨眼的工夫，热气腾腾的一碗葱花面就端到李莎面前。一个多月没见，李莎憔悴了不少。

山柱说：“我去大队办事，顺便到水库工地的宿舍看看你。听说你去工地找钢钎去了，林队长那小子也不在，我就多了一个心眼儿，赶了过去。不见你的踪影，但看到远处有一个黑影向山上移动，情知不好，就追了过去，果真是你，他欺负你啦？”

李莎说：“那真是一个坏种。他在水库的工地上百般刁难我，想让我向他求情，我偏不。昨天晚上，他不怀好意，借口丢了一把钢钎，让我回工地找。他随后赶来，想欺负我。我与他拼命厮打，摆脱了他的纠缠，一口气往山上跑，我真的不想活了。”

山柱气愤地说：“我们去公社告他去，判他刑。”

山柱娘接过话头：“这种事，没让他占了便宜就好，不宜张扬，传出去不知能编排下个啥样，对莎莎的名声不好，这事今后就不要再提了。莎莎还是回队里来劳动吧。”

山柱说：“大队要在黄花沟建果园苗圃，任命我为队长，每个生产队抽两名社员过来，果园要建伙房，中午为远处来的社员做一顿饭，我去伙房住，你就跟我老娘做伴住吧。”

山柱娘夸奖儿子："我这个憨儿挺懂事的。"

李莎感激地说："妈，您是我的干妈。"

山柱娘笑得咧开嘴："哎，妈有福认下你这个干闺女。"

黄花沟西坡有前几年建起的一百多亩梯田，种庄稼收成无几又撂荒了，这撂荒的梯田正好建果园。梯田上头有股山泉，在河沟里筑一道石坝，把泉水聚起来引到果园浇果树。河沟下面受洪水冲击淤积出一片沙滩，计划建一道护堤坝，把沙滩改造成苗圃。这就是果园的近期规划，计划用一秋一冬的时间来完成，来年春季开始定植果树苗。

首先是整修梯田，在梯田里挖树坑。从各生产队抽来的社员，多是生产队队长不愿使用的刺儿头，很不好管理。

李莎在公社水库的工地干活时，那里的劳动管理方式是：每个大队编组劳动，公社干部和从大队抽调上来的队干部跟队监督，工地上设有监督台，公社领导在监督台上通过高音喇叭指挥劳动，发现哪个组的社员劳动松懈，就点名批评，带队干部就骂社员，要加紧干活。时不时拉出干活不积极的地富分子和他们的子女到监督台示众批判，杀鸡给猴看。哪个社员惹毛了领导，领导就宣布扣哪个组社员的劳动工分。一人偷懒，全组人跟着倒霉，那个偷懒的人要忍受全组人的埋怨。当然，表扬社员的时候也多，以突击加班的名义奖励工分的情况也有。领导不讲话时，就播放革命歌曲。工地上红旗招展，歌声嘹亮，一片喧嚣热闹的景象。

林队长对李莎不怀好意，首先给李莎来了一个下马威。林队长在劳动中分配给李莎一把洋镐。李莎小巧玲珑，天生力气弱，洋镐抡过头顶就颤抖，砸下来无力。林队长看见就加以呵斥。旁边有社员看不下去，自作主张用自己的铁锹换下李莎手中的洋镐。林队长训斥大家："李莎属于可教育好的子女，她要用劳动汗水洗掉资产阶级小姐的娇气，大家可要站稳阶级立场。"这让李莎颜面顿失，只能默默忍受。有一次，林队长主动参加劳动，与李莎一起抬筐运土石，中途，林队长挑逗李莎，说："资产阶级的小姐主动与贫下中农相结合，才有出路，我会帮助你的。"李莎心如槁木，一言不发。林队长发怒了，在后面发劲往前冲，或左右摇摆，弄得李莎在前面东倒西歪地站不稳脚，直到引起旁边的人驻足观看，林队长才收敛起来。工地上出现了大石块，需要放炮破碎，林队长就分配李莎掌钢钎。李莎看见大锤砸来，吓得心慌手抖，大锤打飞了。李莎瞅见林队长在一旁冷笑，正要发火，心一下子硬了起来，大不了把手掌砸烂，砸烂倒好了，省得受罪。她再拿起钢钎，稳稳地攥紧，眯起眼睛，接着一锤又一锤地飞来。她学会掌钢钎了。那天刚吃完晚饭，林队长说少了一把钢钎，让李莎去工地上找回来。李莎只好去工地找钢钎，随后林队长赶来，拦住李莎，图谋不轨。李莎奋力挣扎，甩开林队长的纠缠，向黄花沟的方向跑去。林队长害怕了，只好返回。后来，李莎遇到山柱相救，才没出事情。

山柱当了果园队长，他的管理方法不是大批促大干，强迫命令，动辄扣分那一套，他是自己带头劳动，掌握每天劳动的定额，松紧有度。他也把队员进行分组，二十四个人分成六组劳动，每个组包一道梯田挖树坑，整田埂。山柱所在的组社员挖几个树坑，别的组跟着挖几个。完工时，有的组落后，完不成树坑定额，山柱就主动带人帮他们干完才收工。山柱管理组员最高明的地方是，在劳动中途休息时，不组织念报纸，而是宣传种果树的好处，给大家讲果树种植技术。灰腾梁上有的人一辈子也没见过苹果是什么样子，山柱讲种果树的种种好处，把大家的兴趣想象都调动起来了。山柱承诺，从县上拿回来果树苗后，给每人分一株，栽在自家的院子里。他说城里的商店里一个苹果能卖到五毛钱，村里人干一天活挣来的钱，也买不来一个苹果。以后，家家院里的苹果树挂满了苹果，那是啥光景呀？山柱的话富有鼓舞性，又有人情味，吃苹果的念头激发出大家劳动的积极性，一百亩树坑没用两个月的工夫就挖好了。大队王支书陪着公社、县里的领导和技术员来到现场检查后，大为满意。副县长当场承诺，县苗圃的果树苗首先保证供给黄花沟果园。在泉水下面建坝聚水工程的水泥，县里也半价供给。山柱和大家感到无比兴奋和高兴，建成果园真有希望了。

李莎白天和山柱一起在果园干活，晚上和山柱娘住，生活安定平和，日子也过得舒心起来了，就是缺钱，日子过得紧巴巴的。山柱娘平时过日子，不要缺下咸盐就行了，早晚吃野菜糊糊煮山药蛋，中午吃莜面山药野菜囤囤，腌胡萝卜咸菜切成丝兑上水下饭，碗里能见到几点油花就很美了。山柱挣下的工分能把口粮领了回来，现金见不到一分，咸盐还是靠鸡蛋换回来的。李莎的母亲是一个小学老师，也是常年有病，李莎不想和妈妈拿钱。李莎心安定下来，就想法子弄钱来改善生活，为山柱娘买药。山柱娘病痛发作起来，只吃二分钱一片的索米痛片止疼药，她把索米痛片当成了万能的药了。李莎看着心疼。家庭养殖业是农户的一项重要收入。养羊成本高，见效慢，而且队里规定，一家只能养两只母羊，养活两只羊羔，其中的一只羊羔长大还要折价归生产队。鸡倒是还没限养，可谁家有余粮能多养鸡呢？李莎忽然想起一个相好的同学已被抽调回城，安排在畜牧科学院，从事动物饲养工作。同学来信说，畜牧科学院新引进一种叫作青紫蓝的良种兔，四五个月的时间就可以长到六七斤重，而本地家兔生长一年，体重才有二斤多，何不养几只良种兔来。兔子光吃草就能长大，而且繁殖率高，一月下一窝，这真是一个家庭养殖的好项目。李莎马上给同学去了一封信。没过二十天，有人捎话，让李莎去公社取兔子。原来县畜牧局张局长带人去畜牧科学院引良种畜，李莎同学托张局长给李莎带回一公一母两只成年兔子。张局长对李莎说，这种良种兔很紧俏，一对刚满月的小兔可以卖到十元钱，畜牧局还是靠李莎同学的帮忙，一并买回了五对种兔，所以他亲自给李莎送来了。李莎高兴极了，连连道谢。

果然，一个半月后，兔窝里出来了八只小兔，这可把李莎和山柱母子俩高兴坏了。张局长曾说过，县外贸公司计划出口兔肉，全县发展青紫蓝兔养殖，畜牧局建的种兔场，一对良种兔可卖到十元钱，四对兔子就是四十元钱，相当于社员半年的劳动收入。李莎养的出窝小兔子把全村人都吸引来了，大家纷纷提出要买李莎的兔子。李莎当场表态："半年内就可出三窝兔子，保证为每家提供一对兔子，价钱嘛，比县种兔场便宜一半，就按五元一对收，没钱的农户可以赊欠。但价钱不能再低了，因为，我们村要建成良种兔繁育中心，开头价格低了，将来对大家卖兔子不利。兔子养得越多越好卖，数量有保证，人家外贸公司才上门收购。"

养兔子、建果园使李莎意识到科学技术的价值，知识的重要，劳动的意义。

过去，李莎在队里劳动，只是出于一种下放锻炼的意识，劳动是被动的，只是为了给社员们留个好影响才咬牙努力干活，内心其实很排斥体力劳动，在思想深处也看不起农民，时时刻刻想早一日脱离农村的苦海。而养兔不光增加了自己的收入，改善了生活，也带领全村人找到了一条增加收入的路，这真是一件有意义的事呀。李莎为兔子拔草也不嫌枯燥了，不嫌累了。收工回家的路上，她与山柱一起割兔草，有说有笑，就像一家人似的，她也不在乎旁人对他俩的关系说三道四了。过去，她抱有宁愿一辈子不结婚，也绝不找一个农村人结婚，过农村生活的想法。如今，她甚至有过与山柱在一起生活的念头，当然这种念头只是一闪而过。山柱是一个好人，是个可以靠得住的实在人，但他并不是自己理想中的爱人，自己还是想回到城里生活，那里才是自己生活、工作的天地。

石坝已建成，山泉水缓缓地流进了果园，李莎拿着铁锹，引水灌满一个又一个树坑。后来天冷上冻结冰了，泉水结成的冰盖越积越大，只能等明年开春消冰再浇吧。李莎又到整修河坝、建苗圃的工地上与大家一起干活。队里寒冬腊月也不放假，下乡知青大多也不敢回家，在农村战天斗地好好表现，争取获得社队干部和群众的推荐，被抽调回城工作。

李莎今年的生活充实多了，心情也较往年愉快，主要原因是养兔子给她带来了乐趣，带来了可观的收入。她对养兔技术的钻研劲头很足，对兔子的生长情况有详细的记载，如体重的变化、何时配的种等等。她知道母兔何时产仔，用手摸摸兔子的肚子，就知道怀了几个崽子。天冷时，她让母兔把兔崽子下到纸烟箱里，放在热炕上，生怕冻死小兔，她把这一经验写成文章，竟然在省畜牧杂志上发表了，省知青办通报了李莎的这一科研成果。周围村子的社员在养兔中遇到了疾病方面的问题，也上门向李莎请教。畜牧局张局长还请李莎为驻党校的队干部讲了一堂养兔技术课，李莎成了一名远近闻名的农民技术员了。公社张书记甚至有了办公社养兔场的想法，找李莎谈了一次。李莎说养兔就像老大娘养母鸡一样，只适合家庭分散养殖。她可不愿意以集体经营的名义剥夺了社员致富的门路。

九九又一九，犁牛遍地走。山柱赶着马车去县城苗圃拉回来的果树苗，很快就栽种上了。二十天后，果树苗绽放新芽，竟然全部成活了。高成活率的原因是山柱他们帮助苗圃工人起的果苗，果苗质量好，拉回没几天就种了下去，栽种规范，浇水又及时。果园进入管理阶段，人员压缩成六人。本来李莎要回生产队或公社水库工地劳动，经山柱与大队王支书说情，破格把李莎留在了果园，公社大队经常抽调小队里的劳力，以后少抽黄花沟生产队的一个劳力就是了。

山柱领大家在苗圃地里种下了果树和松树种子，确保果树苗出土成了果园的头等大事。山柱和李莎把果树栽培类书上的内容几乎背了下来，严格按照书上的技术规程进行操作。可在实践中还是出现了新问题，在沙土地上种树苗，优点是土壤通透性好，缺点是土壤失水快，难以保持土壤湿润。山柱想多给树苗浇几次水，李莎提出不同意见，认为山区天冷，水浇多了，容易造成地温降低，种子容易霉烂。这真是一个难题呀，书本上也没有写明温度和湿度如何兼顾这个难题。李莎智商高，她只要专注地思考问题，往往会想出奇妙的办法。她提出在地里盖一层麦秸，就像给土地盖了一张薄被，既能保温又能保湿。说干就干，山柱带人从生产队场面上拉来几车麦秸撒在果苗地里，果然保持住了土壤表面的湿润度，又增加了温度。一个多月后，果树苗、松树苗齐刷刷地出土了，试种成功了。消息传到了县里，林业局王局长带领技术员前来观摩，对山柱大加表扬，说树苗的出苗率超过了县苗圃，农民技术员比专业技术员还专业，真是了不起。王局长对陪同观摩的公社、大队、小队三级干部说："你们别小看这十亩苗圃，树苗的产值比一个生产队的收入都高。"他看着干部们惊讶又怀疑的目光，进一步解释："一株果树苗起码可卖一元钱，一亩六千株就是六千元呀。我们县去年才成功育出松树苗、果树苗，物以稀为贵，树苗紧缺，你们用不了这么多树苗，我可以帮助你们调出去，卖个好价钱。"三级干部齐声应答，表示要留给自己用。王局长的算法真让大家大吃一惊，黄花沟生产队共有两千亩土地，一亩地常年产粮不过一百五十斤，全卖到粮站也只能得到三十元钱，全队农业收入最多也就是五六万元而已。干部们更支持果园苗圃的建设了。李莎心里按捺不住激动的心情，她看到了科学的力量，看到了知识的价值，体会到农村是个广阔天地，在那里是可以大有作为的意义。

李莎和山柱在劳动中有了共同的话语，有了共同的奋斗目标，生活中共吃一锅饭，空闲时间共同为兔子拔草，有了共同的家庭副业收入，两人有了一家人的感觉，李莎从心里开始喜欢上了山柱这个庄稼汉了。

果树苗已经长到齐腰高了，后年就要挂果了。李莎与山柱在果园里看着茁壮生长的果树，深感欣慰，有说有笑地畅想后年果园挂果的情景。

山柱说："果园收益好了，还可以再扩展四百亩，黄花沟能建成一个五百亩的大果园。明年继续扩大苗圃面积，育更多的松树苗，把黄花沟里的沟沟洼洼都种上果树，每座山头都栽满松树，到那时，黄花沟就成了森林花果园了，黄花沟里的人就过上了幸福美好的生活啦。"

李莎打趣他："山柱哥，你可真有愚公移山的精神呀，但是愚公还懂得光靠一代人不行，要寄托于子子孙孙挖山不止，才会实现他的理想。要不，我给你当愚婆吧，有了一代又一代的子孙，才有可能实现你的理想。"

山柱一下愣住了，李莎亲口说，要给他当愚公婆！

李莎见山柱一副愣怔傻样，娇羞一笑说："咋的，我配不上你吗？村里人早都把我看成你们家里的人了。"

山柱一脸庄重地说："李莎，我真心喜欢你，更敬重你，我在梦里已经多次梦到和你结了婚。但是，我不能找你。"

"为啥？"李莎感到十分意外，接着问："难道你怕我影响你的进步？"

山柱说："看你想到哪里啦，为了你，我就是刀山火海也敢闯，粉身碎骨也不惜，我是怕拖累了你。我是大山里的一株树、一根草，一辈子要扎根在这里。而你们下乡知识青年，只是刮来大山里的一朵云，根不在这里，迟早会飘走的。我不能把你拴在这里，将来你痛苦，我更痛苦。这就是命，人不能违抗命运的安排。"

李莎说："我们确实无法拒绝命运的安排，无法拒绝命运安排的生活环境，比如，哪个知青都不想下农村，但谁都抗拒不了下乡的命运。但是，我们可以适应环境，改善生存状态，寻找新的出路，苦中寻乐，苦中作乐，我们养兔种果树就是一种积极的生活态度。苦难中，我们俩人相濡以沫，抱团取暖，总比一个人孤单生存好吧？”

山柱苦笑着说：“你说得很对，但我总认为你有回城的那一天。再等两年，你真的没回城的希望了，我就找你。”

李莎说：“你要等我两年，耽误了找村里姑娘的机会，成了大龄青年，你这不是傻吗？”

山柱说：“为了你，我愿意做任何牺牲。”

李莎感动地流出了泪，说：“山柱，我早就看出你是个好人，但我原来认为，好人未必能成为人生伴侣。一年前，我不会说找你，因为，我向往城市生活，一天也不想待在农村。后来，通过我们建果园、养良种兔，我意识到依靠科技，用我们勤劳的双手在农村也可以过上好日子。贫瘠落后的农村也可以成为有志青年展现身手的广阔天地。更重要的是，我在苦难中体会到，虽然幸福生活需要一定的物质条件，但爱情是幸福生活的灵魂。我看中你追求新生活的大志向，不惧艰难拼搏奋斗的意志和勇气，以及你的善良、责任心，我和你在一起，心心相印，息息相通，就是没钱，我们也是幸福的，当然我相信凭我们的勤劳和智慧，今后的生活是会好起来的。”

山柱看着李莎动情的诉说，心狂跳，热血涌上头，满脸通红，浑身颤抖。他情不自禁地把李莎搂进了怀里，口里喃喃地说：“李莎，你真好。”

公社捎来话让山柱去一趟。

李莎和山柱娘在吃中午饭时，山柱满头大汗地推门进来了。李莎嗔怪：“接住天上掉下的馅饼啦，看把你高兴成个啥样？”

山柱说：“真是天大的喜事，公社给了我一张念林业大学的推荐表。”

“真的！”李莎扔下饭碗筷子，跳下了地。

山柱赶紧从黄帆布挎包里掏出推荐表，李莎接过表格看了一遍又一遍，高兴地说：“干妈，山柱真的要念大学啦。”

山柱娘高兴得合不拢嘴。

稍微平息了一会儿，李莎开始询问推荐的详细经过。山柱说：“公社分配来一个大学、五个中专名额，其中三个属于下乡知青指标，中专指标都分给其他大队啦，公社直接决定把大学指标给了我。”李莎的脸上流露出一丝失落的情绪，是呀，自己下乡已经六年了，何时才有出头的机会。

山柱看出李莎的失落，他得意地说：“我把念大学的指标让给你啦？”

李莎苦笑，说：“开什么玩笑，大学指标能够随便推让吗？”

山柱一本正经地说：“我对公社张书记说，果园现在离不开我，推荐李莎去念大学更合适。张书记说，大学那可是鲤鱼跳龙门的通行证呀，机遇难得，你能把指标让出来？我说，李莎会成为我的媳妇，我们将来是一家人，女的念了大学学到东西，给我们技术指导，我留在果园实干，这样分工多好。张书记真逗，他说，哼，人家进城念了大学，还会与你这个农民结婚？山柱你可要考虑好。我说这个就不用你担心了，我留在村里，保证把果园建设好。其实，张书记也是怕我走了，影响果园建设。黄花沟果园已经在县里挂了号，是公社的亮点工程。经我再三央求，张书记特地给县革委会的王主任打了电话，领导同意我把念大学的指标让给你啦。”

李莎一下子哭了，哭得泣不成声。她边哭边说：“山柱，你真是个傻子，你是放弃了自己的美好前程。我绝不会占用你念大学的指标，还是你去上大学吧。”

山柱急了，当即掏出钢笔，拿过表格写上李莎的名字，说：“这已是不能更改的事了。”

李莎哭得更厉害了，哽咽着说：“山柱，你的情我领了，不管将来有什么变化，我一定是你的媳妇，海枯石烂不变心，我与你共同去实现你的那个绿色梦。”

李莎扑到山柱的怀里，身体瘫软下来，不能自已。山柱抱住李莎，感到无比幸福。

李莎念大学临走的那个晚上，是在果园护林员草房与山柱一块度过的。她躺在山柱怀里，主动把自己的衣服褪了下来，她要与山柱真正地结合在一起，做山柱的媳妇，山崩海枯也不变心。

四

“李总，李总。”灵秀的叫声把李莎从往日的回忆中唤回，李莎回过神来看灵秀。灵秀笑着说：“李总，我们走吧，再转过山湾就到我家啦。”

李莎神思恍惚地上了车。灵秀开着车灵巧地转过山湾，满沟绿荫，左手边昔日果园里的累累红果压弯了枝头，果香飘进了车窗，沁人肺腑。放眼望去，青松布满山岗，林中小鸟欢叫，蓝天上苍鹰盘旋，哪里还有黄花沟荒凉的旧模样。小车爬上坡，开进一处砖瓦房院落。哦，这里应该是昔日的知青院子吧？

正房门开了，迎出来一个五十多岁的女人，走路有点儿不稳。她不胖不瘦，白净的面孔，周正的脸庞，细眉俊眼，没有农村大嫂臃肿的身材和沧桑的气色，就像深山里飞出的一只百灵鸟。哟，灵秀的母亲真有一股灵气风韵，山柱真有好妻命呀。随后跟出来一个高个子老头，弯着腰，迈着八字登山步，黑红脸上沟壑纵横，这难道就是山柱吗？对了，只有那种专注有神的眼神没变，他就是山柱。灵秀已经下车了，亲热地喊妈叫爸。她回过头一看，李莎还没下车，赶忙过来开车门，迎李莎下车。

灵秀的母亲过来与李莎握手，说：“欢迎李总来我们家，多次听灵秀说起您，谢谢您对她的关照。”

李莎客气地应和着，目光已经移到山柱身上。灵秀对李莎介绍：“这是我爸。”

山柱盯着李莎看，脸上呈现出惊讶迷惑的样子，陷入沉思中，步也不移动，也不往出伸手。这让灵秀感到很尴尬，她又大声说：“爸，这是我们李总。”

李莎开口道：“山柱，你好，我是李莎。”

山柱就像被电击了一样，声音变了调：“你，是莎莎？你、你、你还好意思见我，你不是出车祸死了吗？”

李莎气愤地说：“山柱，我没想到你会信口胡说！”

山柱喊道：“谁在胡说，你才胡说！与你一块知青下乡的张芳特意赶来告诉我的。并且拿来一百万，说是你赠我的遗产。你进了城变了心，说清楚分手就是了，何必编造这种谎言。”

李莎一下子明白了，是妈妈与张芳合谋拆散了自己与山柱的婚姻。她开口说：“山柱，我李莎是一个有情有义的人，忠于自己的诺言，我的心早跟你走了。灵秀知道，我至今未婚。”说完泪流满面。

山柱一家人一下子不知所措，齐呼：“啊！”

还是灵秀先回过神来，说：“李总，我们进屋再说吧。”

灵秀和母亲搀扶着李莎进屋。山柱垂头跟在后头。

灵秀的母亲陪着李莎坐在圆桌旁，灵秀在一边端茶倒水，山柱站在一边局促不安。

灵秀的母亲说：“大姐，苦了你啦，我们全家人对不起你。”说完流下了眼泪，灵秀、山柱也都哭了。

李莎说：“说到底，这个悲剧是我造成的，我没有掌握住自己的命运。我大学念了一年时，爸爸忽然从美国与我们取得联系，让我和我妈去美国团聚。匆忙间，我来不及回到黄花沟与山柱告别，只是写信说明了我出国的原因。”

山柱说：“我收到了你的来信。”

李莎继续说：“我爸病得很重，我和我妈伺候他，我一时离不开美国了。一年后我爸去世了。我是他唯一的女儿，外国人在美国继承财产的事很复杂，无奈，我加入了美国籍。我给山柱写了十二封信，都没有回音。”

山柱说：“我一封也没收到。”

李莎说：“等我把一切都办好，正要动身回国时，张芳也来了美国，到了我家，她来美国留学是我妈担保的。她说山柱已经结婚了。我不信，她拿出山柱的结婚照，还说她参加了婚礼。我大哭了一场，才死了回黄花沟的心。我妈我爸一直不同意我找山柱。”说完，从文件袋里取出一张发黄的照片，递给山柱。

山柱大骂：“这是谁在造孽，我根本不认识这个女的，也从没有照过这种相。”

灵秀接过照片一看，说：“这是合成的假照片呀。”

李莎接过照片细看，懊悔地说：“我冲昏了头脑，怎么就没想到这一层呢。我的命苦啊。”说完便号啕大哭起来。

灵秀安慰李莎：“李总，您别哭，今后这里就是您的家，我们全家人就是您的亲人。”

灵秀的母亲说：“大姐，你们的故事太感动人了。我情愿让位，让你们团聚。”

灵秀轻声喊一声“妈”，眼神里加以责怪。

山柱说：“你胡说什么，过去的事情已经过去了，河水哪能倒流。李莎，我对不起你。我们全家人当牛做马，想法子报答你。”

灵秀说：“你们都没有错，这是时代造成的悲剧。”

李莎拉着灵秀母亲的手说：“你的话让我感动，你真是一个善良的好人，为了自己所爱的男人什么都舍得付出。真爱，就是让心上的人好。看到你们一家人幸福地生活在一起，我从心里高兴，真心祝福你们全家。山柱是个好人，肯定是一个好丈夫。”

灵秀说：“我爸真是一个有责任的人，他自己吃多少苦都行，就不让我妈上山下地干活，几十年来我妈只是在家操劳家务，她真享福了。”

李莎说：“山柱真是一个男子汉大丈夫，说到做到，用三十多年的时间，将这片荒山秃岭变成风景秀美的森林，真是当代的愚公。我生命中与你这样的人有过交集，也是一种幸运。”

山柱说：“唉，说到底，没有你那一百万，也就没有如今的黄花沟森林，你的母亲虽然不赞成你找我，但她也是有情有义的老人。我听灵秀说，你创办的这家公司，在全国是称得上的一流企业。我真心为你高兴。”

李莎说：“我沿途看了黄花沟景致，真是旧貌换新颜，具备了创办一流旅游胜地的条件。我决定投资两亿，与你们一起荒山造林，开发旅游产业。我们不能成为一家人，但是可以一起创办事业。”

灵秀说：“那真是太好了，黄花沟沟深壁立，景观独特，上了沟是一望无际的辉腾锡勒草原，我们有信心将它打造成内蒙古的草原旅游胜地。”

李莎说：“好，我就任命你为新公司的经理，我们一起干吧。”

大家站在了一起，手握在了一起。

五

又是一年后。

李莎坐着灵秀开的车，行驶在新修的柏油路上，来到了黄花沟，在沟底的停车场停车，走下车。

黄花沟是一条大沟深沟，黄花沟村位于沟口，往里走，路越走越陡峭，两边悬崖峭壁，景色极佳。这里的崖石独具特色，是由巨大的卵石堆垒而成，卵石上布满了青、黄、褐、绿、红等各色苔花，不规则的卵石拼成天然的峭壁挂图，像动物构图，像一幅山水画挂毯，任你自由想象。泉水从石缝中挤出，汇聚成一条小溪，绕石跳崖，咕咕地欢叫着向前流去。白桦、山榆、山杨扎根崖石，树身扭曲，挂在峭壁上，山樱桃、胡枝子、柠条等灌木盘踞在山石中，顽强地扩展着各自的地盘。五彩缤纷的山花把大山深沟点缀得分外妖娆。当然，最为惹目的是黄花，明媚的花朵或挑旗撑伞或摇铃自盼，竞显风流，鲜艳的黄花艺压群芳，故起名为黄花沟。

李莎她们当年一到黄花沟，就被黄花沟的景观惊呆了，大家纷纷给家人、同学写信，说来到了神仙住的风景区。可时间一长，贫穷落后的生活消磨了人们的雅兴，大家开始咒骂这个穷山恶水的地方。李莎进城有了资产后，每每想到黄花沟，都有过投资开发黄花沟旅游资源的念头，但那里是自己人生的伤心之地，因此再没有回去过。如今梦想成真了，李莎故地重游，分外地高兴。攀山小道已经建起了台阶，险要处还建了栈道，灵秀把各处景观命了名，做成标识，刻在崖石上，或写在宣传牌上，工作起来很是专业，游人络绎不绝，欢声笑语不断。

两人走累了，坐在大石上歇脚，灵秀拿出一张稿纸递给李莎，说：“这是我写的一首《辉腾锡勒·黄花沟》歌词，请您过目，给予指正。”

李莎拿过一看，歌词写的是：

辉腾锡勒景色优
绚丽多彩披锦绣
蓝天白云绿草地
山花烂漫画中游
飞翼蓝天舒广袖
骑着马儿漫游走
牧歌悠扬飘天外
天堂草原乐悠悠
阿哈嗬
辉腾锡勒
乌兰察布的一颗明珠
花的海洋美的绿洲

辉腾锡勒黄花沟
峰回路转径通幽
巨石拼画挂山头
五彩斑斓似画轴
小溪欢快绕石流
鸟鸣鹰飞兔奔走
绿树满沟山花秀
明媚黄花最风流
啊哈嗬
黄花沟
蒙古高原一方乐土

美名传遍四海五洲

李莎看过哈哈一笑，说：“你的文采不错嘛，应该谱成曲传唱，这也是一种旅游品牌的宣传方式。”

灵秀说：“已经托一位作曲家谱出了曲，正要请您审查。”

李莎对灵秀的工作很满意。

两人起身，不一会就攀上了沟口，山顶是一望无际的辉腾锡勒草原，沟沿不远处，建有一组蒙古包，那是旅游接待处。李莎和灵秀来到了蒙古包前，几位穿着蒙古族服装的服务员对李莎和灵秀鞠躬致意，说：“经理好。”

灵秀介绍：“这是李董事长。”

姑娘们再次鞠躬，连声说：“董事长好，欢迎董事长视察工作。”山柱两口子闻讯快步走了出来，与李莎握手致意，请进蒙古包里。

李莎说：“还是先骑马过一把瘾吧。”

灵秀朝不远处的马群招一招手，马倌驱赶着马群如潮水般涌来。李莎、山柱和灵秀各挑了一匹骏马，翻身上马，飞驰而去。跑得人、马都出了一身汗，才收缰返回。

李莎高兴地说：“多年没骑马啦，跑一圈真是尽兴。山柱、灵秀，我们的事业已经起步，把植树造林、草原生态建设与旅游结合起来搞，前景一片看好。”

灵秀说：“我们正在一步一步实现您的构想。”

山柱说：“我们跟上李总走，总不会错的。”

李莎说：“我们好好干吧，广阔天地大有作为。”随手加鞭，马儿朝蒙古包的方向飞速驶去。

想爱也难

徐月琴躺在床上快九点钟才起来，虽然是重感冒，身上懒洋洋的，头闷沉沉的，但多年养成的生物钟习惯使然，六点半就醒了，再也睡不着了，可就是不想起床。起来该干啥？不知道，没目标。人一旦处于意志消沉、百无聊赖的状态，生活就会陷于一团混沌。

一个星期前，徐月琴还像一辆加满油的汽车在高速路上疾驰，当时她是县一中的校长，管理着两千多名师生。学校里千头万绪的工作，需要她来定夺处理；师生的思想动态，她要随时掌握。学校的事，无小事，稍有不慎，就会在社会上引起舆论反响。学校的高考升学率更牵扯着全县各界人的神经，升学率下降一个百分点，生源就会流失百分之五。市里的学校以优厚的待遇千方百计地想挖走好老师，作为县城的中学校长，徐月琴只能强打精神，以百倍的努力，来与市里的名校竞争。徐月琴每天绞尽脑汁，想尽办法改进教学质量，提高学生高考的升学率，稳定学校生源。但这一切，在上一个星期，戛然而止，她从校长的位置上意外地下岗了。

市里进行教育改革，推出民意测评选校长的重大改革措施。徐月琴对这项新措施是欢迎的，学校的人事制度应该引入竞争机制，应该听取群众的民主意见，公平公正地选拔出的校长，才会在学生和家长心中有公信力。但她绝没想到改革会改在她的头上，她太自信了。她在校长的职位上已经干了十六年。在她的主持下，县一中的教学成绩在全市县级中学中一直名列前茅，取得的各项荣誉不计其数。在学校里，徐月琴拥有师生信服的权威，其领导能力在全县社会各界、全市教育界都有口皆碑。然而，在改革年代，什么情况都可能发生。老师在校外给学生补课挣外快，已经成为一种社会常态，虽然政府多次下文禁止，但哪能禁止得了。校长们多数都是睁一眼闭一眼对待老师们的有偿补课行为。徐月琴有一股不怕得罪人的认真劲，县一中硬是刹住了这股歪风，确保了学校整体教学质量。但她也为此得罪了一批骨干教学老师。民意测评是在教师中进行的，当老师个人利益与学校整体利益处于不一致的情况下，有的老师更在乎个人利益，这样徐月琴就失去了一部分老师的支持，可她浑然不觉。而她的竞争对手却采取了行动。张元是副校长，比她年轻十五岁，为人圆滑，会来事，很有心计，能力也有，是她提名任的副校长。张元在平时的工作中对她是言听计从，但得罪人的事总是想办法往别人身上推，徐月琴就因为这一点对张元不满意。而在这次民意测评中，张元就凭老好人的人缘击败了徐月琴。当然，张元也采用了其他拉票手段，自从传出通过民意测评选校长的风声，张元就利用各种机会，使用各种手段，参加老师之间的聚餐娱乐等活动，在聚会中，他不动声色地拉拢了一部分老师。最后学校的民意测评出来了，张元的得票比徐月琴多出了三票。在县委政府主导研究一中校长人选时，本来可以忽略这三票的微小差距，但县委政府刚换届不久，县委王书记是从外地调来的，他的主政理念就是打破常规，不拘一格搞改革，结果张元就胜出了。

在宣布任命新校长的大会上，徐月琴对自己落选的结果颇感意外。但在会场上，她显示出大将风度，微笑着向张元表示了祝贺，随即发表了讲话，赞扬了张元的优点，检讨了自己工作的不足，对学校的将来给予热情的寄语祝福。台下有的老教师情不自禁地流出眼泪，但徐月琴的脸上却不动声色。

徐月琴下午就把办公室里的个人物品拉回了家。张元倒是出面阻止徐月琴腾办公室，说："办公室还给你保留着，学校今后的工作还得依仗你呢。"徐月琴能不识时务吗？

每个人都有退休回家的那一天，虽然自己离退休还有三年时间，但已经退居二线了，就该回家坐休，这也是县里官场上的惯例。徐月琴单身多年，习惯了工作就是生活的模式，一下子回到冷清的家，很不适应。看书吧，翻了几页就没了看下去的兴致。听音乐吧，一首歌没听完就心烦。看电视吧，换了几个频道播的都是肥皂剧，剧情编造得离谱，简直是侮辱人的智商。出去走一走吧，徐月琴总觉得人们看自己的眼光有点异样，有同情怜悯的，也有幸灾乐祸的，她不想出门看人的脸色。曾有同事朋友相邀去饭店一聚，席间，朋友们廉价的安慰，甚至还有人别有用心的挑拨，更让徐月琴反感，这种话传到张元和教育局领导的耳朵里，多没意思。徐月琴干脆闭门谢客了。远处广场上大妈们在跳广场舞，吸引了徐月琴的目光，这些大妈活得洒脱自在，真好，可是徐月琴却没有勇气走进这个队伍。家里连一个说话的伴儿都没有，难怪有人要养小猫小狗，那也是一种消遣解忧的方式。孤独、乏味、无聊像无边的黑暗笼罩了徐月琴的生活。

门铃响了，徐月琴麻木了，一时竟然没有反应，当门铃第二次响起的时候，徐月琴上前开了门。学校后勤大张笑眯眯地提了一个塑料袋站在门前。徐月琴赶紧让大张进了家。

大张是徐月琴的同学、同事，两人一同从师专毕业，一起分到县一中，只不过徐月琴当了校长，大张是后勤组的一个工作人员。大张也并非无能之辈，当年学习成绩与徐月琴不分伯仲。大张心灵手巧，会修理各种电器，为人又厚道，是全校老师家属的“忙来用”，谁家有事都喊他过来帮忙。大张长得也不算丑，身材高大，虽然皮肤粗糙黝黑，但男子汉的气概还是有的。大张时运不济，是因为他的妻子得了类风湿病，后来严重到不能下床的地步。大张照顾病妻幼儿，难免影响了工作，就从教学岗位上转到后勤部门了，至今只是个中级职称。学校分福利品，每位老师分得一包山西产的五谷杂粮，大张特意给徐月琴送来了。

徐月琴张罗着给大张沏茶，可水壶是空的，只好用电水壶现烧水。冰箱里的水果也只剩下一个苹果了，徐月琴没好意思拿出来。她从茶几下面的隔板上搜出一袋瓜子，请大张嗑瓜子。两人虽然熟得不能再熟了，但平时只是工作上的联系，很少拉家常，坐在沙发上唠嗑还是第一次。

大张说："现在世风日下，人越来越自私，就想个人得失，不讲公理道德，你为一中倾注了全部心血，才成就了一中名校的地位，可就因为你禁止了有些老师有偿补课的行为，断了人家的财路，自己反而落了一个下岗的结局。真是出师未捷身先死，长使英雄泪满襟。"

徐月琴一下子想起那天在宣布任命新校长的会上，她看到流泪的人群中就有大张，感激之情油然而生。她坦然地说："对得起天地良心，是我做人的准则，我当校长十六年，尽力而为，无怨无悔。由于个人能力有限，近年来，学校未能更上一层楼，大家想换一个更加有为的校长，也是情理之中的事。"

大张说："一中缺了你这个女强人掌舵，注定要走下坡路了。自私自利的人就像耗子，就懂得自个儿打洞，中饱私囊，而不顾大船的安危，这些自私的人抱团把你赶下台，他们能共同干成事吗？好看的事还在后头呢。"

徐月琴没想到大张会推心置腹地与自己谈，但她不接大张的话茬儿，多年官场历练养成的修养，她从不私下对领导人说三道四，以免传出去造成不良影响。徐月琴微微一笑说："死了张屠夫，不吃连毛猪。地球离了谁，都会一样转。未来的事不好说，让实践去检验吧，多说无益。船到码头车到站，我们谁都有退休回家的一天，正确面对才是。"

大张说："你能这样看问题，让我敬佩。过去的事就让它过去，还是从容面对现实吧。我看到你很少出门，闷在家里可不是个事。我知道你的性格，你是轻易不会再进学校的门了，可不锻炼身体不行，名利金钱都是身外之物，身体才是自己的本钱，联通公司的四楼建了一个乒乓球俱乐部，采用会员制形式，每月交八十元会费，当年你可夺过全校乒乓球冠军，你也报名参加吧。"

徐月琴说："这倒是一个不错的建议，会员里还有谁？"

大张说："我们学校张丽珍、李丽都在，我也是会员。"

徐月琴说："我可不想与你打球，扣过来的球势大力沉，接球就像接炮弹。你叫张丽珍早晨喊上我一块去。"

大张说："好吧。我能加你的微信号吗？"

徐月琴说："我不会玩微信。"

大张说："唉，当官不见得是好事，让人丧失了多少生活的乐趣。有了微信，就开辟了一个更为广阔的世界，你可要跟上时代潮流呀。我来帮你注册吧。"

徐月琴把手机递过去，大张熟练地捣鼓了一阵，为徐月琴选择了一个美女月下弹琴的图像，作为微信的头像。然后，拿出自己的手机给徐月琴发来第一条微信：月琴，你好，我是大张。大张的微信头像是一个黑熊。徐月琴在大张的指点下，回了一个握手的表情，开心地笑了。"徐校长"这个身份标识也应该退出了，一声月琴，又回到同学朋友之间。

大张起身告辞，徐月琴站起来相送。徐月琴刚关上门，手机就响了一声，是大张发来的微信，是大张在乒乓球馆打球的照片，附一行字：明早球馆见。

多年的校长身份，让徐月琴模糊了男女界限，但如今徐月琴要避免瓜田李下的嫌疑，大张的妻子已经去世两年了，单身男女在一起活动不合适。因此，徐月琴让张丽珍陪同去球馆。

微信可真是一个好东西，没有地域、时间的阻隔，不用担心对方在不在，有没有空，不用付出经济成本，就可实现信息交流，真正实现了海内存知己，天涯若比邻。而且用微信交流，避免了人们在日常交流中存在的某些尴尬、障碍，可以无拘无束、自由自在、随心所欲地表达。徐月琴很快地迷上了微信，这为坐休生活开辟了一方新天地。

给徐月琴发微信最勤的是大张，每天清晨六点半就准时发来问候信息，图像有时是一个喔喔叫的大公鸡，有时是犁牛下地，有时是号兵吹响起床号，有时是师生进校的场面，有时是短语：昨晚梦见好梦了吗？今天心情好吗？花样天天变。这让徐月琴感到亲切有趣。白天晚上更是不断转来精美散文、小小说，或者荤素段子逗人一乐。最让徐月琴忍俊不禁的是，大张在微信里晒他的厨艺成果，蒸的白面花卷，推的莜面窝窝，搓的莜面鱼鱼，烙的葱花饼，炒的菜，花样那就更多了，他会做各种川菜、京菜、地方家常菜。徐月琴没想到大张看似外表笨拙，手却是那样的巧，生活得很有情调。徐月琴过去忙于工作，在外面吃饭的时候多，自己做饭马马虎虎，填饱肚子就行了。现在有的是时间，徐月琴就不时地向大张请教做饭的技巧。大张乐此不疲地教。过去，徐月琴整天想的、讲的都是政治、教育、事业方面的事，如今也开始过起柴米油盐酱醋茶的平常生活，大张给她填补这方面的空缺。大张兴趣广泛，交友多，社会经验丰富，他不断用微信给徐月琴转发社会上的奇闻趣事，以及县里、学校里的一些社会新闻、小道消息。虽然徐月琴在微信群里加了五六十个好友，每天收到海量的信息，看也看不过来，但大张发来的每一条微信，徐月琴都看，这家伙就像自己肚子里的一条蛔虫，知道自己喜欢啥内容。后来，徐月琴警觉地发现，她与大张的微信交流，已经成为每天生活中的一项固定内容了，这可不好。要是在平时，徐月琴与人交往是很有分寸的，尤其是与男同志交往，但是微信的信息像风一样无孔不入，而且无形无色，无须遮人耳目，不知不觉两人已经到了难分难舍的地步，但谁也没有主动再往前走一步。

对于大张来说，从学生时代起，徐月琴就是他心目中的女神，对她无比崇拜，可又觉得高不可攀。徐月琴不表态，他绝不会唐突地表白。要在平时，大张连接近徐月琴的勇气都没有，好在有了微信，大张轻松地走进了徐月琴的世界。

对于徐月琴来说，这真是一道人生的难题。她这辈子早不想再续情缘，抱着独身主义的态度。她在爱情上栽过大跟头，在婚姻上吃够了苦头。她到一中教书，人长得漂亮，又能歌善舞，板书写得像书法作品，很快成了小镇里明星式的人物，追求她的男青年成排结队。结果她挑选了副县长家的公子，这小子也算是才貌双全，毕业于名牌大学，在县宣传部工作，已经是副科级了。谁知，她怀孕七个月的时候，丈夫出轨了，被女方的丈夫打断了腿，闹得满城风雨。徐月琴是一个刚烈之人，毅然决然地与丈夫离了婚。而她的丈夫为了不承担抚养孩子的责任，竟然和别人说徐月琴肚子里的孩子还不知是谁的这样的谎言。徐月琴不想与这个无情无义的男人纠缠，毅然独自把孩子培养成人，儿子大学毕业后留在省城工作。后来徐月琴全身心投入到工作事业中，从没有想到再找一个伴儿。其间，也不是没有追求者，但徐月琴从没有动过心。没想到坐休回家了，工作事业已经无从谈起，生活一下子没了准星，在浑浑噩噩中被大张拉进了微信群里，才又找回生活的乐趣。徐月琴对大张的心思一清二楚，但是与大张的友谊再往前发展一步，徐月琴想都不愿去想。大张是个好人，这不假，但他曾经是自己手下的一个唯唯诺诺的员工，能变身为自己的爱人吗？徐月琴心里一时接受不了。

徐月琴每天六点半就到乒乓球馆打球。球馆里有十张球台，常来的固定会员有十二位，都是些中老年人，球桌上不分职业身份，拼的是技术，锻炼的是身体，凝聚的是友谊，徐月琴很快融入其中。在学生时代，徐月琴就打得一手好乒乓球，后来工作忙，无暇顾及，老了重新拿起球拍，适应了一段时间，很快雄风再现，成为球馆里的乒乓好手。有一次，球友组织了一次不分男女的循环赛，徐月琴竟然力拔头筹，连大张也败在徐月琴的拍下。徐月琴与大张对垒，引来球友的阵阵喝彩，大张除了没有大力扣球外，使出了浑身解数，依然不敌徐月琴，这让徐月琴好不得意。不过，徐月琴自己心里清楚，大张还是让着自己，他一旦启动大力扣球绝技，自己无论如何是接不住他的球。男人懂得疼爱、谦让女人，才算是一个好男人。

人总是生活在一个个圈子里，徐月琴与乒乓球友结成的小圈子，成了徐月琴生活的新天地。球友们不光一起打球，还一起消遣娱乐、购物旅游，大家在一起谈天说地，无拘无束。郊游野炊时，大张主厨，他做出的美食让大家惊叹不已。张丽珍甚至夸张地说，回去要与老公离婚来找大张，就为了天天能吃上大张做的饭。逗得大家哈哈大笑。这是一种没有功利色彩的纯洁友谊。徐月琴与大张通过打球走得越来越近，两人自自然然地相处，快快乐乐地相聚在乒乓球馆里。

有一天，徐月琴接大张抛来的一个高球，不慎崴脚了，站都站不起来了。球友们赶紧送徐月琴到医院，下楼时，大张推开张丽珍搀扶徐月琴的手，掉过身子，背起徐月琴就往楼下走。徐月琴趴在大张宽厚的脊背上，好不感动。医院诊疗完了，又是大张背着徐月琴上楼，把她送回了家。

徐月琴一个星期内是下不了床了，女球友们决定轮流与徐月琴做伴。张丽珍使坏，说："大张，伺候徐月琴没有你这个男人的份，但给你一个立功赎罪的机会，你必须每天到徐月琴家给我们做饭吃。"大张自然乐意受罚，这可把女球友们乐坏了。男球友们心有不甘地说："这不公平，我们也要做贡献，我们买酒买肉，参加你们的聚餐。"结果，徐月琴在家养伤的一个星期里，成了球友欢乐的大聚会。球友们把自家的山珍海味拿了过来，大张在厨房里大显身手，他做的每一道菜都引起大家的欢呼。徐月琴家里从来没有这样热闹过，她也从来没有这样开心快乐过。

这天下午五点多钟，大张照例来到徐月琴的家，是徐月琴开的门，她已经能下地行走了。大张坐在沙发上等了一阵子，没有球友上门，心里狐疑，就给张丽珍打了一个电话。张丽珍说："我们都到李丽家吃请去了，你就给徐月琴一个人做饭吧。"大张有一点不好意思了，对徐月琴说："李丽请客，偏把我撂下了，张丽珍说，让我给你做饭。"

徐月琴说："我已经能行走了，麻烦了你们这么多天，我很是过意不去，今天由我来做吧。"

大张哪能让徐月琴做饭呢，结果，徐月琴搬个凳子，坐在旁边，看着大张做饭，与他唠嗑。大张做了两碟精致的小菜，两碗打卤面。徐月琴吃得很香，她忽然意识到，俩人相伴生活，相敬如宾，相濡以沫，人间烟火里才有爱情和幸福，她从心里开始接受大张了。

在大张收拾厨房碗筷时，徐月琴沏了一壶茶。两人坐在沙发上，品茶闲聊。这时，两人的手机同时响了一声，他俩拿起手机看微信，看后低着头，不出声。好半天，大张悄悄瞅了徐月琴一眼，怯怯地问："谁给你发来的微信？"徐月琴红着脸把自己的手机递过来，大张翻出页面看，猜得不错，果然是张丽珍发来的微信，与发到自己手机上的是同一条，上面写着：月琴、大张都是好人，衷心地祝福一对好人终成眷属。大张就问："月琴，你怎么看张丽珍这条短信？"徐月琴红着脸不作声。大张大胆地握住了徐月琴的手，徐月琴没有拒绝，大张得到了暗示鼓励，开始不老实了，手开始在徐月琴身上游走抚摸起来，徐月琴还是没有什么拒绝的意思。大张大喜过望，他抱起徐月琴，将徐月琴放到床上。徐月琴闭着眼睛，任由大张折腾。大张就像一头饿极了的狼，品尝了垂涎已久的猎物，心满意足。

徐月琴已经有一个星期没有洗澡了，大张说："我帮你洗个澡吧。"大张在浴盆里放好水，把徐月琴抱进了浴盆，他的手在徐月琴的身上抚摸揉搓，弄得徐月琴好不舒服。进了澡盆，徐月琴在水中无法淡定了，无法矜持了，她忍不住痒痒，说："大张，人们都说你是个老实人，谁知你表里不一，真是一个采花狂魔。"大张说，你是我的女神，能做你的护花使者是我最大的愿望，为了你，即使粉身碎骨我也心甘情愿，大张越发放肆起来了。

洗完澡，大张又把徐月琴放到床上，说："我给做一个按摩吧。"大张的妻子得的是类风湿病，为了给妻子治病，大张学会了一套按摩技艺。虽然城里到处开着按摩馆，但徐月琴从来没有进去过。大张为徐月琴做了全身按摩。徐月琴身心舒坦，体验了一场超级享受，心里十分惬意满足。

儿子忽然打来电话，说媳妇摔了一跤，有流产的征兆，让徐月琴赶快来。徐月琴当即给大张打电话，收拾了一下行装，在大张的护送下，慌慌张张赶上最近一趟火车，前往省城。

儿媳妇离预产期还有两个月。徐月琴进了家，见媳妇已经从医院里回来，正在家里静养。徐月琴才松了一口气，宽下心来。她尽心尽意地伺候儿媳妇，两个月后，媳妇生了一个大胖小子，对全家人来说是天大的欢喜。

大张每天还是六点半准时发来第一条问候微信，随后的微信信息像一群吉祥快乐的小天使，前前后后不约而来。大张发来的微信给了徐月琴生活上的指点，心灵上的慰藉。徐月琴遇到大大小小的事，都通过微信与大张商量请教。大张伺候病妻、抚养幼儿，积累下丰富的护理经验，他不时地指导徐月琴。儿媳妇是一个有生活品位的人，有时甚至有些刁钻，儿子洋洋起初担心徐月琴能否伺候好媳妇坐月子，后来看到媳妇李莉满意开心的笑容，婆媳之间亲密、和谐相处，儿子白白胖胖地健康成长，才放下心来。

孙子和和半岁多了，李莉已经上班了，徐月琴当保姆已经驾轻就熟，生活已经走上了正轨。徐月琴对大张的思念也与日俱增，徐月琴让大张来省城相会。

大张下午五点多找到了徐月琴儿子的家，他吃了一惊，原来这是一处别墅区，徐月琴的儿子一家住的房子很豪华，生活很有档次。大张一下子无名地紧张拘谨起来了，他虽然进门就拥抱亲吻了徐月琴，但有点不自然，心里头很不安。

洋洋和李莉下班回家后，见到大张这位客人，客客气气，冷冷淡淡。洋洋说："张老师，您好。"连声叔叔都不叫。李莉是个人精，她觉察出婆婆也许与这位张老师关系有点微妙，她瞧不起大张一身土气的样子，黑不溜秋，哪像一个中学老师。大张很是尴尬，徐月琴心里也不痛快。孙子有人照料，徐月琴进厨房做饭去了。大张很想帮忙，身子动了几下，但始终没敢起身。

洋洋与大张的儿子小明自小就是玩伴和同学，他对这位大张老师的底细清楚得很。张老师的生活一直很拮据，他只是学校的一个教学辅助人员，他想不明白，妈妈怎么会与一个平庸的人走得这么近。洋洋是一个有教养的人，他问有关小明的情况，打听一些熟人，没话找话地应和着。

徐月琴早已做了精心的准备，从超市买回了很多熟食，很快便张罗了一桌饭菜，还打开了一瓶进口红酒。可惜，除了徐月琴自己，其他三个人都没有喝酒的兴致，一顿饭下来，只有徐月琴的酒杯干了。放下筷子后，大张就赶紧告辞，本来徐月琴想留大张在家中住，家里有客房，看情形，连自己都不能说出口。她心里不痛快，毅然站起来对儿子和儿媳妇说："你们收拾一下厨房吧，我送一下张老师。"也不顾大张的再三劝阻，不看儿子、儿媳妇的脸色，率先走出了家门。

别墅区附近没有旅馆，两人走了将近三公里才找到一家旅馆，进了房间，徐月琴抱住大张就哭了，大张心里头也是很酸楚。两人互相安慰，互相鼓励，说不完的话，最后还是宽衣解带，一起上床了，但两人心情都不好，环境又不安全，做贼似的，鬼鬼祟祟、勉勉强强草率了事，兴致全无。

徐月琴从旅馆出来，街上已经是灯火辉煌了，走到大门口看到儿子在马路边心神不宁地走来走去，很不好意思。

儿子阴沉着脸，说："李莉让我来照应您，她说怕你被联防队员抓起来，丢人现眼。妈，我真想不到您会这样。"

徐月琴一下子火了，儿子从小就听话，从来不敢顶嘴，怎么能这样对待自己。徐月琴说："我丢啥人啦？老人就不能有一个黄昏恋吗？你妈二十几岁就离了婚，这么多年苦过来了，老了回到家，连一个说话的人都没有，遇到一个知心的人，就不能再找一个老伴吗？难道你妈就该受苦受罪，当牛做马？我上辈子造了什么孽，这样来惩罚我。"徐月琴哭了。

洋洋从来没想到妈妈会再婚，他已经习惯了妈妈是一个单身女强人了。妈妈的话让他心里有所震动，也是，换位去思考，妈妈这一辈子表面上风光，但失去了正常的家庭生活，这种苦楚谁能体谅理解。

两人默默往回走，走了一段，洋洋又说："您已经是快六十岁的人了，孙子都有了，咱们家在城里也算是进入了中上阶层，我们一家人生活在一起多幸福。如果您觉得有必要再组建一个家庭，我也不反对，但我明确反对您找张老师，我觉得他配不上您，我有责任为您的将来着想。"

徐月琴说："张老师有什么不好？他的人品有口皆碑，只不过命运有点不济，家里穷了一点，本人长得丑了一点，但他会关心我，会照顾我，对我无比的好，这就足够了。"洋洋是一个聪明的人，知道了妈妈已经与张老师陷得很深了，妈妈的性格是说一不二，他只能沉默了。

与儿子一家一起安度晚年，徐月琴也想过，但这不是自己想要的生活。儿子是孝顺的，孙子是可爱的，但儿媳妇却不是好对付的。李莉是知书明理，但她骨子里有着女皇意识，本质上是个女强人。洋洋崇拜她，对她爱得很深，她也爱着洋洋，但这种爱是不平等的。当然，家庭中女强男弱，妻管严是社会上常见的现象，这种家庭模式也不能说不好，而且是一种稳定的婚姻模式。丈夫和儿子是李莉的幸福所在，李莉也不嫌洋洋不如自己有本事，她就喜欢男人仰视自己，这样男人才会对自己无保留地爱。她也给予了洋洋足够的尊重，人前给足了洋洋面子。李莉挣钱比儿子多得多，家庭经济很优裕，徐月琴对洋洋今后的生活大可放心。可自己就不行了，因为自己也是一个女强人，一山不容二虎的道理她是懂得的，与儿子一家保持着一定的距离，才会你好我好大家都好。

回到家里，李莉见洋洋一脸沮丧的样子，已经知道了结果，脸冷了下来，没与徐月琴说一句话。徐月琴冷着脸，不出一声，连孙子也不去照看了，回到自己屋里，蒙头大哭。

微信开通了视频功能后，徐月琴与大张每天晚上都要视频聊一会儿，满满的关心，浓浓的情义。爱情真是不可代替的，大张懂她、疼她、会照顾她，两人有说不完的话，尤其那种肌肤之亲，无可替代，那种感觉美妙难言。徐月琴本来是一个性冷淡之人，可自从和大张在一起后，才感觉男欢女爱真好。儿子与自己有着天然的亲情，但母子之情代替不了夫妻之情，那是一种相濡以沫、磁与铁的感情。唐诗曰：“两情若是久长时，又岂在朝朝暮暮。”虽然徐月琴与大张两地分居，但借助微信的联系，两人的感情不受时空阻隔，相思相恋之情与日俱增。

孙儿和和已经过了一岁生日了，小家伙聪明伶俐，活泼好动，模仿力强，是全家人的开心果。徐月琴独自抚养儿子的时候，家庭经济条件有限，工作又忙，往往力不从心。如今，自己专职照看和和，充分发挥了老师耐心细致、诲人不倦的特长，她把孙儿向神童方向培养。儿子和儿媳妇不断地买来各种玩具、幼儿画图，儿媳妇更是精心选买了好几本国内外婴儿教育方面的专著。徐月琴翻阅后感叹不已，幼儿教育真是一门博大精深的科学，学也学不完。当老师时，徐月琴曾被评为省级名师，后来更是名校的校长，能力没的说。和和出生以来，在徐月琴的精心照料下，连发烧感冒也很少发生，从来没有去医院看过病。孙儿智商、情商开发的更是非同凡响，他刚会说话，就掌握了不少词汇，能够辨识物体的红白蓝黑，长圆大小，更懂得怎样讨人喜欢。每到周末，儿媳妇就要抱着和和去参加各种母幼亲子互动培训班，在幼儿爬走等游戏比赛中，和和每次都是第一。他在知识领悟和记忆力方面更有出众的表现，多位幼教老师都夸和和是一个天才。有人向李莉请教育儿经验，李莉得意地说：“我婆婆是名师，也是名校的校长，孩子的教育主要靠奶奶去管。”让其他家长羡慕不已。徐月琴和儿媳妇之间也相处得很和谐。李莉也曾提出建议，请一个保姆或者小时工来帮徐月琴，被徐月琴拒绝了，她说：“我当班主任时，班里有六十多名学生，当校长时管理着两千多师生，我管理过那么多的人，都干得很好，还照看不了一个孙儿？”李莉对徐月琴是真心佩服了。李莉每天上班前为徐月琴做好中午饭，徐月琴用微波炉热一下，将就着用餐。

大张到省城出差，办完事多待了一天，来找徐月琴相会。徐月琴抱着和和开了门，虽然两人相见时激情如火，但在孩子面前也不能放肆，面对面规规矩矩地说话，大张只是从下面悄悄伸过手掐了一把徐月琴的屁股。中午时，大张到厨房做饭，徐月琴抱着孩子，一边看大张做饭，一边聊天。大张做的饭，当然香极了，三个人吃得津津有味。饭后，和和午休睡了，徐月琴把和和放到里屋的床上休息。徐月琴安顿好和和刚走出卧室的门，大张就迎过来，他迫不及待地抱住徐月琴亲热。和和这孩子睡觉轻，睡梦中感觉有点异常，爬起来要找奶奶，一下子跌在床下，大哭起来。徐月琴和大张吓坏了，进屋抱起和和，和和头上鼓起一个包。这下可闯祸了，徐月琴涕泪俱下，手足无措。大张安慰道："木地板，没事，别怕。"徐月琴能不怕吗？她用手机给李莉打了一个电话，又嘱咐大张快走。

李莉开车飞速回到家，拉上徐月琴与和和赶到医院，挂了急诊科。是一位中年女大夫接诊，检查完，医生笑一笑说："没啥事，抹点药膏就行了。"开了一张处方，处方上写着一支药膏，一支破伤风疫苗针剂，一次伤口清洗，连包扎都不用。李莉爱子心切，气急攻心，说话没了分寸，说："您不能这样不负责任，草率行事，应该做CT检查才能确诊吧？"大夫笑一笑说："钱多也不是这么一个花法。CT有辐射，对身体有伤害，你要冷静。"徐月琴已经冷静了下来，有点后悔自己小题大做，打电话叫李莉回来。哪个孩子没经历过磕磕碰碰呢？她说："李莉，我们应该听大夫的话。"李莉厉声说："闭嘴，你干的好事，和和有个啥事，我与你没完。"徐月琴脸色刷白，一句话都说不出口。还是和和懂事，他用小手摸着李莉的脸，说："妈妈，我不疼了，要回家。"洋洋也从单位赶到医院，男人还是有点肚量，看儿子没啥大事，好歹劝媳妇回了家。

从医院回家后，和和已经有说有笑了，李莉这才稍稍放下心来。她进了厨房，一下发现了问题，于是便火冒三丈，冲出厨房，向徐月琴大声咆哮道："那个黑大汉是不是又登门了？"见徐月琴面色如灰，李莉火气更大了："你六十多岁的人了，怎么能这样。"徐月琴掩面而逃，回到自己房间号啕大哭。洋洋一边张口结舌，呆若木鸡。

下午，李莉就从家政公司雇来一位保姆。

第二天是个星期天，早晨起来，和和头上的包已经消失了，真是虚惊一场。李莉也为昨天的过火行为有点后悔，但是她属于那种不会轻易道歉的人，更何况，婆婆私会情人，没有尽心照看和和，这是不可原谅的错误，李莉不打算向徐月琴道歉。

徐月琴从来没有遇到这样难堪的事，儿媳妇的羞辱让她无法忍受。保姆已经雇来了，自己回老家去吧，上一辈子不管下一辈子的事，自己又不用你们来养老，我们各过各的生活好了。她把随身的东西简单地收拾了一下，早晨连早点都没吃，提上包走出卧室，对儿子和儿媳妇说："妈要回老家，你们自己好好照顾自己吧。"

李莉一愣，她虽然对婆婆的动向有所察觉，但想不到婆婆如此果断。她才不会放走婆婆。婆婆是一个教育专家，和和的成才离不开婆婆。她开口对洋洋说："徐洋洋，你也跟着走吧。房子和车是我花钱买的，结婚时，你拿来十万元，我给你六十万，按道理，夫妻共同生活期间的收入，两人平分才对。但是，我要独自抚养和和，所以只能给你这么多了，我这就去银行取款，然后我们去民政局办理离婚手续，你们就可以走了。"说完，站起来就往出走，洋洋伸手去拉，李莉一把甩开，摔门走了。洋洋坐在地上就开始哭了，和和也跑过来，抱住爸爸哭，一家三代都哭成了泪人。

儿子找李莉确实是攀上了高枝，就像癞蛤蟆傍上了白天鹅。儿子研究生毕业考进了这家公司，主考官就是李莉。在公司里，儿子与李莉差着三四个台阶，不在一个档次上。世上的事总有例外。李莉曾经与一个官二代处过对象，已经同居了，可这位官二代又有了新欢，把李莉无情地抛弃了。李莉是那种聪明有主见的主儿，她已经看透了情场红尘，男人有钱了，也就容易变坏了，与富家子弟在一起，能够白头到老的，真是凤毛麟角，输不起的往往是女人。踏踏实实过日子才是女人最大的幸福，与其追官宦富豪子弟还不如自己选一个寒门贵子实在。洋洋相貌堂堂，老实本分，性格温和，没有不良嗜好，只是家境差一点而已。李莉对洋洋有好感，几次出差还带上洋洋，有意考察，她发现洋洋做事严谨，靠得住，还很有善心，是一个有情有义的人，作为公司人事部门的主管，她看人是错不了的。有一次，她出差单独带上洋洋，办完公事，顺便到一处风景区游玩，一路上两人聊得很开心，洋洋知识面很广，见识不凡，原来只是处世低调而已，这正是李莉喜欢的好男人类型。李莉就向洋洋表白了心迹，洋洋受宠若惊。李莉是公司里明星式的人物，才貌双全，十分能干，尤其口才了得，公司的大型活动都由她来主持，她大学毕业进了公司，一年一个台阶，如今是公司里的人事主管，工作能力之强让他们这些硕士生都为之敬服。洋洋觉得自己配不上李莉，也不敢接受。李莉向洋洋坦白，自己比洋洋大三岁，曾经处过一个富家子弟，被抛弃了，所以想选一个可以托付终身的人，自己对男方的要求只有一条，家里的大事要由她来做主。洋洋说："妻管严是社会上幸福家庭的常见模式，你是一个通情达理的人，是我心目中的女皇，能找上你，我是祖宗八代积下的德，只要你不要看不起我，不嫌我没本事就行。"于是两人走到了一起，婚后洋洋从不与李莉争辩，李莉在家里也收敛起锋芒，她上得厅堂下得厨房，常以小女人的姿态取悦洋洋。他们的家庭生活也十分和谐和睦，两人别说吵架，连脸都没有红过。有了儿子后，两人更是恩爱无比，幸福满满。

洋洋离不开李莉，而徐月琴也离不开儿子和孙子，她只能在儿媳妇面前低下头。保姆也没有辞退，本来李莉早就说过，要请一个保姆，作为徐月琴的帮手，只是徐月琴不用罢了。现在有了保姆，徐月琴省下做家务活儿的时间，集中精力教育培养和和。

一晃和和已经三岁了，秋季开学就要进入幼儿园了，李莉到旅行社订了全家到东南亚旅游度假的合同。洋洋兴冲冲地向妈妈汇报，可被徐月琴一口拒绝了，她说要回一趟老家。李莉对婆婆三年多的所作所为看在眼里，她很感激婆婆对儿子的培养教育，这真是花多少钱都换不来的，为了报答犒劳婆婆，才筹划了这次出国旅游。李莉过来也劝说道："妈，和和就要上幼儿园了，您为他的成长付出了很多，我这次安排全家人出国游，主要是为了您。以后您年岁大了，出国就不方便了，这次旅游费用每人四万多呢，已经付给旅行社了，您还是让我们尽一次孝心，一起走吧，全家人在一起玩多开心。"可是徐月琴不为所动。无奈，儿子和儿媳妇只好带着和和走了。

徐月琴送儿子一家到了飞机场，目送他们走进登机候车室。她在返回地铁站的途中，给大张打电话，让他请半个月的假，一起出去旅游。

大张当天下午五点半就赶到省城洋洋的家，徐月琴已经准备好一桌丰盛的晚餐，还打开一瓶茅台酒招待大张。保姆已经放假回家去了。两人入桌，吃饭，徐月琴端起酒杯，深情地对大张说："这三年让你受了好多煎熬，如今孙子就要上学了，我已经完成了历史任务，我们要规划安排一下自己的新生活。为了我们的爱情，为了我们婚姻的幸福，干杯！"两人碰杯后，徐月琴端起酒杯一仰而尽，大张手哆嗦着也把酒杯里的酒干了，他望着徐月琴脸上泛起的桃红，激动地说："月琴，你是我的最爱，我要尽心尽意伺候你一辈子。"徐月琴说："大张，这你就说得不对了。夫妻之间是平等的，你敬我爱才对，不能是谁伺候谁，而是要相互体贴、相互爱戴，共同享受夕阳红生活。在家这三天里，由我来照顾你，我扮作旧时候的丫鬟，满足你的任何要求，让你检验一下你这个老婆合格不合格。"大张开心极了，说："那我就行使老爷的威风了，你噙一口酒来喂我。"徐月琴真的喝了一口酒，口对口喂到大张嘴里。大张叼住徐月琴的嘴唇，双手捧着她的脸，连饭也没心思吃了。

徐月琴和大张在家过了三天自由自在的销魂生活，第四天结伴到南方旅游去了。

二十天后，儿子一家从国外回来，和和拿来一摞照片让徐月琴看。徐月琴也拿出一本自己与大张旅游的相册让和和看。和和这个机灵鬼翻看了几张，就发现了新情况，拿上相册就找妈妈。客厅里好一会儿没动静，徐月琴有点沉不住气了，拿起水杯走出卧室门，佯装到客厅去打水。她看见李莉与洋洋头碰头地翻看相册，和和也挤在一起看。李莉抬起头，笑着说："妈，您这是焕发第二春了，相照得真好。"徐月琴悬着的心终于落下了，儿媳妇厉害是厉害，但她是一个知书明理的人。

过了三天，洋洋来到徐月琴的卧室说："我和李莉尊重您的意见，您想找张老师，您要觉得合适，那就找吧，我们不反对。只是李莉说，建议您和张老师把老家的房卖了，来城里靠近我们小区的地方买套楼房，搬过来住吧，一来，和和家庭教育辅导还离不开您，二来，将来你们老了，我们就近也好照应。如果买房子钱不够，我们也可以赞助点。"儿子、儿媳妇多么通情达理呀，徐月琴感动地流下了眼泪。

当晚睡下后，徐月琴照例用微信视频与大张聊天，她兴奋地把这一消息告诉大张。谁知大张没一点儿笑意。这是怎么啦，徐月琴连声追问。大张先哭了，他哽咽着说："儿子打来电话，说孩子快两岁了，媳妇就要出去上班挣钱，让我把老家的房子卖了，去照看孙子。"徐月琴的心一下子跌到冰窟里了，我的命咋就这样的苦，孤身过了多半辈子，现在爱上了一个人，后半辈子想有一个老伴儿，可是一路坎坷，风波一波接一波。大张的儿子可不像自己的儿子那么孝顺，他从小就蛮横，娶了一个媳妇更是霸道。他在城里买的房，由大张每月支付房贷，大张每月只有不到一千元的生活费，日子过得紧巴巴，这不，还要榨干大张的最后一点油水，真是没有人性，这可咋办呢，徐月琴泪水长流，大张更是哭出了声。

爱的嬗变

一

曹敏华走进校长办公室，刘校长笑眯眯地站起来招呼，找暖瓶倒水沏茶。曹敏华抢先一步，扶刘校长坐回原位，连连说："不敢当，自己来。"刘校长说："你是学校的大功臣，老夫理该犒劳你。"曹敏华谦虚地回应道："还是校长领导有方，大家共同努力的结果。我初上讲台，没有刘校长和各位前辈老师的帮助，恐怕连弓都拉不开。"刘校长感叹道："初出茅庐，就攻关拔寨，后生可畏。"

前年，新来的张县长锐意改革，在全县教育领域推行竞争机制，教育经费跟着招收学生的人数变动，学校招收的学生多，财政拨款就多。同时，老师的工资直接与教学绩效挂钩，升学率高，奖金就多。红旗镇中学的高考升学率突飞猛进，本科上线生占了全县本科上线总量的一半还多。招新生时，高分考生自然涌向了这个学校，而县一中这个老牌中学受到了强有力的冲击。刘校长意识到，不采取断然改革措施，学校有办不下去的危险，于是大胆启用了一批有实力的中青年教师，放在重要的教学岗位上。曹敏华是刘校长亲自教出来的学生，他知道这个学生的能力。当曹敏华大学毕业分配回母校时，刘校长就力排众议让初登讲台的曹敏华带了五个高三班的政治课，结果高考成绩出来，县一中考生政治科目的分数在全盟排名第二。由于政治科目分数的突飞猛进，县一中今年的高考升学率有了大的提升，引来社会上一片叫好声，也让刘校长扬眉吐气。他是太喜欢曹敏华这个昔日的学生，如今学校得力的教师了。

刘校长叫来曹敏华是征求他对学校今后工作的意见。曹敏华直言不讳地说："今年的高考成绩出来，我校考生的成绩比去年有大的提高，但与红旗镇中学相比，还有较大的差距。人往高处走，水往低处流，是事物发展的常态。今年我们在教学上有了新的起色，只能算初步遏制住生源流失的滑坡状态，容不得有丝毫的懈怠。"刘校长说："是呀，兵败如山倒，挽倾倒之山比冲锋陷阵还难，眼下好歹总算立住了阵脚，你对学校今后的发展有何高见？"曹敏华说："当务之急，就是改善学校的教学环境，提高老师的待遇，凝聚人心。"文革"以来，我校就没有搞过大的修建，教室还是五六十年代的平房，仪器设备也没有增添多少，这都影响教学质量的提高和学校的社会声誉。"刘校长说："你说得很对，解决办法可以归纳成一个'钱'字，如何争取教育经费的多投入就成了天大的问题。唉，你是知道的，张县长是个改革激进派，他只爱鲜花，不喜眼泪，推行教育经费拨款向教育质量好的学校倾斜，说是奖优罚劣，竞争淘汰。红旗镇中学只是一个乡镇办的中学，竟然比我们一中这个全县排行老人的学校的财政拨款还多，教学成绩上不去，别说多争取经费投入，少扣点款都办不到。经过全校师生这一年的奋斗，学校总算有了起色，今后向政府要钱的腰杆子硬了，我会尽力去争取的。但是，光靠我一己之力，还是不行的，要动员学校的一切可用资源，积极向社会各方面争取捐资办学经费，向上级多渠道争取教育投资，曹老师你也要尽力呀！"曹敏华苦笑着说："我让'钱'这座大山压得一直难抬头，平生最恨的就是钱，最缺的就是钱，最愁的就是挣不来钱，钱就像我想找的媳妇，还不知道外母娘为我生下来了没有。"刘校长笑着说："不要妄自菲薄，才与财是连同的，人有才将来就有发财的可能，若干年后，你也许捐得起建一座学校的钱，眼下你就有一个能帮助学校多争取回经费的机会。"曹敏华甚感惊奇："我能有啥办法？"刘校长说："你知道，于副县长分管教育工作，争取他对我们学校的重视支持是十分重要的事。他的儿子在咱们学校念初一年级。昨天，于副县长来找我要把儿子转学到红旗镇中学，被我拦住了。”曹敏华插话道：“你拦得对，分管教育的副县长的孩子转学，对我们学校的影响很大，会起到一个不良导向的作用。”刘校长说：“我能拦住他，是做了保证的。我保证在半个学期内让他的孩子从全班倒数第十名，上升到正数前十名。”曹敏华笑着说：“刘校长也学会了吹牛撒谎。”刘校长说：“校长真要成为一个吹牛撒谎者，他领导的学校也就完蛋了，而我又真没本事让他的儿子把学习成绩提上去，但我知道有个老师能帮助我达到这个目的，这个老师就是你。”曹敏华愤然变色道：“我是一中的教师，对全班学生负责，不是他官老爷家的私塾先生。”刘校长太了解自己教出来的这个学生了，人穷骨头硬，不屑干那些蝇营狗苟的钻营之道，清高自负，但他有把握说服他。刘校长说：“你知道现在有些家长请老师到家里给孩子有偿补课，学校对这种情况是不提倡也不反对的态度，只要不影响学校的教学秩序就行。老师每月的工资才八十来块钱，能合理增加点外快收入改善生活也是好的，客观上又可以使部分学生多受教育，何乐不为呢？如今推行社会主义市场经济，按劳付酬、按劳取酬是公平合理的，做家教收取相应的报酬不是什么掉价的事。你当初帮助王鸣同学补习功课，她父亲也给了你报酬，结果王鸣如愿考入大专。你有偿家教挣回了学费，王鸣同学也有了一个崭新的前程，这不是两全其美的事吗？假如你不帮助王鸣同学学习，她很有可能沦落下去，你的家教行为产生的社会效果也是好的嘛，做于副县长孩子的家教也是同样的道理。我已经向于副县长说明，要给他的孩子请家教，这个家教就是你，于副县长也知道你帮助王鸣考上大学的事。你每个星期日下午给于副县长的孩子辅导两个小时功课，也占用不了多少时间，每月的家教费四十元，这可相当于你半个月的工资。于副县长说，真能把孩子的学习提升到前十名，还要重谢你。我还考虑到，毕竟这是学校里安排你去做家教的，因此，学校决定免除你弟弟妹妹的学杂费。”曹敏华只好接受刘校长的安排。

刘校长对曹敏华有知遇之恩。曹敏华出生在一个贫困的小山村，父亲是残废转业军人，母亲体弱多病，他有一个弟弟一个妹妹。农村实行包产到户生产责任制，他家没有劳力种地，家境陷于窘困状态。初三时，家里实在供不起曹敏华上学，万般无奈，曹敏华只好休学回家种地。刘校长当年是学校的教导主任，兼曹敏华的班主任。他得知曹敏华这个品学兼优的学生因贫困失学后，十分惋惜，特意赶到乡下曹敏华的家，把曹敏华接回了学校，他决定自己资助曹敏华完成学业。

曹敏华的自尊心特别强，不愿意拖累老师，他请求刘老师帮助找一个勤工助学的事干。正好学校里有一个出了名的闹事主儿，叫王鸣，还是一个女同学，而一旦女同学捣蛋起来，更是不可收拾。她衣着奇特，行为古怪，影响一大片学生，校长老师对她是头痛不已。王鸣是另一个班的学生，刘老师作为教导主任与其他校领导一起到王鸣家走访。王鸣的爸爸是县里的民营企业家，他也拿女儿没办法，反而请求学校多加管教，并说能把他的宝贝女儿教育成才，他情愿捐巨资助学。刘老师听了心里一动，自告奋勇地承担下来。他把王鸣转到自己教的班上，并为王鸣请了一个家教，采取特殊教育。这个请来的家教就是曹敏华。曹敏华与王鸣坐一张课桌，平时帮助王鸣做作业，星期日为她系统地补习功课。王鸣的父亲每月支付曹敏华一百元家教费，待遇不薄，比一位老师的月工资还多。曹敏华有了这笔款，不光解决了自己的学习生活费用，还能帮助弟弟妹妹继续读书。他只得硬起头皮承担起帮助王鸣学习的任务。虽然曹敏华是班里的拔尖生，全班同学都尊重他，但他这个穿戴土得掉渣的农村娃来给城里时髦任性的女生补习功课，可真是一件难事。几经摩擦碰撞，曹敏华终于降服了王鸣这个桀骜不驯的丫头。两个月后，王鸣乖乖地跟曹敏华学习，成绩稳步上升，高考后进入了自治区财经学院的大专班。王鸣的爸爸大喜过望，重奖了曹敏华一万元。在二十世纪八十年代，这可是一笔巨款，这笔钱确保了曹敏华顺利读完四年的大学本科，还有剩余的钱让弟弟妹妹考入初中继续读书。曹敏华也为此付出了代价，他要辅导王鸣学习，影响了自己的备考，结果只考入自治区师范学院。因为有这么一段经历，刘校长确信曹敏华能够挑起教学的大梁，所以力荐他带高三毕业班的课程。如今，他也相信曹敏华给副县长家的孩子做家教，是有把握提高这个学生的成绩的。

星期六下午，曹敏华约于小宝在办公室见面。于小宝是由他的班主任何老师带过来的。于小宝是一个虎头虎脑的孩子，圆乎乎的脸上一双机灵的大眼来回转，一副满不在乎的表情。何老师介绍说于小宝脑子很灵活，就是把心思用在了调皮捣蛋上，不专心学习。学生们给何老师起的外号叫“老佛爷”，他心慈面软如何对付得了这个公子哥。

何老师介绍完情况就走了。曹敏华拿出一套试题，让于小宝自己做，然后一言不发地在旁边看书。于小宝时而奋笔疾书，时而愁眉苦脸，时而长吁短叹，屁股底下就像安装了弹簧，一刻也不安宁。于小宝好歹用了一小时四十分交了卷子，撅着嘴说：“那两道题打死我也做不来，也许是老师出错了？”曹敏华拿过卷子判题，做对了的题，打对号。做错了，打红叉，然后在卷子的空白处把正确的式子列了出来，每做一个步骤都征求于小宝的意见，不知不觉一个小时过去了。这也是于小宝第一次聚精会神地听老师讲课。曹敏华讲完最后一道题，于小宝舔了一下嘴唇，一副恍然大悟的表情。可曹敏华却没有给他面子，说：“一百分的题，你只得了四十九分，你是咋搞的！人家是老子英雄儿好汉，你爸爸是副县长，儿子的学习成绩恐怕连个高中都考不上，丢不丢人？你有没有让人看得起的闪光点？”于小宝平时心高气傲，听惯了夸奖的话，猛然听到曹敏华的讽刺挖苦，脸上青一股红一股，想反驳却找不出得硬的词，可又不甘心接受曹敏华的批评，好半天憋出一句话：“体育是我的特长，我投篮准。”曹敏华说：“那好，让我见识一下。”

两人从办公室抱了两颗篮球来到了操场。于小宝站在罚球线上，接过曹敏华传来的球，连投十次球，进了四个，这是很不错的成绩。于小宝扬扬得意。曹敏华不动声色地站在罚球线上，接于小宝的传球，十个球投准八个，把于小宝惊讶得合不拢嘴。随后，曹敏华来到单双杠前，一套体操做了下来，把于小宝佩服得五体投地。曹敏华说：“就你这个体型，玩体育不会有大的出息。你的个子将来顶多长到穆铁柱的腋窝下，你能与那样的大个子在球场上争高低吗？还是把你的聪明劲用在学习上吧，那才是你的前途。”于小宝彻底被曹敏华征服了，一心一意按照曹敏华的安排补习功课。

期末考试，于小宝的成绩一跃上升到全班第九名，于小宝高兴，于副县长一家人更为之高兴。于副县长特意举行家宴请曹敏华和刘校长。

曹敏华第一次走进了于副县长的家。宽敞的庭院，正房四间，一溜南房，砖铺甬道，两棵金红苹果树长在甬道两边，枝繁叶茂，青色的小果挂满枝头。于副县长和老伴儿张局长迎了出来，礼让刘校长和曹敏华进家。餐桌上已经摆好凉菜，众人进屋后围坐在桌边。于副县长打开一瓶茅台酒，先给刘校长的酒杯满上，再给曹敏华斟酒。曹敏华站起来谦让，声明不会喝酒。于副县长说："不会就学嘛，什么事有了第一次，才会有下一次。"刘校长从旁劝道："茅台乃是酒中极品，尝一尝也好，实在不能喝，我替你喝。"曹敏华拘谨地坐了下来，随后厨房传来一阵炝锅炒菜的声音，空气中飘来浓烈的香气。张局长不时地把炒出的菜端了上来，宾主热情地随意漫谈，主要是于副县长与刘校长谈，曹敏华只是礼貌地应答几句。曹敏华被喷香的炒菜吸引住了，于副县长家厨师的手艺就是好，他平生还没吃过这样好吃的菜。最后一道溜丸子由厨师自己端了出来。曹敏华眼前一亮，这位厨师是一位美貌的姑娘，中等身材，丰满端庄，湖水般湛蓝的大眼睛脉脉含情。她入座后拿过酒瓶给桌上的酒杯斟满酒，然后款款站起端着酒杯说："欢迎刘校长和曹老师来家做客。我弟弟是我们全家的希望，各位老师又是我弟弟实现希望的保证，你们可真是我家的尊贵客人。我厨艺不精，让客人见笑了，我先敬两位老师一杯酒。"刘校长端起酒杯一饮而尽。曹敏华红着脸推托说不会喝酒。姑娘微笑着说："先干为敬。"一杯酒轻轻下了肚，然后把酒杯倒立起来，说："曹老师，您可别瞧不起我哟？"曹敏华红头涨脑地把酒喝了下去，心中一股热浪涌了上来，于副县长有这么个能干的女儿，于小宝有这么个漂亮的姐姐真是没想到。

席上张局长说，她与于副县长过去两地分居，有时工作忙，下班不能及时回家，小华小小年纪就当起了家，学会了炒菜做饭，习惯成自然，如今家里的饭都是小华做，只是家务活拖累了小华，使她未能继续升学深造，初中毕业就参加了工作。于副县长提议，曹敏华以后每个星期日上午来于家为于小虎补习功课，顺便改善一下伙食。曹敏华不假思索地就答应了，说出来又有些后悔，都是那杯酒惹来的祸，还想吃下顿饭。

以后每逢星期日上午，曹敏华就来于家为于小虎补课，中午照例能吃上于小华做的香喷喷的饭。但是，在于小华对曹敏华客气周到的招待中，曹敏华分明感觉到她有一种拒人千里的心理，于小华有些瞧不起自己，这倒激起曹敏华的野心，你瞧不起我，我倒要把你娶回来，天天给我做饭。曹敏华人穷志大，天生有一种叛逆性格，他开始追求于小华。于小华不愿接近曹敏华，曹敏华就在于副县长两口子身上下功夫。饭桌上，曹敏华与于副县长高谈阔论，畅谈天下大事，立论高远，视野开阔，逻辑清晰，举例得当，很中于副县长的胃口。后来，于副县长也与他说起县里改革方面的事，曹敏华总能提供有价值的见解。于副县长感叹曹敏华真是一个人才，说他会考虑调曹敏华到县政府工作。这让曹敏华兴奋不已，他教的好书，却最不安心教书，一心想在政界或实业界干一番轰轰烈烈的事业。

对于副县长的老伴儿，曹敏华采取的是走亲和路线，他不再叫她张局长，而是改口称张姨，还不时提出一点健身美容的小建议，对饮食营养也能一说一大套，什么蛋白质、维生素、膳食纤维、热量平衡，张局长更是对他称赞有加。曹敏华还经常从老家拿来一点山药蛋、胡萝卜之类的大路菜，吹嘘为绿色环保菜。张局长如获至宝，让于小华赶快收起。恨得于小华在厨房里咬牙，家穷得只能拿出几颗山药蛋，也能吹成金豆豆；就会煮锅莜面糊糊，还敢吹什么饮食营养保健。

于小宝早成了曹敏华的内线，这个小家伙感觉到曹老师对他的姐姐有意思，就毫不保留地把于小华的事兜底告诉给曹敏华，还随时向曹敏华打于小华的小报告。曹敏华知道陈大壮在追求于小华。这个陈大壮是县委陈书记的儿子，公安局的小车司机。他们一伙儿干部子弟常在电影院的舞台上跳舞，看内部影片玩乐。于是，曹敏华事先给于副县长打预防针。有一天在饭桌上，曹敏华向于副县长请教："您说，二战后，德国和日本都是战败国，其国家惨状比我国有过之无不及，可短短二三十年，这两国竟然重新崛起成为世界强国，他们成功的经验是什么？'文革'前，家庭出身不好的子女竟然占了大学学生总量的百分之五六十，为啥广大工人、贫下中农子弟考大学普遍竞争不过他们？”“是呀，这是咋回事呢？”于副县长来了兴趣，催曹敏华深入地谈一谈。曹敏华谦虚地说：“我也弄不懂，才向您请教。我们几个青年教师组织了一个读书会，党校王辉老师提出这样两个观点：一是优秀的文化传统使然；二是国民素质高。德国和日本都有尊师重教的传统，尊重文化、尊重科学的观念深入到每个人的心中，人家那才是国家再穷也不能穷教育，家庭再苦也要想法子让孩子接受教育，教育提高了国民的素质，高素质人才决定了这两个国家高速度的发展。过去，资本家、地主是有钱人，他们有条件挑选聪明漂亮的女子做媳妇，母亲聪明往往生下的孩子也聪明，长期积累，优生优育，这是造成‘文革’前大学在校生多数属于非劳动人民家庭出身的一个原因。”于副县长骂道：“这是反动的血统论。”曹敏华说：“可王辉他们却强调有遗传理论做基础，他们说人的智力和身高一样，遗传因素占五成以上。他们还列举我县工农出身的领导干部，家境是那样的好，可其子女多数没有考入大学，比如陈书记、吴书记和李县长的孩子。”“放肆！再举例就举到我家闺女没考上高中。”于副县长恼怒地说，“你爸爸现在不是放羊嘛，按照你的逻辑，你也应该放羊种地才是呀？”曹敏华说：“那不一样，我爸虽然穷，但他的才智在乡里却很有名，有一年县里举办象棋大赛，我爸竟然夺得第三名。一个羊倌战胜那么多有文化的人，一时成为美谈。我家祖上也是书香耕读人家，爷爷辈让土匪绑票洗劫一空，才败落了下来。”于副县长默然。

过了一段时间，曹敏华明显感觉到于家对自己热情多了，除了星期日上午他来于家为小宝补习功课外，有时晚上于副县长还约曹敏华来家吃饭。只要曹敏华晚上来，于小华就不能出去玩了，被动地听曹敏华在客厅里与家人聊天。于小华讨厌这个夸夸其谈的人，芝麻大点的事也能分析出一大套道理来。出于姑娘的直觉敏感，于小华意识到曹敏华在意自己，就本能地排斥他。于小华心想，什么东西，也敢打我的主意，也不看看自身的条件，除了有一张本科文凭，你还有什么？虽然曹敏华身材挺拔，一米七五的个子，可长着一张三角脸，宽广的额头，稀疏的头发，尖削的下巴，不成比例，加上黝黑的皮肤，就像一个外星人。父亲残疾只能放羊求生活，母亲是个病秧子，不能下地劳动，还有一个弟弟一个妹妹，学习不错，考个大中专应该没问题，可将来上学费用还得靠曹敏华承担，那可是两座沉重的大山呀。曹敏华你就是再聪明、再能干，也没有好姑娘往你家那个水深火热的烂泥坑里跳。于小华是一个世俗的人，快乐享受就是生活的目的，什么事业理想都是扯淡，有一个生活富裕的家庭，将来幸福也就有了保证，而陈大壮是一个符合条件的理想对象。他是陈书记的独子，家庭条件优越那是没得比。本人虽然长得有些粗笨，可心眼灵活，打麻将玩扑克谁都赢不了他，喝酒一瓶不醉，跳舞一宿不累，衣着讲究，追求时髦，朋友有一大群，走到哪里都是热闹的中心。于小华已经与陈大壮相处了两三年，虽然关系没有挑破，但已心照不宣。与陈大壮在一起，于小华感到轻松、愉快、热闹、好玩。

于小华觉得曹敏华与自己的朋友不是一类人。曹敏华追求着一种虚幻的东西，美苏世界争霸关你什么事，中国改革开放用你来设计，谁听你这个无名小卒的话？文学、哲学能换来钱吗？

但不得不承认，曹敏华这家伙就是会说话，讲起话来如长江大河，奔腾千里，水银泻地，无孔不入，连爸爸这个从政多年的领导干部都听得入迷，有时自己也不由得被其吸引住。曹敏华见于小华介入他们的谈话，往往不露行迹地拉她进来，征求她的意见，而于小华随意说句话，曹敏华总能分析出深刻的感悟。于副县长鼓励曹敏华也指导于小华的学习，于是，曹敏华名正言顺地为于小华送来杂志图书，推荐可读文章。当于小华看完后，曹敏华又不失时机地征求她的读后感，给予恰当的点评，既肯定于小华的见识，又给予必要的点拨，让你佩服感动。曹敏华和于小华就这样逐渐走近了。相处多了，于小华感觉到自己和陈大壮的优越体现在表面上，而曹敏华的自信在骨头里。知识可以改变世界，知识可以改变对一个人的认识，于小华对曹敏华有了高山仰止的感觉，但与爱情无关，于小华是一个讲求实际的人。

可曹敏华却不这样认为，他相信水到渠成。找于小华这样漂亮、纯朴，家务活儿做得好，家境又好的老婆，是一个不错的选择。在事业上尽可以放飞理想，但在选择伴侣上还是实际点好。就自己这样的家庭条件，在城里连一个普通人家的婚礼都置办不起，将就凑合找上一个对象吧，将来陷于生活的困境泥窝里，何谈人生进取，别再想有啥出息了。别看曹敏华出身农家，内心里却追求一种高雅的生活，于副县长家的温馨气氛格外吸引人，把于小华娶回家，也就等于复制了这种生活，这是多么美好的事呀。至于于小华在文化知识修养方面的欠缺，可以慢慢来培养。曹敏华坚信自己拥有强大的磁场，能够吸引于小华围绕自己转。

于小华不像往常那样出来聚会，引起陈大壮的不满。陈大壮就不时地找上门来，见于小华看书，颇觉稀奇，说："这年头谁还看书，书有啥好看的？看电影、影碟才过瘾，有明星表演。我家买回一台放像机，港台片、美国片都能看。走，到我家看电影去。"于小华忽然觉得过去那种生活无聊且没意思，常常借故推托。陈大壮见曹敏华出入于家，联想到于小华的变化，引起警惕，后一打听，曹敏华是个穷教书匠，父亲是个羊倌，就没有往心里去。

曹敏华推荐于小华看的书，深有用意，书籍潜移默化地改变着于小华的内心世界。江姐、林道静的革命之路让于小华热血沸腾。居里夫人献身科学，让于小华懂得了人生的价值所在。梁山伯与祝英台、白娘子与许仙的故事，琼瑶的小说，让她知道了世界还有别样风情的爱情。于小华开始主动与曹敏华交流读书心得，曹敏华风趣幽默的解答不时引得于小华开怀大笑。曹敏华的磁场开始发挥作用了。

又一个春天来临的时候，曹敏华建议于副县长把院中空闲的地方开辟出来种菜，于副县长欣然采纳。曹敏华就实施开来，挖地施肥，浇水种菜，当绿油油的菜苗长出来时，引来全家人的欣喜。于小华也主动参与拔草浇水等劳动，当亲手种出的菜端上了餐桌的时候，于小华开始考虑曹敏华这个人了。

陈大壮见于小华对自己逐渐冷淡下来，着急了，开始采取实际行动。陈家委托县委办公室的高主任正式向于副县长家提亲，同时紧锣密鼓地为陈大壮安置新居。县委杜副书记调走后腾出一个院落，陈书记留下来做儿子结婚的新房。房子装修一新，打了全套木器家具，并购置回高档的家电用品，最引人瞩目的是一台十四英寸的天鹅彩电，那可是县委家属大院里购回的第一台彩电。于小华的女伴秀明上门眉飞色舞地说起陈大壮的新房，羡慕得不得了。说她全家人不吃不喝二十年，也积攒不下布置这套新房的钱，羡慕于小华将一步登天过上天堂般的生活，并劝其赶快嫁过去享福吧。秀明的话让于小华的心里七上八下的。她与陈大壮已经相处了好几年，本来会顺理成章地走到一起，可半途中插进来个曹敏华。陈大壮与曹敏华一比较，就显示出两人的不同。陈大壮家境好，有靠山，嫁过去就能过上体面富裕的生活，可就是陈大壮有点笨，文化程度低，本事不大，很平庸世俗。曹敏华有才华，有能力，有抱负，却一贫如洗，有沉重的家庭拖累，与他一起生活，只能过你挑水来我浇园的苦日子。于小华对陈大壮是了解的，一眼就可以看到底，他就像村前的一条小河，日复一日地平稳流淌下去。而曹敏华却像从深山里奔出来的一道山涧，时而汹涌壮观，时而若有若无，充满了不确定性。再三权衡比较，于小华内心的天平开始向陈大壮倾斜，毕竟她与陈大壮是一类人，天然亲近得多。但她下决心时，要听一听爸爸的意见。

当于家人坐在一起郑重地谈论于小华的对象选择时，于副县长旗帜鲜明地表示，陈大壮比曹敏华差的何止是十万八千里。陈大壮没知识、没能力，只能依靠父辈的庇护，将来过的是一种平庸的生活。而曹敏华才华横溢，前途不可限量。老伴不服，说陈大壮有上代人的经济积存，恐怕曹敏华一辈子也奋斗不到陈大壮目前的生活水平；他有当县委书记的爸爸开辟下的社会关系，走到哪里都能玩得转。于副县长语重心长地说："时代正在发生着巨大的变化，已经不是学好数理化不如有个好爸爸的时候了。人才主宰未来，知识决定命运。你们还看不出将来是啥世道。陈大壮没有大中专文凭，他爸爸是县委书记也不能给他把工人身份转为干部身份，一辈子只能给局长开车。小曹是羊倌的儿子，有大学文凭，刚参加工作就是干部身份，将来调到政府部门工作，也许有一天会成为县委书记，他是有这个能力的。小曹是潜伏在深水里的龙，必有青云直上的一天。就拿你来说吧，当初你若为了家境好，找上那个富裕中农的儿子，恐怕你今天还在村里种地。你选择了我这个当年每月只有六元津贴的小通讯员，如今成了副县长的老婆，就是现成例子，找对象要有长远的目光。再说小曹智商高，将来生下的儿女聪明的概率也大，优生优育也是选择对象的一个考虑因素。"于副县长在家里一言九鼎，别人不再说什么。

但于小华内心十分矛盾，她实在下不了放弃陈大壮选择曹敏华的决心。县里举办篮球赛，今晚在灯光球场举行决赛，秀明上门来叫于小华去看球，于小华就与秀明相伴去看球赛。

决赛是公安局队与一中队之间的较量。陈大壮是公安队的主力，曹敏华是一中队的核心。陈大壮已经知道曹敏华是自己的情敌，他的满腔怒火要借篮球来发泄。曹敏华心知肚明，不甘示弱，更要在心仪的女朋友面前表现一番，双方队友也明白两人的心态，因此，球赛进行的异常火爆激烈。陈大壮身高体壮，跨步上篮锐不可当，抢篮板时霸气十足。曹敏华沉着冷静，中投远投防不胜防。比分一直咬得很紧。临近终场，双方分数打成六十四平，球在一中队手里，曹敏华快速插到底线远角，队友心领神会，篮球及时传到。曹敏华就要起跳远投，陈大壮饿虎扑食般地盖了过来，巨掌不光打飞了曹敏华手中的篮球，还顺势从曹敏华的额头上划过。曹敏华额头眼皮顿时鲜血迸流，球场上的观众喝骂陈大壮的声音像海啸般响起，比赛被迫停了下来。队友拥着曹敏华出场去医院治疗，可曹敏华挣扎不让，随队的校医只好进行现场包扎。五分钟过后，曹敏华重新进场，多半个脸用纱布包裹起来，只露出一只左眼，殷红的血迹从雪白的纱布里映出，分外显眼，曹敏华就像一个重伤不下火线的勇士站立在罚球线上，观众的目光聚集在曹敏华身上，大气不出，球场静极了。曹敏华接过裁判员传来的球，左眼盯着篮筐足足有二十秒钟，然后随手一投，篮球入网旋转而出，观众发出一阵遗憾的哀叹声。曹敏华再接过球，拍打几下，冷静沉着地第二次投篮，球应声入网，球场欢声雷动，一中队获得了冠军。曹敏华感动了全场观众，也最终打动了于小华的芳心——曹敏华是真正的男子汉。

二

曹敏华与于小华组成了幸福的小家庭。新房是用进修学校的两间旧教室改建而成的，单独建了一个小院落。这是于副县长出面租下的房，每月只缴进修学校五元六角的房租。曹敏华学校没有空房可分配给青年教师住。有的老师结婚，单位分不来房，只能租城里人家盖的南房住，或者到远郊农村租房住，相比之下，曹敏华对自己的住所满意极了。安家费用也是于小华家出的，曹敏华仅仅积存下五百元，杯水车薪，聊胜于无。

于小华善于操理家务活儿，饭菜做得香。每天晚饭后，两人相伴到操场上散步锻炼，曹敏华练投篮，于小华在一旁大呼小叫，周围的人都羡慕这幸福的一对，小日子过得有声有色。

在学校，曹敏华被提拔为教导处副主任，虽然曹敏华德才兼备，教学成绩出色，但在讲究按资排辈的环境中，还是有人说，是曹敏华的岳父帮忙的结果。面对这种说法，曹敏华一笑了之，一个乡下出来的穷小子娶了副县长的漂亮姑娘，难免会引起同校青年教师的羡慕或嫉妒。曹敏华才不稀罕一个小小的教导处副主任职务，他的兴趣在政治经济方面。他与于副县长谈话中，了解到全县改革中的一些新情况，通过分析调研，已经写出两篇论文，分别向中央和自治区级社科理论刊物寄出，他谋划着通过岳父的关系，早日把他调到政府部门工作。

曹敏华的小家庭也不是事事顺心如意，也会不时出现一些不和谐的音符。于小华精明能干，在父母家就执掌家务，在自己的小家庭中自然大权独揽，她要曹敏华上交工资，每月只给曹敏华留二十元零花钱。曹敏华每天吸一盒迎宾烟，每盒五角三分钱，除了买烟的钱，曹敏华所剩无几，连请人下顿馆子的钱都不够，更重要的是曹敏华要接济在学校里念书的弟弟妹妹，没钱哪行。可于小华毫不通融，寸步不让，她振振有词地说："按乡俗，结婚男方要负责安家，你父母啥都没出，我就不说啥了。你每月工资一百一十元，买烟钱二十元，给你父母生活费二十元，工资已经去掉了一半，我们没有承担你弟弟妹妹念书费用的义务，你不能剥削我。"曹敏华气得火冒三丈，却发不出来，他明白了一个道理：经济基础决定个人在家庭中的地位，自己没资本与于小华计较争吵。曹敏华一咬牙，把多年的吸烟嗜好戒掉了，省下烟钱来接济弟弟妹妹。

曹敏华的结婚典礼上，父母都没有进城参加，也没钱帮助他安家，父母心里一直过意不去。曹敏华的妈妈一直唠叨应该给曹敏华送点东西，认一认家门。在老伴的督促下，曹敏华的爸爸赶了一辆毛驴车，拉了一袋土豆，装了一车作物秸秆，给曹敏华送来生灶火做饭用。曹敏华的爸爸走了一上午才进了城，当找到曹敏华家时，曹敏华已经提前到学校上班去了。于小华出来一看老人拉来一车柴草，没好气地说：“拉来这东西干吗？扔掉！”曹敏华的爸爸是当兵出身，也见过世面，个性倔，你看不起我这个乡下老头，我还不登你家门。当下，曹敏华的爸爸把柴草扔到马路上，头也不回赶着车走了。曹敏华晚上回来，得知了事情的经过，大骂了一通于小华，还摔了一个茶杯。于小华哭着回到了娘家，一住半个月不回来。最后还是曹敏华屈辱地登于副县长的家门，把于小华接了回来。

于小华倒是大方地给曹敏华买新衣服穿，曹敏华不愿意买，于小华说：“穿不穿你倒是无所谓，可别人却小瞧我！”曹敏华知道于小华的朋友都笑话于小华，县委书记的儿子不找，却找了自己这个穷光蛋。于小华找自己是付出了巨大的牺牲，自己理该容让于小华。曹敏华决心干出一个样子来，不辜负于家人对自己的厚望。

曹敏华写的《小城镇改革的出路》论文在国家级刊物上发表了，在县城引起了轰动。县里还从来没有人在国家级刊物上发表过文章，更何况谈的是城镇改革的大事。文章立论新颖，论据翔实，显示出作者较深的理论素养，听说盟委书记也在谈论这篇文章。县经委和县党校都向组织部门提出调曹敏华去工作，结果都被县委陈书记否决了，理由是教育是第一位的，不能从学校调出骨干老师。明眼人说，陈书记在压制曹敏华，怕他冒了出来。

陈书记父子确实痛恨曹敏华，陈家人早把于小华视为未来的儿媳妇，却半途被曹敏华抢走了。当办公室的高主任传来于小华已经决定找曹敏华的消息时，陈大壮当场痛哭流涕，连脸面也不顾。陈书记气得脸色铁青。我的儿子没文凭，没前途，你一个穷酸老师就会有出息？咱们走着瞧！没过几个月，陈大壮就不给局长开小车了，他到交警队当了副队长。县党校与自治区党校合作办学，县党校办了一个在职职工中专班教学点，函授教学三年，每星期二、星期六下午和星期日全天上课。在行政事业单位工作的职工，学完可以办理转干手续。县里的领导干部子女抓住这个机会，纷纷报名参加。陈大壮和于小华都考入了这个班读书。

中专班大多是县委政府大院里的干部子女，他们从小在一起，参加工作后又有这样的机会聚在一起，分外热闹。男生以陈大壮为中心，这家伙开着交警队的公车来上学，一副不可一世的样子，常把同学们聚在一起跳舞、看录像，到饭店喝酒，有意在于小华面前显摆。于小华尽量回避陈大壮，而陈大壮却特别在意于小华，他脸皮厚厚地追逐着于小华开玩笑。有几个阿谀奉承的好事之徒，讨好陈大壮，也帮腔起哄。她们常常拉于小华到某个同学家聚会，本来是女同学相聚，谁知半途中陈大壮赶来，于小华走也不是，在也不是，很不自在。有一次，陈大壮竟然说，于小华是县委家属院里的院花，是自己永远的梦想。而那几个为陈大壮敲边鼓的小人，不时为陈大壮吹嘘。于小华对此极度反感，深知陈大壮对自己没安好心。于小华决定退学，摆脱陈大壮的纠缠。

曹敏华反对于小华退学，在家门口读书，不影响工作和家庭生活，两年后就可以转干，这样的机遇真是太难得了。于小华骂道："我看你也是一个势利鬼，为了所谓的前途，甚至可以容忍自己戴绿帽子。我是实心跟上你这个穷光蛋、倒霉鬼过日子，你倒啥也不在乎！"说完气得哭了起来。曹敏华很受感动，于小华是有点任性、霸道，但作风正派，品德好，勤劳，爱家、治家，能找上她是自己一生的福气。他冲动地搂住于小华，说："你真是我的好老婆，退了学，我们参加大专自考，我有把握辅导你考试过关。"于小华凄然一笑："你还是辅导自己的孩子吧，我可能已经怀孕了。"曹敏华非常惊喜，同时也意识到自己的责任重担。

曹敏华是一个胸怀大志的人，他不满足当一个孩子王，而是想到政府部门或经济实体中干一番事业，可工作调动落了空。他知道只要陈书记在任一天，自己就别想离开一中半步。教育局新任的王局长是陈书记的亲信，他已经感觉到王局长有意在压制打击他。哼！时代不同了，世上的道路不止一条，东方不亮西方亮，是金子总要闪光，是人才总要冒尖。曹敏华已经开始自学法律，准备参加司法考试，那可是国家级的社会考试，要凭个人的真才实学。

于小华从党校退了学，也基本断绝了与昔日朋友的往来，加上妊娠反应，情绪很不好，动不动就向曹敏华发脾气。陈大壮也找上了对象，女方母亲是县人大常委会的副主任，父亲从政府部门下海经商，办了一家矿业公司，是全县出名的企业家，资产雄厚。陈大壮的婚礼办得十分排场气派，新家布置得富丽堂皇，轰动一时，成为市民津津乐道的话题。少年好友常常拿陈大壮与曹敏华比较，说的于小华心乱如麻。世界上没有后悔药，于小华也不是三心二意的人，但她内心深处埋怨父亲改变了自己的人生轨迹，什么陈大壮没文凭、没水平，人家已经当了实权部门的科级干部，曹敏华再努力，也是望尘莫及。于小华无名的火气就往曹敏华身上撒，曹敏华只得默默忍受，他尽量多做家务，情绪低落到极点。

偏偏曹敏华的那些农村亲戚不识好歹，以为曹敏华有个当副县长的岳父，什么事情都可以办到，大事小事不时地上门骚扰。于小华虽然面子上尽量装作客气，敷衍应付，但内心讨厌极了。有一天，曹敏华的二大娘提了一篮子鸡蛋，抱着一只老母鸡上门来了，这是一个泼辣刁钻的女人，儿子偷窃犯事被逮到拘留所。二大娘一把眼泪一把鼻涕地哭诉着央求曹敏华和于小华把她儿子弄出来，曹敏华好说歹说劝不住。二大娘口口声声说，弄不出她儿子就住在曹敏华家不走。于小华被惹恼了，她把那只老母鸡扔出院门，让二大娘滚，说再不走，就叫派出所的警察来。二大娘骂骂咧咧地走了，曹敏华的脸上却挂不住了，他自尊心特强，背后不管于小华如何数落他，他都可以默默忍受，却不容许于小华在公众场合羞辱他。曹敏华关上门与于小华大吵。于小华从小娇生惯养，哪受过别人的气，吵不过曹敏华，她就拿茶杯往曹敏华身上砸。曹敏华盛怒之下，甩手给了于小华一个响亮的耳光，说："看不起我，就离婚好了。"于小华是一个刚烈性子，骂道："谁稀罕你这个放羊臭小子，但离婚我丢不起于家的人，可以死给你看。"她说完从茶几上拿起水果刀，往手腕上一割，顿时鲜血迸流。

曹敏华赶快打电话叫来救护车，经过医生的紧急抢救，于小华虽然没有大碍，但造成了很坏的影响，于家人骂，亲朋好友埋怨，学校领导批评，社会上的人嘲笑，曹敏华狼狈到了极点，在人前连头也抬不起来了。

曹敏华自以为自己的磁场强，可以吸引于小华顺着自己的轨道走，哪想到于小华更是一个强人，两强相撞，两败俱伤。曹敏华事后深刻反省，觉得自己不算一个男子汉，胸怀小得连个女人都不如，于小华已经怀孕六个多月了，哪能惹她生这样大的气，造成这样的危险。以后的日子里，曹敏华夹起尾巴做人，家务活全揽，小心服侍于小华待产。三个月后，于小华顺利产下一个丫头，眉清目秀，反应灵敏，小两口子放下心来，同心合力地过日子，再没有发生大的争吵。同时，曹敏华把满腔发不出的气转化成学习的动力，刻苦攻读司法考试课程。功夫不负苦心人，在随后的司法考试中，曹敏华一鸣惊人，全盟两千多名考生，上了线的只有六名，曹敏华位列第一。他如愿取得了律师资格证，要凭个人本事在社会上闯出一条路来。

家乡人得知曹敏华考上了律师，律师就是帮助别人打官司的，眼前村里遇到了大麻烦事，大家就想到了曹敏华。曹敏华下午刚上完第二节课，接到父亲生病输液的消息，当即请假骑车往回赶，亮灯时分回到了家。家里人头攒动，曹敏华吓了一跳，推门进去，发现父亲坐在炕头上好好的，屋里的人看见曹敏华进门，一起笑道："可把你盼回来了，我们正等你回来商量打官司的事。"原来，县政府招商引资，从北京引进了一家旅游公司，占据了村里的山顶草场，人家把草场用网围栏圈了起来，村里人就不能去放羊了。村民去乡政府反映，乡长说："政府对你们村扶贫支持过多少钱物？别不识好歹，以后政府还会对你们村实行重点扶贫照顾。山坡荒地是国家的，谁敢阻拦破坏，就抓谁。"曹敏华是本村长大的，自然明白事情的曲折，作为见习律师，更懂得事情的轻重大小。山顶草场历来是村里的牧场，属于村集体所有，前几年还发给了村民林草地所有权证书，怎么能成了国家所有的地，随便占用，理无疑在村民这一方。但他已经耳闻得知这是县委陈书记亲自引回来的项目，县里电视台曾播出过这家公司老总来县里考察项目的新闻，盟委副书记亲自陪同，听说这位老总是北京的高干子弟，背景很深，这将是一场棘手官司。沉吟一会儿，曹敏华说："我国的土地有两种形式，一是国家所有；二是集体所有。农村的土地和草场属于村集体所有。国家要征用集体的土地，必须经过一定的程序，征地面积较大，须经省级政府批准，而且即使征地程序完全合法，也要与村集体签订征地合同，给予村集体经济补偿。"众人纷纷插言，有的说不管咋说，还是我们有理；有的夸奖曹敏华学问高，能给村人做主。家里一时乱哄哄地吵嚷成一片。还是村主任冷静，喝住了大家的议论，让大家听曹敏华的建议。曹敏华苦笑着说："这个官司难在直接告县政府。是县政府批准旅游公司占据我们村的草场，我们要告只能告县政府。”大家只知道，人民政府为人民做主，人民有事只能找政府，如今要与人民政府打官司，能行吗，能够赢吗？大家一下愣住了。曹敏华继续说：“去年国家刚颁布了《中华人民共和国行政诉讼法》，法院专门成立了行政庭，就是审理民告官案件的。”“那我们就告县政府！”“全村人就靠你了。”大家七嘴八舌地说道。曹敏华父亲说的话更重：“好狗护三邻，好汉护三村。是你老子的儿，就为乡亲们做一回主！”深厚的乡土情意，律师的职业道德操守，青年人的正义感，对陈书记父子的怨气一起汇集起来撞击着曹敏华的心，一股热血涌了上来，曹敏华慷慨激昂地表态：“我接受乡亲们的委托，打这场官司，打不赢，我再不进咱村半步！”

当晚，曹敏华写好诉状，念给村民听，征求了村民的意见，然后让村主任签字盖章，给他写授权委托书。第二天一早，曹敏华搭了一辆顺路车，到盟中级人民法院递交了诉状。回到县城，曹敏华没向任何人提起此事。

半个月之后，于副县长叫曹敏华两口子来家，详细询问打官司的事。曹敏华把大致情况说了一下。于副县长倒没说什么，但脸色很不好看，女婿有了律师资格，受理官司案件，自是情理之中，可谁想到他受理的第一例官司，竟然是告岳父当副县长的县政府，陈书记及县里其他领导要说什么，于副县长是可以想象到的，这是件令于副县长难堪的事。不过于副县长是一个开明的人，他不愿过分干涉晚辈的事。同时他也知道，这个曹敏华特别有主意，即使自己过问，他也未必听，任他去吧。

回到家里，于小华指着曹敏华的鼻子骂道：“曹敏华，你真是胆大包天，你想干什么？竟敢起诉县政府，你是不是活得不耐烦了，你想死，上吊跳井去。想发狂，到外地杀人放火去，别在我眼皮子底下作乱。你倒是臭屎一堆，啥也不在乎。我们还要在这个城里生活，我爸爸还是副县长，你让他的老脸往哪里放，你让他今后怎么开展工作？我们怎么出去见人？”于小华和她家人的反对态度，曹敏华早有所料，这也是当初他接手这个案子时最大的顾虑。曹敏华一再提醒自己，无论于小华和她的家人说什么都不对抗。她们有这样那样的顾虑是正常的，只能冷静地说服，理解也罢，不理解也罢，绝不能伤了家庭和气。曹敏华语气和缓地说："首先，你要弄清一个事实，我代理这起案件，起诉的对象是县政府。县政府由县长负主要责任，你爸爸分管科教工作，与我代理的案件无关。任何地方政府、单位，任何公民都得遵守宪法和法律，在法律面前人人平等。假如我代理的这起案件赢了，对陈书记那种自以为是、不可一世的领导来说，是一种教育，是一种警示，促使他们依法行政，依法办事。案件引起的社会反响一定会很强烈，也可间接地为你爸爸赢得更多的群众好评，他有我这个女婿，不光只是添乱，也会争光的。自从你找上我，陈书记没少给他小鞋穿，我赢了官司对他也是一种声援。"于小华说："呸！你是个啥东西，还想教育县委书记！你就是打赢了官司，陈书记他们也绝不会放过你，你只是一个在地上乱爬的小蚂蚁，人家一脚就能踩死你。"曹敏华冷笑一声，道："哼！时代不同了，权大不如法大。律师工作是维护法律的尊严，主持公道正义，这是正大光明的职业。我干这一行对家庭来说不会有啥损失，照样可以养家糊口，也许还会过上好日子。你应该对我有一个起码的信任，我不会干出格的事，你也不必为我担惊受怕。我受理的官司案件一般不与你细说，以免你有什么顾虑。"于小华感到身边的这个人忽然变得陌生起来，他是那样的高深莫测，不知自己今后的日子是福是祸。

三个月后，官司判决结果下来，县政府败诉。这是全盟首例行政诉讼官司，影响很大，县政府和那家旅游公司被迫与行政村签订了征地合同，全村每户均获得了约五千元的赔款，村民们欣喜若狂。陈书记却气恨交加，在县里召开的一次会议上大发雷霆，骂曹敏华吃着财政饭，干着煽动村民闹事的勾当，败坏县政府的形象，破坏县里安定团结的大好局面，影响招商引资的宏伟事业。并要追究教育局和一中领导纵容曹敏华的责任，学校哪有批准曹敏华的事假去法院与政府打官司的道理。

一散会，教育局王局长气急败坏地赶到一中，把曹敏华叫到校长办公室，声色俱厉地斥责曹敏华。曹敏华铁青着脸，一言不发，冷眼看着王局长的表演。后来，他实在忍受不了王局长语无伦次的谩骂，就径直走到王局长的面前，从办公桌上拿起一个本子，撕下一张稿纸，掏出钢笔，大大写下三个字：我辞职！然后签上自己的名字，标明日期后，在稿纸上拍一掌，说：“我辞职，总可以吧？”王局长拿起那张纸，手哆嗦着说：“曹老师，好样的，你说话可要算数！”曹敏华头也不回地走了。

王局长一走，刘校长马上拿起电话告诉于副县长。等曹敏华把工作交代完毕回到家，推门看到于小华哭红的眼，明白于小华已经知道自己辞职了。他安慰于小华说：“律师本身就是一种自由职业，你放心，你老公有本事养家糊口。我早准备好了后路。西平市是自治区的工业开发区，龙建公司是全国超大型企业，总部就在西平市。上月《内蒙古日报》登载该公司招聘人才的启示，我把简历和报刊上发表的文章复印件寄了过去，今天正好接到龙建公司同意接收我的函，原本要回来与你商量，谁知碰上王局长讨好陈书记，肆意地辱骂我，气愤不过我就先辞职了。”于小华悲凉地说：“我认命了，谁让我找上了你这个从来没戴过笼头的犟牛，你谁的话也不会听。唉，我是嫁鸡随鸡，嫁狗随狗，既然找上了你，就与你同生死共命运。我爸一直认为你是一个人才，大事上你个人拿主意，但愿你将来不会让我们全家人失望。”曹敏华很是感动。自从生了女儿，于小华的脾气好多了，对曹敏华也有了依赖感。晚上两人缠绵一宿，曹敏华搂着漂亮的媳妇，发誓一定要干出一个样子来，并且永远爱于小华，忠于家庭。

三

曹敏华一走就是八个多月，临到春节才回来。他推门进家，首先看到胖嘟嘟的女儿正姗姗学步，十分逗人喜爱，曹敏华放下手上提的东西就去抱儿女。小丫头认生，哭着不让抱。于小华满面春风地对女儿说：“丫丫，这是你爸爸呀，你不是天天盼爸爸回来吗？快叫爸爸。”女儿望望妈妈，看看爸爸，终于怯生生地喊一声：“爸爸。”曹敏华心花怒放，抱过女儿亲吻不止。于小华埋怨地说：“动作轻一点，别弄痛孩子。”曹敏华探头过去，一口叼住于小华的腮帮子不放，屋里顿时充满了欢声笑语。

曹敏华内疚地对于小华说："辛苦你啦，一个人把女儿养育得这么健康活泼不容易。"于小华说："我调到广播电视站，工作比电影公司强多了，要不是有女儿拖累，或许我就当上了副站长。"曹敏华说："我已在西平市给你联系好调动单位，是龙建公司的后勤处，任出纳。后勤处负责全公司的福利，是一个好差事。公司新建了家属楼，破格给我分配了一套房子，二室一厅，还是到西平市吧。"唉，离开家乡到外地工作，远离亲朋好友，于小华有难以割舍的情怀。可又能怎么办呢？找上了曹敏华这个不安分的人，生活注定不会安稳的。

春节过后，于小华办理了调动手续，把家具物品送了人，顾虑重重地跟曹敏华到了西平市。曹敏华从老家雇了一个十六岁的女孩子一道走，当保姆看护女儿丫丫。

西平市地处沙漠边缘。曹敏华他们刚到西平市，就赶上了一场沙尘暴，天昏地暗，于小华心情恶劣到了极点，这简直是到了人间地狱。好在楼房里温暖如春，生活方便，于小华的心才稍稍平息下来。

第二天上午九点钟，曹敏华开着小车回来接于小华到单位报到。于小华没想到曹敏华学会了开车，更让他吃惊的是这辆桑塔纳车是单位配给曹敏华的。以前，她只知道曹敏华每个月寄回来的工资多，没想到曹敏华已经是公司里的一个人物。曹敏华担任着公司的法律顾问。公司正处在创业期，事情千头万绪，有不少事牵涉到法律问题，这给曹敏华提供了充分展示才华的机会，他代理打了几场官司，全部胜诉。曹敏华获得了公司管理层的信任和重视。曹敏华笔头又好，为总经理代笔写了两篇文章，发表在自治区的报刊上，一下子成了总经理器重的人。他这个法律顾问常常参加公司的决策会议，享受副处级领导的待遇。

于小华沿途看到宽广的马路上到处都是拉运建筑材料的卡车，路两边都是已经建成或者正在建设的高层建筑，西平市正处在大开发、大建设阶段。曹敏华兴奋地说："你看这个城市的建设构架，它将来会是自治区最有活力、最漂亮的城市，用不了两年，你就会感受到这座新型工业城市的魅力。"

于小华很快就适应了西平市的生活，这里是高工资、高消费生活，与家乡小城明显不同。生活用品要开车或打的到超市里采买，一买一大包，够用一星期。

曹敏华已经不像过去那个乡下出来的青年，省吃俭用，不敢花钱，如今是啥好买啥，从不考虑物品的价钱。于小华的工资比在家乡时高出一倍多，而曹敏华的工资更高，比当副县长的爸爸的工资还要多得多。曹敏华把工资折交给于小华，自己从不用工资，可兜里常有大把的票子，他有外快收入。于小华还想过问曹敏华的外快收入。曹敏华没好气地说："你还想把我统治死，就像在新丰县时，就给我留二十块烟钱？我工资一分不动全交给你，其他收入不用你管，我将投资股票和实业。"望着曹敏华冷嘲热讽的脸，于小华觉得心虚气馁。曹敏华记仇，常常提起过去的事情说事，数落于小华的不是。这个家庭的一把手已经易位，于小华再精明强干，在家庭大事上还得由曹敏华做主。虽然生活是富裕了，可于小华的失落感越来越大，她得看曹敏华的眼色行事。于小华与曹敏华就家务事也争吵过，可一旦吵起来，曹敏华一副法官的架势，律师的嘴巴，话语就像一阵夹着冰雹的疾风骤雨砸了下来，于小华根本就不是他的对手。于小华只能忍气吞声，围绕曹敏华的轨道转。好在闺女丫丫聪明伶俐，有闺女这个开心果，维系着家庭的欢乐。

没用三年时间，曹敏华买下一套别墅，没用于小华掏一分钱。看过新房，于小华既兴奋，又满存担忧，追问曹敏华："你哪来的这么多钱，不是发不义之财吧？"曹敏华得意扬扬地说："还是你老爸有眼光，把闺女嫁给了当年的穷小子。我的财富是用自己的才华换来的。我除了完成单位的本职工作，业余时间在正义律师所兼职。律师打经济官司是按标的千分之一收费的，前几天，我代理了一个南方公司打赢了那场官司，律师费就收了二十万元。好好地伺候你老公吧，享福的日子还在后头呢！"

于小华有了曹敏华这个有钱的老公，风光无限。曹敏华为她买了一辆标志轿车，于小华自己开。她穿名牌，用名牌，出入高档场所，讲究生活品质，不时去美容理疗，很会享受生活。曹敏华从来不过问于小华有多少存款，在他的眼里，工资收入只是养家糊口的小钱，他根本不在意。于小华存下一笔可观的私房钱，弟弟大学毕业买房，于小华一次就支援了十五万元，把爸爸都震动了，查问她哪来这么多的钱。于小华苦笑着说："这只是我俩的工资收入存款，由我掌握。曹敏华自己投资股票实业的钱我都不知有多少，他如今是出名的律师，来钱门路广。”于小华生活是富裕起来了，可她对曹敏华越来越不放心。社会上不是有段顺口溜：男人有钱变坏，女人变坏有钱吗？

女儿丫丫考入重点中学，平时住校，周日才回来。家里一下子显得空落落的，曹敏华整天思考打点外面的事，回了家往往埋头在电脑上，即使有好看的电视剧，也是买回光盘在电脑上看，不屑听于小华家长里短地絮叨，两人之间的交流越来越少，感情生活日趋平淡，就是夫妻生活也是例行公事，难来激情。唉，也许生活本身就是平庸的，人们不是常说平平淡淡才是真吗？于小华这样想。

一个人的出现打破了于小华平静的家庭生活。曹敏华高中时的女同学找上门了。这个同学就是王鸣，是曹敏华辅导她考上大专的。

王鸣是在一个周日的上午独自开着宝马车上门来的。这个女人穿戴打扮时髦妖艳，可能做过整容，四十岁的人依然脸庞光滑娇嫩，两眼流光溢彩，魅力逼人。曹敏华见了她，眼睛放出光来，引起于小华本能的反感排斥。

于小华结婚典礼时见过王鸣一面。于小华和曹敏华敬酒时走到王鸣那一桌。王鸣站起来直言不讳地对于小华说：“本姑娘做买卖忙晕了头，把曹敏华这个宝贝给漏掉了，让你捡了一个大便宜，你可要珍惜呀。”满桌的同学笑得东倒西歪，这样狂野的女人于小华从来没遇见过。王鸣搭了两百元的重礼，而当时新丰县城同事随礼基本都是十元钱。事后，于小华追问曹敏华是不是与王鸣有一手。曹敏华笑着说：“我是她的半个老师，她又有钱，所以搭的礼重点儿。我和她根本就不是一路人，你还看不出来。”于小华想一想也笑了，那么野的女人谁敢找。

如今，王鸣创办的大华公司已经是自治区知名企业，投资房地产和采矿业，个人身价已经过亿。这次她的公司投资本市的一家煤矿，与当地政府发生了法律纠纷，特意来请曹敏华代理这起官司。于小华从来不过问曹敏华的法律事务，这次竟然脱口而出：“你还是请首府的大律师好，曹敏华只是一个兼职律师，哪能承担得起这么大的官司重担，办砸了你的事多不好。”王鸣大笑，说：“我比你更了解曹敏华，他呀，只有你想不到的事，没有他办不到的事。这件官司非得曹敏华出马才能赢。”曹敏华没有留给于小华半点儿回旋的余地，当即接话说：“既然老同学看得起我，我一定全力以赴。”于小华当时脸色就暗淡下来。

果不其然，曹敏华是帮王鸣打赢了官司，可两人却越走越近了。王鸣当年在酒桌上对于小华说的话，并非虚言。她实实在在佩服曹敏华，真心感谢曹敏华帮助她考上大专，开辟了一条崭新的人生道路。她比曹敏华还早毕业一年，工作半年就下海经商了。商海波涛汹涌，诡异难测，她全力拼搏，脚跟还没站稳，就接到曹敏华的结婚请柬，心里好一阵失落，但当时她对曹敏华虽有好感，却不会选择曹敏华。她要干一番大的事业，曹敏华不是她要找的理想伴侣。她在商界打拼出一片天地后，找了一个高干子弟，也是生意场上的伙伴，生了一个儿子后，两人分了手，儿子由她抚养。她原来的爱人忍受不了她那样张扬霸道的个性。王鸣也懒得再找对象，儿子就是她的精神寄托。没有了婚姻的约束，自由自在地正好享乐。

她这辈子最敬佩的人就是曹敏华。曹敏华帮助她打赢官司后，她对曹敏华动了真情。她对曹敏华不断地进行语言挑逗，可曹敏华偏装聋作哑，因为两人曾经是半师半友的关系，王鸣不敢对曹敏华过分放肆。可她是那种我行我素的人，为了达到目标，常常不择手段，她对曹敏华下了套。

曹敏华到首府办事。王鸣请曹敏华到她的豪华别墅做客。盛情难却，曹敏华应邀而至。王鸣的别墅可比曹敏华的别墅高档得多，有围墙门卫，花园里绿草茵茵，鲜花竞艳。屋内更是富丽堂皇，名家雕塑、文物古董随意摆放在客厅，这让曹敏华惊叹不已，金钱就是实力，金钱就是品位。曹敏华自诩日子过得不错，与王鸣相比，一下子显示出小康与大贵的差距。保姆在饭厅里摆了几碟精致的小菜，并打开一瓶五粮液。王鸣一摆手，保姆悄悄退出，两人一边细啜慢饮，一边漫谈忆旧。王鸣说：“想当年，我就像一匹脱缰的野马，校长、老师、我的父母谁都管不了，竟让你这个穷小子镇压住了，真是一物降一物。”曹敏华说：“命运把你与我捆绑在了一起，你考不上大学，我就挣不来学费，只能同生共死。”王鸣说：“还同生共死呢？你考上本科，就不理了我这个专科生了。”曹敏华说：“你知道为了辅导你学习，我付出了多大的心血？一开始你故意捉弄我，恨得我做梦都想暴打你一顿，你终于考上了学校，我就像卸下一座大山一样轻松，谁还想再理你。”想起少年时的顽劣，王鸣咯咯地笑出声。王鸣敬曹敏华一杯酒，说：“你是我人生路上的引路人，我一辈子也不能忘了你。我还没有遇到过像你这样优秀的男人，让我真正动心的男人。”曹敏华不愿意接话茬儿，低头吃菜。王鸣幽幽地看着曹敏华，又问：“于小华也是一个精明货色，又是副县长的女儿，你们当初走到一起，你肯定没少挨打受气吧？”王鸣的话勾起曹敏华对往事的回忆，是呀，自己遇到的都是一些霸道女人，于小华是一个过日子的好手，作风正派，可对自己是有点苛刻，当年为了给弟弟妹妹每月二十元的生活费，于小华硬逼得自己戒掉烟瘾，省出钱来。父亲拉来一车柴草，于小华逼得父亲把柴草扔在马路上，结果，父母亲就没登过自己在新丰县城时的家门。于小华在外面受了气，回家就往自己身上撒，真是一言难尽啊。曹敏华不由得苦笑，摇一摇头说：“我的青春时代充满了苦难，是那样的苦涩，真是不堪回首呀。”王鸣说：“如今你有了条件享受生活，可以把过去失去的东西弥补回来。”曹敏华说：“那是不可能的，失去的东西就永远失去了。”王鸣拿起酒杯轻轻地与曹敏华碰杯，说了一句意味深长的话：“一切皆有可能。”说完把酒一饮而尽，立起酒杯盯着曹敏华。曹敏华只好也把杯中酒干掉，喝下去感觉有点不对劲，眼皮发困，随后头昏昏沉沉地困倒在餐桌上。

曹敏华睡醒了，发现自己躺在大床上，王鸣依偎在自己身旁，她那光滑洁白的皮肤亮得耀眼，好闻的香水味直往鼻子里钻。曹敏华一惊，脑子一下清醒过来，自己怎么会干这种荒唐事，就想挣扎起身。王鸣很高兴地看到曹敏华醒来，身子贴得更紧了，两手不停地在曹敏华的身上抚摸游走。

王鸣对曹敏华说：“我是真心真意地爱你，有了你我才算有了一个圆满的人生。放心，我不会破坏你的家庭，只是对你感情生活的一种弥补，使你的爱情有更多的体验。”曹敏华从此有了自己的情人。王鸣热情奔放，曹敏华很快沉迷在其中难以自拔。

于小华从曹敏华不断到首府出差，回来嗅到曹敏华身上的巴黎香水的味道，已经明白在曹敏华身上发生了什么。她虽然明白如今社会，成功男士多有寻欢包二奶的，但她坚守传统道德，性情又刚烈，不能容忍曹敏华的行为。她当年选择了曹敏华，遭到多数亲朋好友的反对，自己也曾有过犹豫，但决心一下，义无反顾。婚后的日子过得清苦，尤其与陈大壮他们的家庭一比较，失落感很大，曹敏华个性又犟，不懂得体贴人，自己生活中是有过无数的烦恼，可从来没有三心二意过。于小华是一步步地认识了曹敏华的，他确实是一个人才，她对曹敏华的爱也逐步加深，虽然曹敏华有钱、有地位后，脾气也大了起来，个人还掌握着大笔资产，但于小华还是容忍了下来。曹敏华的工资全部上交自己，买别墅、家中大型物品的添置也都是曹敏华拿钱，自己帮助亲友多少钱，曹敏华从来不过问，自己掌握的钱足够花，曹敏华的投资将来还不是全留给女儿丫丫。于小华也不去闹腾，男人的生活应该有一个独立的空间。可如今性质全变了，于小华认为：男女双方的尊重挚爱是构建幸福美满家庭的基石，两口子之间吵吵闹闹那是难免的事，但一方却不能另有他欢，背叛爱人，背叛家庭。

曹敏华又一次从首府回来的晚上，于小华向他摊牌了，她追问曹敏华与王鸣到底发生了什么？能不能断绝。曹敏华沉默不语。于小华撕心裂肺地痛哭，她从前到后地数落着曹敏华的不是，把自己对曹敏华、对女儿、对家庭的付出奉献，一件又一件地摆功出来，说得感天动地，哭得鬼神皆悲，可已经难以打动曹敏华这个有着钢铁意志人的心。曹敏华也觉得难受，起身出门到公司里睡觉去了。

曹敏华是那种撞了南墙也不回头的人，既然错误已经造成，那就不能错上加错，再对不起王鸣。与王鸣好，并不意味着不爱于小华，不要眼前的这个家。旧社会成功男人不也是有妻有妾吗？不也照样和谐共处。如今社会，成功男人包二奶，寻欢作乐已经成为见怪不怪的寻常事，有啥大惊小怪的。他决定就这样拖下去，他觉得于小华最终会承认这种既成事实。

可他没想到，于小华却是一个有原则的人，她立场坚定。冲破了家庭道德底线，就是对她作为妻子尊严的根本侵犯，这是绝不能容忍的行为。曹敏华可以犯错，但绝不能错上加错，一错到底。曹敏华如不回头，那就一刀两断，离婚各走各的路。

曹敏华拖了三个月，奈何于小华绝不通融妥协，王鸣又乘隙发动爱情进攻。

曹敏华只好下了与于小华分手的决心。曹敏华向于小华表明，离婚后家产全归于小华，自己再付于小华一百五十万元，这是自己投资股市和其他实业的资产收入。他把自己的投资收入分于小华一半心里才会稍安。于小华没想到曹敏华会主动分给自己这么多的钱，曹敏华还算有点良心。分手事宜商量妥当后，两人相约一起去民政局办理离婚手续。

曹敏华一步一个台阶走向民政局大门，毕竟这是自己对于小华的背叛，亲手捣毁自己精心构建起来的幸福温馨的家，他内心承受着道德的煎熬，心乱如麻，步履异常沉重。于小华像影子一样在背后相随，连走路的声音也听不见。突然，人群里传来惊叫声，于小华一声惊叫，奋力朝曹敏华腰部一推，随即传来一声沉闷的摔击声，巨大的灾难发生在眼前：有一个到民政局上访的残疾人，对生活绝望，上访没有得到满意的答复，一时想不开，竟从五层楼上跳了下来，正冲着曹敏华的头部，而曹敏华浑然不觉。于小华一把推倒曹敏华，自己却被砸中脑袋，当场昏死气绝。

曹敏华抱着于小华欲哭无泪，巨大的灾难击蒙了他。于小华舍身救自己的行为像一道接地大闪电照亮了他的心灵，忏悔的心犹如波涛汹涌，浪头不断冲击着灵魂，他难受极了。

红脸牧羊女

张亮从沟底向山顶攀登，太阳像颗鸡蛋黄斜悬在西山头上，幽深的沟谷里，羊肠小道蜿蜒地向上延伸，不见行人的踪影，只有山鼠在岩石上跳跃、在灌木丛中窜走，远处不时传来几声乌鸦的怪叫，淖尔梁真是荒凉。

张亮走得满头大汗，已经快到山顶了。山顶上忽然传来悠扬动听的山曲：

（男声）想亲亲想得我手腕腕（那个）软，呀呼嘿；
拿起个筷子我端不起个碗，呀儿呦。
（女声）想亲亲想得我心花花花乱，
呀呼嘿，呀呼嘿；
煮饺子下了一锅山药（那个）蛋，
呀儿呦，呀儿呦。

是一个女人用男女二声唱山曲，男生腔唱得浑厚昂扬，女生本色唱得宛转悠扬。张亮听呆了，不由得停下了脚步。不一会儿，一个身材高挑浑圆的牧羊姑娘出现在山岩边上，她身着蓝裤花袄，脖子上系着一方红头巾，两根小辫搭在肩头，手里拿着放羊铲，夕阳下身材轮廓分明，曲线毕现，绵羊三五成群地散在她的脚下吃草，她美丽得就像一座雕塑。张亮忘记了走路。牧羊姑娘也许感到这个傻呆呆的行人有点好笑，喊了一声——哎。张亮惊醒了，回应了一声——喔。他边走边望着姑娘，一不小心，脚踏空，摔下了山道。牧羊姑娘笑弯了腰，一闪身不见了，只有银铃般的笑声在山谷中回响。坏了，张亮的脚崴了，不能走路了。张亮早听说大山里有野狼，眼看不能走路了，有可能要当野狼的干粮。张亮着急了，他放开嗓子喊："老乡帮帮忙，我脚崴了。老乡，我是下乡工作组的干部。"

不一会儿，牧羊姑娘来到了张亮身旁，红扑扑的圆脸，毛茸茸的大眼睛，黑豆豆的眼珠瞅着张亮直笑，她揶揄张亮："大小伙子，走路不看路，滚下了山道，丢人不丢人？"

张亮是一个爱开玩笑的人。他红着脸接着牧羊姑娘的话头说："斜阳崖头立美女，真是一幅绝美的风景画。我没丢了魂就不错了。"

牧羊姑娘脸一红，恼了，说："你活该。"转身要走。

张亮这下慌了，连声讨饶："姑娘，对不起。你不能见死不救，丢下我喂狼。"

牧羊姑娘其实也是佯装要走，她哪能把一个受伤不能走路的工作组干部丢下不管呢？她也拿张亮戴的眼镜开起了玩笑："你一个四眼狼，还怕个四腿狼。"

张亮说："我刚出校门就进了大山，出师不利呀，若不是遇到你这位活雷锋相救，红格尔图村就怕是去不成了，夜晚待在深山里，即使狼不来，我也会被吓死的。"

"哼！瞧你那白脸书生没出息的劲吧，一个大男人，这样的话也好意思说得出口？上了淖尔梁顶，就到了红格尔图村，你拄着羊铲走吧。"牧羊姑娘说着把羊铲递给了张亮。

张亮咬着牙，拄着羊铲，一步一步跳着往山顶攀登，他累得豆大的汗珠往下滚，也走不了多少路。日头就要落山了。牧羊姑娘也着急了，说："我遇到你算是倒了霉。天一黑，羊群回不了村，可咋办呀。干脆我扶你走吧。"说完靠过了身，伸过来手。牧羊姑娘比张亮还高半个头，张亮傍着她坚实的臂膀，走路顺当多了。牧羊姑娘身上没有一点脂粉气，一股健康天然的青春气息直达张亮的心灵深处，唤醒了张亮青春的躁动。张亮嘴甜，讨好牧羊姑娘，说："你唱得真好听，天生一副好嗓子，要是再经过声乐训练，名师指点，你一定会成为一名歌唱家的。"

牧羊姑娘说："白脸书生就会骗人，我一个放羊的，能成为歌唱家？"

"怎么不可能？草原百灵德德玛也是牧羊女出身。"张亮说罢，张嘴就唱："美丽草原，我的家……"牧羊姑娘也随声附和。两人边走边唱，你一首来我一首，你唱我和，不亦乐乎。爱情在歌声里萌芽，张亮心动了，他对牧羊姑娘一见钟情，爱上了这个大山里的牧羊姑娘。

两人不知不觉到了山顶，牧羊姑娘才发现，这个白脸书生紧紧依偎在自己的身上，脸一红，推开了张亮，说："你看见村子了吧，你自己走吧。"说完，一路小跑去追赶收拢羊群去了，只是不时回过头来瞭望。

张亮是县宣传部的干事，来红格尔图村是下乡搞社教工作的，为期半个月。淖尔梁顶一马平川，是天然牧场，约有十平方公里的面积，绿草茵茵，山花烂漫，真是一方世外桃源。山顶上只有红格尔图一个村，二十三户人家，不到一百口人。张亮住在生产队队长老牛家，他白天跟着社员一起下地劳动，每星期三、星期五晚上召集社员们开会学习，几天工夫就与生产队里的社员混熟了。这是一个半农半牧的生产队，以牧为主，牧业生产条件不错，社员人均收入远高于山下的生产队。只是江格尔图太偏僻了，离山下最近的村庄也有十八里地。山外的姑娘不想嫁到江格尔图村，村里已经有五年没娶回过一个新媳妇了，大小光棍有二十六个。张亮已经知道牧羊姑娘叫芳芳，是村西头梁三老汉的姑娘，今年十八岁了。

张亮找了一个机会向芳芳倾吐了心声。芳芳也对张亮这个白面书生干部有好感，但她警惕性可高了，她说："白脸多是奸臣，不可靠。如果你是真情实意，你让你父母亲自来我家提亲，我要明媒正娶才跟你走。你今后也不要单独来找我，小心让我父亲和哥哥看到，打折你的腿。"

张亮只要芳芳这几句话就足够了。社教工作结束后，张亮下山了。他满怀信心，觉得能说服父母亲，过几天再上江格尔图村向芳芳的父母亲提亲。

张亮想得太简单了。他回城后，向父母亲汇报此事，家里顿时风波骤起。父亲不等张亮把话说完，就勃然大怒，对张亮说：“你一个中专生，是国家干部，找一个农民，真是自毁前程。”母亲哭诉着说：“你知道找一个农村媳妇，今后的日子会过得有多难吗？媳妇来到城里，她没地方找工作，单位不给你们安排住房，粮食局不供应口粮。有了孩子，派出所不给上户，孩子大了，不能进城里的学校读书，就靠你每月三十六块五的工资咋活呀？”这些事，张亮不是没有考虑过，但他坚持认为，爱情是人生中最大的事，其他都是小事。芳芳漂亮、纯朴、豪爽、热爱劳动，还很会唱歌，能与心上人在一起生活，这就足够了。他对父母亲说：“找一个情投意合的对象是我最大的心愿，今后挣得钱多就多花点，挣得钱少就少花点，日子过得顺心才是最主要的。”他还责问父亲：“您当年参加革命，出生入死，新中国成立后当了官，找我妈时，我妈当时也没有工作，家庭成分也不好呀？”张亮听母亲说过，姥爷是一个资本家，单位组织批斗姥爷。母亲给姥爷送饭时，遇到了主持批斗会的父亲。结果父亲一眼爱上了母亲。父亲长叹一声，说：“就因为我不顾领导的批评反对，要找你妈，结果自毁了前程，至今还是一个科级干部，我不能让我的悲剧在你身上重演。”母亲不光不恼父亲的话，还附和着说：“你爸当年不顾政治影响，执意与我结了婚，断送了前程，要不然以他的资历和工作能力，早当上市长了。亮亮，你爸爸说得对，找对象也要有政治头脑。”张亮已经头脑发烧了，根本听不进父母的意见，他反唇相讥道：“现在是新社会了，国家干部找一个生产队的社员做妻子，就没有政治头脑了？这是一个共产党员、一个国家干部的逻辑吗？”父亲恼羞成怒，咆哮着骂张亮混蛋。在一旁的妹妹也插嘴说：“哥，今后你别把你的土梅花往家里领，我嫌丢人。”妹妹竟敢这样说话，张亮气急了，他往妹妹身边凑。结果，他还没走到妹妹的身边，就迎来了父亲的大耳光。父亲的手哆嗦着，指头直指向张亮的眼睛，气急败坏地怒喝道：“你给我滚出去。我再不想见到你。”张亮摔门而出，身后传来母亲的哭声。

张亮是一个有主意的人，一旦下定了决心，九头牛的劲也扳不回来。张亮离开家后住到了单位的办公室，在单位食堂吃饭。其间，母亲来过几次，劝张亮回心转意，张亮不听。单位的领导和同事们听说了这件事，也都认为张亮糊涂，好心相劝张亮改变主意。可是张亮一概听不进去。张亮所为，并不是违法违纪的事，纯属个人问题，别人也不能过分地干涉，单位的领导只是不再安排张亮下乡了。但私下里，张亮要娶牧羊姑娘的事，成了干部们茶余饭后的谈资，多数人认为张亮色迷心窍，丧失了理智。

一个星期天，张亮从商店里买了二斤槽子糕和一斤水果糖，独自走向淖尔梁顶上的红格尔图村，他要向芳芳求婚。

张亮走了六十里的山路，下午两点多才走到了芳芳的家。芳芳放羊不在家，芳芳的父母和哥哥、弟弟午休起来正要出工劳动。他们见到张亮都吃了一惊。张亮掏心掏肺地向芳芳全家人表明了心迹。谁知，芳芳的家人越听脸色越阴沉。芳芳的父亲抽着旱烟锅，将烟锅头重重地磕在炕沿边的石条上，冷冷地说："我家芳芳高攀不起你。"张亮急赤白脸地说："我一定会对芳芳好，永不变心，白头偕老。"芳芳的爸爸不耐烦了，说："我们不会凭信你。你一定要找芳芳也行，先拿来八百块的彩礼钱，你领芳芳走人。"

张亮傻眼了，他从哪儿能凑出八百块钱呀。张亮气愤地说："您这不是卖闺女吗？我现在实在拿不出来这笔钱。我们今后会给您比彩礼多出十倍、百倍的钱，孝敬您二老的，请相信我。"

芳芳的母亲说话了："我们庄户人就讲求实际。我们还指望拿芳芳的彩礼钱给他哥哥娶媳妇呢。我不想听见卖闺女这种侮辱人的话。我们农村人就按千古传下来的老规矩做事，家家一样，就是这样的一个理。不给彩礼，就想娶媳妇，你做梦去吧。"

张亮怔住了，无话可说。

芳芳的哥哥明白，这个白脸书生一旦骗走了芳芳，自己这辈子就别想找上媳妇了。他可不客气了，黑着脸，把张亮带来的槽子糕摔在门外，用手指着张亮，喝道："快滚！你再敢来淖尔梁，看我把你从山崖上扔了下去。"院里的鸡、猪、狗争抢地吃着院子里的糕点，叽叽、哼哼、汪汪的叫声响成了一片。

张亮脸色刷白，虚汗直冒。

正好牛队长赶了过来，好说歹说，制止了事态的发展，他拉上张亮走了。芳芳的哥哥、弟弟凶神恶煞地在身后跟着，张亮连牛队长的家门都没进，直接下山了。

张亮垂头丧气地下了山，回过头来相望，一个牧羊女像一座肖像雕塑立在崖头。张亮号啕大哭，城乡差别、干部与农民的差别怎么就比这几座大山都大，张亮实在越不过这重重大山的阻隔，与心上人共结同心。可爱的牧羊姑娘，下辈子再相会吧。

四十年后的一天，有一家人开着宝马车去淖尔梁草原风景区游玩。开车的男主人是一个身体消瘦的老人，他苍白的脸上戴着一副金丝眼镜，文质彬彬，风度翩翩。他站在崖顶上眺望，久久不语，触景生情，一首诗脱口而出："淖尔梁上是红格尔图村庄，村里住着红脸的姑娘。拿着鞭子天天放着羊，唱着情歌日日等着新郎。不抹点滴油霜，自带迷人的芳香。健康的身体高高的乳房。不知你嫁到何方？现在生活怎样？红格尔图啊，那红脸的姑娘。"旁边有一个美丽的姑娘，她听后用欢快的语调对一位中年妇女说："妈，我老爸的诗作得多好，多么浪漫，多有情调呀。"那位中年妇女身材富态，白脸妩媚，她用丹凤眼斜瞅了一眼自己的男人，嘴角一抽，露出一丝轻蔑的讥笑，从鲜红的嘴唇里吐出一句话："老不正经，又犯了神经病。"

爱的苦涩

村寨广场上的苗家歌舞正在激情地演出。陈晓琦看得如痴如醉，他那被城里钢筋水泥大楼桎梏压抑的青春活力一下子激活起来，他随着人群大声喊叫，开怀畅笑，身心无比放松。这时，一件大喜事降临到陈晓琦的头上。舞台中央一位美丽的苗家姑娘抛出的红绣球正好砸在他的头上，随即滚落在他胸怀里。马上，一群苗家姑娘迎了过来，给他戴上大红花，叫他姐夫，拉他到舞台中央举办婚礼。在全场观众的欢笑声中，陈晓琦闪亮登场，他一米八的个头，俊朗的外表，文雅的气质，与苗条秀丽的苗家姑娘真是天造地设的绝配，引发观众的一阵赞叹和欢呼。在舞台指挥的调度下，陈晓琦与苗家姑娘按照苗家的婚礼乡俗爱情表白，夫妻对拜……将婚礼程式一一进行了下去，最后的一个环节是由陈晓琦背着苗家姑娘入洞房，一场游戏也就结束了。可陈晓琦却拉着苗家姑娘的手不放，脉脉含情地问姑娘的姓名，旁边的姑娘们赶紧劝解，说这是游戏，没必要问姓名。陈晓琦通红着脸，火辣辣的眼望着心爱的姑娘不为所动。那位姑娘只好含羞一笑说："我叫张晓梅。"众人这才强拉硬拽地把陈晓琦送回了座位。

一块儿出来旅游的同事，纷纷赞扬陈晓琦的表现不错，大家开着玩笑说："平时你那么拘谨，可在今天这样的大场面上却表现得潇洒自如，充分展示了自己的风采，还是爱情的力量伟大，能够改变一切，要不你干脆留在这里当招女婿算了。”陈晓琦痴笑着不说话，心里却想，如果梦想成真那有多好。

第二天，旅游团就要起身到下一个景点。陈晓琦说他要在苗寨多待几天，让大伙先走。这事可闹大了，旅游行程早预先确定好了，哪能中途变更，同事们纷纷来劝说，可陈晓琦充耳不闻。公司的领队张副经理大发脾气，甚至威胁说，不服从纪律，将会受到除名处分。陈晓琦也不为所动。时间已经过去两个多小时了，同车的其他游客怨气冲天，导游也是忍无可忍，一再催逼张副经理签字，人家就要扔下商贸公司这帮人，前往下一个景点了。张副经理只好找到苗寨行政村的熊主任，把陈晓琦的身份简略地介绍了一下，托他关照陈晓琦，就带队坐车走了。

熊主任也是第一次遇到这种情况。他好奇地与陈晓琦交谈，发现陈晓琦这个人彬彬有礼，言辞得当。他了解到陈晓琦出生在北方的一个小县城，考上了首都经贸大学，毕业后进入北京一家商贸公司，月薪一万元，已经二十八岁了，从来没有正经地谈过恋爱。陈晓琦对张晓梅是一见钟情，一往情深，执意假戏真做，定要娶张晓梅姑娘。熊主任虽然觉得这件事有点荒唐，但也理解陈晓琦的心情。苗家儿女自古自由恋爱，如果两个年轻人能走到一起，未尝不可。熊主任说：“按照我们村寨的古老乡俗，如果外乡一个小伙子看上了我们村寨的姑娘，要到这个姑娘家无偿放羊三年，经受姑娘家的各种考验，如果真能打动了姑娘的心，才可以娶走这个姑娘。”虽然村寨近二十多年已经没有一起这种事例，但对来自陌生的北方小伙子陈晓琦来说，必须经受这种考验。熊主任说：“你真能放弃在首都的工作，放弃每月万元的高薪，来村寨无偿为张晓梅家放羊吗？”陈晓琦坚定地说：“我愿意。”熊主任说：“那好吧。你就暂时住在村委会办公室里，我和张晓梅一家是亲戚，我与张晓梅家人商量你放羊的事。”

第二天一早，一个清瘦俊朗的少年上门来找陈晓琦到张晓梅家。他叫张晓敏，是张晓梅的弟弟，是一个初三学生。

张晓梅家是一个二层竹楼。底楼进屋是一个宽敞的厅堂，左手是一间卧室，右手有楼梯通往二楼。厅堂中央张贴着毛主席的画像，两边的对联是：翻身全靠共产党；幸福不忘毛主席。地当中放着一张低矮的饭桌，周边散乱地放着几把竹椅、竹凳。饭桌上已经放好早餐，有大米稀粥、苞谷面饼子，几样咸菜。张晓梅的父母让陈晓琦入座吃饭，两位老人对陈晓琦很客气，但寡言，双方都很拘谨。

饭后，张晓敏领陈晓琦到楼后的羊栏里放出九只白山羊，一起赶着羊群往山坡上走。陈晓琦走出几步，回头一望，发现张晓梅正站在二楼的窗前看着他们。羊群走到一块较为平坦的草地上，张晓敏从身上取下黄书包递给陈晓琦，说："书包里有水壶和干粮，傍晚我来接你。"扔下陈晓琦走了。

陈晓琦第一次放羊，羊儿不听召唤，这只往东，那只往西，四散走，累得陈晓琦手忙脚乱，浑身冒虚汗，也难把羊群拢到一块。后来一想，一只羊充其量不过三百元，九只羊也不过就是两千七百元，也就是我一个星期的工资，丢了又能怎样，干脆不管它便是了。也怪，你不管羊，羊儿反倒不跑了，它们安静地吃草，吃饱了，卧聚在一起。陈晓琦悟到：啥事都顺其自然才好。

陈晓琦懒散地躺在山坡上，望着蓝天上的朵朵白云飘来飘去，小鸟在苍翠的树杈间蹦蹦跳跳，身下的绿草散发着幽幽的清香，他感到无比的舒心惬意，回归大自然的生活是多么得好呀，能在这世外桃源与心爱的人过上一辈子也就心满意足了。后来又想，放一年的羊，收入也不到三千元，难道自己这个名牌大学的毕业生扔下京城的白领工作，来苗寨过张晓梅家那种寒酸简陋的生活吗？心里又矛盾起来。这时，张晓梅靓丽的容颜、婀娜的身姿从陈晓琦的脑海里闪现了出来。她就像九天仙女楚楚动人，摄人魂魄，能与这样的天仙靓女生活一辈子，吃什么苦都值得，陈晓琦下定了决心。

山寨的天空瞬息多变，下午来了一股疾风暴雨，陈晓琦顿时成了落汤鸡，名牌衣衫滚成了一身泥，接地大闪电仿佛就在身边爆炸，他靠着大树直哆嗦，羊儿早没了踪影。黄昏时分雨才停顿。张晓敏乘着微弱的晚霞上来，把陈晓琦领回了家，羊群早已自个儿寻回了家。

熊主任看着陈晓琦的狼狈相，嘲笑道："这下体验到山寨生活的严酷了吧？明早有车，你还是搭车下山去吧。"陈晓琦咬着牙说："我是不达目的，决不罢休。"熊主任扭头而去。

陈晓琦很快便适应了苗寨生活。苗寨开设了农家乐旅游项目，接待外地游客。每天晚上，村里的青年男女聚在广场上与游客唱歌跳舞联欢。陈晓琦虽然歌唱得不怎么样，但他对乐器颇有两下子，混入了演奏群中滥竽充数。他天天看着心爱的姑娘唱歌跳舞无比的开心。遇上外国游客，陈晓琦的外语便有了用武之地，担当起翻译解说，颇受欢迎。他还对熊主任提出了改善旅游接待的种种建议，熊主任对他刮目相看，逐渐按贵宾待遇来对待他。他对张晓梅一家人也找到了接近的突破口。张晓敏英语学习成绩差，陈晓琦就主动辅导他学英语。张晓敏找到了好老师，每天跟着陈晓琦边放羊，边学习英语。张晓敏的悟性很好，经过陈晓琦的辅导点拨，学习成绩突飞猛进，有了将来考入北京的大学的信心。有了张晓敏这个内应，张晓梅一家人也开始喜欢上陈晓琦这个人了，放手让陈晓琦与张晓梅接近。陈晓琦在苗寨里有了人缘，青年男女都撺掇陈晓琦与张晓梅在一起。陈晓琦感动了上帝，他与张晓梅进入了热恋阶段。

二十天后，公司组织的旅游结束了。这段时间，陈晓琦这小子连手机都关机了，公司的领导、同事与他联系不上，害得张副经理送走返京的同事，独自一人又返回苗寨来接陈晓琦。

张副经理进了苗寨，发现陈晓琦已经大功告成，正在与苗家姑娘张晓梅热恋中，苗寨上下对陈晓琦是一致好评。他大为惊奇，平时老实木讷的陈晓琦有两下子，真是人不可貌相，海水不可斗量。陈晓琦对张副经理说，他要向公司告假几天，等待与张晓梅的事定下来再返京。张副经理问：“请几天假？”陈晓琦说：“没准，要看张晓梅何时答应他求婚而定。”张副经理严肃地说：“按照公司的规定，只能请给你十天假，超假将按照自动离职来处理。”陈晓琦说：“我知道。”张副经理只好决定第二天自己一人返京。

中午，张晓梅一家请张副经理吃饭，熊主任陪客。酒席上，熊主任代表张晓梅家人向张副经理和陈晓琦表示，张家已经答应陈晓琦的求婚，将张晓梅嫁给陈晓琦，请张副经理做主婚，今晚就办婚礼。陈晓琦激动得满脸通红。张副经理连连推托，说：“这是好事，可喜可贺，但不宜急办，起码应该与陈晓琦的家人商量好了再办不迟。”陈晓琦说：“我的父母已经过世，我个人的事自己做得了主。”由不得张副经理的推托，村寨上下便紧锣密鼓地张罗开陈晓琦与张晓梅的婚礼。

婚礼就按照平时歌舞晚会上苗家招亲的结婚程式进行，但今天办的却是真人真事。场上场下火爆激情，村寨里处处洋溢着喜庆吉祥。陈晓琦激动得如同在梦中，直到背着新娘进了洞房才醒悟过来，他紧紧地抱着张晓梅，幸福地说："我是天下最幸福的人！"

十天后，陈晓琦领着娇妻张晓梅回到了北京。张家人深明大义，陈晓琦与张晓梅应该去北京工作生活，那里的发展前途更大。

陈晓琦回到单位，同事们都向他祝贺，让他请客喝喜酒。陈晓琦笑着说："星期日大伙都到天外楼酒家吃饭，我与张晓梅请客，到时你们可不要忘了带红包。"大家嘻嘻哈哈笑成一片。

陈晓琦找张副经理领工作任务。张副经理让他找小王。陈晓琦一脸诧异，小王一直是自己的工作助手，怎么会让自己找小王领工作任务？张副经理只好解释道："小王为人谨慎，工作能力强，经过公司研究决定，提升小王为业务主管。你是老同志，希望你能够配合小王把工作做好。"陈晓琦顿时就像掉到了冰洞里，旅游出发前，公司已经明确要提升自己为主管，只是没有下文件，怎么会中途变卦呢？他明白自己为浪漫的爱情付出了代价，心里万分恼怒，但也只能将委屈放在肚子里。

只有回到家里，陈晓琦才能找回快乐，张晓梅就是自己的快乐女神，对她真是亲不够，爱不够。他们拥抱在一起就不想分开，极尽缠绵眷恋。

日子就这样过下去多好，但红尘世上哪有避俗的世外桃源。陈晓琦与两个年轻人合租一套二居室楼房，一家出一千两百元的房租。那两个小伙子是外地进京的打工仔。陈晓琦为人和善低调，与他们相处两年一直无事，互不干扰。自从张晓梅住进来后，那两个年轻人就不安分了，常常没事找事地敲陈晓琦屋子的门，进屋说几句无关痛痒的话，却用狼一般贪婪的眼神瞅着张晓梅不放。不光张晓梅害怕，陈晓琦自己也很惶恐。有一次，陈晓琦发现这两个家伙在偷听房，这还了得，如今窃听器材到处卖，让这两个家伙把自家床上的私房话偷录出去，后果不堪设想。陈晓琦想赶快换房。

一对老年夫妇出租一间卧室，每月租金两千元，虽然贵一点，但房主可靠。陈晓琦毫不犹豫地租了下来，赔了一笔违约金把原租房退掉。住进来之后，又产生了新的烦恼，女房东异常苛刻，好像有精神疾患。陈晓琦他们走路重啦，出门晚归啦，上卫生间洗脸把水点溅到地上啦……出了任何一件鸡毛蒜皮的小事，女房东都要义正词严地过问干涉。他们简直就像被女房东监管了起来，与这样的房东怎么能相处？只好再付违约金把租房退掉。

这一次，陈晓琦下了狠心，租了一个四十多平方米的单居楼房，每月租金三千元，花掉了月薪的三分之一。房子是日常生活的基础，贵就贵点吧，其他方面节省点吧。

三个月换了三次住房，这让陈晓琦两口子疲惫不堪，新婚喜庆的心情败坏不少，但总算安顿下来了，两人长舒了一口气。

两人甜蜜的幸福生活过了几个月。张晓梅开始厌倦起这种像被关进鸟笼的生活，她十分怀念苗寨家乡的蓝天白云、山林草地和伙伴们的歌舞欢乐。这里有什么好呀，楼房林立不接地气，人流如潮却人情冷漠，唱歌要到歌厅还要收费，超市的货物虽然琳琅满目，应有尽有，但用采买回来的蔬菜做出来的饭却没有了家乡饭菜的味道。出门坐车要钱，进公园要钱，就连上厕所都要钱，没钱简直寸步难行。陈晓琦虽然每月工资一万元，在苗寨里听来是很了不起的收入，但在北京刚够每个月的花销，还不如自己在家乡唱歌跳舞的几百元收入值钱。在北京远不如在家乡生活得快乐开心。好在陈晓琦这个人人品确实不错，对自己爱得更是一往情深，但爱情并不是生活的全部呀。张晓梅感受到了在北京生活的无聊与无奈。她本来勤劳惯了，天性自由，就想冲破这种鸟笼般的生活。她向陈晓琦反复提出要找点事干的愿望。

陈晓琦虽然一下班就以最快的速度赶回家陪张晓梅，常常不顾同志们的影响，不参加单位的加班工作。但毕竟整个白天张晓梅孤零零地一人在家，哪个年轻人能忍受得了，找点事干也好，张晓梅既可解闷，还可为家庭增加点收入。陈晓琦开始张罗着给张晓梅找工作。张晓梅只有小学文化程度，普通话也不好，适宜她做的工作真难找。办公室的白领工作根本不敢想象，名牌大学的本科生都抢不到手，更何况是没有学历文凭的张晓梅呢？能干的工作只有饭店的服务工作和家政服务工作，而陈晓琦又不愿意让张晓梅涉足这种行业。好歹托了一个相关业务单位的要好领导，找了一份大楼里的保洁工作，每月工资八百元。工资虽然少一点，但张晓梅愿意，她干的得心应手。她还利用扫地的便利条件，把饮料瓶等可回收的废品私自收集起来，卖给收破烂的小贩。也该出事，公司遭小偷盗窃，小偷把经理办公室的高级摄像机等物品偷走，却把保装纸箱外壳扔到楼道里。张晓梅不知就里，就把纸箱当作废品收藏在保洁员的休息室里。公安干警来破案，在张晓梅的保洁室里发现了这些物品。张晓梅就脱离不了干系，受到重点盘查。张晓梅吓得直哭。虽然最后没把张晓梅怎么样，但张晓梅私自收藏废品卖钱也是不允许的行为，公司解雇了张晓梅。陈晓琦感到丢人，第一次骂张晓梅手贱，连点破烂也看得起，干脆拾荒当破烂王好了。张晓梅又羞又气，责怪陈晓琦不说体谅话，反而火上加油来羞辱她，她不由得大哭不止。陈晓琦于心不忍，只好违心地说些好话来安慰她。

这件事传到了陈晓琦的单位，主管小王添油加醋地到处传播，弄得公司上下都知道了这件事，仿佛张晓梅真干了偷窃的坏事情。陈晓琦又没法去向同事解释，内心十分恼火。这个小王人品不好，小人得志便猖狂。他越过陈晓琦当上了主管，工作能力一般，所以嫉妒陈晓琦的能干，处处防范陈晓琦夺了他的位置，不时散发一些有关陈晓琦的流言蜚语，进行诋毁。工作上也常给陈晓琦出难题。主管直接对公司领导负责，自己工作做得再好，也是小王领导的成绩，而一旦出了差错，小王就将责任推卸在陈晓琦的头上。有这个小人当道，陈晓琦在公司里真是看不到前途了，可又不敢随意辞职，如今他有了家庭负担，不能意气用事。

张晓梅自己找了一家宾馆做服务员，月薪一千二百元。这家宾馆离家不远，只是晚上八点才下晚班，弄得陈晓琦晚饭不好安排。有时他做好饭自己先吃过，张晓梅下班回来后用微波炉热一下吃，可张晓梅常常嫌陈晓琦做的饭不可口，吃几口就不吃了。陈晓琦费力不讨好，很不开心。有时，陈晓琦干脆饿着肚子到张晓梅服务的宾馆，等张晓梅下班一块回来做饭吃。在琐碎的生活中，两人渐渐少了谈情说爱的雅兴，日子越过越平淡。

张晓梅出众的相貌、美妙的歌喉还是被大堂经理发现了，立刻将她调到了餐饮部，工资也上涨到一千六百元，晚上还管饭，只是下班时间推迟到晚上十点半。陈晓琦担心张晓梅的安全，就天天去接她下班回家，他觉得自己连喜爱的电视连续剧都看不成了，难免有些怨言。可张晓梅的工作兴致很高，客人对她的歌声叫好，这使她感到满足。两个人的心情不一致时，难免会发生摩擦碰撞，一言不合就会争吵，弄得很不愉快。陈晓琦事后想想，也没什么大的事，就检讨自己的涵养差。可第二天无意中又重复了昨天的错误，循环往复，痛苦不已，这都是担心焦虑引发的连环现象。

但是，后来这种担心变成了实在的威胁。陈晓琦发现有人尾随跟踪张晓梅下班回家，更有喝醉酒的无赖不管不顾地来纠缠张晓梅。陈晓琦感觉到了危险，就坚决不让张晓梅去上班。可张晓梅反问陈晓琦："你又能给我找上什么体面的工作干呢？"陈晓琦说："我一个人工作也可养活你呀。"张晓梅呸一口，说："就你那点工资，仅能勉强维持日常生活。没点积蓄，将来有了孩子，我们怎么过呀？"陈晓琦大大咧咧地说："大不了我们不要孩子，社会上不是有不少人甘愿丁克吗？"张晓梅狠狠擂了陈晓琦一拳，骂道："你简直没点男子汉的气概，这话也能说出口，没有孩子还算家吗？人活着还有意思吗？我没想到你骨头里竟是个窝囊废！"陈晓琦哑口无言，自己也不是不喜欢孩子，而是考虑到在北京养活不起孩子而已。张晓梅继续说："难道我们就一辈子租房住，不打算买一套属于自己的房子吗？我弟弟明年就要考大学，我们还得承担部分学费，钱从哪来？"陈晓琦的头垂得更低了，这些事不是没想过，而是不敢想。钱啊？你像一座大山压在背上，使人抬不起头，翻不了身；你像魔鬼一样施法，使人世间的爱情失色，父子反目，兄弟不和，家庭不睦；你让英雄气短，好汉折腰。我恨钱，但更盼望着钱，为了挣更多的钱，努力奋斗吧，这就是人的使命。陈晓琦这样想。

大学毕业六年之际，老班长组织同学聚会，每人出五百元份子钱，在京都宾馆活动，要求每位同学带着家人一起来。陈晓琦在社会上混得不如意，不想去，但又强迫自己去。同学是最重要的社会资源，相互照应自是情理之中的事，自己在单位看不到出头之日，也许哪位同学伸手拉一把，就能跳槽找一家好的公司，或者给张晓梅找一份合适的工作也行。抱着这样的目的，陈晓琦带着张晓梅到了京都宾馆。出席这样的场合衣着不得不讲究，可陈晓琦没钱给张晓梅买件像样的衣服。陈晓琦想了又想，干脆让张晓梅穿上了苗家服装。这一招果然出奇制胜，同学们都惊呼张晓梅是仙女下凡，陈晓琦艳福不浅。但是同学们真正比拼的是金钱、地位和名声。随着活动的展开，同学们暗暗地较量开来，女同学显摆开各自的服装。众人夸奖张同学穿的衣服亮眼，张同学说是老公从巴黎买回来的，才八千元，是欧元。李同学手上的钻戒宝石光彩熠熠，吸引住众人的目光。李同学自豪地说这是老公从南非特意定做的，也就是一万美元。张晓梅听了只有咂舌的份，哪敢插话。可一身珠光宝气的王同学偏要与张晓梅套近乎，关切地拉话。忽然，王同学提高声调夸张地说："你这样美丽动人的佳人，怎么会去餐厅打工，陈晓琦也太不会心疼人啦，我抗议。"陈晓琦的脸腾得一下红到耳根，恨得牙咬得咯噔响。当初，王同学在大学里追求自己没成，成心报复看笑话。随后，同学们的目光都聚焦在陈晓琦和张晓梅身上，虽然多是友好关切的目光，但陈晓琦觉得自己作为一个男人的尊严尽失，狼狈不堪。

屋漏偏遭连阴雨，张晓梅在宾馆里还是出事了。这天，陈晓琦久等张晓梅不出来，就进了餐厅，隐约听见走廊里有叫声，声音像张晓梅，就飞奔过去。看见一个喝得醉醺醺的胖老头子拉着张晓梅的手不放，他冲过去一拳把老家伙打倒在地。这时空无一人的走廊顿时嘈杂起来，从一个房间里冲出五六个人来，领头的一个小伙子喊道："你敢打金总！"他手扬酒瓶砸在陈晓琦头上。陈晓琦顿时就像一包棉花，软塌塌地倒在地上，在张晓梅的尖叫声中，昏了过去。

陈晓琦醒过来已经是第二天了。他在病床上睁开眼看见张晓梅憔悴的脸，哭肿的眼，凄然泪下。张晓梅看见陈晓琦醒了过来，笑了，哭了，哭笑交加。医生护士闻讯赶来，把张晓梅劝出病房。

陈晓琦开颅手术很成功，没有留下后遗症，一个月就出了院。他的大学同学伸出了援助之手，凑钱聘请资深律师为陈晓琦打官司。金总是一家财大气粗的民企老板，虽然还算及时支付了陈晓琦五十万元的医疗费，但在人身损失赔偿上却异常抠门，他知道只要人死不了，负不了什么刑事责任，钱少出一分就是一分。但是，他后来发现陈晓琦这个人虽然不怎么样，但他的同学校友中有不少是商界精英，事情处理不好，会影响企业发展，就来了一个大转弯，主动邀请陈晓琦的同学吃饭协商，一次支付了五十万元的赔偿金。

陈晓琦养病休养期间，与单位签订的劳动合同到期，单位没有给陈晓琦续签的机会。张晓梅出事后就没有去餐厅上班，两人为今后的生计谋划。陈晓琦的同学答应为他再找一家公司工作，但张晓梅执意要回苗寨。她先是被误为偷窃，后来又遭遇这样的事，险些把爱人的性命丢掉，北京不是她想待下去的地方。陈晓琦考虑再三，决定与张晓梅一起回苗寨。有了五十万元赔偿金做本钱，在苗寨搞旅游业也能干点事。他深刻地体会到：没有爱情的婚姻没滋味；光有爱情的婚姻没有经济保障也是不行的。他要珍惜与张晓梅浪漫的爱情，就必须干出一番事业来，只有这样才会使爱情的鲜花永不褪色。

爱的天平

办公室里的人已经提前走光了，陶秀明还拿着一沓资料机械地来回翻阅着，也不是有意要看什么，而是等待着下班时间的到来。

门轻微地响了一下，陶秀明感到一股熟悉且亲切的气息迎面袭来，抬头笑脸相迎，进来的果然是罗林。罗林是一个精瘦的小老头，花白头发，小平头，穿着一身浅灰色的西服。别看他貌不惊人，在全国生物遗传研究领域那可是赫赫有名的权威专家，前几天赴北京参加“何梁、何利科学奖”颁奖仪式，上午刚回来。罗林就像带领团队不断向战略高地发起冲锋攻击的将军，对科技情报资料就像对待粮食给养一样重视，开会期间没能看到科研信息资料，就像几天吃不上饭一样饥渴，他能不来吗？陶秀明把资料放到罗林的桌子上，同时做了三言两语说明，然后真诚地对罗林说：“祝贺您获得了大奖，您是研究院的骄傲，在您身边工作，我们都感到光荣。”罗林哈哈大笑说：“小陶，何时也学会奉承人了？这个奖虽然是发给我个人的，但工作是大家做的，是大家共同的劳动成果，其中也有你的一份功劳，难得你二十多年如一日为我搜集资料，急我所急，想我所想，我有好几次靠你提供的资料找到了科研方向和出路。与你谈话，多次给了我科研灵感和启发。你这个女人不简单，有头脑。你简直就是我们科研团队的编外人员，是我工作上的知己，对科研工作起了很大的作用。我把奖金的一半拿出来与同志们分享，也有你的一份。”说着从兜里掏出一个信封袋，里面装着一万元现金。陶秀明接过信封袋，胸中一股热浪涌来，满脸通红，眼睛也湿润了，有一种人逢知己的幸福感觉。

陶秀明是院里出名的冷美人，她有过婚姻的不幸遭遇。她与丈夫是大学同班同学，都才华横溢，当年两人的恋爱曾轰动一时，是大学里公认的一对才子佳人。丈夫有华侨家庭背景，“文革”一开始就受到冲击批斗，形势略有松动，就扔下娇妻幼儿，出国远走了，在国外也没混出个人样，竟然自杀了。陶秀明经历了感情伤害，关闭了爱情与婚姻的大门，拒绝了许多追求者。陶秀明在研究院搞图书资料工作，罗林经常来借书，一来二往就熟悉了。罗林是那种不好张扬、默默求学干事的书呆子型的人，经常被人瞧不起。但陶秀明慧眼识才，她十分赏识罗林的才华和抱负，开始留心罗林的研究，有意为他搜集资料，参与科研探讨。罗林是一个立志献身科学事业的独身主义者，两人来往也不会引起闲言碎语，陶秀明二十年来的工作热情确实是融进了罗林的事业中。罗林厚积薄发，赶上了干事业的好时光，很快就成为全国的知名专家，成了研究院的总工程师。两人在工作上可谓是心领神会，相知甚深，但都没有将关系进一步发展延伸的想法。对罗林来说，他已经适应了独身生活，而陶秀明则把更多的爱给了儿子，随着儿子大学毕业走上社会，自己也面临着退休，陶秀明才感觉到对工作的留恋，对罗林有着一份深藏着的感情。她对将来的退休生活有了一种失落恐慌感，想对未来的生活道路有一个新的选择。于是她秀美的丹凤眼饱含着柔情蜜意，盯着罗林笑着说：“我十分感谢你称我为工作上的知己，我们能不能进一步成为生活上的知己呢？”罗林感到很突然，沉吟了一会苦笑着说：“如果二十年前你说这话，我也许会很兴奋，如今我们已是夕阳西下的人啦，再谈这种事已不相适宜。”陶秀明说：“这么说，您曾有过喜欢我的念头，难道经过二十年的相知了解，爱的火花倒会熄灭，为什么就不能燃成火焰呢？”罗林说：“人到了这把年纪，已经形成了固定的行为习惯模式，我不想再有什么改变。比如说我打算将我的奖金和积蓄捐献出来，成立一个奖励基金，鼓励有志于生物遗传学领域的年轻学子，我一个人就决定了这事，有了家就需与家人商量才行。”陶秀明说：“没想到你把我看成是一个趋名逐利之徒，这简直是对我的污辱。您可以通过公证先把钱捐献出来，我们轻松地结合，我还不想担我您是奔百万奖金的名声。我就要退休啦，一想到就要从您身边离开，我就感到无名的失落心烦。”说罢，滚滚泪珠流下脸庞。罗林看着陶秀明雨打桃花的样子，一点熄灭且深埋许久的感情火花呼地爆发，迅速燃烧蔓延。他情不自禁地站了起来，伸手抹去陶秀明脸上的泪珠。陶秀明顺势抱住罗林，把头依偎在罗林的肩头，轻轻地抽泣。

陶秀明回到家中，儿子正埋头在电脑旁，头也不抬地甩出一句话：“下班不回家，磨蹭甚，别人都快饿死啦。”别看儿子已经长成一个大男子汉，可家务事从来不动手。儿子从小失去父亲，陶秀明为他付出了双倍的爱，只是在学业上抓得紧，生活上尽量满足孩子的要求。过分地溺爱，使孩子养成了自私、任性、固执的性格，孩子越大越不听话，以至于陶秀明要对孩子察言观色后才敢对话。坦率地讲，陶秀明有点怕儿子，内心下意识地想与儿子分开生活，自己过几天舒心自在的日子。陶秀明一边做饭，一边思忖如何开口与儿子谈自己新的生活选择，这真是一座难以攀越的大山，但是再难，陶秀明也要鼓起勇气翻越，这毕竟是关系到自己后半生的大事。

饭端了上来，儿子过来只顾吃饭，也不言语，这孩子越来越沉默寡言，内心深处就像一个黑洞，探望不到边。儿子吃完饭扔下筷子就要走，陶秀明喊住了他，说：“小明你坐下，有件事与你商量一下。你工作已经两年啦，很快就要结婚成家，妈妈想再找一个老伴一起生活。”小明吃惊地抬起头说：“你怎么会有这样的念头？我们相依为命二十多年都过来啦，生活越来越好，为啥要找不自在。家里再走进一个陌生人，我实在忍受不了。”陶秀明说：“生活不仅仅是吃喝的问题，你应该体谅妈妈的内心有多苦，老年人的精神生活也应该有所寄托和依靠。”小明说：“应该说你儿子很为你长脸，名牌大学毕业，外企白领工作，我难道不是你的精神寄托和依靠？”陶秀明说：“人生是丰富多彩的，儿子老伴是两回事，亲情不能代替爱情，两全其美不是更好吗！”儿子怪笑道：“这个世界越来越让人不明白，我这个青年人还理不清爱情的麻团，您老人家倒讲开爱情了，看来你是要为了爱情抛开亲情。”陶秀明生气地大喊：“梁小明，亏你还是接受过高等教育的现代青年，满脑子的陈腐观念。我为你付出了多少心血和爱，自己无论吃多大的苦，也不让你受丝毫的委屈，你难道就没个理解体谅？你就不能站在我的角度想一回吗？人老了难道就是要等死，不应该有感情生活追求！我的生活中难道只能有你，就不能再有别的什么吗？我是为了爱情抛弃亲情了吗？”说罢泪如雨下。小明不再作声了，倒了一杯水给母亲端了过来，苦着脸坐在一边，等陶秀明平息下来，小明又问：“你要找的是个什么人？”陶秀明说：“你是认识的，就是研究院的罗伯伯。”小明说：“唉，你为啥不早说呢！罗伯伯是社会名人，地位高，又孤身一人，没什么负担，刚得了百万奖金，你俩真是太般配啦。”陶秀明警惕地说：“我找他可没有奔百万奖金的念头，我已经支持他把奖金捐出去，建立奖励基金。”小明大度地说：“我只是说你俩合适，并没说别的话。”陶秀明没想到事情戏剧性地圆满解决。

陶秀明第一次登罗林的家门，说家不完全对，应该说是单位给罗林分配的宿舍，就在实验室的隔壁，是一个大套间。屋里屋外都是书，里间摆着一张单人床，靠东墙一角有一个小橱柜，上面放着电水壶之类的厨具，才使房里有点家的生活气息。罗林的个人生活极其简单，一直在单位食堂就餐，自己不起伙。陶秀明说：“想不到您的生活是如此潦草，几十年就这样过来啦。”罗林笑着说：“人生有所失，就有所得，生活简单点，事业天地才能大一点。我觉得我的生活蛮充实，很有乐趣。小陶，你还是赶快打退堂鼓吧，你来还不是自找苦吃。”陶秀明说：“我当然不能忍受这种生活。但是我来了可以改变，让您真正体验享受生活的幸福，为您这台老机器充电加油，使您能发挥出更大的能量来。”罗林乐呵呵一个劲地笑。

正在这时，有人敲门，陶秀明拉开门，进来的是张院长。张院长惊讶地看着陶秀明，两眼就像雷达天线在罗林和陶秀明的身上不断地扫来扫去，好半天才吐出一句话：“小陶，你可真是稀客呀。”陶秀明大方爽朗地说：“没啥稀罕的，我以后就要是这里的常客了。”张院长放声大笑，连连说：“可喜，可贺！这真是全院的一大喜事。罗林，您真不简单，修炼了三十多年，终于成精、成佛了，有法力把冰美人融化啦。我们早想给你们张罗，看你们那个样子，谁都不敢张口，没想到小陶自己悄没声息地进了家门。”说得陶秀明很不好意思。张院长大手一挥，说：“罗林七十岁才第一次当新郎，院里要为你们大操大办，先委屈你们几天，我马上派人把西边那栋小楼装修出来给你们当新房。”他顾不得再说什么，匆匆告别。罗林和陶秀明相视而笑。

罗林应邀来陶秀明家做客。小明殷勤招待，陶秀明抽身到厨房做饭。罗林是看着小明长大的，虽然平时见面不常打招呼，但毕竟很熟悉，相谈很融洽。小明是学国际贸易的，谈起商业贸易滔滔不绝，市场分析得头头是道，绘声绘色地描绘了自己的理想和打算。陶秀明在厨房听了小明的高论也不由得吃惊，小明从来都没有对自己这样说过，觉得孩子比自己想象的还要好，心里很是欣慰。罗林感叹道：“小明，你给我这个老头儿上了一堂课，真是后生可畏，前程不可限量。”小明顺势话锋一转对罗林说：“罗伯伯，虽然我是出身于商业世家，但父亲早逝，家境飘落，我空有创业抱负，却没有创业资金。我知道您要把奖金和积蓄捐献出来设立奖励资金，我十分支持您的做法，西方的成功人士多有把财产捐给社会的，社会主义国家的公民更应有这个觉悟，这才是一个完美的人生。但是，罗伯伯，您能不能晚捐献几年，把您的资金投资出来建一家贸易公司，您当董事长，由我来操作经营。我有把握不出几年，钱就可翻倍，您将来可以捐献更多的奖励资金，也给了我一个创业机会，希望罗伯伯帮助支持我。”事发突然，罗林一时转不过这个大弯来，他停顿一会儿才说：“我明天就要举行捐献公证，院里专门要举行一个仪式，市领导和新闻记者都要来，我不能失信于众。再说，我是搞科研的，与你们年轻人的思维不同，我只从现实出发考虑问题，有一分钱就办一分钱的事，不指望投资生利，我也没这个能力和兴趣，这件事就不要再谈了。”小明却不肯罢休，继续说：“香港成功人士举办的这个奖项，只是奖给科学家个人的，并不希望得奖科学家把奖金再捐献出来，这有违设奖人的初衷。同时您的做法也给其他得奖人带来不小的压力。还是仿效林大河院士的做法好，先办理您的遗嘱公证，等您百年以后，再捐献不迟，办公司您是法人，也不存在其他人会侵吞您财产的问题。”陶秀明感到话题越谈越大，放下锅铲走出厨房，责问小明：“这么大的事，你为啥不早透露点口风，给你罗伯伯突然袭击。”小明没想到母亲不仅不帮自己说话，还要搅乱自己的好事，平时养成的习惯不由得发作起来，没好气地对母亲说：“我还不是为了大家都好，你也不去想一想，罗伯伯是裸捐，自己连养老金都不留，房子都没有一间，将来你如何生活，你们不能光为了自己的虚名，不为自己的孩子考虑，作为家长，这是一种不负责任的自私行为。”罗林站起身对小明说：“小伙子人各有志，互不勉强，再会。”罗林说完话，就要走。陶秀明上前一把拉住罗林，可怜巴巴地说：“您不能走。”小明在一旁恼怒地说：“他不走，那就让我走！”陶秀明的热血一下子涌上了头，就像爆炸一样，头晕目眩，金星乱飞，失去了意识，只觉得自己晕乎乎地飘浮在了半空，黑白云朵各自揪着自己的半个身体旋转拖拉——爱情、亲情纠缠成一团，理弄不清，不知该何去何从。昏晕中，只听见两个男人同声喊：“快打120。”

不想再见

岁月沧桑，人生如戏。东山镇小学第六十六届高小毕业生大聚会，上演了一出情感大剧。五十年前，大家还是系着红领巾的少年，再见面时，已经是两鬓染霜，满脸皱纹的老头儿、老奶奶了。有的同学自从分开之后，再没有与同学们见过面。他一进会场，看着都是陌生的面孔，于是自报家门，唤醒了同学们沉睡的记忆，引来一片惊诧声。他的一件件少年“丑事”被同学们相继揭发出来，欢笑声 浪高过一浪，当年的“丑事”已经变成如今的趣事了。

六甲班有四十名同学，今天前来参加聚会的有三十二人，这已经很难得了。小学毕业时，文化大革命正以雷霆之势席卷全国，他们这个班的同学仅进中学的校门念了半年书，就走向社会闹革命去了。后来同学们有插队下乡的、当兵的、留城的，四分五散，各奔前程。五十年风来雨去，如今，同学们的人生境遇各不相同，有的已经是厅官学者，有的是大款富婆，有的下岗后四处打工求生，不一而足。不过，现在的大家有一个共同点，那就是都有一个自己的家，都有一份或多或少的退休工资，都把哄孙子、外孙当作现今最大的责任和乐趣了。

这次小学同学聚会很难得，老夫聊发少年狂，大家尽情地聊，狂热地跳，疯狂地红火了两天，终于到了曲终人散的时候。在最后一天晚餐分手的时候，老班长满怀遗憾地说：“我们成功地举办了一次小学同学聚会，但遗憾的是，田华华同学没有来。她要来了，这次聚会的主持人非她莫属，哪会让我赶着鸭子上架。”王威同学透着得意劲，也不无遗憾地说：“本来我想当面向田华华道歉，当年是我把她戏弄哭了，才让她丢人现眼了一回。”同学们哈哈大笑起来，谁能忘记王威的恶作剧呢。

当年，王威坐在田华华身后，田华华这个正人君子与王威这个调皮大王格格不入。有一次，王威捉了两只小青蛙，用线绳拴着，线头缠着铁丝钩。下课后，王威把铁丝钩悄悄挂在田华华的两根小辫子上，田华华立起身走路时，两只青蛙在田华华的肩头摇摆，险些把田华华吓死，逗得全班同学疯狂大笑。从此，田华华再没有与王威说过一句话。

张华说：“我只在中央电视台上见过田华华的风采，我女儿特意准备了一个笔记本，让我在这次聚会上找田华华签个名，这回让我的宝贝女儿失望了。”最失望的应该是王淑霞同学，她的女儿要到法国做生意，田华华的丈夫是驻法国大使馆的商务参赞，她想请田华华帮忙。王淑霞埋怨老班长的工作没做好，不是说田华华答应要来吗？老班长解释道：“我只是说尽力争取让田华华来参加，我可没说过她一定会来呀。”张燕幸灾乐祸地说：“田华华眼比天高，会看得起我们这些同学吗？”大家都知道，张燕小心眼，好吃醋，谁比她好，谁就是她的敌人。不过，同学们都有几分遗憾，田华华在班里是长得最漂亮，学习成绩又最好的学生。走上社会后，田华华又是混得最好的一个，在北京工作，属于社会精英。田华华就是六甲班里万绿丛中的一点红，大家在聚谈时，时不时提起田华华，是呀，六甲班怎么能缺了田华华。她不来参加聚会，全班同学都觉得遗憾。

此刻，田华华正在北京的家里，心情也是很不平静。她念念不忘东山镇小学校，那是她童年、少年时成长的摇篮，留下了许多美好的记忆。在那里，她遇到了欣赏她、培养教育她成长的好老师，遇到了羡慕她、崇拜她的同学伙伴，大家争着与她一起讨论学习问题，一起做作业，一起在篮球场上打球、上体育课。田华华那时是多么出色呀，每次考试都拿第一，学校举办演讲比赛、唱歌比赛之类的活动，她也总拿第一，那真是少年得意呀。虽然也曾遭遇过类似调皮大王王威的作弄，但现在想起来，自己都被笑出了声，哪还能再计较呢。田华华多么想故地重游，回味当年美好的校园生活，与同学们尽情地相聚。她做梦都在想。

让田华华不堪回首的是初中时的黑色记忆，熄灭了她回家的念头。

田华华的爸爸是县城里一个小商铺的老板，属于一个小资本家。“文革”期间，她的爸爸被批斗了。田华华含着眼泪，躲在远处窥视着父亲，趁人少的时候，她走到父亲身边，递给父亲一条毛巾，结果被在一旁监视的张燕同学发现了。班里开了田华华的批判会，要求田华华揭发交代父亲把金条和变天账藏在哪里。同学们虽然没有动手打她，但声讨的唾沫点溅满了她的脸，这让田华华这个昔日的骄子，连死的心都有了。随后，田华华被校宣传队赶了出来。田华华吓得连学校门都不敢进了，整天躲在家里，门都不出。

后来知青下乡了，田华华也随大流来到了农村，虽然全班同学又回到了同一人生起点，都是人民公社的一名社员了。但同学们因家庭出身的不同，行为做事的方式也大为不同。那些贫下中农的后代、工人的子弟、革命干部的子女，他们往往在生产队里说话办事横冲直撞，有着天下主人的架势。像田华华这样家庭背景的人，自然低人一等，只能低眉顺眼地做人，不敢乱说乱动。不幸的是，田华华与张燕分到了一个知青小组。张燕自然不把田华华放到眼里，她常对田华华出言不逊，指手画脚，其他同学往往也跟着附和。田华华只能暗自饮泣、委曲求全。是金子总要闪光，是锥子总要露尖。田华华貌美如仙，漂亮就是女人的资本，她身边自然而然有许多追随者，但田华华又常常低调做人，惹得生产队的社员们普遍怜惜她，在生产队里反倒赢得了一个好口碑。“五四”青年节，每个生产队出六名青年，到大队部搞青年联欢活动，张燕和田华华都去参加了。文体活动主要有三项内容，一是球类比赛，二是棋类比赛，三是歌咏活动。田华华获得了女子乒乓球冠军，在同场青年的要求下，她还与男子组冠军进行了一场表演赛，结果，田华华把对方打得稀里哗啦，败下阵来。田华华是县少年体校乒乓球队的主力队员，在全市乒乓球少年锦标赛中获得过冠军，球技当然了得。在唱歌时，她更是一鸣惊人，在青年社员们的欢呼声中连唱了六首歌。随后，她被公社选调集训，参加了县里举办的农民运动会和文艺调演比赛。两个月后，田华华载誉归来，她已被公社革委会直接安排到中心学校教书去了。张燕心里当然不平衡，有过告状等小活动。但都没有影响到田华华。田华华已经是公社知青中明星式的人物了，几个人的小动作动不了她身上的一根毫毛。

周红兵与田华华都在学校文艺宣传队里待过，周红兵只是爱好文艺，本人却没有艺术细胞，他在文艺队里只是一个拉幕布的角色。周红兵的父亲是县武装部部长，周红兵在父亲的安排下去当兵了。那个时候，当一名解放军战士是一件很荣耀的事，令人羡慕。之后，周红兵常给田华华写信。田华华从骨子里讨厌周红兵色眯眯的样子，她怎么可能与周红兵处对象呢。但田华华不能不理周红兵，周红兵的妈妈是她爸爸单位的一把手，她可不想因为自己的原因给父亲带来麻烦。当田华华收到周红兵寄来的第五封情书时，她给周红兵回了一封信，客气地恭维了周红兵几句，然后明确表态，在没有找到正式工作前，不考虑个人问题。周红兵自以为帮助田华华返城找到工作，就可以把田华华娶到手。于是，他让他的爸爸一定帮田华华解决工作问题。周红兵的父母很不愿意儿子找一个家庭出身不好的人做媳妇，但是他们又不能不按照儿子的意愿办。于是他的爸爸开始关心起田华华了。

大学恢复招生了，实行的是基层组织和群众推荐入学的方式，劳动人民家庭出身的青年具有天然的优先权，上级为了照顾各方面的关系，对可以教育好的子女也有入学指标。全县只分来一个可以教育好子女上大学的指标，经周红兵的爸爸出面，这个指标分配到了田华华所在的公社。田华华脱颖而出，幸运地成了“文革”后第一批上大学的工农兵学员。

得到田华华被省师范大学录取的消息后，周红兵特意从部队请假回来为田华华送行，周家也张罗着请客，把两人的关系明确下来。

周红兵到了田华华家，田华华热情地接待。田华华的妈妈借故出去了。可当周红兵表明是自己写信让父亲出面争取来保送田华华上大学的指标，并且家里要为他俩举办订婚仪式时，田华华大为震惊，坚决地拒绝了。周红兵恼羞成怒。田华华义正词严地反驳说，自己是经过全大队知青会议和生产队社员大会推荐出来的，且经过生产大队和公社会议研究批准，自己能上大学，程序合法，民主公开，这是光明正大的事。两人吵得不可开交。田华华的妈妈赶了回来，让自己的女儿不要闹，劝周红兵有事好商量，等田华华的爸爸下班回来后，再商量。周红兵悻悻地走了。

田华华的爸爸下班回家后，田华华才知道还真有这事。周红兵的妈妈对田华华的爸爸说："我儿子想找你女儿，我们要把你女儿抽调回来安排工作。"田华华的爸爸诚惶诚恐，满口答应了此事。田华华生气地说："这是我的终身大事，你们事先也不给我打声招呼，就答应啦？我的事情我做主，我哪怕再回农村，也不找周红兵。"爸爸当时就哭了，说："周红兵是人人羡慕的解放军，人家已经当了班长，他哪点配不上你。我们这个家就像一艘破船，在风浪中飘摇，随时有沉没的危险，与周家结了亲，全家就有了依靠，你的两个弟弟也在农村下乡，有了周家的帮助，他们也有了早日回城工作的希望。你不考虑自己，也得管你弟弟的前途吧，你也得承担起维护这个家的责任吧。"妈妈虽然没有责骂她，但讲了二十四孝中王祥卧冰求鲤救父的故事，意思表达得很明确。

田华华躲在家里哭了两天，越哭越伤心，越哭心越硬，已经是新社会、新时代了，孝顺家长，对家庭多做贡献，是子女的责任和义务，但也不能做封建礼教的"孝子贤孙"。田华华想，我是经过社队各级领导和社员群众堂堂正正推荐出来的，上大学理直气壮。周家行为，卑鄙龌龊。到了第三天早上，田华华溜出了家门，悄悄地坐火车到了省城，躲在好友的姨姨家里不露面，半月过后，她已经坐在了大学的教室里了。

周红兵鼓动爸爸出面找一个借口，让田华华退学。惹得爸爸的一顿臭骂。周红兵的妈妈也是官场上的人，知道这事只能哑巴吃黄连，有苦难言，不能张扬。

田华华上大学走了，让老田两口子放下了悬挂着的心。老田家里人都觉得得罪了周红兵的爸爸，会有大祸降临，整天愁眉不展。单位在农村新建了一个农副产品基地，把老田抽出来去农场参加劳动，干一些锄地拔草，挑粪浇园的农活儿。老田认为这是单位领导——周红兵的妈妈对自己的打击报复。老田心情不好，农活苦累，饮食不周，没过一年时间，病倒了，得的是胃癌。熬了半年多时间，一命呜呼了。

爸爸临终前，田华华赶了回来。爸爸没对田华华说过一句话，眼睛里满是怨恨。后来，妈妈的一句话更让田华华痛不欲生，她说：“你爸就是被你气死的。”两个弟弟也是对田华华冷眼相待。

这次同学聚会，老同学纷纷邀请田华华回来参加，田华华的心里很是纠结，思来想去，拿不定主意。自从爸爸去世后，她再没有回过故乡，但故乡时时刻刻在她的心中。可她一想起父亲临终前对自己绝望怨愤的眼神，妈妈直刺心窝的话语，就没勇气再回去了。她站在别墅的阳台上，向故乡遥望，默默地流下了泪水。

人间世态篇

池水浑浊

一

肖天春风得意地走进园林园，看什么都觉得顺眼。西院的墙角下一溜玫瑰正含香绽放，东墙底的一排葡萄藤绿荫铺满架，窗前花架上的盆花争奇斗艳，两株茂盛的苹果树果实压满枝头。三层办公小楼的后面是宽敞的停车场，边上还有一方池塘，是文联和园林公园的分界线。池塘边芦草茂密，水面上飘着绿藻，浑浊不见底。哈，真是一个修身养性的好地方。这里原是省里五七干校的旧址，属于城市的远郊，当初市直单位都不愿意来，市政府只好将此处的办公楼分配给文联这个清闲单位。没想到这几年城市扩张得很快，这个地方竟然成为人人羡慕不已的园林办公场所了。

文联的司机老马从楼里出来，看见肖天在院里转悠，大呼小叫地吆喝道："老肖，你来了。"肖天皱了皱眉头，并不回话搭理，不过停下了脚步。老马紧走几步，来到肖天面前，嘻嘻哈哈地说："老肖，你戴个眼镜就认不得人了。"肖天还是不说话，只是似笑非笑地动了一下嘴。老马顿时醒悟了，老肖已经不是过去和他一块儿混的人了，人家已经是市作协的副主席，属于领导阶层，自己是有点不够礼貌。于是，老马赶紧换了一副嘴脸说话："肖主席，是第一次来上班吧，作协在三楼办公，我领你去。”一句肖主席温暖了肖天的心。肖天在乎这个称呼，虽然过去与老马称兄道弟，但现在身份变了。

老马是个聪明人，知道肖天是一个厉害的角色，不敢轻易得罪他。他一看肖天端起了架子，就为刚才的唐突后悔，为弥补过失，就殷勤地领肖天上三楼作协的办公室。老马看见主席、副主席的办公室门紧闭，只好推开大办公室的门，领肖天进来。室里有十个办公座位，用玻璃挡板间隔开来，有七八个工作人员埋头看稿、操作电脑，只有办公室主任田晓华站起迎了过来，礼貌地握手打招呼：“肖主席，您来了。您的办公室在隔壁，昨天已经收拾好了。”其他人闻声抬头，有的站起来说一句肖主席好，有的只是给了一个笑脸。坐在最里面的候美芬是自己认识的人，可她竟然只是用眼角瞅了一眼，继续在电脑前忙乎。肖天恼了，虽然早知道知识分子清高，但也不能清高到连自己这个作协副主席都不加理睬的地步呀。尤其是候美芬，虽然一同竞争副主席失败了，但不能一点面子都不给呀。肖天扭头走出大办公室。

田晓华和老马跟了出来。田晓华抢先一步用备用钥匙打开副主席办公室的门，发现王兴国副主席稳坐在椅子上看书，田晓华连忙道歉：“王主席，我不知道您在办公室里，肖主席来上班了，我就开门进来了，不好意思。”王兴国没有回答田晓华的话，站起来与肖天握手寒暄。老马与肖天打了个招呼赶紧退出了。田晓华随后领肖天到他的办公桌前，交给肖天一串办公室钥匙，交代了一些日常注意事项，也退了出去。王兴国继续看书。肖天坐在空落落的办公桌前，很有几分失落。本来他是与赵主席一起来作协上班的，赵主席说要为肖天举办欢迎会，可走到半路上，赵主席接到宣传部白部长的电话，让赵主席去部里一趟。赵主席就把肖天送到单位大门口走了，说他很快就会回来的。哎，自己就不应该独自进来，受这份冷落。

肖天知道自己当上作协副主席，不光文艺界有不少人反对，连社会上都掀起一股非议的声浪。在市作协代表大会上，要不是宣传部长和统战部长亲自压阵，等额选举都险些落选了。唉，也是，自己一个下岗工人闯进了作家圈里了，人家能服气吗？

肖天是市畜产公司下属门市的一个售货员，单位转制下了岗，就弄了一辆旧货车跑运输。他在道上喝酒、赌博、混女人、打架、交朋友，无所不为，虽然不能说是在黑道上混，但在江湖上也算有点名气。朋友多了好赚钱，肖天也算挣下点钱，开上了崭新的东风大货车。可是，人强命不强，肖天开车时一不留神出了翻车大事故，两条腿都断了，耗尽了家产总算保住了命。老婆无奈只好到旅馆当了拉客服务员，挣点不明不白的钱养家糊口。肖天是一个很有心劲的人，脑子也活，平时爱看闲书，喜欢编个荤段子损人逗乐，算是有点文学基础。他在床上躺着养病，百无聊赖，就萌发了写书的念头，根据老家打日本和土匪作恶的民间传说，真的写出一部长篇小说。亲友中有人赞助了肖天一些钱，帮他出版小说，转单位卖书。肖天社会门路广，活动能力强，求朋友拉关系，竟然靠卖书小赚了一笔，比站马路打工的收入强多了。那时，市里写长篇小说的人不多，一个下岗工人创作出长篇小说，在市里称得上是件出奇的事，经记者的渲染报道，肖天一下子成了一名作家了。出了车祸，肖天本来看淡了自己的前途，打工身体吃不消，做买卖又没有本钱，没想到写书也是一条出路。肖天是个聪明人，很快掌握了网络写作的套路，肖天再接再厉，很快又出了两本书，比市作协赵主席出的书还多一本，卖书的收入也不错，真是名利双收了。

要不是有贵人的提携，肖天充其量不过是一个普通的网络写手。老婆与娘家的一个姑舅姐夫联系上了，还领着来家里几趟。初次见面，肖天对这个满脸疙瘩来路不明的姐夫十分厌恶，但得知这家伙在一个县里当副县长时，赶紧换作笑脸，曲意逢迎。没想到，过了两年，这个姐夫调到市统战部当了副部长。肖天两口子往姐夫家跑得越勤了。肖天把姐夫家跑外的活儿全揽了，而且特别勤快。两口子把姐夫一家感动了。有一次，姐夫说：“肖天，你们两口子下岗，没个正经工作也不是个事呀。”肖天苦着脸说：“我一个残疾人能干点啥呢？先前写书赚了点小钱，后来再去单位卖，人家早厌烦了，就像对待要饭的一样往出赶。现在我是上天无路，入地无门，姐夫你得拉小弟一把呀。”说着涕泪俱下。肖天的老婆也边哭边骂：“当年翻车你咋就没被压死呢，让我们娘俩跟着活受罪。”姐夫说：“你俩别哭了，现在有个机会，政府对夫妻双方下岗的人家有特殊照顾政策，可以为这种家庭提供一个公益工作岗位。我们单位门房的老李退休了，空出一个岗位，我想点办法让肖天进来，你原来就有劳动人事档案，等成为单位正式职工后，我再想办法调你进办公室工作。”肖天两口子大喜过望，千恩万谢。

又过了两年，姐夫成了正部长了，他有权规划肖天的命运了。他对肖天说：“你把笔杆子再拿起来写，不过别写那种地摊上的东西，往高雅方向靠拢，起码在市里《山岳》杂志上露露脸，与市里的作家多交流，做点铺垫，我想把你提拔为市作协副主席，那是一个正科岗位，你成了正科自然就转为公务员了。”肖天不敢相信有这样的好事，怯怯地问：“我连个党员都不是，也能当官？”姐夫自信地说：“我说你能当你就能当。你不是党员，可有作家的头衔，正属于统战对象，我们正好推荐你。”

肖天就像打了鸡血一样亢奋起来了，他想创作几篇弘扬主旋律的中短篇小说，在《山岳》杂志上发表，可是肖天虽然写网络小说得心应手，但真要写现实主义的作品却难以下笔，他昼思夜想，苦熬了一个星期也写不出一个完整的故事情节，最后只好翻杂志，借鉴了几篇小说，拼凑出一个中篇小说来。他托文联的司机老马约作协赵主席一起到天香楼饭店吃饭送稿。席间，老马点明肖天是市统战部牛部长的小舅子。赵主席是认识肖天的，作为多年的作协主席，关心本市涌现出来的作家是工作职责所在，但他并没有通读过肖天写的那几本书，只是翻看过，他对那种千篇一律的作品并没有兴趣。赵主席是一个和气的小老头，很有修养，待人很客气，说话好字当头。他对肖天奉承了几句，说：“我搞了多半辈子文学，才出了两本书，你半路出家，在艰难的下岗环境下出了三本书，厉害，厉害，佩服，实在佩服。你给我们杂志投稿，是对我们工作的大力支持，只要通过编辑部审稿，我们争取下期就选用你的作品。”

肖天等了二十多天，也没有得到回音，就托老马去编辑部询问，老马打回电话说，小说被编辑部的候美芬主任否定了。肖天就再央求老马引路，在星期天上午去候美芬主任家拜访。

候美芬对肖天上门拜访很反感，看着老马的面子只得勉强地笑脸相迎。让座斟茶过后，候美芬开门见山地说：“肖老师，赵主席转来您的那个中篇小说稿，我们看了，不太适合我们刊物用，很抱歉。要不您再投其他杂志看看。”肖天说：“我这篇小说故事还是很生动的，是用咱们地方话叙述的，有地域特色，最好麻烦侯主任修改一下，帮我一把。”候美芬说：“故事还是完整的，情节也算曲折，就是感觉与某些作品有雷同的地方。”说完，拿起一本《人民文学》翻阅。肖天的脸一下红了，这个侯主任就是厉害，他看出我抄袭了别人的作品。肖天连忙从挂包里掏出自己出版的三本书，说：“我还是第一次写中篇，以后请侯主任多多指教。这是我出版的三本书，敬请您雅正。”候美芬笑了，说：“您这几本书我都翻过。”肖天趁机提出能不能在《山岳》上转载呢？候美芬说：“那两本言情小说属于网络小说，不太适合在杂志上登载。这一本是抗日题材的小说，正面人物写得有点儿死板，有点概念化，那几个土匪倒是写活了，看完整本书给人的感觉是有股匪气、痞气。我们的杂志一般不登长篇小说。您还是换家杂志投稿，好吗？”肖天又找话题纠缠，候美芬显得有点不耐烦。这时电话铃响了，候美芬接过电话后说：“很对不住，我有事要先出去一下。”老马和肖天只好离开。候美芬把肖天带来的果品、糕点拿起，让他带走，老马与候美芬再三推让，肖天脸上很是挂不住，觉得这个侯主任明显是看不起他。

真是冤家路窄，作协换届，赵主席只有五十二岁，继续连任，只需要新换一位副主席，作协和文联方面推出候美芬作为副主席候选人，而市统战部却推荐肖天作为候选人。在推荐确定作协副主席这个环节上，肖天是完全无能为力的，只能借助请朋友喝酒的时候，编造传播一些有关候美芬的谣言。也许肖天的身份太特殊，一个下岗工人出版了三本书，组织上从用人结构上考虑，最终肖天如愿以偿，当上了作协副主席。

二

肖天来作协上班一个多星期了，上班没什么事情可做，从来没有人上门来谈工作上的事，每天喝茶看报，几张报纸翻来覆去地看。王兴国倒是常来，他是学历史的，出版过一本类似地方志的书，一来办公室就钻进古旧书中不出来，肖天和他基本没有交流。去大办公室串门吧，肖天又不想见候美芬。肖天百无聊赖，感叹这也算个机关单位，活活能把人憋死。

赵主席不常来上班。这天，肖天听见赵主席的办公室门有响动，就敲门进去。赵主席正在找一个材料，马上要下乡去。肖天说："我跟上你走一趟吧，憋在单位能把人闷死。"赵主席说："想走那就走吧。作协是一个清闲自在的单位，慢慢就适应了。"

赵主席是去龙山县参加一个座谈会，市里八月要在该县召开精神文明建设现场会，市委市政府里各大班子的主要领导都要参加，市里各个局的局长、每个县的书记县长全都与会，会议规格很高，这是全市对一个县几年工作的综合检验，龙山县的书记、县长自然全力以赴筹备这次会议。座谈会是由龙山县宣传部何部长主持的，会议讨论决定出版一本反映龙山县面貌的画册、一本报告文学集和一本文学作品集，作为现场会的散发材料。画册由县文化局承担，请市广电局的张副局长指导，聘请市报摄影记者田雨担任主编。报告文学集和文学作品集由县文联承担，聘请市文联给予指导，赵主席顺水推舟地指定由肖天具体负责。肖天很高兴，总算是有事可做了。

肖天在龙山县待了五天，这才有天高任鸟飞的感觉，才体会到作协副主席身份的价值。县里的领导见了他特别客气，县文联、文化局的同行都很尊重他，大家都口口声声地称他肖主席。县里的业余作者对肖主席更是敬若神明，拿着作品毕恭毕敬地请教指点。肖天免费住在宾馆里，每顿饭都有人陪着招待，肖天简直有了受宠若惊的感觉。肖天本来是从社会上混出来的人，酒量也很好，荤段子随手就来，在酒桌上格外受欢迎。肖天很快与一同来的市文化局张副局长、田雨记者等人混成了好朋友。

田雨要去外县采访，张副局长昨天也回市里去了，肖天只得离开龙山县，他怕独自待下去没人理睬。肖天离开龙山县时有点闷闷不乐的样子。田雨关切地询问肖天为啥不高兴。肖天就把作协无聊无趣的工作环境对田雨说了，临了，肖天非常羡慕地对田雨说："还是当记者好啊，海阔凭鱼跃，天高任鸟飞。"田雨大笑，说："想去下面转转，那还不是件容易的事。哪个县里当头的不欢迎记者前去，请都请不来，他们的政绩要靠我们这些吹鼓手去宣传。你是作家不是记者，但作家要比记者还高一级。你还是副主席的身份，比我这个大头兵强多了，哪个地方、哪个部门的领导敢慢待你？要不，这次你也跟我一块走，先熟悉一下路数。"肖天高兴地跟田雨一道走了。

田雨带肖天转了两个县，果然走到哪里都是热情接待，将他们奉为贵宾。当地的领导带肖天和田雨去先进典型单位采访，找先进典型人物来座谈。他们走时还有土特产品赠送。有的文学爱好者也慕名来访，把自己写的作品送来，拜托肖天推荐在《山岳》杂志上发表。晚上，肖天翻阅一些典型介绍材料和业余作者的作品，感叹民间自有高人在，有的先进典型材料稍加修改就是上好的报告文学作品。比如，有一个叫汪鸿志的下岗女职工创办了一家养鸡场，养着十万只下蛋鸡，年收入一百万元。当地有个叫李志的作者把汪鸿志的创业事迹写成一万多字的报告文学作品，内容写得很生动，可多次投稿都如泥牛入海。肖天对汪鸿志这个创业女强人敬佩不已，现代化的养鸡场让肖天开了眼界，他决心帮李志在作协办的《山岳》杂志上发表这篇报告文学。

谁知，肖天把稿子交到侯美芬手上时，侯美芬当场就拒绝了，说这篇稿子曾经寄到过编辑部，大家看后都没有通过。肖天问为什么？侯美芬说故事虽然比较生动，但语言多为豪言壮语，空洞乏力，而且广告色彩太浓，文学作品要远离铜臭味才好。肖天十分恼怒，好呀，侯美芬你真是一点面子都不给，有你后悔的时候。如今是商品经济时代，你口口声声拒绝铜臭，我看是你的脑子才生锈了。

肖天回到自己的办公室，决心把这篇报告文学润色一下，作为自己立足作协扬名立万之作，原作者李志已经对肖天表示过，只要能发表，算作两人合作的作品都行。肖天这一个星期就琢磨着修改这篇稿子，可是越修改越没有了信心，报告文学不同于小说编故事，自己不具备写报告文学的才能。肖天脑子活，既然自己改不好就请人帮忙吧。肖天的一位远房舅舅是省城大学文学系的教授，肖天年轻时常去舅舅家借书看，肖天就想找舅舅帮忙修改稿子。

肖天到了省城舅舅家，说明了情况，舅舅夸奖肖天有出息了，当上市作协副主席了。舅舅已经退休了，他认真地帮助肖天修改稿子，原稿题目是《龙山县田村养鸡场纪实》，舅舅将题目改为《养鸡场飞出一只金凤凰》，突出描写女主人公的形象，文中又加了几个小题目，一下子改变了原稿平铺直叙的写作手法，又加了几句女主人公的闪光语言，整篇文章的结构、语言便焕然一新了。肖天大喜过望，谢过舅舅。

肖天回到市里，托田雨把市报阎总编和文艺版的张编辑约出来，在火锅店吃饭，他把这篇报告文学稿子交给阎总编，顺便把这家养鸡场的具体情况又介绍了一遍，田雨也提供了几张照片，加油添醋地补充了一番。阎总编对这篇稿子很感兴趣，他早就让记者下去采访，要推出典型事件报道，取得轰动效益。可记者习惯了蜻蜓点水式的采访，搞不出有分量的报道来。肖天这篇稿子正合他的心意。

过了一星期，阎总编亲自审稿后，没有安排在文艺版上发表，而是在市报头版头条上发了。肖天的这篇报告文学一发表，就引起了轰动，各方反响热烈，市里职能部门的领导纷纷去龙山县养鸡场调研，外地前来养鸡场参观取经的人络绎不绝，后来连市委孟书记也亲自去养鸡场考察，对汪鸿志赞赏有加，汪鸿志成了明星式的人物了。孟书记专门给宣传部白部长打电话表扬肖天这篇稿子写得好，挖掘出一个好典型。白部长特意来文联，召集文联各个部门的负责人开了一个会，传达了市委书记的电话指示，要求各个协会组织的人员深入基层，深入群众，像肖天一样创作出反映新时代的好作品，主动配合市委做好宣传工作。会上，肖天指责了候美芬，说当初这篇稿子想在《山岳》杂志上发，可是遭到了候美芬的冷嘲热讽，被拒绝了。白部长很生气，批评作协办刊物方向有问题，这么好的现实主义题材作品不刊登，脱离了火热的现实生活，偏离了市委提出的奋斗目标，必须认真整改。

作协的赵主席是一个老好人，主持作协工作不求有功但求无过，肖天这一举动打破了作协多年形成的一潭死水，赵主席不得不召开会议，落实白部长在文联会议上的讲话指示。他对肖天刮目相看，原本以为肖天不过是个走后门安排进来的一个吃闲饭的人，没想到他却有着深厚的文学功底。

作协的核心业务工作就是编辑出版《山岳》杂志。赵主席任杂志主编已经有六个年头了，但他不参与编辑部的具体事务，而是放手让编辑部主任候美芬去做。候美芬是北师大文学专业的毕业生，文学造诣很深，也是一个在全省有点影响力的诗人，编辑一本地方文学杂志，那是小菜一碟。事实上，《山岳》杂志在全省范围内声誉很高，吸引来不少省内名家的稿件。但这也造成本市作者的作品难以入选。候美芬对肖天的书嗤之以鼻，认为那是地摊垃圾书，不屑一读。更没想到这家伙把自己挤了下去，堂而皇之地来到作协当了副主席。候美芬对肖天的不屑情绪，又加了气愤的因素，所以她公开蔑视肖天。但是，候美芬文学水平虽然高，政治觉悟比肖天却稍逊一筹，社会经验、江湖手法那就更是差下一大截，她根本就不是肖天的对手，首回合交手就败下阵来。在作协主席办公会上，肖天慷慨激昂地批评候美芬独自把持编辑部，故步自封，孤芳自赏，排斥基层业余作者，不接地气，刊物发行量年年降低，社会各界对杂志的刊发普遍不满意。候美芬说："文学类杂志发行量下滑在全国来说也是普遍现象，我们《山岳》杂志有一千二百份订户，在全省各市办的文学期刊中发行量还算比较好的，排第三名。至于肖主席那篇在市报上发表的报告文学，与当初投到我们杂志的原稿相比，有了很大的改动，大家可以看一看原稿，原稿那个样子，杂志是不能采用的呀。"赵主席严肃地批评候美芬要认识错误，说编辑的责任就是帮助作者修改稿子，既然市报把退稿修改发表后取得轰动效益，这就证明我们工作中有重大的失误。市委孟书记表扬了肖主席，宣传部白部长批评了作协，这可是重大事情，大家必须端正态度。其他参会人员也纷纷表态，有的自我批评，工作做得不好；有的批评候美芬工作不够扎实，在杂志选稿上不应该出现这么大的纰漏。候美芬只能检讨自己了。会议决定，肖天加入《山岳》杂志编委会，任常务副总编。肖天终于盼来扬眉吐气的这一天。

肖天可以名正言顺地到大办公室检查工作了，他对每期登载的稿子有终审权。候美芬虽然很不情愿，但也得向他汇报工作，没有肖天的签字杂志就不能付印。肖天当然明白自己有几斤几两，坦白地讲他还不具备主编一份杂志的知识水平和工作能力。所以一般情况下，他也不过多地干涉候美芬他们的工作，但他在杂志上新开设了一个《报告文学》专栏，由自己组稿编辑，候美芬等人不能干涉。

肖天在下乡时了解到，有些企业家、成功人士有钱后，开始重视起自己的社会形象了，有的谋划着当人大代表、政协委员，他们多数将自己的成功事迹写成了文字材料，只要对现成材料稍加整理就变成一篇报告文学作品。自己掌握了一块能发稿的阵地，定会大有可为。

肖天那篇报告文学作品叫响后，不断有各界成功人士托人来请他吃饭、给他送稿，央求肖天能将自己的光辉业绩广而告之，许诺上刊见报后必有重谢。肖天踌躇满志，这正是他想要的生活。《山岳》杂志是双月刊，每期发一至二篇报告文学。有的老总对刊登了自己的那期杂志，提出购买几十、几百本，以便送人。这倒提醒了肖天，这也是一条扩大杂志影响力的生钱之道。从此，杂志出了清样后，肖天就将刊登报告文学的那几页送给当事人过目，并征求当事人预订这期杂志。这一举动使杂志的发行量提高了百分之二三十，作协的同事一下子对肖天的能力刮目相看，扩大杂志发行量那可是真本事，不是谁都可以办得到的。好处还不止这些，那些老板上门拜访时，往往给编辑部带点土特产品，让大家高兴一番。肖天有时也带几位编辑一起去采访，让同行编辑整理稿子，省得自己劳神费心。文章发表时，自己署名在前，也把整理稿子的编辑人员的名字加上。编辑们十分愿意跟随肖天下乡采访，这可是名利双收的好事呀。从此，编辑部一潭静水的局面被打破了，不断有编辑讨好肖天。有一位叫马丽的编辑，平时的行为有点轻浮，不断传出桃色新闻，虽然文字功底不错，但候美芬就是看不上她，有意压制她。马丽就主动投靠肖天，说候美芬的坏话，肖天通过马丽掌握了编辑部的一举一动。以后肖天下乡时主动带上了马丽，两人顺理成章地发展成情人关系。

五峰金矿的杜老板，赞助了《山岳》杂志八万元，肖天眼光远大，他并不见钱眼开，他找市报社阎主编商量，由杂志社和市报社合作举办报告文学“五峰金矿杯”大奖赛，送上门的买卖，报社领导何乐而不为呢。于是由肖天任主任，阎总编任副主任的大赛评委会成立了。经过八个月的运作，市报社和《山岳》杂志收到二百多份稿件，刊登出五十二份，取得了良好的社会影响，市委孟书记对刊登的报告文学作品很关注，对其中两份见报作品还加了批转意见，市宣传部和市组织部内部刊物多次转载了报告文学作品，当地党政领导对见报的主人公更是多加关照，各方都很满意。年终在确定了获奖名单后，准备在报纸和杂志上公布一下就行了。杜老板建议要举办一个颁奖仪式，要是能请到市领导出席，在市电视台播出颁奖过程，他再赞助三万元活动费。市报社的活动能力大着呢，请市领导参加活动那是能够办得到的事。颁奖会在市报社的大会议室举行，市报社和市文联在家人员都参加了会议，市报社高社长主持了会议。市宣传部白部长讲了话，肖天做了这项活动的专题报告，市委朱副书记为一等奖获得者颁了奖，白部长和杜老板为二等奖获得者颁了奖，市电视台全程录像，当天就在市电视台新闻节目里播出。各方皆大欢喜。杜老板破费了点小钱，得了大便宜，他开的金矿，让国土局、环保局打压得办不下去了，被新闻记者盯上，没办法摆脱。为了打鬼借助钟馗，杜老板这一主动出招，化解了不少风险，解脱了不少麻烦，大大地赚了一把。当然，收获最大的是肖天，他通过举办这场征文大赛，几乎把全市能写报告文学的作者一网打尽，确立自己在这群作者中的霸主地位，与社会各界的成功人士建立了联系，与市报社的总编、编辑建立了良好的合作关系，今后可以利用市报社这块更为宽广的平台。

三

马丽天生丽质，自视甚高，寻常人问她话，她连眼皮子都不抬。她上了肖天的床，绝不是看重他是作协副主席这个芝麻大点的官，肖天五大三粗那个样子，车老大粗俗的派头更让马丽不屑一顾。马丽是真心佩服肖天的能耐。写作才能对肖天来说只是雕虫小技，作协副主席的身份也不过是一个幌子，这家伙是一个能呼风唤雨的人，他通过采写报告文学的渠道，与一些企业家建立起广泛的联系，肖天本人是从社会中混出来的，他不光在官场上、文艺界混得如鱼得水，在其他领域同样攻无不克，战无不胜。在市里，几乎没有肖天办不成的事。马丽跟着肖天下乡真是见了世面，走到哪里都受到众星捧月般的抬举，地方名菜佳肴吃了个遍，每次下乡归来，土特产品带回来一大堆。马丽的表妹从师范大学毕业后考上了乡村教师，在乡下一待就是四年，每介绍一个对象，人家一听是在农村工作，连面也不见，表妹眼看二十九岁了，还没找下对象，把大舅一家人愁死了。马丽的爸爸早逝，马丽是在大舅一家人的帮助下念完大学的，大舅对马丽来说是恩重如山。马丽对表妹工作调动和找对象的事真是看在眼里急在心里，可她到处寻门路，到处碰壁。有一次，她试探性地对肖天说起表妹想调动的事。肖天大大咧咧地说，别人的事我还帮，你的事我更应该帮。没用一个月的时间，表妹就调到市里二中了。再下乡时，马丽主动到肖天房间，说了不少感谢话。

作协过去那种风平浪静的日子已经一去不复返了，肖天这个混世魔王不时刮阴风，闹得作协鸡飞狗跳，候美芬深受其害，苦不堪言。每期杂志出版后，大家不是欣赏作者的美文，而是分析这个作者有什么靠山，那个作者走了什么门路，这篇小说影射了谁，那篇散文隐藏着什么意图，正正常常的事情都有了阴谋的味道。候美芬每接一个电话，应答中随意流露出只言片语，更是成了小道消息的加工原料。省城的一位著名作家常给《山岳》投稿，也被胡编为候美芬当年大学时代的情人。有作者来编辑部客气地说要请客或者送点土特产，候美芬连连推辞，但也被说成是候美芬收好处费了。杂志一旦出现错别字等小差错，肖天更是借题发挥，大发虎威，让人下不了台。有一次，有一位农民诗人写的诗里用了“临晨”两个字。肖天过去也是这样写，经舅舅特意指点过，所以他对这两个字特别敏感。这一次，肖天抓住这个错别字不放，来教训候美芬，说：“农民不懂得应该用‘凌晨’，难道你也不懂吗？”候美芬解释说：“这位农民诗人是用乡土语言写作的，‘临晨’属于地方乡土用语，为了照顾全诗的意境，我就没有改，是不是合适，可以商榷，用不着这样疾言厉色。杂志上出现个别错别字在所难免，新闻出版总署颁布的《期刊质量管理规定》，杂志差错率只要在万分之三以内，就属于合格出版物。当然，我们一定要认真审稿，尽可能地降低差错率，但谁也无法做到没有一点差错。”肖天批驳候美芬是狡辩，是一个不诚实的人。候美芬忍无可忍，就反唇相讥，说肖天与马丽采写的报告文学作品中不光有错别字，而且病句连连。候美芬当场拿起一本《山岳》，翻开念了起来：“‘大水吼叫着，情景实在使人可怕’，可怕二字用得对吗？我看用‘害怕’才对。”马丽插言附和肖天：“侯主任，您是编委会主任，您为啥在审稿时不指出错误呢？”候美芬说：“肖天还是杂志的常务副主编呢，每期杂志定稿后，肖主席签字后才能付印，他负有为杂志把关的最后责任，他既然认为‘临晨’二字用得不妥，为啥印刷前不指出来，杂志出来后又大张旗鼓地闹腾，这不是别有用心吗？你俩负责的报告文学版，已经是独立王国，我能插得上手吗？”肖天恼羞成怒，骂候美芬不是个东西。候美芬说：“你不就是想赶我走，把位子让给马丽吗？我这就找赵主席辞职。”马丽尖着嗓子喊：“候美芬，你什么意思？”候美芬说：“我的话是什么意思，你清楚。”在肖天和马丽的骂声中，候美芬走出办公室，到主席办公室把赵主席拉过来主持公道，赵主席只是一味地和稀泥。办公室里的编辑和其他工作人员闭紧着嘴低头看笑话。候美芬的心凉透了。肖天完全是贼喊捉贼，他就是借杂志营私舞弊，却偏要污蔑别人牟利。可编辑部里却没有人站出来为候美芬说话，有的人只敢背后传个话给点安慰，有的人蜂趋蚁附，讨好肖天，也想跟肖天下乡沾点好处，还有的人胆小怕事，啥话都不敢说，生怕得罪了一方。候美芬一手培养起来的《山岳》杂志编辑团队已经四分五裂了。候美芬找赵主席诉苦，赵主席自己一肚子苦还无处诉说，作协的事他这个主席已经当不了家了，作协的大小事都得与肖天商量后才能决定，赵主席鼓动候美芬去宣传部反映一下。这些年来，候美芬在宣传文化系统口碑不错，朋友也真有几个。她去市宣传部找候副部长，反映作协的一些情况。候副部长听后语重心长地对候美芬说：“我们是相知几十年的老同志、老朋友了，我劝告你，你就息事宁人吧，不忍也得忍，有句老话说得好，流氓有文化，那才叫可怕，肖天就是一个有文化的流氓，他的社会能量很大，他在社会上都能呼风唤雨，一个小小的作协，更不在话下，告状的事你就此打住吧。”候美芬彻底失望了，冷着脸从候副部长办公室出来。第二天，有人就把候美芬找候副部长的事告知了肖天。肖天冷笑一声，准备对候美芬下手了。

省文联和作协召开文学期刊座谈会，要求各市作协主席和主管编辑参加。赵主席让肖天和马丽去参会。而肖天却说你和候美芬去参加那是名正言顺。赵主席推让一番，见肖天不是谦让，就把这事定了下来，心里还嘀咕，肖天这次难得不刁难候美芬了。

座谈会在青山度假村举行，环境很好，赵主席与候美芬难得摆脱单位的污浊气氛，两人在会议休息期间，边散步边交谈单位里的事。谁知，散会后，他俩一回到市里，一场疾风暴雨已经来了。他俩在青山度假村散步谈话、在凉亭里交谈的照片被张贴在文联大楼进门的展示板上，暗示他俩存在不正当的男女关系。本来他俩是在大众面前正常的交谈，但在摄影师的镜头下，仿佛两人有多少情感要倾诉，高超的摄影技术起到了以假乱真的效果。这是肖天花了大价钱，雇狗仔队拍摄的相片。候美芬是一个把名誉看得比生命更重要的人，这种攻击简直是当头一棒，她病倒了。赵主席的老婆是一个不明事理的母老虎，她不光和赵主席闹，还到市宣传部去找领导告状，闹得乌烟瘴气，也使自家男人的威信扫地。

候美芬的儿子是首都一家大报驻省城记者站的站长，他回来看望生病的母亲，了解到事情的前因后果，十分愤怒。他要惩罚肖天这个恶棍，维护母亲的声誉。作为资深记者，他太了解肖天这号人了，知道从哪里下手才能将其一伙一网打尽，置于死地。他不动声色地布下了局。

肖天真是得意忘形了，候美芬病倒了，马丽已经主持编委会工作了，赵主席已经递交辞呈。市宣传部已经通知，肖天暂时主持作协的工作，就等换届时接任作协主席职位。更让肖天兴奋的是，他的那个姐夫要当市长。姐夫让他在暗地里收购点值钱的古董，准备跑官用。肖天这一阵子刚认识了一个叫董航的古董商，为人豪爽仗义，天文地理无所不知，三教九流无所不交，肖天与他一见如故，相谈甚欢。受姐夫的委托，肖天就找董航寻找可意的古董。董航带肖天连续走了七八家古董店，店主对董航毕恭毕敬，敬若神明。董航说："我们都是老顾主了，不许玩虚的，我这位兄弟想买点古董，你们把压店真货拿出来，让我兄弟过目选择。"店主就把好的古董拿出来，一顿解说。几家古董店走下来，肖天花了眼晕了头，世上的宝物真多呀，好宝贝多得让肖天无从选择了，就请教董航给予指教。董航说："不急，我们多走几家看看，有比较才能有鉴别。兄弟如果感到不满意，我们再去北京、香港转一转，保证让你花钱不多，买上可意的真货宝贝。”肖天觉得董航真是一个够意思的朋友。晚上，肖天在王子大酒店请客，席间，董航给他讲一件件亲身经历的买卖古董的往事，让肖天开了眼界。一瓶茅台下了肚，肖天红云上脸，额上汗珠沁出，神情亢奋起来。董航恰到好处地往自己想听到的话题中来引。董航说：“买古董首先要明确买来做什么，是研究历史，还是真玩收藏？是投资增值，还是送礼所用？用途不同，购买的东西就不一样了。比如新石器时代的瓦罐，那是珍贵的东西，却最适合研究历史的人收藏，一般人家谁往橱窗里摆一个破瓦罐。”肖天说：“我这次买古董是受朋友所托，送礼用。”董航说：“送礼最好买玉器，玉器真假好鉴别，用普通仪器就可鉴别出玉的真假，可以防止买到赝品。收礼人大体上都能估计出玉的价格，对你的诚意可以心领神会。”肖天连连点头。董航又说：“其次，就要看礼物送给谁，想要达到什么目的，收礼人身处什么地位，文化艺术修养如何，有什么嗜好。礼品要送得恰到好处，这才能投其所好，打动对方，为你办事。”这话一下子送到肖天的心窝里，他也掏心剖腹地说了实话：“我的姐夫现在是市统战部部长，准备给市委书记送礼，当下任市长。”董航说：“既然是你的姐夫送礼，我定鼎力相助，这也是自家的事，你姐夫当了市长，我们都能沾光，我保证让你少花钱买好货，办大事。”

第二天，董航带肖天来到市郊一个占地很大的别墅，大门紧闭。董航用手机联系后，出来一位年轻精壮的小伙子，言行举止一看就是退伍的特种兵，他领董航和肖天进来，院内绿树成荫，繁花似锦，浓香扑鼻，真乃人间天堂。走进布置得古香古色的客厅，一位光头白胡须的老人站起相迎寒暄，双方落座后，小保姆送上香茶，无声退出。老人开口说：“小董，你快半年没来了，在何处逍遥？”董航赔着笑脸说：“姚老，我是无事不敢登三宝殿，这位是肖天，是我的生死好朋友，他要办一件大事送礼，帮一个人仕途上再上一台阶，想请一尊玉观音，我就领他来您这里啦。”姚老起身，从一个房间里抱出一个锦盒，放到桌上，打开锦盒，是一尊玉观音，将玉观音立起来，玉雕庄严精美，观音像栩栩如生，熠熠生辉，肖天一下子有了震撼的感觉，这才是能打动人心的宝物。肖天嗫嚅地问：“这件宝物需要多少钱请得到？”姚老爽朗一笑说：“前一个月，香港拍卖会与这件相似的东西卖出二千万港币。”肖天一听这个价格脸都绿了。姚老又说：“自家人不说两家话，我与小董是忘年交，交情匪浅，更何况，你们这是办升迁大事，一荣俱荣，我也不打算挣你们多少钱，交一个朋友，留一条路而已。实不相瞒，玉是真正的和田玉，像是仿古新雕，仿的是宋朝货，座下有阴刻印章，雕工手法老道，以假乱真，市面上的收藏家、鉴赏家绝对会认为是宋朝真货，只有国宝级的鉴定大师可能才会对其有所怀疑。你们都明白，这么大体量的和田玉光毛坯成本价就在五十万以上，雕工的工资起码也要五十万以上，我只要一百万成本价就转让了，收礼人绝对会认为价格在三五百万以上。”肖天表示回去商量后改天再来。董航让肖天拿出相机从不同侧面拍了几张玉雕的照片。

肖天回去向其姐夫汇报。他的姐夫一看玉雕的相片，问清尺寸，也动心了，那么大体量的和田玉毛坯确实值五十万，加上雕工工钱一百万确实不贵。肖天就鼓动他的姐夫亲自去看货，说那是一个乡下别墅，无人知道谁去造访。肖天的姐姐一听要拿一百万，就不情愿了。

肖天的姐夫说：“女人头发长见识短，钓一条鱼，也得花点鱼饵本钱，当上市长自己会有回报的。齐老板早就鼓捣我跑市长的位子，他情愿出资五十万，即使买这件货，也只要你拿出五十万来。”老婆一听高兴了，让他第二天就去办。

没有根基的肥皂泡虽然美丽，但总有破灭的一天，肖天的姐夫顺利地成为市长候选人，眼看就要梦想成真，谁知孟书记被调查了，接着，肖天的姐夫也被调查了。有一天，肖天的姐姐到肖天家里，大闹一场，把肖天家里砸得稀里哗啦，说有人把牛部长买玉观音送礼的过程录了音，交到了省纪委，省纪委就以此为突破口，抓住了孟书记。

有人看到肖天脸上污黑的汁水横流，衣衫不整，光着一只脚在光明大道上拦着路人喋喋不休地说：“孟书记真是一个好官呀，这条路就是孟书记主持修的，这多好呀，孟书记为我们办了多少好事呀，有人要害他，我们要为他申冤请愿。”警察看到阻碍交通，就把他看管起来。有人认得这是作协的肖副主席。警察就通知单位和家属把肖天领了回去。有人说肖天已经被送到精神病院，也有人说，他被家属监护起来，不能出门。江湖道上的一位朋友对这两种说法嗤之以鼻，他认为肖天是一个老油子，他是装疯卖傻，等几年风头一过，还是一条好汉。

春暖花开的时候，候美芬常常下楼到后院的池塘边散步，一池碧水如镜，把周围的花树绿草游人倒影在池水里，花草映在水中，有一番别样的风情。候美芬凝视着池水，想探究里面藏着什么，人生经验告诉她，别看池水沉寂无声，底下一旦有妖孽作怪，依然会浊浪滔天。

石 头

县政府办公室副主任石宏揽上了一件喜欢做的工作，郭新县长指派他负责联络协调西山公园的筹建工作。石宏读大学时学的是美术设计专业，又爱好文学，命运的作弄，阴差阳错，他把爱好做成了职业，在县政府的大楼里操笔杆子十几年，平时所做的工作与美术不沾边，这次参与筹建公园的工作，给了他一展才华的机遇，石宏踌躇满志。

公园的规划蓝图是由省城美德设计院负责设计，由该院第二设计室主任田园主持。巧的是，田园是石宏的高中同班同学。当田园与石宏接头时，两人都开心地笑了，设计建造一座公园，这真是报效家乡的最好机遇，两人决心尽平生所学，因地制宜，就地取材，设计出一座投资不多，但有地方特色的公园来，让全县人民满意，让公园成为西山县的一张名片。

石宏白天陪着田园在西山上转悠，熟悉地形地貌，召开多场座谈会，了解民情民意，翻阅有关史料，掌握设计公园的第一手资料。晚上又和田园一起上网、翻书查资料，参考、汲取外地公园的设计精华。忙了十多天，两人有了西山公园的设计思路和构想。

一个月后，田园拿来了公园的设计图纸。郭新县长亲自主持召开了西山公园设计论证验收会。县里五大班子领导和政府职能部门的人员、特邀的社会贤达人士共五十多人与会，他们听取了田园所做的设计报告。公园设计分为八大板块，中心广场建有先烈雕塑像，两侧建有反映革命战争年代在本县发生的战斗场面和新中国成立后城乡发展成就的浮雕像，可作为青少年爱国教育基地。西边建有动物园，东边建有人工湖，一座雄伟的牌坊面朝正北方，下面是登山台阶路，穿过牌坊，是一座九曲广场。广场东西两边是碑林崖画群。十里环山游览路是绿化的重点，路两侧建有树木引种区、花卉展示区，每隔一段路，就是一种别样的风景。与会人员看了展板，听了讲解，十分兴奋，对设计蓝图给予了高度的评价。郭新县长对公园林木花卉的规划很满意，责成林业局把这一块的建设任务承担起来，就把公园作为县里的林木引种试验区。如今，上级政府对生态建设投资大，钱花到哪里都是花，用在公园建设上岂不是一举两得。政协闻主席对九曲广场和碑林崖画的景观设计特别赞赏。正月十五游九曲灯是当地由来已久的乡俗，部署九曲灯展工作十分烦琐，把整个广场按九曲灯图纸铺设下来，岂不是一件好事，可以更好地弘扬传统文化。碑林又为全县的书画爱好者提供了展示的舞台，成为歌颂赞扬家乡的展板，还能够提升全县的文学艺术品味，何乐而不为呢？闻主席说出了石宏和田园的心里话。这两处的景观设计是他俩的原创，可以起到弘扬西山县文化的作用。设计方案顺利通过了评审验收。

公园项目总投资八千万元，消息一传出，各地建筑公司的老总蜂拥而至，他们各有招数，想方设法拜见县领导，承揽工程，就连石宏这个办公室副主任也是被宴请不断。确定哪家公司中标，那是县财政局和建设局分内的事，当然拍板的是郭新县长。石宏连参与招标会的资格都没有，但是出于工作的责任心，他还是找了几家有实力的建筑公司，将收集的材料送给了郭新县长供其参考。可是出乎意料的是，公园的项目压根就没招标，最后是由四海县一家叫豪霸建筑公司的民营企业承揽了。这个豪霸建筑公司名不见经传，石宏听都没听说过。石宏不放心，专门调查了一下这家公司，发现该公司从来没有搞过公园建设之类的工程，怎么能把这样重要的工程让他们承揽呢？石宏趁与郭新县长一起乘车下乡的机会把自己的顾虑说了出来。郭新县长意味深长地盯着石宏，半天才转换笑脸解释说："还不是我们县穷，缺少资金。豪霸建筑公司的董总垫付资金搞工程，县里与市招标办进行了沟通，同意不走招标程序，选择了豪霸建筑公司。”哦，原来是这样，豪霸建筑公司能把工程做好吗？石宏有点担心。

晚上回家，石宏闷闷不乐。老婆追问道：“你是不是在外面搞了婚外恋，想人家想得丢了魂。”石宏说：“我有心也没那个胆，要不是你追我，恐怕我至今还是光棍一条，哪有本事搞什么婚外恋。”老婆哼哼道：“男人有点地位，就想变坏，要是让我闻到异味，就一脚把你踢出去，你别想再走进家门。”石宏哭笑不得，就把西山公园建设遇到的烦恼向老婆倾诉。老婆一听，手指石宏骂道：“你连这个事都搞不明白，豪霸建筑公司的老总肯定是郭新县长的人，人家是肥水不流外人田，你多嘴，我看你是不想在县政府大楼里待了。”石宏清醒了。随后，就有与石宏相熟的几个老总打来电话咒骂郭新县长搞腐败，发泄不满。吓得石宏连电话都不敢接了。

第二天上班，石宏刚进走廊，郭新县长就迎面走过来。郭新县长面带微笑，对石宏说：“小石，西山公园就要进入施工阶段，你要继续联系协调有关单位，抓好工程进展。”石宏说：“郭县长，西山公园筹备工作已经完成，进入施工阶段，建设局是主管单位，我们办公室不好过问吧？”郭新县长说：“公园建设是综合项目，不能光靠建设局一家，比如碑林崖画那一块，那是需要体现文化特色的，你也算得上是县里的一个文化人，就由你来协调文化局、文联，把这项工作做好。”石宏连声应承，表示一定不辜负郭新县长的信任，把工作做好。碑林崖画景观建设一直牵挂着石宏的心，郭新县长真是知人善任呀。

石宏与文化局的张局长、文联的王主席是老熟人，他俩也是书画爱好的同道之人。石宏给张局长和王主席打电话，传达了郭新县长的指示。两位领导积极响应，决定第二天举行文化局和文联的联席会议，商定具体事宜。

石宏也参加了联席会议。与会人员多是县里的文人，大家对县政府的这一安排举措赞赏不已，纷纷发言提建议，很快达成了共识：由文化局和文联两个单位联合发文，面向县内外，开展为碑林征集诗文书法作品的活动，成立评选专家组，对应选作品进行初评，再由领导小组对初评的入选作品再评选，最后将选定的作品报宣传部、县政府批准，然后将书画作品刻碑进入碑林。这可是事关全县的“脸面工程”，大家慎而又慎。张局长建议石宏向郭新县长反映，看县里能不能拨一笔用于征文活动的专项资金，比如，对入选作品给予奖励，对评委给一点补助等。石宏知道郭新县长向来手紧，一向他提要钱的事，往往事情就办不成了。石宏说：“虽然要求县政府出点经费是顺情合理的事，但一提出钱的事，麻烦扯皮事就多了，拖沓起来，啥也干不成了。征文是要刻碑的，这可是让文人露脸的机会，而且要长久流传，我想大家是不会在乎稿费奖金的，我们还是先干起来再说，一边做一边争取专项经费吧。”张局长一听，觉得石宏说得在理。为碑林建设征文的文件很快下发了，并通过县电视台和县报广而告之。

石宏是在一场饭局上见到了豪霸建筑公司的董总的。董总请客，客人中有两位副县长、城建局局长等人。石宏颇有自知之明，不想去凑热闹。但下班临走时，张副县长惊奇地问石宏：“董总请客，点名有你，你敢不去？”石宏顿时感到董总可不是一个简单的人物。

客人到齐了，董总才在饭店经理、女秘书、男司机等人的前呼后拥下走进了饭店包厢。此人身材魁梧，挺着弥勒佛式的大肚子，面目却不像弥勒佛那般慈祥，他粗眉，豹环眼，肥肉下坠，眼光扫去，令人胆寒。石宏如坐针毡。没想到董总离座，走来向石宏敬酒，说：“郭县长特意向我提到你，说这个公园规划是出自你的创意，你还代表县政府协调公园的建设，今后请小石多多关照，我敬你一杯。”石宏赶紧站起来与董总碰了杯。董总真是豪爽之人，一口把杯中的酒干掉，倒扣酒杯，盯着石宏说：“先干为敬。”石宏再三解释自己酒量不行，可无效，董总拿着倒扣的酒杯，眼睛就如探照灯，放射出的强光直逼着石宏。石宏无奈，闭着眼也把酒倒进了嘴里，饭桌上响起欢笑声，可石宏却醉倒了。

西山公园倾注了石宏的心血，规划蓝图是他理想的结晶，可遇到董总这样的人，他不想多管西山公园建设的事了。董总有时就公园的事给石宏打来电话，他是能推尽量推。董总请客，他再不敢去赴宴了。事实证明，石宏的做法很明智。董总是一个说一不二的人，他想办的事谁都无法阻拦，别看建设局那班人，平时工地的工头见了他们，点头哈腰的。董总不吃那一套，张口就骂人。人们都知道，郭新县长为董总撑腰，去哪里说理？当然，工程质量可想而知。

董总给石宏打来电话，问建碑林的石头从哪里开采。石宏说：“石柱村有一座山，全是立着的石柱，拉回来是上好的碑刻石料。”并自告奋勇地领董总去考察。

石宏和董总开车走进了石柱村，只见条条石柱壁立，表面光滑，青黑色，不用深加工，立在那里就是现成的石柱碑材料。董总也为这座石林山叹服叫好，只是说：“这山路狭窄，运输卡车进不来呀。”石宏说：“要是大车能随便进来，这座石山能保存到今天？这是县政府来开采，如果外地人来，县乡政府和村民不向你要一笔好钱，休想动一根石柱。”董总不以为然地说：“全县哪座山头没有石头？你不要夸大其词。”石宏说：“大石头哪都能找到，但耐腐蚀能做碑林的石料却实在难找，一般石头几年就风化了，哪能做石碑，这可是上好的花岗岩石料呀，在市场上可值钱了，只是藏在深山不被人们所知吧了。”董总随后又考察了多个地方，最后决定还是从石柱山上取石材。为此，他破费了一笔修路钱。他一边修路一边骂石宏，说石宏出的这个主意让他破了财。

文化局和文联联合举办的征文活动，在社会上引起了很大的反响，应征的稿件如雪片般飞来。稿件经专家组和领导组两级进行严格评选，初步入选的稿件分别登载在文联办的季刊上和县报上，又引发了社会上许多人对诗文的广泛欣赏评议，人家公认石宏写的《西山赋》最有价值，文采飞扬，把西山县的山川地貌、名胜古迹、人文历史、建设成就等各个方面都概括进去了，应该是首选碑文。石宏自已也颇为自得，十年磨一剑，为写这篇赋，自己是下了苦功的，县档案馆的陈旧资料几乎全翻了个遍，几本诗赋选本上的赋都能倒背下来。

公园建设已经成型，只是建碑林崖画的地方，胡乱地堆放着拉来的石条、石碑料，没有丝毫动工的迹象。石宏早知道董总骂自己瞎出主意，让他到石柱村拉石头修路破费了钱，所以不愿意见董总，也不过问碑林景点工程的进展。他心里想，公园规划图有这个景点，石头也已经拉来了，难道你董总能够不建吗？你不建，政府会付给工程款吗？可是张局长和王主席等不及了，天天有作者催问他们碑林何时动工。这天，张局长和王主席拉上石宏一起去找董总。董总见了他们，很不客气地说：“我只负责建公园，却让石宏鼓捣得修了一条拉石头的路，修路把工程款挪用了，我咋建？你们应该向县政府汇报，增加公园建设投资。我不可能用养家糊口的钱去为你们树碑立传。”石宏一听火了，说：“董总，你的话不靠谱，我怎么忽悠你啦？建碑林崖画是公园规划里的景点，从哪里拉石头是你公司的事，我好意向你提供了一个石材开采点的信息，选用不选用是你们自己的事。董总，你不能这样不讲理。”董总发火了，说：“你敢说我不讲理！你不想在政府大院里混了。你让我到石柱村拉石头就是最大的不讲理。”石宏火冒三丈，大声说：“董总，摆正你的位置！你想拿钱走没那么容易！”董总一看势头不好，不敢再张狂。他摆一摆手说：“我不与你这个小蚂蚁计较，你哪来哪去，不服的话你找郭新县长告状去。”

公园建设把碑林这个大景点工程放弃了，这算哪门子事。石宏要拉张局长和王主席一起去找郭新县长。他们两人虽然也是满腹牢骚，怨气冲天，可是去见郭新县长却不愿意了，事情明摆着，董总是有郭新县长在背后撑腰才敢如此猖狂，去见郭新县长那不是成心找事。

石宏本来是一个低调本分之人，在政府办公室里当了十几年秘书，养成了唯唯诺诺的习性，有着见怪不怪的涵养。可他本质上是一个有思想的人，从来没有丧失正义之感，只是深藏不露而已。这次，董总真是激怒了他，什么东西！竟敢威胁把我赶出政府大楼。县长又怎么了，县政府是人民的政府，又不是你家的私产。在共产党领导的人民政府里，谁都不能把人民的利益不当回事，就是县长也不能为所欲为，犯了党纪国法，还不知谁倒霉呢。到了这个份上，石宏不管不顾了，他独自进了郭新县长的办公室，当面汇报了公园建设存在的问题。郭新县长冷着脸听完石宏的汇报，说：“好吧，我再了解一下，下次在政府办公会上研究吧。”

石宏没等来研究结果，却等来了调令，他被调到县里最偏远的山区乡当乡长去了，由副科提升为正科了。虽然石宏已经连续三年在单位年终考评中获得了优秀，被提拔是顺理成章的事，但自己向郭新县长刚提了意见，有点担心郭新县长给他穿小鞋时却被提拔了，还是有点出乎意外。也有人说这是明升暗降，但石宏本人对此很满意，他早不想在大楼里待了。那个乡虽然是个穷乡，但自己好歹是乡长，说了话算数，是可以干点事的工作岗位。

碑林崖画园景点最终也没有建成。那个董总把碑林石材用吊机吊了起来，胡乱地堆砌在一块，完全没有章法，不三不四，草草了事，碑林崖画的设计规划成了泡影了。政府大楼里还传出闲话，郭新县长说石宏算什么人才，充其量是块顽石，待在深山里最合适。他还想在公园里将自己狗屁诗立碑石，野心倒不小。石宏的心在疼，他觉得《西山赋》入碑林，这是碑林征文评选的结果，怎么成了自己的罪状呢？第二年，郭县长也调走了。当张局长与石宏再聚会时，石宏才知道，董总当年就把工程款结清领走了，是郭新县长优先批的款，什么垫资工程，那不过是糊弄外人的幌子。

功夫不负苦心人，石宏在那个贫困山乡苦干了五年，在扶贫工作中做出了成绩，被提拔为副县长了。他在副县长任上又干了六年，被调到中宏县当县长了。中宏县是一个半农半牧的贫困县，地广人稀。石宏上任后，根据县情，把发展草原旅游作为一项支柱产业来抓，逆境取胜，昔日荒凉之地，变身为如今的旅游胜地。市里今年要在中宏县召开两个文明建设现场会，市政建设提上了县政府日程，党政联席会议上决定在县政府所在地建一座公园。是呀，放眼全国，一个县府所在地没有一个公园是说不过去的。可是穷县建公园本身就难，又想建得有特色那真是难上加难，城建规划局提供的建设方案几次没有通过审议。石宏出席了最近一次公园的筹建会议。会上，他提了一项建议，他说："穷乡僻壤是我们县的县情，我们县的发展规划只能从这个县情出发，我们开展的草原旅游已经将僻壤变成了旅游胜地，我们公园建设也要因地制宜，在穷山上做文章，山里有什么？有石头。我们就地取材，就建一个石头公园，在石头上刻写诗文，成为一座石头碑林公园。"石宏的建议得到大家的一致赞赏，穷山有的是各种各样的石头，征集以赞美石头为主题的诗文，建一座碑林公园，花钱不多，却独具特色，真是一个高明主意。

全市两个文明建设现场会在中宏县如期召开，代表们参观了石头碑林公园，纷纷在碑林里留影拍照，都称赞公园建得有特点。石宏注意到，公园里的多块石碑用的就是当年西山公园里抛弃的石材。西山县的西山公园里的乱石堆发生倒塌事件，砸伤了人，新来的县长根据市民的反映，责令城建局把乱石拉走了，在空出的地面上建了两座凉亭。石头公园建设时，工头跑到西山县把丢弃在山沟里的条石碑材拉到了石头公园。是呀，那真是好石头，扔在山沟里是块顽石，摆在公园里就是一处风景，中宏县为石头找到了最好的位置。

一棵树

芳芳坐在炕上，透过玻璃窗望着院里的那棵苹果树出神。果树的树干已经高过屋顶了，枝叶繁茂，青色的小果个挤个，密密麻麻地挂在枝头。这棵果树是小院里最惹眼的风景。这棵果树是和芳芳心灵交汇的好朋友。果树长在地上身不能动，却自成风景，结出数也数不清的果实，引来大人小孩的垂涎。芳芳虽然长着腿，但下不了地，只能像树一样困在炕上这一块小地方，难挪窝。芳芳出生的那年，爸爸移栽回这棵果树苗，芳芳是看着这棵果树长大的，果树的成长给了芳芳启示：树不能动，也能成材。人是万灵之首，芳芳觉得虽然自己的腿不能动，但生命的意义岂能不如一棵树。

芳芳得的是小儿麻痹后遗症，双腿萎缩，不能下地走路。可芳芳的脑瓜却很好使。她跟着收音机学会了唱歌，跟着妈妈学会了做针线活，坐在炕上也会搓莜面鱼鱼，帮妈妈做饭。芳芳天性乐观，不愁眉苦脸，她的笑容和歌声给家里带来了欢乐，讨家人喜欢。芳芳的弟弟叫小华，比芳芳小两岁。小华上学后，拿回的课本成了芳芳的最爱。小华高兴时，念课文向姐姐显摆，不高兴时，就不让芳芳动他的书。芳芳只好说好话央求弟弟。邻居王大妈是一个民办老师，看着心疼，就把自家孩子读过的课本送给了芳芳，还不时地指导芳芳的学习。芳芳没有玩耍的地方，就专心致志地自学。期末考试时，邻居王大妈拿回试题答卷让芳芳答，结果，芳芳的数学得了一百分，语文九十五分，分数竟然是学校两个一年级中的第一名。芳芳的好成绩引起学校老师的重视。邻居王大妈辅导芳芳读书的劲也上来了，芳芳更是要强，她心无旁骛地自学，只用两年半的时间，就学完了小学五年的课程。小学校长大为感动，向乡教委反映请示后，经县教育局批准，破例为芳芳注册了学籍。结果芳芳比弟弟还早一年拿到了小学毕业文凭。

芳芳成了县里残疾人自强不息的模范典型，县城的学校还请芳芳给同学们演讲，激励同学们以芳芳为榜样，好好学习。县一中的张校长主动表示，愿意录取芳芳到校就读。芳芳是一个明理懂事的孩子，她虽然有上中学的强烈愿望，但是，她知道不能给父母增添过重的负担，一个农民家庭，虽然如今满足温饱了，但绝没有经济实力让母亲到城里陪她去读书，弟弟才是全家培养的重点，全家人的希望。再说，物理、化学要上实验课，自己对这两门课也没有兴趣，上中学读书不是一个明智的选择。

县宣传部赠送芳芳一台电脑，县图书馆为芳芳开通了邮寄借阅图书杂志的通道，芳芳更是结识了许多老师和朋友，这为芳芳的自学提供了条件。果树只能从一小块地上吸收营养成长，可依然长成了一棵茂盛的大树。芳芳学会了读书，书籍为她打开了一个广阔的新天地，她可以通过书籍汲取古今中外的文化营养来充实自己，她比果树成长得更快、更有活力。几年工夫，芳芳就成了村里最有学问的人了，她辅导村里的小学生做作业，学生的成绩提高得特别快。虽然芳芳不收补课费，但乡亲们总以自家的方式报答芳芳，就是自家炸出油糕也会先给芳芳送来一碗。即使再调皮的孩子，在芳芳面前也能收心学习，芳芳本人就是鲜活的励志榜样。村里的孩子出去念书有出息了，乡亲们都说是芳芳带了一个好头。大妈大婶有了忧愁事也愿意找芳芳诉说，邻里有了矛盾，也找芳芳排解，打官司那就更不用说了，都是芳芳帮他们写诉状。芳芳成了村里最受欢迎、最受尊敬的人了。

果树的产量一年比一年高。芳芳的劳动成果更是一年比一年好。村民种地生产的农副产品不值钱，不少人家撂下土地打工走了，芳芳说服父亲把村民的土地租回来，种了二十亩麻子。过去，乌兰察布市的生产队每年都要种几亩麻子，把麻秆在水塘里沤好，剥下麻皮攒绳用，后来骡马车被淘汰了，麻绳也没了大用场，人们也不种麻子了。但是，农村人已经养成了嗑麻子的习惯。芳芳看准了麻子是稀缺空档的农产品，她通过网上从外地邮购回良种大麻子品种，让父亲种植。麻子的种植技术简单，收获也不错，亩产麻子二百六十斤，芳芳家收获了五千多斤麻子，五千斤麻皮，这可让父母亲愁坏了，往哪儿卖呀？芳芳却胸有成竹。芳芳是一个网红，在网上有上万个粉丝，她通过网友的推销销售麻子，每斤炒熟的麻子卖二十元，物稀为贵，只用了七八个月的工夫，家里的麻子全卖出去了。麻皮也以每斤二十元的价格卖出去了，主要被土产和殡葬业的一些人买走了。披麻戴孝，打发死人是农村里的传统，披麻就用的是麻皮，麻皮近年也成了市场的稀缺品。全家种麻子获得了纯利润二十万元，可把全家人高兴坏了。全村人更是为之震惊，但他们学不来，坐在家中就能卖出产品，真是太不可思议了。芳芳得意的事还在后头呢，她已经成功注册卓资山土特产品销售网站，成立了公司，专卖地方的土特产品。与市里众多超市小卖部建立了产品销售联系，什么胡麻酱面、干山药蛋、擦麻麻花、糜子面、炒黄莜麦等，都是过去农村人常吃的、如今市场上不见踪影的地方特产。莜麦和小麦面粉等大路商品也卖，不过也有自己的商品特点，小麦、莜麦选用的是传统的农家品种，一萝打到底加工成全麦粉，面粉虽然色暗，品相不好看，但保留了传统口味，营养全面，特别适合老年人、糖尿病人食用，产品供不应求。

三年过后，芳芳已经是县里小有成就的企业家了，在城郊盖起了办公楼和厂库设施，代理销售着县里三十六家农民专业合作社生产的产品，为上万名农户服务，手下也有了十几个员工。

二虎和芳芳是同村人，比芳芳小三岁。芳芳曾经辅导过二虎的学习，但二虎不是念书的料。二虎憨厚实心，他从小就喜欢黏在芳芳身边，听芳芳说话，听从芳芳的指挥办事。芳芳办了公司，二虎成了芳芳的铁杆员工，是芳芳最信得过的助手。二虎一心想把芳芳娶回家。芳芳只是腿不能走路，但身段好，脸蛋漂亮着呢！芳芳有钱后，也有外乡的青年人来追求她。但芳芳虽然心比天高，做事却脚踏实地，不玩虚的。二虎虽然不算聪明，但过日子靠得住，家里有一人聪明就足够了。

芳芳二十七岁那年，风风光光地把自己嫁出去了，不，应该说风风光光把二虎“娶”回了家，新家就在公司院里。结婚当天，芳芳指使二虎在新家的院里栽下一棵果树。芳芳太喜欢果树了，每天看着果树生长便觉得自己也有了力量。

命

三奶奶命苦，三十八岁就守寡了，好在有一双聪明伶俐的儿女，这给三奶奶留下了今后生活的念头。谁知，祸不单行，女儿十八岁出嫁，新婚半月竟然被狼吃了。

女儿嫁到头道沟的张拴牛家，村子虽然地处大山沟中，可张拴牛算得上是殷实人家，养着二十多只羊，也就是山高皇帝远，换作是大山外面的生产队，哪会允许社员无节制地发展家庭副业呢。三奶奶把女儿嫁到头道沟，图的就是女儿今后的生活能吃饱穿暖，不用为缺粮少钱而发愁。再说，女婿张拴牛五大三粗，是一个壮实勤劳的小伙子，靠得住。

头道沟的光棍汉多，村里已经两年没有新媳妇进村了。大小光棍看到张拴牛漂亮的新媳妇，不由得骚动起来，他们白天赖在拴牛家不走，夜里在窗根底下围着一溜儿。拴牛不厌其烦。这天，黑云遮月，已经是半夜三更了，张拴牛家的玻璃窗不断地被敲响。张拴牛顿生怒火，哪个家伙这样缺德烦人呢？张拴牛披衣下炕，顺手拎起顶门的铁锹，走出家门，一道黑影越过了低矮的院墙。张拴牛边骂边将它们撵出院门，就在这时，张拴牛听到媳妇一声恐怖的惨叫声，慌忙返身回家。一个惨不忍睹的场面出现在张拴牛眼前：一条大灰狼正咬着媳妇的脖子吸血。张拴牛发疯一样用铁锹打灰狼。灰狼跳窗跑了，张拴牛的媳妇没了。狼是狡猾的东西，母狼引走了张拴牛，公狼趁机下手。张拴牛娶媳妇时宰了一只羊，又舍不得一下把羊肉吃完，就把羊肉切条风干起来，肉腥味引来了狼。

三奶奶得知噩耗，与儿子长命哭得死去活来，可是人死了哭不活，生活还得继续。三奶奶的心头虽然在不住地滴血，可村里人的风言风语如尖刀般往三奶奶的伤口上扎。有人说三奶奶命硬，妨主，克死了男人和女儿。三奶奶自己也信了。她从此打消了再嫁男人的念头，守着儿子惨淡度日吧。有好心人点拨三奶奶，找大仙算一算，看看长命是什么命。

三奶奶提上攒了两个月的一篮子鸡蛋，到二十里远的余家湾找余半仙为儿子算命。余半仙四十多岁，祖上就是阴阳世家，山里山外的人家无不敬畏他的神秘莫测。

余半仙家的西厢房正面的条桌上供奉着神龛，神龛前垂着暗红珠帘，三奶奶也不敢细瞧里面是何方神圣，她跪倒在神龛前，请余半仙为儿子长命算一命。余半仙点了一张黄表纸，说来也怪，烧纸残灰直往上飘去。余半仙说："你看到了吧，神仙接受了我的请帖，就要升堂了。"说完他盘腿侧坐在旁边的八仙椅上，闭目合掌，嘴里念念有词，但是听不懂说的是什么。少顷，余半仙的身体就像打摆子一样抽搐了一阵子，然后睁开了眼睛。顿时，他神魂附体，来了精神，双目就像聚光灯，逼视着三奶奶，然后用唱戏的声调，说了一句让三奶奶魂飞天外的话："长命命里该雷抓。"三奶奶长长地呻吟了一声，当场昏死过去。外间等待算卦的人涌进来，手忙脚乱地把三奶奶唤醒过来。三奶奶号啕大哭。余半仙出于怜悯，为三奶奶指出一条化解之道："长命今后不要出远门，雷雨天不可独处，这样雷神想抓长命，也要顾及他人，不能贸然下手。"三奶奶千恩万谢。

长命那年十二岁，正念小学，他眉清目秀，聪明好学，是班里的尖子生。长命被这个算卦得来的预言击倒了，世上还有比被雷抓走的死法更可怕的吗？从此，活泼伶俐的长命变得沉默寡言，惶惶不可终日。村里的同学玩伴也疏远长命，以防一旦雷抓长命时，自己在场受祸害。长命的学习成绩一落千丈。小学毕业，要到离家三十多里的公社念初中。三奶奶不让长命去念书，长命自己也灰心丧气，听从了三奶奶的劝阻，辍学在生产队里劳动。

夏秋两季，一旦天上飘来翻滚的疙瘩云团，远处传来雷声，三奶奶就站在村口的高坡上喊叫长命回来。长命就撂下手中的农活往家跑，身后留下村里人一片善意的嘲笑。就这样，长命平平安安地活到了二十多岁，毫发无损。

长命长大后，对余半仙算的卦怀疑了起来，余半仙也是一个人，他的话就那么准吗？他要真的懂得老天爷的秘密，自己早发财了，到天津、北京混去了，还会守在余家湾种地？再往后，长命对雷声不那么惧怕了，听到母亲的喊叫声，也不再急乎地往回跑。他还埋怨母亲找半仙算命，误了自己的青春岁月、大好人生。自己也是二十大几的人了，从来没有媒人上门介绍过媳妇。三奶奶虽然将信将疑，但没人给儿子介绍媳妇，眼看儿子要打光棍了，她不能不急呀。三奶奶也开始明白，是算卦害了儿子，谁家的姑娘会找一个命中注定要被雷抓的人呢。三奶奶也不在人前唠叨算卦的事了。但是，长命的命不好已经名声在外，无法挽回了。

信命的人总以为自己上辈子没积下德，这辈子遭受报应，因而，他们把行善积德当作做人的准则，以求来世。三奶奶自己身体力行，与人相处处处谦让，热心助人，长命更是老实本分，踏实肯干。孤儿寡母在村里留下了一个人好命不好的评价。

长命这样的好人，自然会有朋友的。邻村周武就是长命的好朋友。周武是长命的小学同学，但他一直念到高中毕业，遇到“文革”，才返乡务农。周武在学校里当过红卫兵，回村后也不甘寂寞，大队、公社院里常能见到他的身影。公社革委会搞清理阶级队伍运动，把生产队有历史问题和现实问题的各类分子集中到公社办学习班。周武是公社群专小组的成员，对集中起来的各路牛鬼蛇神进行审查批斗。余家湾的余半仙止好落在了周武的手里。

余半仙装神弄鬼，骗了村民不少钱，民愤很大。周武他们审讯余半仙，余半仙神神道道地还想忽悠，被周武当众甩了两个耳光，跌跪在地上。周武骂道：“老子在城里斗了多少牛鬼蛇神，什么人没见过，你休想在老子眼前耍花招。你老实交代，你为啥算卦说长命的命该被雷抓，害苦了人家。”周武早就听村里传言，是余半仙捉弄三奶奶，炮制出长命会被雷抓的谎言，这次余半仙落在他手里，他要弄个明白。余半仙是知道周武的威名的，“文革”刚开始，周武他们那一派红卫兵搞武斗出了名，连老县长都被他们逼死了。他怕了周武，只好老实交代，他托人介绍，想让三奶奶给自己的弟弟做媳妇，被三奶奶拒绝了。他怀恨在心，就编造了谎言报复三奶奶。

周武捎话给长命，让他来公社亲耳听一听余半仙的交代。仇人相见分外眼红，长命见了余半仙，两眼冒火，手指着余半仙，怒骂道：“我就是让你害得打了光棍。”周武一伙齐喊：“打这个王八蛋、害人精。”长命气得脸红脖子粗，握紧的拳头颤抖着，可他从来没打过人，出不了手。可余半仙害怕了，他向长命乞求道：“我对不起你，我把我三闺女说给你做老婆吧。”长命傻了眼，在场的人也愣住了。还是周武的反应快，他说：“好，这是立功抵过的行为。话是你亲口说的，不是我们逼你说的。你胆敢糊弄我们，砸烂你的狗头。”

余半仙被放了回去。第二天，他领上三闺女到了公社。三闺女与长命领了结婚证，当即被长命领回家成了亲。余半仙的三闺女比长命小八岁，也就念了一个小学毕业，她是一个孝顺的乖乖女。长命人好命不好的名声传遍了全公社，余半仙后来心里有点后悔，把闺女嫁给长命，也就了却了一桩亏心事。这个混世光棍做出这样的选择，良心反省只是其中的一个原因，他遇事首先考虑的是自己，即使亲女儿也是自己的利用之物，他想借此蒙混过关。周武一伙比他厉害，他怕得不行。三闺女虽然有点不情愿，但那时候农村女娃的婚事，父母做一多半的主。三闺女平时见过长命，心里还替长命惋惜，这样好的一个小伙子，却有一个要被雷抓的命，原来是自己的父亲作的孽。出于同情长命，也为了挽救自己的父亲，三闺女准下了婚事。

后来，三闺女为长命养下三个娃娃，日子过得红红火火。余半仙始终没有上过长命家的门，他不好意思见三奶奶和村里的人。长命倒是隔三岔五去看望余半仙，孝敬他。

不讲理的汪王

连阴雨下了一天一夜，还不见放晴，醉鬼汪王百无聊赖，歪坐在厅堂的沙发上，右手端着一茶杯酒，不时来一口。酒咽下去了，左手就从茶几上放着的一个撕开的袋儿里捏几根榨菜，塞进嘴里嚼。他边喝边吃边叨叨，对老婆说："莉莉，你也过来喝几口，酒是粮食精，越喝越年轻。"

莉莉正靠着柜台玩手机，这是一个大胖女人，她抬起头，黑白的大眼狠狠地瞪了一眼汪王，骂道："喝！你好好喝哇，看你喝酒喝成了一个芦草棍，大风一吹，刮进荒滩野沟里，死了怕连尸体也找不回来，还喝。"

老婆的骂，对汪王来说，就像给他挠痒，没疼痛反而有种舒服感。他嘿嘿一笑，说："男人不喝酒活的像条狗，男人不抽烟活的像太监。"边说边掏出烟盒，嘴里叼上了一支烟。

莉莉骂道："醉生梦死，没脸没皮。你一点也不像你姐，人家处处争强好胜，挣下千万家产。你姐夫也是一个山沟里出来的人，可如今，人家人模人样，是市里的政协委员，与书记市长都能说上话。你只能在下夜房闲汉堆里混，瞧你那点德行。"

汪王摇头晃脑地反驳道："万事不由人计较，一生都是命安排。命中若有终须有，命里无时莫强求。我对眼下的生活就很满意了，好歹也算是开着一家产权自有的旅馆，每月有上万元的收入。你要不是跟上我，也像你下岗的工友，给人家当保姆去吧！哪有当老板娘滋润舒展。”

莉莉也笑了，边笑边骂道：“瞧你那点出息，小富即安。你不看看你姐姐一家挣下了多少家产，你就不懂得心热眼红。”莉莉手里有了这家旅馆，心里踏实了，每天的营业收入都在自己的兜子里，男人爱混就混去吧，反正他就是一坨抹不上墙的稀泥。

汪王咽下一口酒，头仰在沙发的靠背上，眯缝着三角眼，得意地说：“张志强再挣得多也摆不脱农村老财的土气，他只是个挣钱的机器，守财的奴隶，就不懂得享受。哼！就是挣下万贯家产，还不知道将来好过谁呢？命好才是真好，有酒的日子才有滋味。”说完他又呷了一口酒。

两口子正说笑着，汪敏开着奥迪小车进了院。随后，汪敏气急败坏地推门进来了。汪王和莉莉吓了一跳，忙站起来迎接，姐姐从来没有这样张皇失措过，两人嘴里连连发问：“这是怎么啦？”

汪敏一屁股坐在沙发上，惨白的脸上泪双流，说：“你姐夫闯下天大的祸了，羊绒衫厂被大火烧光了。”

这简直是晴天霹雳，汪王和莉莉也吓傻了，那么一个红火兴旺的羊绒衫厂被烧了，厂里光工人就有一百多人呀，说没就没了！那可是一个下金蛋的鸡，姐姐家就靠这个厂，每年才有上百万的收入呀。好半天，莉莉的脑子才转过弯来，她问：“姐夫哪去了？”

汪敏说：“让公安局抓走了。”

真正塌下了天啦，这可咋办呀？汪王两口子大眼瞪小眼，一起盯着姐姐看。

汪敏来找弟弟一家，是想得到一点安慰支持，她看着汪王那个呆样，不由得泄了气，弟弟指望不上，大主意还得自己拿。汪敏开口说：“你姐夫被抓前，给我打来电话，不让我去厂里，让我把家里照顾好就行了。我想，厂里出了那么大的事，没有自家人照应怎么行。汪王，你去厂里关照关照吧。”

其实，汪王心里的小算盘早就哗啦啦地计算开了，看来姐姐一家是彻底完蛋了，多可惜呀，那可是千百万的资产呀，他心疼得要命。但也有一丝解气。哼，姐夫平时财大气粗，自己占他一星半点儿便宜，就像割了他身上的肉一样的痛。如今出事了，破产了，找我来了，让我为你们顶杠，想得美。

汪王假装愁眉苦脸地说："姐，我去不合适。刚建厂时我去帮过忙，可姐夫把我赶走了，如今，我去厂里算个什么东西。再说，我也没有什么财权，去了，我怕被工人们活吃了。"

汪敏知道，刚建厂时，弟弟在厂里担任采购，可他多吃多占不说，为了多吃回扣，竟然买回不合格的废品，给厂里造成了很大的损失，张志强把他解雇掉了，弟弟一直怀恨在心。可今天的事情紧急，只能求弟弟出马了，就说："你去厂里看看损失的实际情况，探听一点风声消息不行吗？又不是让你去处理问题。"

汪王说："平时有好事，从来想不起我，出了大娄子，就想起了我，督促着王八下枯井。"

汪敏生气地说："汪王，你怎么能这样说话呢，平时我和你姐夫待你不薄呀，就说你现在这个旅馆吧，我们不赞助，你能盖起来？"

汪王哼了一声，说："那靠的是本人的福分，老汪家祖上积下的德行。"

汪敏怒火难抑，说："当初父母留下的房产，你住两间，我住两间。是我让给了你，又赞助了你二十万盖起了这个旅馆，你忘恩负义！"

汪王说："你有几千万的产业，赞助了我点小钱，也好意思一提。我早对你说过，张志强是从山沟里出来的土包子，即使成了龙，也是蛇丝子，如今应验了吧。"

汪敏气得破口大骂道："汪王，你不是人！没有张志强的拉引帮衬，你就是街上的一个讨吃的混混。如今，你姐夫出事了，你不帮忙，反而幸灾乐祸，你这个狼心狗肺的坏东西！"

莉莉忙插嘴，骂道："汪王，闭上你的臭嘴，你要把姐姐气死不成。"她边说边给汪王递眼色。

汪王对老婆说的话一向是心领神会，他闭紧嘴不说话了。

莉莉说："姐，天大的祸也已经闯下了，厂子里的事已经无法挽回了，姐夫不让你去是有道理的，汪王去了也没用，过几天我去探探风声吧。眼下，当务之急是把家里的财产转移出来吧，一旦家产被查封，后悔就来不及了。姐，你把金银玉器、值钱的东西收拾一下，拿到我这里，我替你保管，保证万无一失。”

汪敏说：“厂里失火是意外，又不是你姐夫诚心干了坏事，难道会抄家不成？”

汪王说：“张志强一向贼精鬼滑的，啥祸都有可能给你闯下，莉莉考虑得对，把财产转移保管是正主意。”

就像一盆冰水从头浇下，汪敏从头凉到脚，凉到了骨头里了。自家的弟弟真是自私到极点了，不仅无情无义，还别有所图。平时，汪王耍赖，嘴里最常说的一句话就是“姐夫小舅子不分你我”，他缠着张志强不放，小到打麻将的几百块赌资，大到需要几十万修建旅店，都让张志强掏腰包。平时到姐姐家见了好酒好吃的，毫不见外地享受，临走时还要顺手牵羊。张志强一旦出事了，立马翻脸不认人，这就是骨肉亲情！汪敏真是绝望了。汪敏是一个性情刚烈的女子，弟弟这个无赖帮不上忙不说，只能惹自己生气，还是走吧。

莉莉右手端着茶盘过来，左手拿块抹布把茶几桌面整理了一下，嘴里说道：“姐，别听汪王瞎说，他就是条疯狗，没脑子，就会乱咬。”莉莉把酒杯、榨菜等物品拾掇下去，顺便把汪敏的小车钥匙也放在茶盘里端了下去，放到吧台上，别有深意地给汪王递了一个眼色。

汪敏心有所动，站起身走向吧台，伸手从茶盘里取小车钥匙。谁知，汪王伸过手，抢先把车钥匙拿到手里。

汪敏脸色大变，说：“汪王，你想干啥？”

汪王说：“姐，车你就别开了。车迟早会被公安局、法院扣走，你就说车已经转让给我，我替你保管了。”

汪敏怒骂道：“你居心不良，豺狼心肠。车是我的，就是公安、法院要扣车，那也是我的事，与你无干，把车钥匙给我！”

汪王说：“我不与女的纠缠，头发长见识短，将来我自会给姐夫一个交代。”

莉莉说："姐，你不知，姐夫与汪王有些经济纠葛。等姐夫出来，事情就会明了。汪王也是为了你好，为大家都好。"

真是恬不知耻，什么话都能说得出来。汪敏歇斯底里地怒吼道："汪王、莉莉，我真没想到你们能趁火打劫，真是丧尽天良。"汪敏气得朝汪王身上扑过来。

汪王理也不理，独自上楼去了。

莉莉从中挡住汪敏，假惺惺地安慰道："姐，有话慢慢说，亲姐弟，你家的事也是我家的事。"

汪敏号啕大哭，踉踉跄跄地走了出去。

汪王从来不看好姐姐的婚姻，他从骨子里瞧不起张志强，虽然姐姐的婚姻是自己无意中促成的。

汪王和张志强初中时是同班同学，只不过汪王家在县城，张志强家在郊区农村。汪王不喜欢张志强是有缘由的，这家伙虽然长得不丑，但穿戴太土气，衣服补丁摞补丁，洗脸不洗脖子，汪王从心里头瞧不起他。最让汪王反感的是，这家伙鬼精得很，虽然不见他下功夫读书，可每次考试成绩总要压汪王一头，让汪王不服，可又无可奈何。张志强不安心读书也罢，小小年纪还搞投机倒把。上学途中，他常常帮村里人把鸡呀、蛋呀，捎带卖给城里人家，估计他从中捞了不少好处，因为汪王常常吃到张志强送的奶糖。汪王吃出了小甜头，就顺便为张志强拉客户，大院里的人家凭本供应副食品，很难买到鸡蛋等农副产品，经汪王牵线，张志强的小倒小卖做得顺风顺水。汪王既看不起张志强，可又想占张志强的小便宜，两人就维持着这种友谊。

初中毕业后，汪王在城里一时找不到工作，整天无所事事。张志强返乡回到村里，但他却不安心当农民，东跑西逛地倒腾小买卖，汪王的家成了他的一个落脚点。张志强也想拉着汪王做生意，但汪王不屑做那种偷偷摸摸的勾当。汪王已经学会抽烟了，可没闲钱买烟，常常是张志强接济他。汪王离不开张志强了，烟瘾一来就想到张志强。汪王的姐姐知青下乡后，与同组的一个男知青搞对象，谁知那个男的参军走后，就与汪敏断绝了关系。汪敏回到父母家闷闷不乐，这给了张志强可乘之机，张志强与汪敏悄悄地谈起了恋爱，汪王被蒙在鼓里。张志强倒买倒卖做大了，连北京天津都去。也活该倒霉，有一次，张志强被政府管理市场的人员抓住了，县公安局根据居委会大妈提供的信息，来家找汪王调查。汪王丝毫没有袒护张志强，他揭发张志强一贯不务正业，如今，更是跑到北京去倒腾。公安人员问汪王，张志强有没有在他家留下什么东西。汪王说，有。随即去南房取出一个破烂黑提包交给公安人员。公安人员当场拉开一看，只是张志强的几件没洗的旧衣服，两本没封皮的破书，就扔到一边去了。过了十多天，张志强被放了出来，向汪王要存放的提包。汪王把包提溜出来，厌恶地说："这些垃圾东西，也好意思往我家放。"张志强检查了一下包里的东西，诡秘地笑着说："棉腰子里藏着做买卖的本钱和一千多斤全国粮票，一旦没收，就全完了。钱损失了不说，警方找到证据，我就出不来了。"这就成了汪王救张志强的莫大功劳。后来，汪王面对张志强，嘴里常挂的一句话是，"没有我为你保管提包，你能有今天。"他理直气壮地占张志强的便宜。张志强也乐意让汪王占便宜，他想拉近与汪王的关系，以便有机会与汪敏会面。

后来，政策松动了，张志强大张旗鼓地在城里开了一家小商店，搞起了百货零售批发业务，买卖越做越大。汪敏回城安排在街道小厂工作，每月工资只有三十多块钱，还不能按时发放。她干脆辞了职，与张志强住到一起，一块干了。汪王虽然万般不情愿张志强成了自己的姐夫，但又无法阻拦，社会开始变了，有钱才是大爷，乡下土包子有了钱，一样可以娶城市里的美女。

没想到过了四十多天，张志强竟然被放出来了，而且还能东山再起。羊绒衫厂火灾调查结果出来了，是厂里的变压器安装不符合规范引发的火灾，而变压器安装那是供电局的事，厂里的电工无权插手，自然也不承担责任。而张志强在省城保险公司保了三千万的意外生产事故险，保险公司很快就会全额赔付。羊绒衫厂天大的火灾，对张志强来说毫发无损。有人甚至说，张志强反倒赚了，那个厂的资产最多值二千万。

汪王两口子后悔了，没想到张志强还留着后手，自家当时是有点把事做绝了，没帮姐姐一家不说，还扣留了人家的车，这可怎么办。依汪王的主意，再把小车还回去算了，赔上笑脸，任凭姐姐骂。然后和姐姐说："我也没有公开霸占你们的车，只是说，等张志强出来再说嘛，这不是我把车送回来了吗？"而莉莉却不这样想，她说："你是彻底把汪敏一家得罪了，人家肯定不会再原谅你，干脆一不做二不休，小车不还他们了，等他们登门来要再说。"两人反复商量拿不定主意。合该出事，傍晚，汪王开车出去，心情不好，加上出门前喝了一杯小酒，拐弯处没有收住车，把路边一个正在乘凉的老太太当场撞死了。汪王直接进了看守所。交警找到汪敏，说："车可是你家的，出了事车主得负责。"可汪敏却不买账，说："当初我弟弟把我的车霸走，我去派出所、交警队报过案，你们都说是家庭纠纷推着不管，案底都在，白纸黑字。如今，汪王开车出事了，能来找我吗？"交警无言可对。

死去的老太太有两个儿子，属于那种蛮不讲理的角色，只认钱。他俩找上莉莉的旅店，摔门砸桌，说要拿出一百万赔偿金，否则，莉莉一家就得扫地出门。

莉莉万般无奈，只好硬着头皮到汪敏家求助，可汪敏连大门都没让莉莉进，任凭莉莉在门外哭号哀求，汪敏都不为所动。汪王、莉莉的所作所为寒了她的心，既然你们能够趁火打劫霸占我的车，休怪我无情无义。

莉莉只好上拘留所与汪王述说商量，汪王破口大骂姐姐、姐夫不是东西，钱迷了心窍，不认亲情。莉莉不想听汪王废话，说："接待时间只有十五分钟，想骂你背后骂吧，反正你们老汪家的人都不是好东西。你就说，咋凑够一百万赔款吧，钱到了手，你很快就能出来，旅馆还是咱家的。"汪王停住了嘴，眨巴着眼睛想了一想，对莉莉说："你还是直接找张志强吧，多说好话多流泪，那个家伙还有点人性，我那个姐姐是没指望了。"

莉莉走后，汪王把张志强的祖宗八代骂了八遍。汪王知道自家的命运就在于张志强是否肯出一百万救他。因此，他只是在肚里狠狠地骂，骂人的话没有说出口。

气　场

曹真接过老婆递来的小宝的中考成绩单，只扫了一眼，便跌坐在沙发上，脸上顿时乌云密布，双瞳金星闪烁，雷霆怒火随时将爆发。儿子只考了三百一十分，离重点中学——县一中的录取线差二百多分，真是丢尽了他这个县委书记的脸。更要命的是，这么低的分数即使走后门进了县一中，三年后的高考还是得落榜。高考录取线那可是高压线，家长权再大、钱再多也碰不得。

老婆端来一杯水，倒出十粒救心丸，轻声嘱咐他赶快喝下去。曹真粗暴地推开老婆的手，抬头看见老婆哭肿的双眼，硬是把火气压了下去。教育孩子不能只是老婆的事，自己也有不可推卸的责任嘛。唉！曹真长叹一声，自我解嘲道："人家是老子英雄儿好汉，我却是种下龙种收获跳蚤，老曹家的坟头上别指望再冒青烟喽。"老婆却不甘心，开口说："还没进高中的大门就灰心丧气啦？我相信我的儿子行！小民夺取了咱县的中考状元，自幼小宝就不比小民差，关键在于咱们教育得不得法，我看应该去你的老同学那里取点家教经验。"

什么，张利民的儿子中考得了状元？曹真对张利民父子那是太熟悉了，他与张利民是同村从小玩耍大的。张利民小时候是一个蔫不拉叽的人，脑子笨，只懂得死用功，初中毕业后，张利民考上了中专师范学校。曹真学习并不比张利民差，但他看不起孩子王这样的职业，当兵走了。八年后，曹真以连长的身份转业回县城，进城管局当了局长，与在县一中教书的张利民续上了联系，两家来往密切，小宝和小民也常在一块玩耍。小宝聪明活泼，小民却显得有些木讷。当年，张利民说："老子英雄儿好汉，将来，小宝比小民会更有出息的。"曹真虽然嘴里说着客套话，心里却很得意。谁曾想到，八年后小民比小宝的中考成绩高出了一倍，真正得意的应该是张利民父子。曹真听了老婆的话，心有所动，是应该到张利民家串门走一走。

后来，曹真的官越做越大，应酬多了起来，与张利民的来往逐渐淡了下来。张利民有点臭脾气，你不来，我就不去。近两年，两家连春节期间也互不登门走动。当曹真两口子走进张利民家的大门时，张利民有点意外，但还是热忱地欢迎，毕竟是从小光屁股长大的，交情非同一般。况且，如今曹真的身份今非昔比，县委书记主动上门，是有点蓬荜生辉的感觉。

张利民住着两间陈旧的平房，搭建了半间耳房做厨房。曹真进家后，里外屋扫视一番，里间是小民的卧室兼书房，架上摆的、桌上放的、床上扔的都是书报。外屋的角落堆放着的是张利民看的教学书、文学书。暑假期间，张利民留守在家，老婆儿子回农村老家去了。他不好意思地对曹真说："我家成了一个杂书摊，让你笑话啦。"曹真说："有啥可笑的，能把书本里的知识装在脑子里才管用！小宝的书房倒是比这间大得多，可脑袋里空空的没东西，那才可笑、可怕呀。小宝的中考只考了三百来分，我今天是特意来向你讨教，你是咋培养出中考状元的。"张利民笑着说："学好数理化，不如有个好爸爸。你愁啥？"曹真说："那是过去的老皇历了。如今，政府行政机关进人必须通过考试，分数不够，就是县长的儿子也当不成公务员。即使搞商业、实业行当，也要经过摔打，纨绔子弟眼高手低，破钱的风险大于赚钱的可能。老同学，我真为我儿子将来的前途发愁，你教育有方，可得给我想个法子。"

张利民让曹真两口子在饭桌旁的椅子上坐下，他家没有沙发，张利民沏了一壶茶，边饮边谈，他说："做事讲究一个气场，你家环境的气场有问题。"曹真一下子紧张起来，这几年社会上风水说大为盛行，难道张利民看出了点什么，他赶紧问："你是说我家的住宅还是祖坟有问题？"张利民大笑："我说的是你家官气、霸气、财气太重，家里尽是高级家具、高级音响设备、高级厨房用具，啥都是高级的，就是缺少点文化气息。你书柜里倒是有成套的硬装本书，那还不是装样子的？我可以肯定你们家人谁都没翻阅过，你曾嘲笑我读什么破小说，说如今谁还看那玩意。一个家庭里没有一点文化氛围，能出文化人？”曹真醒悟了，他重新扫视了张利民简陋寒酸的家，连台电脑都没有，不由得感叹地说：“事物都具有双重性，生活富裕了是好事，但也能让人的意志懈怠，丧失进取心。小宝用的电脑不断升级，配套光盘、软件很多，我看见就头晕。他想着法子地玩，功课自然就落下了。我工作忙，顾不上管，你嫂子溺爱，舍不得管，就把小宝的学习耽搁了，哪像小民专心致志地学习。”张利民说：“小宝的脑子聪明，但学习用功不够。你们家的生活条件好，电脑、游戏机之类的东西诱惑性太大，小孩子实在难以安下心来学习。我只准小民看《新闻联播》节目，只有星期六日可自由地看几个节目，小民的精力自然就集中到读书学习上了。环境培养习惯，习惯养成自然，一旦学习成为孩子自觉自愿的行为，他在学习中能够找到乐趣，学习成绩的提高那是水到渠成的事。”曹真点头赞同。

曹真请张利民给小宝制定了一个学习计划。张利民首先建议，小宝进入高中时要住校，摆脱优越家庭环境的各种诱惑，他才能安下心来学习。曹真同意张利民的主张，但提出一个要求，让小宝就住在张利民家，与小民做伴，让小民起一个传帮带的作用。他说：“从现在起，就由你和小民给小宝补课，报酬从优。”他知道张利民暑假一直做家教。张利民说：“我小时候耍水误入漩涡，不是你冒险救我，恐怕我早淹死了。我理该尽心尽力地教小宝，只是家里的环境条件简陋，怕委屈了你的公子。”曹真说：“按照你的理论，你家有浓重的书香气场，我可要沾一沾你家的灵气。”两人大笑。

妈妈，天堂路上走好

一

张玉跪在母亲的灵前泪流满面，心里默默念叨："妈妈，您就这样走了，一生辛苦，一生能干，一身刚强，一脸慈祥。您把三个儿女都培养成大学生，他们走出农村，先后成家立业，各自开辟出一块新天地，您自己却像一棵耗尽了精力的苍老大树轰然倒下。儿女们没了您遮风挡雨的绿荫，真是塌了天了。"

这种塌下天的感觉张玉在三十五年曾经经历过一次，那是在父亲的灵前，妈妈领着兄妹五人哭得死去活来。周围的人也跟着抹眼泪，一个寡妇要拉扯着四个没成年的儿女，今后的日子咋过呀。那年自己才四岁，当时好害怕呀，就像被黑旋风卷到半空中，呼啦啦地往下摔，心都撕碎了。

日子就像老牛拉着一辆破车在山道上行走，再难再苦也得往前挪呀。愁苦就像一片乌云，越积越厚，天空承受不下的时候，就像闷雷闪电一样要来个大爆发。那天，二哥、三哥下学回来，向妈妈要五分钱买炭黑片，化开当墨水用。妈妈搜遍了全身的衣角，也找不出一个钢镚来。三哥发脾气地说："没墨水咋写字，书我不念了。"大哥马上吼道："快别念了，老二老三都回来，老二在队里劳动，一天能挣五分工，老三给羊倌当羊绊子，也能挣三分工，这么大一家子人，就靠我劳动挣工分，秋天能从生产队分回口粮来吗？将来都得饿死。读书有啥用，能换来吃的还是穿的！庄户人就是受苦的命，你们别异想天开，也不想想生在啥家庭。”二哥说：“哥，你往长远看一看，一旦我们念书有了点出息，肯定会报答你，报答咱们这个家庭的。”大哥说：“拉倒吧，把你们供养成材，我也成了老光棍了。我上辈子做了亏心事，欠下你们的啦？你们真自私，就幻想自己的前途，不管别人死活。”二哥、三哥抢着说：“你才是自私的人。”说着说着，大哥就要动手打弟弟。妈妈站了出来，顺手给了二哥三哥一人一个嘴巴，让他们闭嘴。然后平静地对大哥说：“老大，你的话我听清楚了，几天内妈会给你一个安排交代。”说完头也不回出了门。姐姐那时才七岁，她机灵地尾随妈妈跑了出去。

一会儿工夫，妈妈就转身回来了，她去了隔壁二大娘家，剪掉了两根长辫秀发，留成了齐脖短发，脸上少了往日的妩媚秀色，平添几分刚毅硬气。她把剪下的辫子交到二哥手里，嘱咐二哥到供销社把辫子卖了，拿钱买墨水和本子用，说妈再穷也要供你们上学。二大娘追进了院，大声埋怨妈妈：“你真是心硬，真舍得把那么好看的辫子剪了。”妈妈说：“今后我可不在乎好看不好看了，我的命就是把这几个小逼债鬼拉扯大。”二哥、三哥和姐姐都哭了，大哥也红着眼，紧闭嘴唇不说话了。

十天后，妈妈做出了一个更大的举动，她要把家搬到村西有福奶奶的东房去住，祖传的一堂一屋两间房和家产都要留给大哥。我们兄妹三人都与妈妈吵，说她太偏心大哥了。大哥不是妈妈亲生的，妈妈嫁给爸爸时，大哥才五岁，是妈妈把他拉扯大的。大哥在家里一向霸道，妈妈却给了他更多的爱，处处让着他。妈妈劝说我们：“村里有一个丫头看上了你大哥，只是嫌咱家穷，拖累大，不愿上门，也是，连个房也没有，哪个闺女肯愿意嫁过来。咱们离开，分家另过，人家就放心了。你大哥能娶上媳妇，这可是咱家天大的事。”为了自己娶老婆，把寡母弟妹赶走，这叫啥事情。我们兄妹又哭又闹，妈妈认定的事，九头牛也拉不回了。

第二天，老叔赶来一辆牛板车，装上三床破棉被、两个烂纸箱、一口铁锅、一口水缸、五袋口粮、一张炕桌帮我们搬家，这就是全部家当。值钱的东西都留给了大哥，拿上炕桌是为了我们读书写字用。二哥、三哥忙着去院里抓鸡，也被妈妈拦住了，说：“鸡也给你哥留下吧。”老叔看不过去了，说：“金珍，鸡还是抓走哇，鸡下了蛋好歹能换来几个油盐钱。”妈妈说：“寻房住院的，养鸡养猪会给人家添麻烦。”连猪和鸡也不能养，我们今后的日子可咋过呀？我们兄妹哭哭啼啼地离开了家。

新家连张破席子都没有，妈妈用狗舌头叶子把泥土炕染了出来，满炕都是深灰绿色，我们就挤在土炕上睡。可就在这寒酸简陋的破家里，过了一段时间竟然抬进一架蜜蜂牌的高档缝纫机，一下子轰动了全村，这可是全村第一台缝纫机呀，许多人跑来看稀罕。原来，母亲把自己娘家陪嫁的一只绿玉手镯与城里的一个表叔换来了缝纫机。母亲娘家原来是大户人家，出聘时，姥姥把手上的一只玉镯传给了妈妈。表叔是一个文化人，在单位里有官位，他知道这只手镯的价值。有一年，城里的表叔嫁姑娘，请妈妈去帮忙做绣衣，她看见表婶用缝纫机做衣服，惊奇得了不得。当时表叔就说过：“缝纫机是个好东西，能做出漂亮的衣服来，一台缝纫机就是一条谋生的路。金珍，要不你用你的玉手镯来换吧？”妈妈当时就动了心，可想到这是上辈子传下来的东西，不能在自己手上失传，就没有答应。妈妈在表叔家做了 星期的针线活，表婶教会了她使用缝纫机。妈妈那时就立下一个心愿，将来一定要买一台缝纫机。如今，生活遇到了过不去的坎，妈妈只好忍痛要用玉镯换缝纫机，她要靠缝纫机踏出一条谋生的路。前几天，她给表叔写去一封信。表叔接到信立马就把缝纫机送来了。

妈妈从小心灵手巧，做得一手好针线活。平时，多有村里人来找母亲裁剪衣服。妈妈有了缝纫机，家里就成了缝纫铺。本村人来做衣服，一身衣裤，换五个工。外村人来做衣服，收现钱，拿不出现钱，拿莜面山药蛋顶工钱也行。妈妈的缝纫生意兴隆，从早到晚忙个不停。在缝纫机的踏踏声中，我们家的生活有了着落。妈妈不下地干农活，却比队里任何一个农民挣得工分都多。妈妈用蹬缝纫机挣来的钱，还盖起了自家的新房，供我们兄妹三人从小学念到了大学，资助我们成家立业。妈妈呀！您真辛苦，真能干，真伟大。

二

张莲抬头看着香火烟雾中母亲的遗像中那慈祥的笑容，心如刀绞，痛不欲生。妈妈呀，您就这样离开我们走了，给儿女留下了无尽的哀思。往事如过电影一样在张莲的脑海里闪现，情景是那样的清晰，引发来的却是刻骨的悲痛。

爸爸刚走的那一阵子，我是寸步离不开妈妈。我怕妈妈哭倒在地起不来。我怕失去爸爸再失去妈妈，怕得要命啊。妈妈强撑起身来操劳家务，我跑前跑后地帮忙。妈妈宽心地说："你是妈的心肝，贴心小棉袄，就是为了你，妈也要好好地活下去。"日子稍稍安定下来后，有人给妈妈提亲来了，说的是村里的老羊倌，那人一脸黑卷毛，丑得要命。我气得用脚踢媒人，赶他出去。那人骂我："你妈妈一个女道人家，没个帮手，能养活了你们几个兔崽子，真是不知你妈的死活。有几分奈何的人，谁敢上你们家门，四张吃饭的嘴那是受穷的无底洞，你们也想一想，是不是这么回事？"妈妈哭了，搂着我说："大哥，谢谢你的好心，我绝了再嫁的心思，死活都要和娃娃们在一起。"

妈妈是全大队出名的美人，高挑的身材，明亮的大眼睛，白净的面孔。她的缝纫铺开得顺当后，妈妈身上又恢复了往日的丰姿，因为不下地劳动，倒有几分女干部的风采。于是，不断有人上门给她介绍对象。我对那些做媒的人恨得要命，见一个赶一个走。没想到，我的班主任李老师也看上了妈妈。李老师曾被打成右派分子，落实政策后当了老师。他人品学识都好，一直没成家。他常来我家做家访，与母亲聊得很投机，很开心。李老师不断来我家，引起了我的警惕，妈妈是我们兄妹的妈妈，她是我们最亲的人，外人休想走近她的身边。李老师又要到我家做家访时，我说："李老师，您就别去了，我妈是寡妇人家，怕人说闲话。"李老师听了很失望，问我："这是你妈让你说的。"我违心地点了点头，心里很是矛盾、难受。他说："请对你妈说，我无意打扰了你们家平静的生活，很对不起。你妈是一个了不起的人，你们将来一定要好好孝敬她。"过了一段时间，妈妈问我："李老师好长时间没上门了，是不是你得罪了李老师。"我说："人家李老师从城里找了一个对象，顾不上到学生家做家访了。"妈妈开心地笑了，她说："李老师是好人，应该有好报。"李老师是好人，但是他也不能走进我们的家庭。我这样对吗？当时，我曾有过一丝疑惑，有过矛盾，但我总以将来我们有了出息，定会报答妈妈，那才是妈妈的最大幸福。当我自己的女儿开始谈恋爱的时候，我才开始反省，我这样做真是对妈妈好吗？妈妈是不是应该再有一份爱情和婚姻呢？亲情能够代替爱情吗？我是不是有点太自私了。在一次家庭聚会上，我向妈妈表明心迹，说出我的后悔。妈妈听了笑出了眼泪，她说："你爸爸一死，妈妈已经心如枯井，心里只剩下你们几个，再容不下别人。再婚家庭我见多了，生活中难免会有些磕磕碰碰，你们几个又自尊要强，遇上大人争吵，你们心里会难过的。世上其实最苦的是心苦，心甜苦日子也能过出滋味来，妈有你们几个称心的娃，苦日子过得比蜜都甜。"妈妈说完，我大哭，妈妈是把全部的爱都给了子女，为了子女放弃自己的一切念想，含辛茹苦，就像春燕育雏、蚂蚁觅食来养育我们，我的好妈妈呀，我们咋舍得让您走啊。

三

起灵了，张亮兄弟们抬起妈妈的棺木往车上放，短短的几十步，张亮手上的感觉却像搬着一座泰山一样沉重，走得像攀登珠穆朗玛峰一样艰难，妈妈恩重如山，情深似海。今天，我们却要把她老人家送往一个黑暗的世界，亲骨肉生离死别，心在痛，泪在流，腿在颤，手在抖，真是说不出来的难受。她老人家八十岁的人生路，充满了坎坷和曲折，但老人走得坚实，走得方向明确，她引导子孙后代走上了光明大道。妈妈，您养育培养了我们几个子女成材，我们一定不会辜负您的期望，您就放心地走吧。

爸爸去世时，我已经念初中了，那时候正是"文革"时候，大学停止招生好几年了，社会上流行读书无用论，村里只有妈妈把子女的读书看得很重。我虽然喜欢读书，成绩也好，但并不怎么用功，没有把读书与个人的前途联系起来想，没有妈妈的见识高远。有一次，黄旗海涨水，潮退后，河道沟汉留下游不走的小鱼，我和同学旷课去抓鱼。中午，当我兴冲冲地提着一袋鱼回到家时，并没有受到妈妈的表扬。她老人家得知我旷课去抓鱼，脸气得煞白，把装鱼的袋扔向了院里，顿时，狗猪猫鸡都围着蹦跳的鱼下口。妈妈饭也不做了，把我们兄妹几个带到了爸爸的坟头，妈妈扑倒在坟地上，号啕大哭，一边哭一边向地下的爸爸诉说责骂我们几个不成器的东西，说她教育不了我们，也不想活了。我十分地羞愧，跪倒在地，悔恨的眼泪泉涌而出，嘴里连连说："妈，我再也不敢不听话了，一定好好读书。"弟弟妹妹们也哭成一片，可怎么也扶不起妈妈来，直到我把额头磕出了血，立誓一定要好好读书，一定带领弟妹们一起读好书，妈妈才直起身了。回家路上，妈妈对我们说："历朝历代哪能离开文化人，大学迟早要招生，等大家醒了也就晚了。你们几个一定都要成为读书人，那才叫真孝敬、真亲妈，那才会让妈妈活的舒心，那才叫光宗耀祖。"《三字经》里讲：昔孟母，择邻处，子不学，断机杼。我的妈妈比孟子的妈妈还伟大，毕竟在孟母那个时代，都知道学而优则仕的道理。而妈妈身处的却是知识越多越反动的那个年头呀。经妈妈这一哭，我脑子一下清醒过来，从此，我把读书当作安身立命所在，对读书用上了心。妈妈只是在扫盲班上认了几个字，辅导不了我们学习，但她很有办法，那就是抓住我不放，弟妹们学习出了问题，都要找我算账，她懂得放羊要管好头羊，有我这个当哥的带好头，她就放心了。我高中一毕业，大学就恢复了招生，我应届考了一个全县头名状元。随后，弟弟妹妹们先后考进了大学，一个农村寡妇把我们三个子女都培养成大学生，两个读本科，一个读大专，这轰动了全县，人们都说母亲是有德之人。若在古代，母亲那是作为有德贤的人要入地方志，并且有望得到皇帝的嘉奖，在村里树牌坊的。母亲啊，您真是了不起，您就是一个贤良之人。

在母亲出灵的路上，有十八辆大小车辆送行。来的都是家族的亲友，您的孙辈也是青出于蓝胜于蓝，已成人的都是大学毕业。如今，我们家是乡里名副其实的书香门第，这都得益于您的福荫。村里人都出来站在路旁送您最后一程，您是乡亲们教育自家人的活典范。妈妈，天堂路上，您走好，佛祖也听到了您的事迹，他将亲自迎接您这位高尚大德之人。

农村题材篇

黑河潮涌

一

大黑河从东一路奔腾而来，大转弯过了佛山山脚，就进入了平川地带，水势顿时缓了下来。河水就像一个乖巧的小姑娘，清澈透亮，微风吹过，河面不时泛起一个个俏皮的小浪花。小鱼在水底的卵石中追逐着绿树飞鸟的倒影，自由自在地欢快游走。两岸的庄稼依傍河水的滋润茂盛地生长着，玉米拉起一望无际的青纱帐，向日葵绽放着鲜红的笑脸招蜂引蝶，绿荫深处掩映着一个个村庄。啊！大黑河，一条风景秀丽的河；大黑河，一方百姓的母亲河。

河水遇到一座用铁丝网护大石筑成的拦河滚坝，聚河成湖，溢出的河水跌落下来，浪花四溅，继续西行。右侧一道引水干渠把近三成的河水分流走了。

干渠长约五里，流进了一处绿树篱笆墙围起的山庄，绿荫大道上车来人往，红男绿女，熙熙攘攘。花径小路带上的游人走向一处处景观。一方湖水上轻舟漫游，双桨嬉水，情侣悄语；湖边柳荫下三三两两的垂钓人，神定气闲，自得其乐；荡悠索道，游人东倒西歪，大呼小叫，响成一片；水上餐厅，游人饮酒美食，开窗赏景，一派欢歌笑语；儿童乐园最为欢乐，曲径的小溪就在脚下，母亲携子踏石而行，战战兢兢，水车翻起朵朵浪花，转盘带来阵阵喜悦，小儿嬉水，母亲开怀。再往深处走，大棚中的瓜菜随心采摘，青翠黄瓜弯了腰，羞红的西红柿被绿叶藤蔓遮着脸，翠绿的青椒挂满枝头，紫色的茄子幽幽泛光，礼品西瓜就像悬挂着的地雷，不时碰着游人的头。走过大棚区，就进入了果园，红杏、黄杏，密密麻麻地压弯了枝头。鲜红的樱桃，逗人食欲。树上的青绿苹果正在长着个。游人来宾玩好了、吃好了，游尽兴了，广场上的二人台小戏也开演了，山庄还要给游人带来更多的快乐。黑河庄园这个农家乐大火了，享誉京包线，吸引来四方游客，财源就像大黑河的水滚滚而来。

此时，一个敦实的汉子独自站在庄园角落，他惬意地抽着香烟，眯缝着眼，望着庄园红火兴旺的景象，脸上露出满意的笑容。是呀，谁能想到黑河村这个贫困落后的村庄，也能有今天，而且这个翻天覆地的变化仅仅用了五年的时间。往事就像过电影，一幕幕地在他的脑海里闪现，是那么不堪回首，是那样么激扬壮烈，又是那么峰回路转，柳暗花明。

十八年前，乔大平在省农学院毕业了。谁知，毕业了，也失业了。虽然乔大平在学校里是拔尖生，但农业已经沦落为弱势产业了，谁还稀罕农业技术人才呢？转行就业吧，只有上工厂流水线、商场干推销等几种职业选择。父亲唉声叹气地说："早知今日何必当初，农家子弟念大学干啥呢？村里的娃初中毕业就走上社会，也干这种营生，人家挣了几年钱了，自家娃白浪费了七年时间，少挣了钱不说，学费又把全家人弄得山穷水尽，这是何苦呢？"乔大平本是心高气盛之人，他更不甘心。乔大平思前想后，决定就在村里创业，他就不信，人人都要吃饭，种粮种菜怎么会赚不到钱呢？自己在学校里学到的农业科学技术知识怎么会没有用武之地呢？他转包了村里老乡的三百亩土地，要搞马铃薯规模种植。县乡领导对他这个返乡创业的大学生也很重视支持，协调信用社为他贷了十万元款，解决了生产资金的困难。乔大平有干劲、有技术，种出的马铃薯果然不同凡响，长得就是好，有望创全县马铃薯高产纪录。村里人惊讶不已，说乔大平的书没有白念，就是比老农民种地的技术水平高。县政府还组织人来乔大平的马铃薯田参观学习。然而，人算不如天算，先后两场意外之灾击破了乔大平劳动创业的梦想。

先是大黑河暴发山洪，把乔大平一百亩承包地上的马铃薯冲走了，种地亏本已成定局。更想不到的是，那年国家有关部委放宽了马铃薯淀粉进口数量的限制，从国外进口的马铃薯淀粉在市场上倾销，马铃薯淀粉由每吨一万两千元降为六千八百元。加上西北地区马铃薯大丰收，供过于求，导致全国的马铃薯价格整体下滑，农民种的马铃薯出现了卖难的现象。乔大平苦干了一年，结果血本无归，万般无奈，只好背井离乡，跑路躲债。

乔大平跑路时，在大黑河岸边停住脚，他望着奔腾的大黑河，五味杂陈，悲情痛诉：养我育我的大黑河呀，你怎么会翻脸不认人！冲垮了我的承包地，让我的致富梦破碎，在家乡立不住脚呢？我们村的人可是虔诚地爱您、敬您呀，每年正月里，全村人都要在龙王庙广场上扭秧歌闹红火，敬香上供，您怎么就不保护一方的老百姓呢？

二

二十年后，乔大平在南方的一座城市里安家立业，经过苦熬打拼，他有了自家的饭店产业，且生意兴隆，在城里也算得上是一个成功人士了。合该有事，那天他从楼梯口出来，从饭店大堂穿过，忽然听见有一桌人用久违的家乡话在说话，一时兴起，也用家乡话搭讪，问人家从哪里来的。其中一个戴眼镜的中年人站起来说："你是乔大平吧？"

乔大平细端详后，也认出了此人，赶快过来握手，说："哎哟，你是推广站的李诚站长吧。"李站长等随行人员都站了起来，有人介绍，李站长已经是家乡的县长了。他乡遇故知乃人生一乐。当年，乔大平回村种马铃薯，李诚在调换良种、栽培技术上帮过他不少忙。乔大平吩咐餐厅领班，重开酒宴，他要请客。李诚得知饭店是乔大平的私家产业，更是大乐，欣然听从乔大平的安排。

席间，宾主相谈甚欢。乔大平从与李诚的谈话中了解到这届县政府的施政理念、发展规划。李诚也知道了乔大平现在的经济实力，他这次到南方城市是来招商引资的，于是就见缝插针，热情地邀请乔大平回家乡看一看。乔大平当年从家乡狼狈出走，再没有回去过，但他对家乡的思念之情却与日俱增。乔大平爽快地答应了李诚的邀请。

一个月后，乔大平回到了县城。李诚推掉了其他工作应酬，亲自陪乔大平回到故乡黑河村。黑河村已经衰败了，村道坑坑洼洼，房舍破旧，青壮年都打工走了，只有老弱病残的村民留守在村中。乔大平当年种马铃薯的那块地也已经成了漫河滩了。乡亲们见了乔大平分外亲热，拉住乔大平的手问长问短没完没了，争相请乔大平到自己家里。乔大平触景伤情，他当即决定捐资一百万元修筑一道防洪大坝，把冲毁的土地恢复起来。同时，把村里的道路修成水泥路。村里的大爷大妈、叔叔婶婶对此举感激不尽，夸奖乔大平是一个没有忘本的好人。李诚代表县政府也对乔大平表示了感谢，说县乡政府一定要把钱用好，确保工程质量，造福一方村民。

第二年，乔大平又回到了村里，他看到防洪大坝已经建成，坚固地守候在村头，但大坝后面的土地依然砂石满滩，没有修复开垦。面对乔大平的困惑不解，陪同乔大平的本村赵大爷说："村里的年轻人都走光了，谁还种地？现成的农田都撂荒了，谁有心思整修被洪水冲毁的土地呢？"怎么会这样呢？庄稼人都不稀罕土地了，乔大平的心情无比沉重。

李诚得知乔大平回到村里，特意派小车来接乔大平，见面聊一聊。乔大平一见李诚的面就抱怨，我办了一件蠢事，农民不稀罕土地了，我何必捐资建防洪坝呢？李诚说："要辩证地看待农村土地撂荒问题。我不否认农村确实存在撂荒地，撂荒的根本原因是农民种地得不到可观的利润，无利可图。我国人多地少，土地金贵，这是基本的国情，可是为什么农民还要把土地撂荒呢？关键在于我们村里农业生产技术的落后。你想，家庭小生产方式，还采用三十亩土地一头牛老一套的耕作方法，能与国内外农场的规模化、现代化生产方式竞争吗？在市场经济条件下，小农所生产的农产品成本高，价格就高，必然竞争不过采用规模化生产方式所生产的农产品，这就造成了小农生产的困境。"

乔大平赞同李诚的分析，他沮丧地说："你说得有道理，看来如今乡村农业发展是没希望了，农民进城打工就成了优先的选择，农村衰败那是必然的命运了。"

李诚说："那倒未必。解决农村困局的出路在于改革。家庭小农生产要向规模经营过渡，农业传统耕作要向机械化、现代化生产方式转变，我国的农业还是大有希望的。"

乔大平好奇地问："实行家庭联产承包责任制已经四十多年了，土地如何实行规模化生产，你还想恢复到以前吗？"

李诚笑着说："时代在发展，形式也在变化，哪能墨守成规呢？如今各级政府都鼓励农民将承包地流转。目前来看，农村土地流转主要有三种方式：一是农民承包地流转到本村本乡种地大户手中，由种田大户能手搞规模种植。二是向涉农公司企业流转，由公司按现代化生产方式进行生产。三是由农民组建专业生产合作社，由村民自己集体耕作经营，也可吸收外来人员参与。"

乔大平说："哦，原来是这样。我虽然大学读的是农学专业，但自从进城后再不接触农业了。咱们县有你这样的明白人掌舵，全县的农业生产还是很有希望的，农民脱贫致富也是有奔头的。"

李诚谦虚地说："我只能说嘴，干事还要靠你们这些实干家。大平，要不你回来投资搞农业现代化产业开发吧。如今，农业是一块还没有充分挖掘的富矿，投资农业大有可为，大有钱可赚。我们县已经引进了五家大型农业企业，有一家搞马铃薯种子生产，流转了一个乡的一万亩土地。有一个企业搞中药材种植，流转了三个乡的两万亩旱坡地种药材。有一家企业搞现代化畜牧业养殖，把十个行政村的土地草坡都流转了。你就在黑河村扎根吧，搞温室、大棚设施农业。我提前向你透露一个信息，我们市委市政府出台了一项新的决策，要把我市建成北京、呼和浩特市等周边大城市的菜篮子基地。政府出台了优惠政策，建一座温室政府补贴两万元，建一座大棚补助六千元。你就在黑河村建坝形成的漫河滩地上建温室吧，先下手打下企业的百年根基。"

李诚的一番话，让乔大平心动了。他从小热爱农业，一直有在农业方面有所作为的抱负。现在自己在城里的饭店生意兴隆不假，但内情是儿子大学毕业后，参与了饭店的管理，这小子也是一个事业狂，而且特别有主意，在经营理念上父子俩常常发生争论，而且多数情况下，儿子的办法更胜一筹。想来想去，乔大平决定放手让儿子去经营饭店，自己投资农业，再开辟一方新的事业，这真是一个不错的主意。

乔大平回到黑河村住了一个星期，天天在村里村外转悠，顿顿与乡亲们喝酒谈心。乔大平在商界摸爬滚打多年，积累了丰富的从商经验，他敏锐地发现了商机。黑河村距离大黑河主河道不到两公里地，大集体时还建有一条引大黑河水浇地的干渠，跨过大黑河上的公路桥就是京呼国道，国道面对桥头留有出口。把大黑河的水引进黑河村，建成水上乐园，搞乡村旅游农家乐是多好的项目呀。乔大平决心回村投资，大干一场。

当村民得知乔大平想把村民的土地都流转过来时，都很支持。农田产出效益低，种一亩麦子产量不过四百斤，能卖四百块钱，扣除种子、化肥等耕作成本，纯利润只有一百多块钱，乔大平一亩流转地给村民三百元钱，高出了周边流转土地每亩二百元的价格。

村里召开村民大会，会上，乔大平要与每户村民签订承包地流转合同，乡政府的书记、乡长都赶来参加。会场上，村民兴高采烈地与乔大平签了合同，轮到赵大爷家时，出了一点意外。赵大爷曾经当过大队支书，为人很正直，在村里有很高的威信，赵大爷倒没有为难乔大平，也签了字。但他签字后说："乔老财，你家大业大，我们的儿孙后辈就给你家当长工吧。唉，怎么说也比伺候外人强。"

乔大平听了觉得有点刺耳，说："赵大爷，我怎么就成了乔老财呢？这话有点不好听。"

黑河村真有过一个乔老财，过去是他们村的一个大地主，为人霸道，常常欺男霸女，后来又让村人欺负了好多年。

赵大爷说："全村的土地都转到你家手里，你比过去乔老财家的土地还多，你怎么就不是乔老财？"

乔大平说："我只是流转了你们的承包地，土地的地主儿还是你们，你们才是真正的地主呀。"

赵大爷酸溜溜地说："大平，你说得不假，我们还是土地的主儿家，只是我们靠土地养家致富的希望没有了。唉，大爷也是说说而已，将来还不知是个啥世道呢，大爷心里纠结，不是为难你。"

这下倒让乔大平开始纠结了，自己流转土地的做法当然没错，符合现行政策，是各级政府所鼓励的行为，村民也不吃亏，所以他们自愿把土地流转给自己。但是，乔大平心里明白，将来投资成功了，获大利润的只是自己一家，村里人只能在自己办的农家乐里打工赚钱，将来自己与村里其他人的财富差距会越来越大。自己不想成为乔老财式的人物，落一个那样的下场。邓小平鼓励率先致富，但他后面还有一句，先富带后富，只考虑自家挣钱，不考虑村里人的感受有点不太好吧。

乔大平痛苦地思考了三天，他想起小时候萌发的学好本领，将来要把黑河村建成花园般村庄的童真幻想；想起村里的乔老财得势时欺负人，失势时被人欺负的悲惨人生；想起自己种马铃薯创业失败跑路，不光欠下信用社的债务，而且也拖欠着村民的劳务费，村里人体谅自己，没有向父母亲逼债。虽然自己五年后连本带息付清了全部债务，但乔大平觉得，还是欠着村里人的一份人情。乔大平想起赵大爷等一些村民看自己的复杂眼神，他们的眼光里既有佩服、感激，也有嫉妒、无奈、不甘的成分在；想起党和政府先富带后富的号召；甚至想起菩萨慈祥的面孔，普救众生的胸怀。乔大平千思万想，他终于做出一项重大决定：放弃以私营企业形式搞设施农业和农家乐的打算，发起成立黑河村农民专业生产合作社，与全村人一起干，共同致富。

过了几天，黑河村农民专业生产合作社成立大会召开了，合作社章程全按《中华人民共和国农民专业生产合作社法》来制定，但黑河村也有自己的创新，乔大平主持制定的章程中特别规定：黑河村专业合作社是村社一体经营，全村人以自家的承包地和村里公有的四荒地、道路、水渠等公共空地集体入股，集体股占合作社百分之三十的股份，这是固定股，不因外来资金的多少而稀释。集体股的股份以村民自家承包土地的多少按比例具体落实到户，村集体统一行使在合作社里的股权，村民家家都是合作社的股东。合作社的日常事务采用经理负责经营制。村民来合作社劳动采取自愿的原则，合作社采用按件计酬和按时计酬的方式支付他们的劳务费。合作社年终决算，结算时首先支付村民每亩承包地地价三百元，扣除生产成本、劳务支出、经理等管理人员的薪酬，最后的利润，提交集体百分之十作为积累，然后再按股份分红。乔大平知道村民理解不了上面规定的意义。他进一步解释："合作社准备建温室、大棚设施，搞蔬菜专业化种植，同时还要搞农家乐，要从外面引进上千万、上亿元的资金，到时候资金到位，村民的股份从账面上看，每家起码都会有十几万的资产。"

有的村民说："就怕是画饼充饥，不要把我们养家活命的承包地给弄丢了，那样我们就没法活了。"

乔大平说："外地人投资来的钱全花在我们村的土地上，土地又搬不走，你怕啥？合作社秋后算账，首先优先支付每亩地三百元的地价款，这就让大家吃了定心丸，你还有啥不放心的。"

还是赵大爷精明，他看出这是乔大平有意拉着乡亲们一起集体致富。于是就站出来支持乔大平。他说："乔大平提的这套做法，让利于我们村民，使我们每家不用出一分现金，既有地租金保底，又能享受合作社的股份，二次分红，这真是天上掉馅饼的好事，你还怕掉下的馅饼砸了你的头，我们不能这样傻吧？好歹不懂！我们村里出了乔大平这样的能人、好人，是我们全村几辈人修下的福分，哼！用不了几年我们村就会像华西村、南街村那样出名，大家跟上大平享福吧。"村民们都听明白了，人人欢天喜地。

合作社的事大体定了下来，乔大平回到南方的家，拉了一车生意伙伴过来考察。生意人就是精明，他们看到了黑河村位于国道出口处，大黑河从村边流过，离周边城市不到一百公里的路程，搞旅游农家乐的条件真是得天独厚，发展设施蔬菜同样大有可为，又没有征地建设的成本，何乐而不为呢，就纷纷表态入股。没过二十天，两亿资金就到位了。乔大平自己把准备开分店的两千万资金也全投入合作社了。工程队很快进了黑河村，村民看着村里天天变样，被新奇的变化惊得目瞪口呆。

事实证明，乔大平把全村人拉进合作社是一个明智的选择。如果按私企来搞，承包地可以签订合同流转，这是没有问题的，但使用村里的荒地、空地、道路、水渠却无法可依，虽然可以与村集体签一份有偿转让使用的合同，但一旦出现了纠纷，麻烦事就大了。合作社搞农家乐项目，去县工商局登记备案就行了。而私企开发旅游项目，如果要征千亩以上的土地，要花大笔征地款不说，还需要到国务院批复用地计划，能不能批准还是一个未知数。而农民自己建果园、瓜菜采摘园，顺便成为旅游参观点那是顺理成章的事，不需要谁来批准。更主要的是村民也是合作社的主人，他们在合作社里是给自家干活，责任心当然强了。合作社的事众人都操心，没有搞不好的道理。黑河村合作社办的农家乐项目火了，每天从城里来的游人络绎不绝。温室大棚蔬菜也创出了品牌，成为几家大饭店的专供产品。黑河村村民富了，家家盖起了二层小楼，外出打工的青年也返乡进合作社工作干活了。外村的姑娘争相往黑河村嫁，本村的姑娘不断往回招女婿。

合作社的办公室主任苏姗走过来，说："乔总，您又把手机落在办公室了吧？李县长让我转告您，明天省政府张省长要来我们合作社考察，李县长正在往我们这里赶，说有事商量。"

乔大平独自一人来到大黑河桥头迎候李诚的到来。他望着脚下奔腾不息的河水感慨万千：人生的事业就像这河水，水有深有浅，浪有大有小，但只要保持奔腾不息的精神，顽强执着地去追求，总会成就一番事业来。条条大河流向东方，这是常态，而大黑河却由东向西流去，一路经历了更多的险阻，有更多的跌宕回旋，但这种反潮流也自成一派风景。大黑河啊，母亲河，你是我心中的河，是我的图腾象征。

又回石窑沟

秀女跟着桃花、杏花下了大巴车，四顾茫然，她找不到回村的路了。国道横贯东西，山削去半边，沟压在脚底，大车呼啸而来，小车快如流星，哪里还能找回石窑沟潺潺流水的旧模样。

桃花喊道："愣怔啥呢？找不到回村的路了吧，跟我走。"桃花的老公公去年死了，埋葬在村里的老坟里，她回过村，认得路。三人横穿国道，从北面一个路口下了路基，沿着土路走了半里地，下到沟底，又折回来，穿过国道下边的涵洞。一出桥洞，秀女看见迎面巨大的卧牛石，高兴地笑了，说："看到卧牛石，我就找到村啦。"桃花、杏花也笑了，三人一起坐在卧牛石旁歇脚。她们对卧牛石太有感情了，小时候，她们就在卧牛石下的水坑里洗好衣服，把衣服晾在卧牛石上，然后去拔喂猪的野菜，箩筐满了，洗好的衣服也干了，收好衣服，挎起箩筐，一起说说笑笑地回家。

过了卧牛石，转过一个山湾就是石窑沟村。靠山畔的几个院落还在，只是墙倒窑塌，荒凉破败得刺眼。穿村而过的小溪已经干涸，半掩埋的花花绿绿的塑料袋在风中挣扎，竭力摆脱泥土的束缚。沟南的十几处院落已经是残垣破壁，几株老树分散地孤立在废墟上,一群黑老鸦在树上呱呱乱叫。沟北建起一座养殖场，红顶彩钢瓦，分外扎眼，用网围栏围了起来。秀女和桃花她们十几家房舍就在网围栏内，现在已经消失得无影无踪了。

秀女她们止步不前，怔怔地看着，这里是生养她们的家园，但已经物是人非，多少往事涌上了心头，却无处说起。

石窑沟村已经成了一个废弃的村子，全体村民已经流散到各地谋生去了，村民的旧房旧址都被一个叫罗三的城里人以每个院落三五百元的价格买走了。秀女一家是最后走的，她家与罗三明争暗斗了两年，罗三被迫多给了秀女家两千五百元，才把秀女这家钉子户拔起。

石窑沟村已经成了历史，如今是罗三养殖合作社。

进罗三养殖场看看吧？秀女才不想见到罗三那个阴损小人。秀女和老伴儿都是老实本分的庄稼人，村里四十六户人家先后搬走时，秀女和老伴儿石锁不为所动，他俩不喜欢城里的生活，路上车水马龙，让人头晕，污浊的空气使喉头发紧，城里人鄙视的眼光让他俩常常手足无措，哪如在山沟里自在为王好，虽然挣不来大钱，钱少就少花点呗。种下的粮食足够自己吃，鸡蛋是自家养的鸡下的。养一头猪，天冷了杀猪，留一半够吃五个月，卖一半，换来一年的零用钱。养两只母羊，下两三只羊羔，下地劳动时用绳系在草坡上，啥事不误。八月十五，宰杀两只羊羔，儿子欢欢喜喜回来拿羊肉。庄户人千百年一直就是这样过的，有啥不好？更何况，现在官家一分钱也不向农民要，这是历代农民都享受不到的待遇，秀女两口子对眼下的生活心满意足，她们不眼红城里人灯红酒绿的生活。

然而，世事难料。罗三闯进了石窑沟村，打碎了秀女一家的清净好梦。罗三来石窑沟要建养殖场。秀女和石锁对罗三的到来是满心眼地欢迎，眼看村里人走光了，村里连点人气也没了，又来了一个新邻居，这是多好的事呀。罗三初到石窑沟村时，就在秀女家落脚，一个锅里吃饭。可是没想到，这个罗三不是一个好人，他野心很大，手段毒辣，只花几个小钱，先后把村里人的旧院落搞到手，还不满足，又打起秀女家的院落。他先是好言动员秀女家进城，甚至说他动用了县长亲戚的关系，为石锁在县城小区找了一份看门的工作，两口子吃住在门房，水电费不用花，一个月工资有一千元，顺便收集点包装纸箱等废品，也能收入千数八百，一个月的收入比村里一年的收入都多。奈何秀女两口子是老脑筋，花言巧语也说不动，罗三就放下脸来逼秀女一家走。罗三先是拉了新电线，说花了十万块钱，让秀女家分摊费用。秀女哪能承受得起，只好点起了油灯。后来县里一个大干部下乡路过，发现养殖场灯光明亮，而秀女家一灯如豆。于是动了恻隐之心，说服罗三给秀女家接通了电，但让秀女家每月出一百元的包干电费。过去秀女家每月电费只有十几块钱，一百元对秀女一家来说是一个不小的数，她有心不接受，但秀女不愿辜负领导的关心，还是接通了电。

罗三雇用了一个老羊倌来放羊，羊群出坡了，罗三用手机把羊倌叫了回来，结果羊群把秀女家的麦田糟蹋得一塌糊涂。秀女找罗三索赔。罗三敷衍地说："秋后见到庄稼的收成，才能估算出损失，赔多少都由羊倌出。"秀女说："羊群是你的，你不能推卸赔偿责任。"罗三说："羊是我的没错，但我雇羊倌放羊是让羊吃草，而不是吃麦苗，我扣他的工钱赔你的损失那是天经地义呀。"秀女知道，羊倌是一个老光棍，穷得连间破房都没有，拿他的工钱赔损失，他会与你拼命。果然，羊倌光棍与秀女家开始作对了。他常常深更半夜鬼哭狼嚎地喊几嗓子，指鸡骂狗地咒骂秀女和石锁，让人心烦意乱。秀女家地里的庄稼不时地遭人践踏，秀女明知是老羊倌所为，但又拿不到证据。就是拿到证据又能怎的，沟里就两家人，找谁去评理？自家鸡下了蛋，有时蛋不见了踪影，更为过分的是，家里五天连丢了三只鸡。秀女和石锁气疯了，两人拿上铁锹镰刀堵住养殖场的大门，要与老羊倌拼命。老羊倌躲在家里不出来，羊群也出不了坡。罗三接到羊倌的电话赶了过来，还强辩，让秀女拿证据。石锁说："石窑村从来没有过偷鸡摸狗的事，自从你来了后，这条沟就不安生了，村里就你我两家，不是你们偷鸡，谁来偷。"罗三让石锁到公安局去报案。石锁说："要告，你去告，就说我堵住你家门不让羊群出坡。政府下了禁牧令，你首先违法。惹急了老子，一瓶农药就让你的羊群完了蛋。想作死？我六十多岁的人，还怕你一个三十岁的后生，看谁最后悔。"罗三这才老实了，放下身段，说起了好话。从此，罗三和老羊倌才有所收敛。这个老羊倌不是个东西，常常站在山顶上对准秀女家尿尿，虽然隔着老远，秀女和石锁是看不清羊倌裤裆里的东西，但那种举动本身就是一种侮辱和挑衅。可秀女和石锁却无力与老羊倌计较了，嘴里就像飞进一只苍蝇一样恶心，他们想在村里安度晚年的梦想被罗三打碎了。秀女的儿子在城里熬成了一个小包工头，老婆又想生二胎，儿子一直催秀女和石锁进城，让石锁去工地下夜，让秀女来操劳家务，照料孙子。罗三也搬来说客，动员秀女进城，他的养殖场要扩大，建现代化养殖棚圈，要占用秀女家的院落。秀女和石锁在四面围攻下，万般不情愿地把房卖了，离村进城了。

南山坡的树林边传来喊叫秀女、桃花、杏花的声音，是同村的姊妹们在吆喝。秀女她们转过身，露出了笑脸，抬腿上山与姊妹们相会去了。

老姐妹回来了十六位，还有两个老头，福祥爷爷和贵成叔。罗三养殖场规模大了，雇着七八个受苦人，罗三看见回来的这批人，一下子紧张起来，他吩咐民工关紧大门，连护院的藏獒都放了出来，但人不露面。村里没有去处，这伙人就到树林边落脚。秀女一家离村已经有五年了，其他人离村就更早了。从小一起长大的姊妹们，再次重逢，别提多么高兴、多么激动。关切的话语说也说不完，拉呱起来就没个完。热闹劲过去了，秀女问：“宽板呢，咋没见宽板？”是呀，宽板咋没来，他可是这件事的主角呀。宽板大名叫马骏，是石窑沟村见多识广之人，六八届初中生。“文革”时，大串联走过六七个省，马骏鬼点子多，爱说大话，村民叫他宽板，宽板就成了他的名字了。宽板通过电话和微信把村里人串联起来，说乡政府要对林地确权，按株树发钱，让村里人六月三十日每家派代表回村商议办理相关事宜。大家回来了，可他咋不露面呢？贵成叔在众人目光的关注下，拨通了宽板的电话。宽板也问清了回村的人数，告诉他正在县里与领导联系，县里乡里下午就会派人前去对林地确权，如果今天没去，那明后天肯定会去的，让大家一定要在村里待上两三天，好事就成了。村里人已经与石窑沟村没啥大的联系了，有的人家清明节时会回来上坟，有的连自家坟地也找不见了。承包的土地虽然早不种了，但政府的种地补贴直接打入了农行金牛卡里，分文不少。旧院落也都贱卖给罗三了，要说，村民与村里有经济联系，恐怕就剩下这片树林了。这片树林有二百多亩，是学大寨时期种下的，主要以杨树、榆树为主，也有少量松树。包产到户时，每家按人口分了几亩林地，平均每户两亩多。听说政府对林地确权，还要发钱，家家都很关切，经电话微信联系，能回来的都回来，回不来的，也委托回来的亲戚代理了。宽板让等县乡干部来，那就等吧。难得大家一聚，有说不完的话。饿了时，大家就把各自带的面包、小吃、矿泉水拿出来一起吃，填补一下肚子。可直到日头偏西，还没有人来，贵成自从早上给宽板打了那个电话，就再也打不通了，宽板的手机关了机。大家咒骂着宽板，只好悻悻地往县城返。进县城的班车停了下来，大家一拥而上，挤在过道上。卖票员过来收钱，每人要按二十一元全程票价收，秀女她们不给，说离城只有七公里地，也按一百公里的价格收，太不合理了，这是宰人，就给五元钱。司机黑着脸赶人下车。秀女她们也算是见了世面的人，又人多势众，根本不怕司机的瞎咋呼，就不下车，说拉到公安局去评理好了，判给一百元也照付。司机只好骂骂咧咧地开了车。他不敢去评理，让交警发现超载这么多人，罚款单下来，半个月的利润没了。

秀女她们进了城，找了一家便宜的旅馆住下，每人出五十元住店钱，秀女有点心疼，但也没办法，总不能露宿街头吧。晚上在拉面馆吃饭，每人一大碗面，十块钱，桃花大方地请了客，她的儿子有出息，成了一个老板，开上了宝马车。晚上，大家纷纷给宽板打电话发微信，还是关机。宽板宽得没边了，你把大家忽悠回来，却关了手机，搞得啥名堂？还是出了啥意外的事？秀女她们都猜不透。不过宽板早说好了，明后两天政府总会派人来对林地进行确权登记的，大家明天只能再去树林边等了。

杏花到县城侄子家住了，她晚上打来电话，说侄儿可以为大家联系一辆面包车，来回接送只要二百元车费。大家都高兴，说快定下来吧，这个票价很便宜。要是在过去，村里人进城都是步行走山路，也就是一个半小时的时间，可如今时代变了，条件好了，谁还步行走山路。

第二天早上九点，面包车开来了，大家上车，一个人都没缺，人人手里提了一包食品和矿泉水，午饭都准备好了。

乡政府的干部们发现石窑沟村回来一群老年妇女，他们便一下子紧张了起来，虽然这些老年妇女没来村委会和乡政府，但领导们可不敢麻痹大意。张乡长带人来到石窑沟所在的行政村。村主任老姚见多识广，是一个老油条。他对张乡长说："能有啥事？村里就那片林地算点财产，来了十几个老娘们，能砍到树，还是能把树扛走？民不告，官不究。你们谁也别露面，别沾染麻烦，她们主动找来，再应对也不迟。"张乡长想一想也是，静观其变才是上策。但他要求老姚去主动调查。老姚说："我也是个村干部，不能去，我会派与石窑沟村有亲戚关系的人去打听，了解清楚了再行动不迟。"张乡长很信得过老姚，就按老姚的主意去做。老姚打发他的叔叔永和去石窑沟村了。

对石窑沟村回来的村民，最紧张的人是罗三。他的养殖场是占村民的旧院落建的，虽然罗三事先已经把村民的房产证拿走，就预防村民翻脸打官司，村民拿不出房产证，就是告到法院，人家也不会受理。但罗三心里明白，城里人到农村买房买地是不受法律保护的，真闹起来，没理吃亏的是自己。他也猜到这些村民回村背后是宽板鼓捣的。他与宽板是老相识，都在县城里混，罗三到石窑沟村买村民的旧院落还是宽板牵的线。一个星期前，宽板找到他，让罗三出价一万元买下他家的旧院落。罗三知道宽板是石窑沟村里的一个人物，看人下菜碟是江湖混事的诀窍。对宽板这种人，罗三是准备让步的，但决不当冤大头，能多给你二三千，想上万，门都没有。罗三对宽板说："老弟刚创业，光借贷就有一百万，饥荒压得想上吊，实在没有多余的钱给你，等老弟发了财，再报答你哇。废弃村里的房，过几年不就是一堆黄土。农民都懂得种地养畜只会受穷，哪能发财？我也是被人忽悠栽进去了，欲罢不能，破产是迟早的事，你别为难我。你也知道，其他人家一个院落，我只付三五百元就拿到手来，我给你三千元够意思了吧。"宽板冷笑一声说："你哄得了别人，却骗不过我。深山里的房，确实是白给也没人要。但刚开通的国道路过石窑沟村，村子又离县城只有十五里，那里的地皮眼看就要上涨，我听说，已经有人与你联系合作建厂，投资几千万。我们村只有我家的院落没有到了你的手中，你吃肥肉，也得给当地人留口汤喝吧。"让罗三掏钱，就像割他身上的肉一般的疼。两人不欢而散。宽板临走时撂下了话，说："罗三有你后悔的时候。"罗三看到一下回来这么多的老人，了解到基本情况后，就觉得情况不妙，得赶快下手制止，事情闹大了对自己不利。他给县里当官的朋友打电话，揭发了宽板造谣聚众，准备闹事的行为。宽板确实是这样想的，他已经联系好了一个老板，要在石窑沟村投资搞旅游业，就找了一个由头，借农村土地财产确权一事，把村民鼓捣回来，能把罗三赶出石窑沟村最好。即使赶不走，也要由石窑沟村里的人使用村里的土地荒山资源，不能便宜了罗三那小子。要办成这事，必须鼓动村里的人回来一起闹。但没想到罗三更是棋高一着，先下手为强，他昨天上午就已经被有关部门控制起来了，造谣聚众准备闹事，不是小事，足够他喝一壶。

秀女她们又来到了树林边，等了一会儿没见干部来，有人就拿出当年生产队分林地时发给自家的那张纸，查对属于自家的林地。哪里能搞清楚哪些树属于自家的呢？快四十年啦，当年的杨树多被人砍倒拉走啦，次生树又长了起来，原先的标记早已没有了，谁能辨识得清呢？国道没通时，石窑沟村属于深山沟，很少有外人来，有秀女一家人的照料，树林才得以保存了下来。秀女一家人一走，树林就成了无主之物，惨遭破坏。秀女说："罗三盖棚圈用的木料，就是从树林里砍的。"是的，砍倒的树根多是新茬口，但你没有证据，告不了人家。油松虽然留下来几百株，但已经长成参天大树，让人喜爱不已。有人抱住树说："这株是我家的。"有人争辩说："应该是我家的。"一时吵吵嚷嚷起来。福祥爷爷说："别争吵了，离分林地已经快四十年啦，谁能搞清楚哪株树属于哪家的，再说，就是你家的树，你也不能砍倒拉走，砍树要砍伐证，林业局会给你批？这是死钱。以我看，宽板不是说政府要回收我们的林地吗？一株树给十块二十几块钱，整片树林政府征用后的补偿费，我们就按当初分林地的人数分掉算了，天王老子也弄不清哪株树属于哪家的。"大家想了想也是，这个办法最公平省事，大家一致赞同。大家又开始合计树林有多少株树，政府能补偿多少钱，每人能分到多少？想的美美的。后来有人骂开罗三了，说罗三狡猾 、骗人，国道通后，石窑沟村紧靠路边，村里的地就值钱了，可惜几百块钱，就让罗三把家园骗走了，多可惜呀？有的说，罗三养殖场门口挂的牌子上写成"石窑沟村农民专业合作社"，就是冒着村里人的名套取政府的钱。谁都能看出来，罗三真是发家，这就更引起大家的公愤，你靠我们发了家，我们回村了，却连你的场门都不让进，真不是个好玩意。骂声一片。贵成叔说："院落卖就卖了，世上没有后悔药可吃，想想今后的事吧。承包地虽然各家都不种了，但政府还按地亩发种粮补贴，地还属于我们的，村里的山坡草场也是我们全村人的，今后我们可不能再犯糊涂，有人来承包流转我们的土地荒山草坡，大家一起商量决定，不要让人家分头击破，统一要一个高价，才会不吃亏。”贵成叔说得太对了，大家一致推选贵成牵头来应对将来可能出现的情况。贵成叔说：“现在的社会是年轻人的社会，我们老了就不中用了。宽板不是建了一个石窑沟村的微信群吗？我不会上微信，通过孙子知道那是个好东西，不管村里人分散到天南地北，都能在手机上拉呱。还是让宽板他们这些年轻人来牵头吧。”大家又埋怨开宽板宽到哪去了。正好永和来石窑沟村看大家，在场的人多与永和沾亲带故，多年没见，分外亲热。贵成叔顺便委托永和关照政府和有关企业来石窑沟村征用、流转土地的事，他们再也不和罗三打交道了。将来有了好处，可以给永和提成。永和自然满口应承下来。

下午三点，张乡长和老姚带领两个干部上山了。张乡长笑容满面，并与村民一一握手，亲切地询问大家在外面过得怎么样，说虽然大家外出安家了，但依然是乡里的村民，有什么困难也可向村委会、乡政府反映，只要能够办到的，一定尽力为大家办好。对林地确权和林地征用的问题，张乡长是这样解释的：对农村集体土地、财产，包括树木进行确权是农业部下达的一项工作，各地都要搞，只是对村民已经走光的空壳村，这项工作要推后一步搞，但总是要搞的，也会搞好的，何时搞，一定会通知到大家，一户都落不下。至于说，政府要征收石窑村的林地，给大家发补偿费，这是谣言，是没影的事，大家要相信人民政府，不要上当受骗，维护安定祥和的社会环境大家都有责任。张乡长让随行干部把村民的电话号码都记下了，并把自己的电话号码告诉大家，并说有事随时可以给他打电话。原来如此，大家有点失望扫兴，但都听从了张乡长的话，大家商量一下就准备返回各家。张乡长与乡干部先走了一步，老姚留了下来。老姚后来告诉大家，宽板涉嫌造谣聚众闹事，已经被抓了起来，把秀女她们吓了一跳。等待啥呢？赶紧回城吧。

桃花的儿子派车来接桃花，秀女和杏花搭车一起走，连县城也没有返回。秀女很伤感，这辈子也许再回不来石窑沟村了。秀女的儿子不大孝顺，石锁曾对儿子说："将来我与你妈老了，你把我们埋到石窑沟村的老坟里。"儿子没好气地说："那里的黄土不埋人。"这小子进城后，一次也没有回来上祖坟。

秀女坐上小车，眼睛紧紧地盯着车窗外，随着小车快速行驶，石窑沟村的大山一闪而过。秀女默默流出两行泪水。

十里桃花红

田大贵在市人代会的小组讨论会上放了一炮，起到了爆炸性的效应，与会人员争先恐后地发言回应，相互争辩，把讨论推向了高潮。

田大贵说："扶贫扶不到根子上，千金难推动四两。我们面对的是社会大市场，可作为农业生产的主体却是亿万的小农户。小农户就像一群蚂蚁陷入市场的大水坑中，大多数小农户拼命挣扎也难逃脱被淹死的命运。"

林副市长插话说："所以，引导农民致富就是我们各级政府和行政村的责任。今年，市里组织了一万名干部下乡开展扶贫工作，就是要为农民谋致富之路，干扶贫济困的实事、好事。"

田大贵不客气地反驳道："下乡干部就是累个半死，也难解决根本问题，因为在市场经济的海洋里，即使地方政府掌舵经济小船，也难以避免翻船事故的发生。十多年前，市委号召动员农民养奶牛，建乳业基地，有乳业龙头企业带动，农民致富有保障、有奔头。为此，县里的下派干部动员农民养奶牛，县财政拿出大笔资金对买奶牛的农民进行财政补贴，并指定农村信用社发放奶牛专项贷款，全县发展起五千六百头奶牛。农民刚吃了养奶牛的甜头，购置奶牛的成本还没有回来，全国奶牛市场就出现了寒冬，龙头企业自顾不暇，谁还管养奶牛户的死活。结果，农民养奶牛倒赔钱，不得不杀奶牛，全县建起的五十座奶站，倒了四十九座，信用社发放的两千万贷款成了死账，难以要回。后来，新上任的市委书记又看准了马铃薯是全市的优势作物，大抓马铃薯种植。全市实施马铃薯二百万亩高产攻关工程，马铃薯的产量是上去了，可马铃薯市场饱和了，我市的马铃薯卖难了，还上了中央电视台。”

这是大家都经历过的事，田大贵一说完，会场就笑声一片。

县委陈书记笑着骂道：“这个田大贵就不是个好东西，哪壶不开提哪壶。市场经济有起有落，有赔有赚，交点学费在所难免，我们也办成好多好事嘛，大家要总结经验教训，更好地把工作做好。田大贵，你不要把话扯得那么远，就说一说你们行政村今后具体怎么干吧。”

田大贵也笑着继续说：“总结经验教训就两条，一是农民家庭经营模式在市场经济条件下难以发家致富。二是农民不组织起来，扶贫工作没有抓手，农民难以稳定脱贫。因此，当务之急就是改变农村的生产经营模式。具体来说，大家都知道，我们行政村离县城只有四公里，是周边城市的游客到辉腾锡勒草原的必经之地。玉河与国道相向而流，我想以农民专业合作社的模式把全行政村的土地集中起来，集体经营，沿国道的五千亩土地种植桃树林，种向日葵和油菜花田。春季里桃花红，夏秋油菜、向日葵花一片灿烂，玉河旁建露天的游泳馆和钓鱼池，两岸建乡村旅游景区，景区内搞农家乐项目，发展乡村旅游业，让村民一起致富。”

陈书记说：“田大贵，你绕了这么一个大弯子，原来是出于这个目的，想法很好，值得鼓励，但是能不能实现，关键看有没有实现的条件，村民是否响应，能否拉来投资，措施是否扎实有效，写出文字材料了没有？”

田大贵说：“我写了一份人民代表建议。”

陈书记说：“拿来我先看看。”

田大贵离座，把材料递给陈书记。

林副市长说：“田大贵这个人大建议提得好，符合市委和政府提出的发展全境旅游的战略目标，将来旅游业是我市的支柱型产业，农民发展农家乐致富很靠谱，是一条振兴新农村的路子。”他从陈书记面前的桌子上拿过田大贵的建议书，用手机拍了下来。林副市长分管旅游工作，蒙西县是他的工作联系点。

散会后，田大贵满怀信心地回到村里，他提的建议受到市、县领导的重视，很有实现的可能。他马不停蹄地走村串户，宣传动员村民加入合作社，只有搭起合作社集体这个架子，才能规划发展乡村旅游，实现产业转型，才能争取到市县政府的扶助，比如，种桃林要争取到县林业局无偿支持的树苗。村里绿化荒山道路时，林业局一向是无偿提供树苗的，让村民自己买桃树苗，那可是一笔大钱。玉河行政村共有三个自然村，六百八十户，二千六百八十口村民，要动员全体村民加入合作社可不是件容易的事，人多嘴杂，意见很难统一。事情千头万绪，困难重重。田大贵已经当了二十八年村干部，工作经验丰富，在村民中很有威望，他组织召开村干部会、党员会、村民大会，先搭起了玉河行政村农民专业合作社筹备组的架子，依靠团队的力量紧锣密鼓地开展工作，计划赶在春播前把农民专业合作社成立起来，要不还得推迟一年。

就在玉河行政村筹备成立农民专业合作社的紧要关头，两辆小车开进了村委会大院，林副市长带领六名市、县级干部来到了玉河行政村。田大贵大喜，市、县级领导亲临玉河村，这可给筹办合作社带来了强劲的东风，他紧握着林副市长的手，说着热情欢迎的话。林副市长在村委会办公室里，先听田大贵的介绍。

田大贵说："已经有百分之七十五的村民愿意加入合作社，搞集体经营，转产旅游业，可是有的村民要求合作社先支付每年每亩三百元的土地转包费，才同意把承包地交到合作社耕种经营，而且，合作社一旦起步，开展生产经营活动就得花钱，没有一笔启动资金动不起来。我正想找有关领导汇报，请领导帮助我们从银行贷一笔款。只要有了启动资金，我们的合作社很快就会成立起来。"

林副市长说："是呀，钱才是硬头货，没有钱寸步难行。但是合作社很难从银行贷到款。从全省来说，银行还没有开通为农民合作社贷款的业务，银行贷款要抵押，农民专业合作社拿什么去银行抵押？我市已经成立了五千多家农民专业合作社，没有一家通过正规手续从银行贷到款，因此，我想帮也帮不上你们的忙。但是，我给你们带来一个好消息，市里的青旅集团对你那份发展乡村旅游的建议很看好，董总对你们村很熟悉，他小时候去过你们村的大庙赶过庙会。青旅集团那可是全省有名的旅游企业，财力雄厚，经营有方。”

田大贵兴奋地说：“青旅集团要投资我们村的旅游项目那真是雪中送炭。我们拿出最大的诚意与青旅集团合作。”

林副市长说：“青旅集团人家是独资企业，一般不与他人合作经营，更何况，你们村拿什么与人家搞合作，合资得拿出真金白银。青旅集团想要整体流转玉河行政村的土地，搞旅游开发。”

田大贵一下子就像从云端里掉到冰河里，心冷得直哆嗦。原来人家是喧宾夺主，想要占村民的家园，赶村民走。他气愤地说：“村民没有地种，干啥呀？还能在村里住吗？”

林副市长说：“村民干啥？家家当地主呗。村民自家种地，每亩产值也就是一二百元，人家青旅集团每年每亩地给村民三百元，村民不劳动经营，就坐享其成，这真是天上掉下的馅饼。青旅集团要在玉河流域打造十里桃花林和水上乐园景观区，这将来是市、县的重点旅游工程，所以，市、县两级政府准备采取特殊的优惠措施来解决玉河村民的后顾之忧，玉河行政村也按照扶贫移民搬迁村来对待，全体村民无偿住进县城里的移民小区。”

田大贵对这种做法嗤之以鼻。深山沟里的村民因为居住环境恶劣，致富无望才背井离乡，而玉河行政村是城郊村，紧靠国道，有几户村民想住进城里的鸽子窝？鸡不能养一只，菜也不能种一畦，吃水花钱，上厕所都要钱，没钱处处难行，空气又污浊。哼！照顾玉河村的村民？我看是为富豪牟利来了。但是田大贵是一个有修养有历练的人，他从不与领导硬顶牛，但也绝不盲从，自有主意。他说：“这么大的事，要与村民商量商量再说，按大多数村民的意愿来办吧。”

林副市长显然对田大贵的表态不太满意，他强调说：“玉河景观旅游项目是市、县政府定下的项目，这也是全市的旅游重点工程，说服群众、动员群众，让村民响应完成政府的安排部署，是我们各级干部的责任。田主任的工作很有成绩，县政府领导很看重你，提名选你为市人大代表。田主任这次一定要帮助政府把这项工作做好，为村民谋好事，为政府出谋划策，为全县发展大局做出贡献来。”

田大贵苦着脸，勉强挤出一丝笑容说："将玉河行政村打造成旅游景观村，实现村里经济转型，建设美好家园，村民共同走上致富路，这本来是我们行政村领导班子的远景规划，也是大多数村民的梦想，看来我们的梦想是要破碎了。"

林副市长说："没有经济实力的梦想只能是白日做梦。田主任，不要好高骛远，难得青旅集团愿意高价全部流转你们村的土地，县政府也将你们的行政村列入移民搬迁计划中，机遇难得，其他行政村的村民简直羡慕死了，不要不懂得好歹。"

跟随的县乡干部赶忙帮腔，纷纷表态度、表决心，感谢市政府对玉河行政村的关心，田大贵闭着嘴不愿意再多说一句了。

玉河行政村党支部书记杨玉英是一个女同志，与田大贵是多年的搭档，她性格温和，村里的事常常让田大贵来拿主意。杨玉英半年前得了乳腺癌，在省城的医院动了手术，住在儿子家暂时没有回来。市里就选派市政府秘书科郑亮副科长为驻玉河行政村第一书记，全力推进行政村整体搬迁的事。

郑亮年轻有为，下乡前，林副市长特意找他谈了话，说："市里把全境旅游作为一项战略发展目标，旅游业要大发展，牵涉到占用农村土地草场山地资源的问题。这次，市政府办公会上特意点将选派你到玉河行政村任职，希望你不要辜负组织的期望，在玉河村整体搬迁转移，腾笼换鸟，在旅游工程工作中做出成绩，摸索出一套成功经验来。"郑亮面对林副市长，热血沸腾地表达了决心。

田大贵对郑亮的使命一清二楚，但作为一个受党教育多年的基层干部，他还是热情欢迎郑亮的到来。实行包产到户时，生产大队的大院也一并卖掉分光了，在村小学里挤出一间教室作为行政村的办公室，前几年，村小也撤销了，校园也要拍卖，行政村连一个办公的地方也要没了。全县行政村村委会办公场所普遍就是这么一个样子，新来的县委书记看不过去了，由县财政出资，为每个行政村村委会新建了一所办公场所。玉河村村委会是一个单独的院落，五间大正房，办公住宿设备齐全，平时空无一人，郑亮正好就住在村委会大院里。

田大贵说："你要自己做饭，就去我家拿上电磁炉、电饭锅。要是懒得做，就去我家搭伙好了，不过要委屈你了，庄户人家，农家饭做得不讲究，就怕你吃不惯。”

郑亮有点失落，就问：“过去来的下乡干部是怎么解决吃饭的？”

田大贵说：“人民公社时期，下乡干部轮流到社员家吃派饭，一天交给社员一斤粮票三毛钱。包产到户后，就没有人在村里住宿了，咱们村离县城近，下乡干部晚上都回去了，中午吃饭，走到哪家就在哪家吃，多数是在村干部家吃的。”

郑亮家境优越，从小没有做过饭，结婚后与爸妈住在一起，不用自己来做饭，他只好到田大贵家搭伙吃饭。

田大贵的老婆是一个手脚麻利的胖大嫂，就是嘴有点碎，一边做饭一边数落田大贵尽做公而忘私的傻事，地里的庄稼全凭自己干，当村干部的补贴连领人来家吃饭的饭钱都不够。田大贵不时插话骂上老婆几句，老婆也不恼，照说不误。饭菜做得很简单，大锅里烩菜，锅上蒸笼里是莜面窝窝。十几分钟，饭熟了，每人一碗烩菜，端上了饭桌子，大盘里放着莜面窝窝，一碟老腌咸菜，电磁炉上炒了一盘鸡蛋，这是待客加的菜。农家饭简单，但味道很好，郑亮吃得很饱，就是胖大嫂说的话让郑亮有一点不自在，饭吃得有点别扭。当初，他还以为田大贵两口子演双簧给他看，后来在村里待得时间长了，郑亮弄明白了，县里绝大多数行政村都是集体经济空壳村，村里没有一点公有产业，没有一点来钱处，村干部即使想贪污，也没地方下手，当村干部的确是一件费力不讨好的营生。外界传说村干部为非作歹，横行乡里，多是将村干部妖魔化了。这个乡是有一个行政村主任，村民找他出证明盖行政村的公章，他每盖一次章，收五块钱，被报纸曝光后，市、县的纪检部门组成联合调查小组下来查处，结果，这位村主任不接受批评，他拿出一本账，理直气壮地辩驳道：“我家一年里接待下乡干部吃饭竟有一百三十五人次，每人吃一次饭就按二十元收费，共计两千七百元，还不说有四十人曾在他家住宿，谁也没有付过住宿费。乡里给每个行政村拨的办公经费只有两千元，行政村主任工资是一千八百元，我盖章总共收了五百八十元，我通过为村民盖章，收点办公费是无奈之举，要不谁来弥补我为集体办事造成的亏空呢？”这让调查组感到尴尬，最后，村主任主动辞职了事。后来，政府加大了对农村的扶持力度，村民评上低保户，政府每年发给二千元左右的救济款，谁能评上低保户，行政村干部的意见很重要。为此，村干部是有接受村民贿赂的现象，但接受了贿赂，这个干部在群众中的威信也就丧失了。田大贵在村民中的威信很高，说明他还是一个有谱的人。但是，如果行政村重新建起集体经营体制，那村干部就有实权了，就有利可图了，郑亮猜想，田大贵要搞集体化，恐怕是有这个企图吧。

郑亮想，不管村子里有何种是是非非，田大贵这个人好与赖，坚定地完成玉河行政村的整体搬迁，为青旅集团的旅游项目落地，这才是自己下乡的工作任务，这关系到自己的仕途。郑亮与田大贵交换过意见，田大贵还沉迷在搞集体经济的臆想中，指望田大贵来帮助自己是不可能的，田大贵本人就是工作的最大阻力。但是，郑亮离开田大贵却又寸步难行，村民不认识他，谁听他的话。

郑亮主持召开了行政村党支部会议，玉河行政村党支部加上郑亮共有六名支部委员，其中一名重病休养，两名外出打工，好歹抓住一个支委回村的机会，四名支部委员开了一次支部会，主要商量如何落实玉河村整村搬迁的事，一名支部委员坚决反对，认为田大贵原来提出的设想得民心，还是以合作社集体经营为好。那位外出打工的支部委员提出，如果房屋院落能够比照县城里的拆迁标准补偿，那就同意整体搬迁，否则打死也不同意。田大贵不说话表态。郑亮虽然口才了得，但是农村人讲实际，说得再好，也难打动他们的心。最后总算勉强达成一条一致的意见，后天召开全行政村党员大会进行动员。

玉河行政村共有三十八名共产党员，其中六十五岁以上的党员有二十五名，四十岁以下的党员十名，打工外出走了八名，党员会上来了二十二名党员。田大贵向大家介绍了新任命的第一书记郑亮。郑亮把政府出台的优惠条件说给大家听，将玉河行政村依照扶贫异地搬迁的政策，为村民无偿提供一套五十平方米的楼房，将所有耕地流转给青旅集团种果树，发展旅游业，每亩土地流转费是三百元，比村民自己种合算得多，这样村里人也就变成了城里人，与城里人站在同一起跑线上了，不，比城里人还多了一份承包地转租收入，今后在城里找工作打工机会就多了。老年人在楼房里生活那可方便多了，冬天不用自己生炉子，室内温度温暖如春，房间内就有厕所，大家可以去享福了。希望党员带头搬迁，说服群众一起早日搬迁进城。

郑亮话音一落。老党员们你一言我一语不管不顾地说开了，有的说："谁稀罕城里的楼房，不接地气，住进去早死几年。"有的说："我们村已经有五六百年的历史了，谁能想到，改革开放了，村子反而衰败了，原来队办企业干得红红火火，修造厂的打铁声两公里远都听得到，养殖场牛欢马叫，酿造厂生产的酱油、醋供应城里的副食店。谁知，队办企业改革的没有了，后来连村里的小学也撤了，村小那可是民国时代就建起的。"几个年轻党员走到郑亮跟前，大声嚷嚷道："上次党员会上，大家一致同意，党支部牵头办合作社，村民合作起来开发农家乐旅游，怎么让青旅集团插进来了？这是断我们发家致富的路。"更有人骂开了社会的腐败。话越说越没边了。郑亮几次插话想制止引导，没人听他的。他发了脾气，也没人怕。反而有人质问他是为村民来办事服务的，还是拿上青旅集团的钱来压制老百姓的。气得郑亮脸红脖子粗，张口结舌地说不出话来。这是一群什么人，怎么没一点素质，还是老党员，连一个普通群众都不如。最后还是田大贵站起来连吼带骂地制止住大家的吵嚷，党员大会不欢而散。

党员们走后，郑亮越想越气，就朝田大贵发了火。说："有的党员在会上乱说，是不是你背后为他们撑腰？"

田大贵说："那都是一些老党员，他们有自己的认识和判断，我能操纵得了？你说话应该负责任。"

郑亮说："有的人说出的话带有反动性质，骂天骂地，你为什么不加制止？"

田大贵说："最后还不是我连吼带骂地喝住的。庄户人说话随便，现在社会上腐败现象确实严重，老百姓要骂娘，想拦也拦不住。"

郑亮又说："上级政府要我们做整村搬迁工作，作为党的干部，我们应该坚决完成。我觉得你与党和政府不一心，阴阳两面想搞啥？"

田大贵说："你别乱扣帽子。我的理解是，党员是要不折不扣地贯彻党的方针路线，模范地遵守党纪国法，切实做好本职工作，为人民服务。但是，并不是说为了完成政府的工作任务，就可以放弃集体和个人的权益，这是两码事。国家的法律法规规定，行政村是集体经济组织，享有自主经营权。农民的承包地属于农民的自主经营范围，谁都不能干涉。政府不能为了企业的利益剥夺行政村和农民的自主经营权。本来是我们行政村提出以农民专业合作社的方式来搞农家乐旅游开发，可有的领导不支持我们搞罢了，怎么能为了引进私企，强制我们搬迁呢？”

郑亮说：“村里没有实力，自己搞不起来，也是搞不好的，人家青旅集团一搞就是大项目，会给县里带来多大的利税呀，发展才是硬道理，只要是有利于改革发展，就应该支持，你应该抛弃小农意识，有大局观念。”

田大贵说：“你说服不了我。你是上级派来的干部，主要为上级负责。而我是玉河行政村村民选出的村主任，我首先要为玉河行政村的村民负责，我们以合作社的模式来搞农家乐开发，是引导村民走集体共同富裕道路。江苏华西村坚持搞集体经济，成了天下第一村。贵州塘约村遇到毁村大灾难，他们在党支部的带领下，抱团集体经营发展，三年就大变样了。我们玉河行政村遇到了市政府提出的发展全境旅游的机遇，村子又正处于国道旁，有着发展旅游业的得天独厚的条件，村民一家一户搞乡村旅游，肯定搞不起来，只能依靠村集体来搞，我们为什么就不能走集体经营走致富路呢？青旅集团是私企，他们发财了，与我们村民没啥相干。”

郑亮明白了，不把田大贵这个行政村主任搞下去，玉河行政村整体搬迁就推动不了。他当下动身回城，找领导汇报去了。

郑亮一走七八天没有回来，村民已经开始播种了，建合作社或整村搬迁那是秋后的事了，各种争论暂时平息下来了。

一天早上，张乡长自己开车进村，拉上田大贵，进县城去了，说领导找他有要事商量。

张乡长领田大贵进了全县最豪华的得月楼宾馆，进了五楼贵宾套间，一个又高又胖的中年人从沙发上站起来，满面堆笑迎过来，与田大贵握手。张乡长从旁介绍，这是青旅集团的董总。张乡长介绍完，就借口打个电话离开了。

董总请田大贵在对面坐下，服务员过来斟上茶，也退出房间。董总亲切地询问田大贵的家庭和儿女情况。

田大贵说："儿子在省城打工，领着一支小包工队，混的还算可以，在城里楼房也买上了。女儿大学毕业留在了广州。"

董总说："青旅集团每年都搞建设，今后会让田大贵的儿子承揽青旅集团的工程。"

田大贵表示了感谢。

董总说："我出生在柳湾村，离你们村有九公里，小时候常去你们村赶庙会，我对你们村很熟悉，青旅集团要开发玉河村，想不到我们将会成为一家人了。"

田大贵对董总早有耳闻，这是一个干事捞钱的好手，农家子弟出身，没依没靠，短短二十年，身价已经有了好几亿了。他能快速致富，肯定会有更多垫背的牺牲品。田大贵对董总抱有一种本能的警惕。

董总夸奖奉承田大贵是一个很有水平的基层干部，正是青旅集团发展乡村旅游的人才。他说："我们董事会研究了，决定聘你为玉河行政村项目的负责人，月薪一万元，玉河旅游这个项目搞好了还会奖励股份，希望田主任就任，我们共同干一番事业。说完拿起茶几上的一本聘书，递给田大贵。"

田大贵把聘书放在茶几上，也没有打开看。他宠辱不惊，平静地说："我已经快六十岁的人了，知道自己有几斤几两，哪能胜任大公司的职务。请董总不要见外，以后需要我帮忙的地方，一定会尽力而为。"田大贵是烈士子弟，新中国成立前，父亲死在还乡团的刀下，他是在共产党的照顾下长大成人的。他当村干部多年，从来不以权谋私、多吃多占，把名誉看作与生命一样重要，岂肯无功受禄，做伤害村民利益的事。他心里明白，青旅集团给他发工资，是想让他做什么事，他能做违背良心的事吗？话不投机半句多，很快，田大贵与董总告别了，董总留他吃饭也没留住。

田大贵从宾馆走出，清醒地意识到，如果玉河村组建不起合作社，被外来资金主宰命运是迟早会发生的事，玉河村正处于市内几大旅游景区的线上，有着优质的旅游资源，谁见了都想下手。全行政村有百分之七十五的村民已经表态愿意以集体合作的方式搞旅游，这给了他信心。难点就在于筹集启动资金。先行支付农民承包地的流转费是一大笔钱。旅游业是一个烧钱的行业，硬化环境、规划景区、整修河道、栽花种树都需要巨额投资。钱从哪里来呢？从银行贷款是没指望了，从政府争取投资，那是你搭起架子，已经有了规模，才有争取的条件。田大贵对《农民专业生产合作社法》反复研究过，合作社可以吸收城乡资金入股，田大贵就想从引资方面来入手解决启动资金的难题。玉河村在民国时期就建有学堂，因此，从玉河村出去的子弟，在各行各业取得成就的大有人在。去年，田大贵在女儿的帮助下已经建立了一个玉河家园的微信群，田大贵把筹建合作社开发旅游事业的规划发到群里，引起散布在天南地北的玉河村人的热烈回应，出主意、想办法、搞规划、谋远景的讨论不亦乐乎，更有表态投资的老板，别看村里表面上风平浪静，其实网络上已经是一片火热，只不过外村人不知道而已。玉河村是外出乡子的根，他们家族的祖坟在这里。近年来，清明节回乡上坟的人越来越多，社会上又兴起修家谱的热潮，玉河村的田氏家族也有人着手修家谱。回到玉河村的人总要拜访一下田大贵，留下名片或联系电话。事情到了紧要关头，田大贵要利用家乡的人脉资源了。回到家里，田大贵首先给北京田鑫经贸公司的田鑫老总打通了电话，说了筹建合作社的事，要求田鑫投资村里的合作社。并且把青旅集团想整体流转玉河村的事说了，说如果青旅集团进来开发旅游景区，到时恐怕连你家的祖坟也得挖起迁出。田鑫是田大贵的远方侄儿，他曾在玉河村微信群里点赞过合作社的规划方案。田鑫财大气粗地说："有我在，别人休想打玉河村的主意，建设美丽家乡是每个玉河村人的心愿，让外人把玉河村搞没了，那是玉河村子弟的耻辱，我一定投资村里的合作社，我们家乡自己人来开发玉河村的旅游资源，让村里人共同致富。"田大贵这下放心了，腰杆也硬了，他又接着打了七八个电话，有三个乡人老板愿意投资合作社。田大贵对成立合作社鼓起了信心。

郑亮坐着一辆拉货汽车又回到村委会大院，从车上卸下电视机、播放机和微波炉等生活用具。他高兴地对田大贵说："从企业拉来了赞助。"田大贵表示了赞赏，内心却颇不以为然，村子都要搬迁了，要这些东西干啥。

郑亮体会到，上级虽然任命自己为行政村党支部第一书记，但是没有为村里做什么实事、好事，就不可能在党员中、村民中树立起威信，说出的话不会有多少分量。他到县里找有关领导反映田大贵的问题，要求把田大贵撤职，否则难以完成玉河村搬迁一事，可领导给他泼了一盆凉水，说："行政村主任是依据《村民自治条例》等法规选举出来的，没有正当理由，上级不能罢免村主任。"林副市长也是这个说法。郑亮无奈，明白了不管愿意不愿意，只能继续与田大贵共事。郑亮还给田大贵家拉来了米面、水果、蔬菜等物品，林林总总放了田家堂屋一地，胖嫂不住声地推谢。田大贵笑着说："郑亮，你这是要对我家进行扶贫了。"车开走后，郑亮说："后天市里的民间艺术团要来我们村进行慰问演出，白天晚上演两场，招待费用也有了着落。"郑亮刚来村的时候，就说过可以请市里的剧团来村慰问演出，被田大贵否决了。田大贵说："市里的剧团到我们村慰问演出是好事，村里已经有三十多年没演过大戏了，村民谁不想看戏，可是接待费用从哪里出？演出费虽然不要，但总得招待演员吃饭吧？一两千块的费用哪里出？"郑亮说："难道行政村连这么点钱都出不起吗？"田大贵说："近年，县里增加了行政村的办公经费，一年给三千元，可这点钱连打印报表汇报材料的费用都不够。"郑亮说："难道村里就没有一点其他集体经济收入吗？"田大贵说："原来大队是有四家小厂小场，上级领导都让卖掉分光吃尽，行政村只是个经济空壳村，哪来钱呀。"郑亮又说："听说新中国成立前村里赶庙会，连演七天大戏，钱从哪来？我们每户农家摊一点不行吗？这是大家都受惠的公益事业呀！"田大贵说："过去村里举办庙会有庙田的产出收益，村校有校田的收益。庙田和校田都是村里的公田。可是我们的改革也太彻底了，凡是村里公有的东西，上级统统要求卖掉、分掉，结果搞公共活动、公益事业就没了着落。经过市场经济熏陶的农民，越来越自私，前几年连农业税都扛着不交，他们只懂得要，哪舍得出，摊派出的钱，谁愿意给，费尽周折要回点，让人告到县里，吃不了兜着走，谁允许行政村向村民摊派费用。"郑亮听后，默不作声，只好打消了请剧团演出的主意。

这次，郑亮拉来赞助，那就另当别论了。玉河村离县城只有四公里地，剧团吃住在县城，剧团的演出车，打开就是舞台，也不用张罗搭戏台，接待也不用田大贵多操心。演出在村中的小广场进行，一早，村里的老头、老婆婆就搬着小板凳占座，七八百村民聚在一起，说说笑笑地等待大戏开演。开演前，郑亮走上戏台，就整村搬迁一事向村民进行宣讲动员。他刚说了几句话，就被下面后生们的高嗓门打断了，二后生说："你别为资本家卖命地忽悠人了，我们村里要成立合作社自己干。"村人跟着高喊起哄，郑亮灰溜溜地被轰下了台。

事后，郑亮才了解到自己走后十几天的工夫，田大贵筹划成立的合作社已经有了眉目，拉上了投资。他在村委会办公室看完田大贵交给他的《玉河行政村农民专业合作社筹建方案》，脸色沉重，说不出一句话来，只能返城向领导汇报去了。

林副市长对田大贵的做法很恼火，说市、县政府已经与青旅集团达成了意向性的协议，怎么能不算数呢？他指派市政府的一个处长找蒙西县县长，还想帮青旅集团把项目争取回来。县政府指派赵副县长与田大贵等村干部座谈了一次。田大贵理直气壮，依法依理说了自己的意见。赵副县长是一个知法明理的人，知道谁也拦不住田大贵，谁想去干违法、违背民意的蠢事呢。他走了一下过场，应付过去了。

半个月后，玉河行政村村民大会召开了，会场设在村中广场上，从两棵大树上拉起一条横幅，上面写着：玉河行政村农民专业合作社成立筹备会议。横幅下是条桌座椅，县政府赵副县长、乡党委书记、乡长在座，田鑫等四个主要投资方也在座，田大贵和郑亮坐在条桌两头。全行政村第二轮土地承包时共有六百八十户，两千六百八十口村民，目前有二百四十户村民已经举家进城定居，他们虽然有的户口已经迁走了，但承包地还在他们手里，所以他们还按村民对待。这些进城户，多委托村里的亲戚代行表决权。每户出一名代表自带座椅坐在会场中间，其他人站在会场周围，中间用网绳隔离开来。会议由田大贵主持，只有四项议程，第一项由田大贵汇报合作社成立筹备情况；第二项通过《玉河行政村农民专业合作社章程》；第三项选举出三十六人组成的筹备小组；第四项，请领导和贵宾讲话。

田大贵在热烈的掌声中开始讲话了，他说：“合作社是依据《中华人民共和国农民专业合作社法》组建的，实行股份制集体经营，村民以自家承包地入股，吸收外来资金加入。村里的土地、河岸和其他公共用地估价为一亿五千万元，占合作社总资本的百分之五十一，由村委会代表村民代行股权。这一亿五千万元是以每亩土地一万元、每亩公共用地五千元的估价计算出来的。每亩地为一股，农户按照二轮土地承包时，根据每户承包的土地数量，确定自家所占有村集体土地产权的股份。大家知道张二娃，土地二轮承包后娶回一个寡妇，带来两个儿子，后来他老婆又给他养了一个儿子，他三个儿子成家后生下六个孙辈，现在张二娃一家三代有十四口人，可他只有一个人的承包地，而他的邻居王四海在分地时，家有七口人，后来他的五个儿女都到外地念大学，都定居在大城市或出了国，王四海的老婆也死了，王四海虽然早跟上儿子在北京居住，但他的户口还在村里，所以他一个人就享受七个人承包地的权益。张二娃对此感觉很不合理，所以他反对加入合作社。我也觉到这很不合理，但这不是行政村能够解决的事，我们只能是有法依法、有法规依法规，法律法规没有规定的事，由筹备组评议来决定的原则办事。对张二娃的遭遇，我只能说，很同情，但没有办法解决。合作社成立后，我们肯定会照顾张二娃一家的，优先雇佣张二娃的家人在合作社劳动挣钱。承包地是以户承包的，因此，这次投票表决加入合作社是以户为代表，一户一票，而不是按照人口投票的，全行政村二轮土地承包共有六百八十户，但是，这次表决只有六百三十三票，少了四十七票，原因是有的户是死绝户，有的是全家人已经迁移到大城市。按照土地承包法的规定，农户迁入设区的大城市，所承包的土地要收归集体。田鑫等四位企业家，是咱们村走出去的能人，他们是怀着报效乡里，带领乡亲一起致富的心愿，来投资我们合作社。他们四家共投资一亿四千万元，占合作社总资本的百分之四十九。田鑫本来一人就想入股投资两亿元，但是我们村委会认为，外来资金不能超过合作社股份的百分之五十，这是一条原则，因为要确保村民和行政村在合作社的控股地位。合作社扩大经营范围，需要更多资金的话，以贷款、借款的形式来筹资，而不是入股增资。将来，合作社如果经营失败，只能损失占股份百分之四十九的外来投资，因为法律规定土地不能买卖，合作社即使破产了，也不能让行政村和农民丧失了土地。合作社一旦在工商局注册成功，由大家选出的三十六名代表来选举合作社的董事会、监事会。董事会由七名董事组成，我们行政村占四席，投资人占三席。三名监事，行政村人占一席，投资人占二席。董事会选出后，再由董事会选出董事长，聘任总经理，由总经理负责合作社的运行。事先说明，不管合作社当年是否盈利，每亩三百元的承包地流转费首先保证支付给村民，确保村民的利益不受损害。合作社盈利了，合作社提留纯利润的百分之八作为积累，再按股份分红。合作社按照企业管理模式进行，村民到合作社劳动，按计件计时算工钱，一月一开支，优先雇佣咱们村里的人。这些在合作社章程里已经都说清楚了，我只不过是重点解释一下。”

对组建合作社一事，村民们的争议很大，像张二娃就想借助这一机会调整一下自家的承包地。在村的村民，想让村委会收回户口已经迁走的村民承包地。虽然有些要求是合理的，但这不是行政村一级可以解决的问题，只能按照现行法律、法规的规定来办事。如果二轮土地承包到期，中央出台了新政策，那就按新政策进行调整，土地就在那里，谁也拿不走。即使双方私下交易，也不受法律保护。田大贵和筹委会成员挨家挨户反复作说明，多数人表示理解，可有些人就是接受不了，比如张二娃的情绪就特别大，所以，田大贵特意在讲话中强调说明了一下。

通过《玉河村农民专业合作社章程》倒很顺利，因为章程早已在村微信群里发了，书面材料也发出了二百多份，村民已经了解清楚了，当郑亮把章程草案念过后，每户代表举手表决，只有十户反对，十四户缺席，赞成票达到了百分之九十六，章程通过。随后，志愿者拿上花名册让每户代表签名盖红手印确认。选举筹备小组成员，是按村民居住地，每二十户推选一名代表来确定的，大会上只是选举确认一下而已。这项议程很快就进行完毕了。随后，县乡领导讲了鼓励的话，田鑫等人深情地讲述了爱家乡建设家乡的情怀心愿，并展望了玉河村的美好未来。

会议开得很成功，半个月后，玉河村农民专业合作社正式成立了，田大贵任董事长，总经理也是玉河村出去的学子，叫田瑞军，三十六岁，毕业于中国农业大学。

又过了三年，玉河度假村已经是省内外闻名遐迩的旅游度假胜地。桃树、果树林顺着国道延伸，春季里，桃花红云十里，香溢四野，看醉了路人。夏季里，四千亩花田盛开，油菜花明黄艳丽，向日葵金黄灿烂，游人徜徉在花田里，流连忘返。秋季里，游客花上六十元钱，就可在果林里自由采摘，放开肚子饱餐一顿鲜桃和苹果，临走时还可以提走一篮子。最具特色的是，玉河两岸风光，河水清清，垂柳拂面，芦苇深处是一处处鱼塘，四边散坐着神定气闲的垂钓老人，再往里走，是一处露天游泳池和水上乐园，那里是青年人和儿童的欢乐胜地，传出一阵欢歌笑语。三个村庄已经打造成农家乐和家庭旅馆，吸引来天南地北的度假游览客人。二人台小戏班子、蒙古风情小乐队挨家串门表演，笙歌燕舞，到处是欢声笑语。就是到了冬天，这里的游客也不减，只不过是换了旅游项目。十里玉河成了天然滑冰场，吸引来众多冰雪运动爱好者。温室大棚里的蔬菜生机盎然，这里是市民购买现摘新鲜蔬菜的首选之地。

还有好的事在后头。玉河村过去建有一座大庙，方圆一百公里的人都来这处大庙烧香敬佛，每年四月初八，庙会唱七天大戏。可惜“文革”时期被红卫兵拆除了，只留下了房基和大门口的两座石狮子。近日，村民赵龙献出了大庙大门上的牌匾，牌匾十分珍贵，是乾隆皇帝手书赐字。当年，红卫兵动手拆庙时，赵龙先动手把匾拆了下来，说正好做案板，偷拿回家保存了起来，他看到村里旅游兴旺了，就主动把匾献了出来，希望把大庙重建起来。合作社已经向政府有关部门提出恢复重建大庙的申请，玉河村在外的游子闻讯后有很多人自愿捐款。大庙如能恢复建成，这对玉河村旅游业更是锦上添花。

玉河村美丽了，富裕了，村民家家住上二层小楼。

扶贫路上

刚到单位报道一个多月，我连单位里同事的名字还叫不全，领导就让我参加下乡扶贫工作。既然报考了公务员，就应该有为人民服务的思想准备，下乡工作艰苦我倒是不怕，就是发愁我这一个城里长大的姑娘，对农事一窍不通，与农民很不熟悉，就在街头买过农村大爷的马铃薯，我能帮农民脱贫致富吗？心里空荡荡的慌。我说：“张局长，我服从领导的工作分配，不怕吃苦，但是我可没有能力帮助农民脱贫致富呀。”张局长笑一笑说：“工作能力要在实践中学习提高，学中干，干中学，关键在于有一个正确的工作态度。扶贫工作不是单打独斗，要依靠团队来发挥作用。我们司法局负责兴发乡脑包行政村的扶贫工作，该乡司法所的郝勇是一个老同志，你跟着他干就是了。”

我坐上通乡公交车，上午十点钟来到了兴发乡政府，办公楼的走廊里空荡荡的，只有综合办公室的门敞开着。我走进去，一个驼背的老同志坐在椅子上，他对我微微点了点头，用探究的眼神看着我。我向他做了自我介绍。老同志笑了，说：“昨天司法局的张局长已经打电话告知了。”我也弄清楚他是乡政府办公室的李主任，问他郝勇在哪个办公室。李主任告诉我在走廊最西头那间，他正开庭调解一起民事纠纷。农村民事纠纷如何调解，这是我关心的事，我向李主任说了一下，自己动身去旁听郝勇主持的民事调解了。

我刚走到门口，就听到办公室里传出来激烈的争吵声。一个年轻人的声调骂道："霸占别人的承包地不还，简直是土匪行为。"一个老者气急败坏地回骂道："你才是土匪！想抢劫的正是你！家门不幸，王家出了你这个土匪，欺负到家人头上了，我这个老命就交给你啦！"在一片谩骂嘈杂声中，猛然响起拳头擂桌的响声，紧跟着一声断喝："这是人民政府，不是你们打架撒野的地方，请放尊重点！抬头看，国徽在上头。"吵骂声戛然而止。那个坚定严厉的声音继续传来："说话要注意文明礼貌，有理不在高言，你再厉害能厉害过法律吗？你们是来司法所明辨是非的，是要求司法所为你们主持公道的，不是比嘴头硬、拳头硬，真有打架的本事请到拳击场去展示，来了司法所就要相信法律，相信人民政府。"

这是一个改造过的办公室，进了门里面又是一个小走廊，将会议室隔成了两间办公室，一个大间是司法调解室，一个小间是所长办公室。我没有冒失地走进大办公室，小办公室半开着门，我就推开门进去了，没想到隔墙上有玻璃窗，透过玻璃，调解室内的景象一览无余：当地放一圈会议桌，圈成椭圆形，正面的墙上头悬挂着国徽，下面坐着两个政府工作人员，男的四十多岁，一脸严肃，正气凛然，桌上台标写着司法所长郝勇。旁边那个做记录的年轻女工作人员，台标上写着司法助理李丽荣。对面南头坐着一位老农民，叫王长寿；北头坐着的是一个城市人装扮的年轻人，叫王利民，这是来调解纠纷的当事人。王利民说："郝所，我听你的。"王长寿紧跟着说："郝所，我凭信你。"郝勇说："好！既然你俩都尊重信任司法所，那我就先来捋一捋你们这场纠纷。王利民拿出了三十亩的土地承包证书，证书真实有效，这是最具有法律效力的证据，证明了这三十亩土地承包权属于王利民。王长寿对此有什么意见？"王长寿说："我也没有否认过王利民家的土地承包权，但是，我投资进地里种树苗的一百万咋办呀，王利民不能白抢走呀？"郝勇说："对王利民的土地承包权，王长寿没有异议。那我们再继续往下捋，一九八一年实行土地承包责任制的时候，你们两家各分了三十亩地，地畔相连。过后四年，王利民的父亲，也就是王长寿的大哥举家搬进了城市，承包地委托王长寿代为耕种，两家一直友好，所以，你们两家没有签订承包地代种或者说土地转包书面合同，王利民一家也没有明确主张承包地的转包费，只是王长寿每年主动送一些农产品给王利民一家。这是不是事实？”王长寿和王利民点头称是。郝勇继续说：“你们两家虽然没有签订承包地转租合同，承包地是口头委托代种，从法律上讲也是有效的。去年，王长寿在你们两家的土地上建苗圃，王利民是知道的，所以也表明了王利民默认同意王长寿在你家承包地种树苗，如今，王利民虽然有权利要回承包地自己经营，但对王长寿在你家承包地上种树投资应该给予补偿。”王利民说：“我也没有想无偿占有我叔叔在承包地上的树苗投资，但补偿多少我也不好说，最主要的是，我叔叔根本就不打算交还我家的承包地。”郝勇问：“王利民，你要回承包地，打算做什么？”王利民说“我也要做林木树苗生意，我有销售门路。”郝勇说：“我建议你把你叔叔的整个苗圃接过来，请一家会计事务所对你叔叔在苗圃上的投资做出资产评估，两家合伙经营多好。”王利民不作声，眼睛瞅着王长寿。王长寿沉吟了一会儿说：“我老了，也快干不动了，利民要是接过去，我盼之不得。”王利民说：“叔叔，你要是信得过我，我会把苗圃经营好。”王长寿说：“你比我有本事，有能力，你来经营，肯定会比我赚得更多，两家合伙经营，我愿意。”王利民宽心地笑了。郝勇一拍桌子说：“调解成功。等小李打出调解书，你们在调解书上签字，结案。有事好商量嘛，不要闹什么意气之争。王长寿，我知道你已经是七十多岁的人，管理苗圃是有点力不从心，让青年人接过去经营多好，盈利会更大。王利民，我知道你叔与你爸是很亲密的好兄弟，一向是你敬我让，虽然你爸不在世了，但良好的家风要传下去。一个家族，亲友连在一起，和合共兴，分离两伤，心往一处想，劲往一处使，黄土都能变成金。”王长寿叔侄站起来与郝勇握手表示感谢。

送走王长寿叔侄，郝勇笑吟吟地过来与我相见，说：“张局长昨天给我打来电话，说局里要派一名才女参加扶贫工作，没想到不仅是才女，还是一名大美女，和美女一起工作，我也年轻了十几岁，欢迎，欢迎。”这个郝勇，一改正人君子的样子，很会恭维人。我也笑了。

中午，在乡政府的食堂吃过饭，郝勇骑着摩托车要带我去脑包行政村扶贫点。车刚启动，从大门口摇摇摆摆进来一个大汉子，郝勇紧急刹车，我收不住身，扑在郝勇的背上。下车后，郝勇只是用眼角扫了我一眼，点了点头，略微表示了歉意，他转过身，换过头脸，厉声对大汉说："刘大虎，规定你每月三十号前来司法所汇报，你为啥昨天没来，有没有点法治观念？法院判你缓刑，司法所为你出具了担保书，要不你还得在号子里待着，别不识好歹，三次不到司法所报道，司法所按规定要收回担保。"刘大虎一脸沮丧地说："老娘得了急性霍乱子，折腾了我一天一夜。"郝勇说："那你也应该给我打一个电话呀。"刘大虎说："说出来真丢人，我没钱交话费，停机了。我真想放一把火，与老娘一起葬身火海算了，活得没一点意思。"郝勇急了，说："刘大虎，你可不要胡来。年纪轻轻的，腰粗腿壮，好好劳动能挣不来钱？浪子回头金不换，美好的前程还等着你哩。"刘大虎说："唉，空有一身牛劲，没处使，挣不来钱，活得真没劲。"郝勇说："还不是因为你名声臭了，没人敢雇佣你干活。我也为你想想办法，再做一次担保，找点活干养家。今天我有事要到南村，过天我到你家里看看，办公室里李丽荣在，你找她汇报吧。"说完，掏出一张一百元的钞票，递给刘大虎，说："先把电话费交上，省得我找不见你。"刘大虎说："谢谢郝所。"郝勇说："谢啥谢，我只是借给了你，又不是不要了。"郝勇又板起了脸。

去脑包村的路上，郝勇对我说："这个刘大虎四肢发达，头脑简单，进城打工期间，老板欠薪，他们一伙工友与老板理论，老板叫来街头混混恐吓，双方动了手，刘大虎打折了对方一个人的胳膊，被法院判了缓刑二年，法院判缓刑，要征求司法所意见，出具担保书，以便监管执行。像刘大虎这种人，拉一拉能成为一个好的公民。推开不管，很有可能堕落下去。"哦，原来乡司法所负责监管辖区的被判缓州人员。

大山里延伸出一条大山沟，脑包行政村的五个自然村分散坐落在大山沟边上。脑包村建在沟口，全村原有八十二户人家，举家迁走了五十户，留在村里的人家多是年老病残的人，村里连孩童都难得见到，村主任老田已经五十出头了，他的一条胳膊丢下半截，也是一个残疾人。老田一说话先笑，是一个和善的好人。

一下午，我跟着郝勇和老田把村里三十多户人家转了个遍。那些大爷大娘见了郝勇就像见了亲人一样亲热，家长里短拉呱起来没完没了，连儿子不孝儿媳妇作孽都向郝勇诉说，好像郝勇这个司法所长能把她的儿孙后代教育好似的。郝勇一改在司法所调解纠纷时铁面判官的形象，嘻嘻哈哈，有正经没正经地应酬着，拿着一个本本把老乡的要求和意见一一记录下来。

我和郝勇的晚饭是在秀秀大嫂家吃的，她男人到广州打工去了，春节前才回来，儿子在北京上大学，女儿在县城里读高中，她留在家里照顾两位老人。秀秀热情健谈，手脚麻利，说话间就把饭做好了。秀秀大嫂做了韭菜炒鸡蛋、肉丝炒马铃薯片、凉拌苦菜，主食是一窝丝烙油饼，电饭锅里熬着稀粥。也许是下乡劳累了，也许是农家饭食材新鲜，我吃得分外饱。饭后，郝勇告诉我，村里只有少数人家有电冰箱，秀秀家有，她家是脑包行政村下乡干部吃饭的定点户。县司法局不给你们发下乡出差餐补了，月底统一给秀秀家了。我看你晚上就住在秀秀家吧，她家有大狗护院，美女是重点保护对象，你住在村委会大院里，我的保护能力还不如一条大狗。郝勇说完哈哈地笑了。秀秀也是热情挽留。这个郝勇倒是善解人意，村委会大院里空落落的六间房，要是住在那个院里，我的心里是有点发怵的。

第二天，郝勇接到王利民打来的感谢电话，他与叔叔已经商量好了，那个家庭苗圃已经由他来经管，两家合股经营。郝勇趁机问："需要雇干活的人吗？"王利民说正愁人手不够。郝勇就推荐了刘大虎，王利民顾虑刘大虎不好管理。郝勇向王利民打了包票，说刘大虎是一把劳动好手，你只要尊重他，他会给你下死力干活的。当下说好，王利民每天给刘大虎支付工资一百二十元，中午管一顿饭。郝勇给刘大虎打去了电话，刘大虎再三感谢。郝勇又板起面孔说："我不稀罕你的感谢，你可不能给我由着性子来闯祸，我是你的担保人，出了事人家要找我算账。"郝勇放下手机，我笑着说："郝所，你这个人真是善变，对不同的人摆不同的面孔，对什么人说什么话。一旦发起火，慈善的面容立马变成了铁面判官了。"郝勇得意地说："那是一种工作方法，用当法官的神态去农家访贫问苦，早把人家吓着了，谁敢与你交心说话。对缓刑监管人员就得保持一副严肃的面孔。干司法工作，就得有雷公面孔菩萨心肠。”

郝勇领着我用了三天时间把五个村庄都转了。司法局帮扶脑包行政村已经一年半了，郝勇和局里法制办的李主任常驻蹲点，张局长等人不定时地来，李主任生病住院了，就由我来接替常驻。局里筹资为村里铺设了水泥路。村里地下水位下降，水井里没水了。局里帮助行政村争取回来一笔支援山区饮水工程的专项资金，建了一座引水工程，将一处山泉水引回了村里，解决了村里紧迫的实际问题。局里为村里办了这两件大事，受到了村民的称赞。郝勇说：“扶贫工作一定要因地制宜，量力而行，有钱也不能搞劳民伤财的面子工程。这个行政村面积大、人口少，有丰富的山林草地和土地资源，农民有生产致富的条件，就是留守在村里的多是老弱病残，他们劳动能力弱，市场经济意识更是缺乏。我们扶贫工作只能根据这种具体条件来出发。山区有一种地方良种鸡，叫边鸡，这种鸡体格大、肉质美味，适合散养，在工厂化笼养鸡的冲击下，边鸡养殖越来越少了。如今，人们有钱了，开始追求生活品质，城里有人专门开车到山沟里买农民散养的边鸡，每只活鸡可以卖到一百五十元，价格相当于三只卓资山熏鸡。我们把帮农民养殖出售边鸡作为一条致富门路来抓，帮助行政村建立了一家生态鸡养殖合作社，与县畜牧局科技人员联手挖掘开发养殖边鸡的方法，由畜牧局负责提供雏鸡，村民购买雏鸡，司法局在价格上补贴了一半，生态鸡养殖合作社负责联系销售渠道，统一打疫苗防疫，规定了统一的销售底价。去年，每户农民养了三四十只边鸡，收入了三四千元，这对农村的大爷大娘来说，相当于种十亩地的纯收入，村民们高兴极了。今年，村民们主动扩大了养鸡规模，还出现了五家养千只鸡的大户，采用在山林边散养与集中喂养方法，你来帮助行政村在网上建个生态鸡宣传销售网站吧。”我恍然大悟，我在村里到处见到大红公鸡领着鸡群觅食，原来这是在司法局的帮扶下发展起来的致富产业，在网络上建一个宣传销售网站，那是我的强项，我一下找到了用武之地，已经跃跃欲试了。

我们下乡扶贫工作队还从外地引进了一家养鹿场，占用了行政村三千亩草场，行政村每年收入草场使用费五万元。这笔钱为行政村工作带来活力，但钱的使用要由村民代表在会上决定，每一笔开支都张榜公布，接受村民的监督。

临近端午节了，村里家家户户开始制香包，土话叫“楚楚”。秀秀家来了十几个妇女，热热闹闹地一起做香包，相互炫耀谁的手巧，谁做出来的香包好看。香包用各色花布和五色丝线缝制编织而成，形制各异，有的像灯笼，有的像中华结，有的是棱形包，有的是福袋，有的是布娃娃造型，更有各种小动物、西红柿、辣椒、南瓜等农产品造型。小的香包像衣扣，大的香包如拳头。最为醒目的是，家家要缝制一个大红公鸡，端午节要挂在自家大门上辟邪。各种香包琳琅满目，美不胜收。填香包的料，用的是农家糜子、谷子、麻子、小麦、豌豆五种谷物，添加了地椒椒和艾叶。地椒椒是山上长的一种香草，味道特别得香。我是学美术出身的，也被村妇的巧手所惊叹，中国的传统文化就在她们的手中传承着。过去过端午节时，大小人都要戴香包，手腕上缠五彩丝线，很讲究，尤其受到儿童少年的喜欢。如今，这一传统习俗已经式微了。我也饶有兴致地缝制香包，但从小没有受过女红训练，针线活做得很笨拙，心有余而力不足，半天做不了一个香包。在做香包的过程中，我忽然悟到，香包就寄托着乡愁，城里人常怀乡愁思念，有购买香包的欲念，村里的妇女做香包卖也是一条生财之道。我就鼓励大家多做一些香包，我从网上试着给大家卖。我知道，南方有人在网上开店一年四季专卖香包。大家失笑地说：“香包能卖钱，就不用种地了，专做香包，我们跟上你这个大学生挣钱好了。”我自己做香包手艺不行，但我学过美术，画的画在省里得过奖，美学素养还是有的，我一一点评了大家所做的香包，一下子获得了大家的敬重。我的提议引起了大家做香包的兴致，整整做了一天香包，让我试着去网上卖。我按香包的大小和工艺的复杂程度，艺术含量的高低，大体分了三类价格，把所做的香包收集了起来。

我的一个同学开网店专卖工艺礼品。我在同学的网店里设了一个专柜，起名为“家乡的味道——脑包山的香包”，委托同学代卖，同学从收回的货款中提三成，作为营销费。没想到，二十天里卖了一千多个香包，每个价格十元至十五元。这可把村里的大娘大婶们高兴坏了，我也有了扩展这个业务的劲头。

村前有一座孤山，山上建有一座大脑包，脑包村由此得名。这座脑包由来已久，是一方蒙古族人的圣地，后来农耕经济挤占了游牧经济，不少蒙古族牧民逐渐迁移到后山的草地上去了，每年祭脑包活动的规模也小了下来。但散落在各地的游子对脑包山还是怀有深厚的乡思情怀，有的从网上看到带有家乡情怀的香包，就购买了。

我与郝勇陪同张局长多次登上脑包山，设想规划围绕大脑包发展乡村旅游、乡村农家乐。脑包行政村的大山里有天然桦树林，有发展旅游业的条件。农村有了新产业，才会实现乡村振兴，村民脱贫致富才会有稳定的途径。我为行政村生态鸡养殖合作社建立的宣传网站，更名为“家乡的味道——脑包山土特产品展销网店”，不光宣传推销边鸡，也卖当地土特产，如小米、黄米面、莜面、蚕豆、马铃薯等农产品，香包也放到了网店里，以合作社的名义经营。村里已经有百分之九十的村民加入了合作社，虽然还是各家分散生产经营，但生产出来的农产品，由合作社负责在网上宣传销售。由合作社出面统一进生产资料，请科技人员给予技术指导，统一农产品生产技术标准，生产符合质量规格的农产品。统分结合，双层经营。行政村有了合作社组织，把村民组织了起来，扶贫工作也有了抓手。

开网店代卖香包的薛蓉同学特意前来脑包村考察。薛蓉没有念大学，但人家在市场上闯荡多年，养成了锐利的商业眼光。她在秀秀家看到炕上放的老虎枕，爱不释手，这种枕头是用黄布做的，一头做成虎头样，用黑布、红布点缀眼嘴眉毛和耳朵，一头有翘起来的尾巴，安着四个短脚，特别受小孩喜爱，小孩用来玩耍睡觉，也是一种家庭手工艺品摆设。薛蓉要代卖这种虎头枕，秀秀她们特别高兴，这又是一条家庭生产的门路。薛蓉带来了各种花布、丝线，与村民要签订做香包的订单，她每收购一个香包先垫支三元手工费和材料，并规范了香包的花样样式规格，明确了不同规格香包的收购价格，一月一结账。她让我来组织，并让我来验货，给我提成。我说，我既然干了公务员这一行，就不打算发财了，还是让秀秀她们干吧。我把全行政村愿意做香包的妇女集中起来，由我和秀秀进行技术培训讲课，薛蓉讲了对香包的质量要求，特别强调了填充物中地椒椒和艾叶所占的比例，保证香包纯天然的清香，这是我们香包的卖点，我们香包中的填充物不添加任何化学香水。薛蓉指定秀秀和另一名为制作香包的收购委托人，负责技术指导，验货收货，订单生产，卖货后抽取百分之八的利润作为她们的劳务费。村民在村里有了家庭副业收入，有了挣钱渠道，已经有五户村民返回村里居住劳动了。

我领薛蓉登了脑包山，转了脑包。薛蓉看到山坡上一丛丛匍匐在地上的野草，叶梗紫色，叶色深绿，开着碎小的紫红花，一股清香扑鼻而来，就低头拔起一把。我告给她这就是地椒椒花，老乡摘来晒干放到衣柜里防虫。薛蓉兴奋极了，她用鼻子不断闻地椒椒花的味道，十分陶醉。她让我组织村民，多晒一点地椒椒花，保证香包制作的原料，她还要在网店里试卖地椒椒花，说这是天然环保的防虫剂和芳香剂，从我们这个地方走出去的人都了解地椒椒的功能，何愁没有市场。我相信明年端午节前，用地椒椒做成的香包会让村民跟着薛蓉大赚一笔。薛蓉望着村后大山上茂密的桦树林说，你们开展乡村旅游业的打算一定会成功。

村民家里常喝一种土法制作的茶，是用黄芩植株的秆和叶，经笼蒸制而成，村民称之为黄金茶。很好喝，有一种清香味。郝勇说："黄芩是一种珍贵的种药材，中药主要用黄芩的根，具有抗真菌、抗病毒的作用，有保肝、利胆、抗氧化的功能，有改善心血管的作用。"我说："我爸爸曾经往家里拿过一包黄金茶，是一位老中医推荐他用的。既然黄金茶是民间流行的一种饮品，具有保健作用，我们能不能开发这种饮品呢？"郝勇说："他认识的一位朋友，在外县已经开发出袋装黄金茶，市场上已经有销售的了。"我大喜，让郝勇尽快联系此人，来脑包行政村与我们合作种植开发黄芩，我觉得在山区开发种药材种植肯定比种粮收益高。郝勇笑我野心勃勃。

村里人都把我当作自家人了，我走到哪个村，都有人拉着进家，招待吃饭。村里人很纯朴，你敬她一尺，她会回敬一丈，乡村生活其实蛮有情趣的，我在这里发挥了聪明才智，为村民脱贫致富出了一点力，体现了自我价值，工作很充实、开心。世上只怕用心的人，虽然我是刚从校门走出的年轻人，对农村不熟悉，但只要你留意、用心去想，总会发现商机，帮助村民找到致富的门路。我们行政村养殖的生态鸡出了名，常有城里人开车来买，顺便到深山老林里观光散心。一车来四五个人，到农家宰杀一只大公鸡或老母鸡，花上二三百元，吃一顿农家饭，全家开心。在城里当厨师的二牛看到了商机，回村开了家农家乐饭馆，生意兴隆。他不光让客人吃好，城里人临走时还要买走他做的特色卤鸡，一只卤鸡一百六十元，价格相当于三只熏鸡，但即使这么贵，也有人要买，因为鸡是客人在鸡群里逮住现杀的，是地地道道的生态鸡，而且卤煮鸡时用了山坡上采集的中药材，做出了特色。村里已经有五家接待游客吃饭的饭店了，他们分别在墙上写上农嫂鸡、农家炖鸡等招牌菜，来招徕客人。

大红公鸡的五彩羽毛特别漂亮，我看到被废弃的漂亮鸡毛，感到很可惜，就把漂亮的红公鸡的照片发到微信群里，求助公鸡五彩羽毛的利用。北京有一个姓李的年轻人看到后，特地来脑包村实地考察，他带来了一个鸡毛再利用的办法，就是做鸡毛毽。虽然村里人几乎谁都会做鸡毛毽，但人家能销售出去，而且他带来的鸡毛毽新做法，成本很低，制作简单，不是传统的用铜制钱做底座，而是采用胶木板做底座，中间有孔，将鸡毛塞进去，然后用粘了胶水的木楔压紧就成，做一个毛毽手工钱五元，老头儿、老婆婆也能做，村里合作社承揽下了这笔鸡毛毽的加工业务。做鸡毛毽用后的杂鸡毛，小李也回收，据说提供给造纸厂做原料。能变废为宝，综合利用，为村民多少增加一点收入就好。小李说用鸡毛还可以制作鸡毛画，市场上能卖上好价钱。我说："你教我吧，教会我，我再教村民。"小李笑着说："先交十万学费。"我说："你将来从卖我做的鸡毛画里扣吧，现在是一分没有。"我们俩都笑了。

到了冬天，是边鸡的集中销售季节，我印制了边鸡生态养殖的宣传画册，并在微信圈里传播，帮助村民推销边鸡，还上门联系有关单位购买边鸡作为职工的年节福利品。结果，脑包行政村合作社养殖的边鸡，成了市场上的畅销货，村民通过养鸡增加了收入，皆大欢喜。

不知不觉，我下乡搞扶贫工作已经有七个多月了，年终，村民联名写信为我请功，乡村领导也向县政府报了我的先进事迹，我被评为县里的扶贫工作先进个人。县里开表彰会时，县委组织部刘部长找我谈话，说村民强烈要求我继续留在村里搞扶贫工作，组织部打算任命我为脑包行政村党支部第一书记，征求我的意见。我欣然同意了，我对脑包村的发展还有好多设想，还想继续干下去。

停水风波

常有等到九点钟，水龙头里依然没有流出一滴水。常有气愤、恼怒、惶乱、绝望，各种负面情绪交织在一起，苦瓜脸变得更加难看了，他踉踉跄跄地走出家门，嘴里疯狂地咒骂着，院里的鸡叫狗吠猪哼，一片乱糟糟，见了主人围过来索求饮水，连马圈里的马也不住地用蹄子刨地示威，牲口都快渴死了。水池、水缸里的水早已干到底了，只有常有眼眶里有两滴水，滚来滚去，舍不得流出来。

常有上坡来找邻居商讨个办法。坡上住着常理等五户人家。那五户男女主人都聚在常理家的大门前，大家就像热锅上的蚂蚁乱窜，没水喝真是要命的事。常有见了众人开口就骂："老妖婆真不是个东西，就懂得害人，非遭雷劈不可。"张三接过来话头骂道："蝎子的屁股妇人的心，最毒不过。"李四跟着骂道："坏了良心啦，硬生生要把人渴死，我恨不得拿铁锹劈死老妖婆。"常有挑唆道："四哥有骨气，那个老妖婆是该劈死。"常理冷冷地说："你有本事，你去劈呀。"常有说："大哥，你是大哥，你得带头找那个老妖婆理论去。"常理说："不交自来水费的主意是你出的，你咋不带头去闹，就懂得出灰主意。出了事，你又当缩头乌龟，藏在后头不露面，挑唆别人去闹。什么东西！"边墙村分为两个村民小组，自来水的水房在西村，每天放水半小时，到东头水势就弱了，东头村民用水就不宽裕。常有煽动大家不交自来水费，谁知金花偏不吃这一套，不交水费，她直接就停供了水，水已经停了两天了。常理自感理亏，不愿主动去找金花理论。

一辆拉水小四轮开到了人群前，秃头二后生停下车大喊一声："卖水啦。"常有问："水咋卖？"二后生说："一担十块。"众人一听顿时炸了锅，纷纷骂道："你缺德不缺德，一担水卖十块钱，邻村上下，你真能说得出口，你这是趁火打劫，干脆你当土匪得了。"二后生得意扬扬地说："我这是雪中送炭，别不识好歹。市场经济，愿买不买，别伤和气。前面那几户已经买了我两车水了，一样的价钱。"李四骂道："你也心坏了，啥钱都想赚，这是啥世道？没好人了，都想当土匪抢钱。"二后生说："你说得在理，这世道就是认钱不认人，没人想当好人，村主任金牛都说是一个好人，还不是让你们活活气死了，这是报应。有钱不要被水渴死呀？卖水啦，过了这个村就没有这个店啦，卖水啦，没人就开车走了。"常理的媳妇着急了，板着脸说："我买两担，我能让你们这些灰男人气死，家里的牲口快要渴死了。"说完狠狠地挖了常理一眼，回家取水桶去了。常理没有阻拦自己的媳妇，他知道二后生是金花的侄子，他是特意来气村里人的，但到邻村担水得走三公里路，常理是七十多岁的人啦，没有力气去担水，不买水不行。李四骂骂咧咧地回家找了两个塑料桶去邻村背水去了，其他三家的男女主人也各自回家取水桶来买水。常有不住声地谩骂，可眼看着水箱里的水不多了，只好厚着脸皮央求二后生给他留两担水。

常有借口手头没现钱，想赊欠。二后生绝不通融，说："我还不知道你的德行，别啰唆，一手交钱，一手提水。常有这个占了一辈子小便宜的人，花了三十块买水钱，就像割他身上的肉一样疼。他先把院里的牲口饮过水，咬牙切齿地再次上坡，他要聚集上那五户男女村民去找金花算账，你要把我们渴死，我先把你搞死。

上下村共有三十五户村民，上村十八户，下村十七户，下村有七户村民欠交水费。金花把供下村用水的水闸停了，下村十七户不管交钱没交钱都停了水，下村人找金花交涉，好话赖话说尽，金花是油盐不进，就不供下村水。金花说："是你们下村人先不交水费，休要怪我无情，已交了水费的人家我可以退。水井是我家花钱打的，你们白用水，还说三道四，尽挑毛病，就欺负我家金牛。如今我当家了，老娘可不是好惹的。”不过下村交了水费的户，去上村户家取水，金花并没有阻拦。金花主要是与不交水钱的几户过不去。

金牛是金花的老公，也是村里的村主任，老好人一个，上个月得癌症刚病故。常有以为不交水费，金花就得登门说好话要钱，谁知，金花根本就不吃那一套。金花是一个敢作敢为的泼辣角色，她跟着金牛受了几十年的窝囊气，常有又来挑头闹事，金花可就不客气了，一下子就断了下村的水。

如今是信息时代，小山村也连着外面的世界，下村人喝不上水，电话打到乡政府，不停地催乡长、书记前来解决。当常有他们十几个人刚走到金花家大门前，一辆小车开来，张副乡长领着干事小李也赶来了。金花大门紧闭，门前已经聚集着一堆人。众人吆喝道：“张乡长来了，开门。”金花理也不理。张副乡长只好掏出手机给金花打电话，连拨三次才打通。金花气昂昂地走出来，手里提着一个黑人造革包，开了大门。张副乡长想进家谈事。金花堵在门前不让，说：“有啥事当着大家的面，当面锣对面鼓地说。”

张副乡长说：“下村已经停水两天了，一顿不吃饿得慌，人畜一天不喝更是要命。有什么事好商量，乡里乡亲的，不要把事情做绝，先把水供上再说，有什么困难乡政府也可帮你们解决。”

金花说：“事情很简单，常有等七户人家不交水费，我凭啥给他们供水。供水电费谁出？”

有村民说：“我们可没欠过费，把我们的水也停了呀？”

金花说：“一根水管通全村，要停都得停，谁让你们遇到这种邻居。要骂，你们先去骂不交钱的人家。”

张副乡长说：“政府为你们村上自来水工程，投资了好几万元，自来水是一项利于全村的公益工程。金牛家负责自来水管理，为全村人服务，对此，大家对你们一家人一直还是感谢的，大伙说是不是？”

来自上村的人纷纷表态赞成。

常理说：“我们不是白用水，一年交一百元，过去一直没拖欠。只是后来供水不够了，大家有意见，才停交的。”

金花说：“全村三十五户人家，水费全收齐才三千五百元，这是去年我家交的电费单，共计三千六百五十二元。”金花从手里提的包里拿出一沓交电费递给张副乡长看。

常有说：“那里面也包括你家照明、做饭用电呀。”

金花说：“我就知道你这个小气鬼会那样算计，供电所电工下来收电费，去你家吃过饭吗？还不是我家招待。这些年村里地下水位低了，原来的水井打不上来水，我家自费花了三万多元打了一眼机井，乡政府要帮全村上自来水工程，要用我们的水井，我不乐意，拗不过死金牛，他说他是村主任，共产党员，理该做点奉献。我们是老公公背儿媳妇游舞台，辛辛苦苦落下一个骚货的名声，谁说他好？常有，你们几家背后嘀嘀咕咕，说我家供水挣你们钱啦。我给你们每天放水，一年就是挣上两三千块钱难道不应该？我和金牛尽义务，反倒落下了不是。自来水从上往下流，上村占有地利优势，用水便利那是自然形成的，谁让你住在下村？每天供半个小时的水，能保证了你家庭吃水，可没有富余的水能浇园，想满足用水，那还不容易，水费上涨到两百块，你愿意吗？一说掏钱的事就抽筋，要求别人无偿奉献，又是那样理直气壮，金牛当个共产党员就没理啦？金牛让你，我偏不惯你。”

村人纷纷劝解道：“大家都知道金牛是个好人，为全村的事操劳了一辈子，人人心里有一杆秤。”

张副乡长说：“金牛是一个好村干部，乡政府和大多数村民都是这样认为的。共产党员嘛，往往是吃亏在先。”

金花没好气地抢白张副乡长的话，说：“金牛是党员，要按党的原则办事，我依他。可是他死了，今天我家我当家做主，我不是共产党员，我是群众，我是按村里的乡俗规矩来做事。恩怨分明，不做不讨好的事。金牛为村里做了一辈子事，死了，有人连张纸都不去烧，好心换来的是驴肝肺。”金花哭了。

张副乡长明白了金花停供水的动机了，她想借机敲打村里那几个自私鬼。

常理有愧，赶忙说：“金花，我们错了，水费补上，你就放水吧？”

金花说："你想得倒美，放水容易，全村水费今后由一百元提到一百五十元，我明明白白地要挣一二千块钱放水辛苦费。欠水费的七家，每家罚款一百。不愿意，你们自己打井去，我不白伺候。"

常理还是比较厚道，连连说："行了行了，就按你说的办，不啰嗦了。"其他人也纷纷附和，只有常有绷着脸，不作声。

乡干部小李想息事宁人，说："行了，一二百块钱，多大的事，我赞助常有算了。"

金花大怒，说："我是在乎一二百块钱？我是教训常有怎样做人。他极端自私自利，就懂得占便宜，得了便宜还卖乖。前些年，收农业税，他家总要落个尾欠，乡政府扣金牛的村干部补贴为他完税，我还保留着他家的三张完税票据。我弟弟的儿子女儿同时念大学，生活过不去了，全村同意评他家为贫困救济户，就常有几个人告状不已，说金牛以权谋私了。好像他享受照顾那是天经地义的事，让他出一点钱、出一点力，就像受了天大的委屈似的。老娘就要翻过这个理。常有不认罚，放水没门。你们自己打井去。"说完，金花翻身进门，把大门锁上，径直回家了。

常有成了过街老鼠，有人好心劝说，有人不客气地指责。常有脸上青一股白一股，嘴里语无伦次地辩白着，他的小聪明无济于事了，只好认罚。三担水花了他三十块钱，让他心疼不已，再这样僵持下去，吃亏的是自己。他回家去取钱去了。

张副乡长开车返回乡政府时一路沉默不语。小李说："农村真复杂，杯水风波，真让人难以理解，啥人啥事都有。常有固然可恨可气，金花也不是一个好东西。"张副乡长对常有这种人并不陌生，去乡政府告状的人中常能遇到，他们口口声声讨要公道，就是自己不做公道的事。一物降一物，常有让金花来收拾未尝不是件好事，金牛帮了他几十年，也没有感动他，让金花一顿收拾，也许能让他醒悟几分。

土地风波

八月十五日，是小山村土地确权的日子。沉寂多年的山村一下子沸腾了起来，外出多年的乡亲们从天南海北纷纷赶了回来，人们都说土地是农村人最重要的一份财产，在城里生活过的人都知道了土地的价值，虽然很多人离开村子时，把承包地都抛弃了，可今后村里的土地一旦被征用，那可是一大笔财富呀，谁都不想放弃土地的承包权，再忙也得赶回来确权。

土地承包到户时，全村有六十八户，如今，户口已经迁移进城的有二十二户，有三十二户虽然户口没有迁走，但已经外出打工不回来了，村里现住着十四户人家三十四口人。承包地确权与户口迁走没迁走、村民是否在村里种地没啥关系，一视同仁地对待。头天下午，有二十户的代表陆续回了村。第二天上午，先后又有五辆车开进了村，各户派回的代表都来了，一户不差。早走的人家，家园已经墙倒屋塌，蒿草满院，面目全非了。留在村里的都是一些老弱病残的人，在外的乡亲们猛然间回来了，大家分外地亲切，哭的哭，笑的笑，拉不完的话。在外的人要比留在村里的人混得好，不能让留在村里的人来招待吧，早有人通过手机和微信商量好，借土地确权的机会，全村人聚在一起“打平伙”，由在外的人公摊费用，大家一起大吃大喝一顿。村里已经宰了三只羊，正在大锅里炖着呢，羊肉的香味飘满了全村。

与全村喜庆气氛不同的是，秀芳躲在村西自家的院里，就像热锅上的蚂蚁团团乱转，内心惶恐不安，她瞅见赵占鳌的两个儿子都回了村，他们是为了土地确权回来的，他家的承包地若是被收回了，那就意味着自家失去了地，没有了土地，一家人的日子那可咋过呀。实行包产到户的第二年，秀芳的父母贪图二十只大母羊的彩礼，把秀芳嫁到外县大山里的一个山沟沟里。按照当时的政策，秀芳分的那份承包地被村里抽走了。秀芳嫁到那个村，村里没有人走，没有退地，秀芳就无法再分到承包地，两口子就种一份承包地，日子过得很困窘。娘家弟弟为了打工，全家搬到城里了，爹娘老了没人照顾，弟弟放话，承包地让给秀芳来种，也不要转包费，但秀芳要照顾父母亲的生活。秀芳欢天喜地搬回了小山村。女婿根生是一个老实疙瘩，说话秃嘴笨舌，见个生人都脸红，只会放羊种地，从大山里搬回老家平川种地真是再好不过的事了。

小山村种地的条件就是比大山里强，虽然都是旱地，但小山村平常年景粮食亩产二三百斤，而大山里种粮亩产顶多一百来斤。秀芳在小山村扎下了根，安心种地养畜，虽然收入不了几个现钱，但不愁吃不愁喝，庄户人家已经满足了。可是村里的一些人不像秀芳一家没出息，年轻一点的人都想外出打工。村里遇到了一个大灾年，地里的收成刚够籽种，可农业税分文不减，赵占鳌的两个儿子雇车举家半夜跑了，欠下农业税不管，就留下老母亲在家。赵家儿子临走前与秀芳说了，撂下的土地让给秀芳种。秀芳好不感动，两口子半夜起来帮赵家弟兄装车，并承诺今后要照顾赵家的老妈。有一天，行政村主任吴满喜来小山村村民组长的家，秀芳找上门，说想种赵家撂下的地。吴主任和村民组长很痛快，说，只要你把赵家小子欠下的农业税补交了，地就一直归你种。秀芳从山里搬家时带来两头牛，秀芳一咬牙就把一头大黄牛顶了赵家农业税款。吴满喜说话算数，通过乡财政所，把赵家的承包地农业税单名字变更在秀芳的名下，赵家原来的承包地就属于秀芳家的了。秀芳种了二十多年地了，一直相安无事，听说这次土地确权，是按第一轮土地下户花名册来确权。自家种的地被赵家儿子回来确权走了，这不是断了一家人的活路了吗？

羊肉快煮熟的时候，吴满喜派人来叫秀芳去参加土地确权大会。大会由吴满喜主持，下乡扶贫包村干部小李把县乡政府的土地确权方案宣读给大家听，并做了解释，按照农业部的文件，土地确权是以二轮土地为基础来确权的，由于咱们县二轮土地承包没有开展进行，没有重新发包承包地，只是顺延了一轮承包土地，所以咱们县就以一轮承包地来确权。

秀芳一听急了，说："不行！二轮承包是一九九八年，我家是一九九七年分的承包地，是你吴主任和村民组长亲自分给我家的，吴主任，您可不能昧了良心不说话。"

吴满喜说："秀芳，你说的是事实，我不否认。问题在于县乡政府土地确权文件是要求按照第一轮承包土地来确权的呀，由上级政策管着呢，我一个小小的村主任说的话算不了数嘛。"

小李接过话头说："大娘，您应该回您婆家的村确权承包地。"

秀芳说："中宏县是以二轮承包地来确权的，二轮土地承包时，我家已经在小山村分了承包地，我能去中宏县确权承包地？"

小李语塞。

秀芳说："你们的做法违反了中央政策，我要找上级政府去告状，就得按二轮承包地的时间来确权。"

小李说："告状要凭证据，你要是有二轮土地承包证，告状是会赢得，问题是全县就没发二轮土地承包证，你告什么状？谁理你。"

秀芳继续说："当初，我家把一头大黄牛顶了赵家欠下的农业税，吴主任和村民组长把地分给我家种，我家年年不欠农业税，想把我家的地抽走，门儿都没有，谁敢抽我家的地，我就死给谁看！"

赵家大小子说话了，他说："秀芳姑姑，你种了我家承包地多少年，我从来没有找过你，也没有找过村主任要过地吧？可这次不一样了，这次土地确权，县乡政府的政策明确规定是按第一轮承包地来确权的，承包地理所当然地应该归还原主嘛。"

秀芳骂道："讲理？你要是讲理，还会欠下农业税跑路，让别人为你交农业税。看承包地吃香了，又跑回来争地。你已经在城里成了大款了，住洋楼开小车，还好意思回来与放羊种地的受苦人来争。”

赵家二小子恼了，不让了，他说：“做人首先要讲法，知法才知理，法比理大，你懂吗？政府的政策规定承包地应该确权到我家，这就是大理，你不服也得服。”

秀芳骂道：“种地纳粮，天经地义，我替你家交了农业税，你们几十年不回来种地，还要回来与种地人争地，争上地也不种，这是霸占地，真是没了天理了！”

赵家二小子冷酷地说：“我家是欠过农业税，但欠的是国家政府的，不欠你秀芳的，政府要是抽回我家承包地，不给我家承包地确权，我没得说，但你没资格说。你说的话是放屁，没人听！李同志刚念过的政府文件你听明白了吗？承包地就应该给我家确权，你家一厘一毫都无权占。”

秀芳骂道：“你爷爷就是恶霸地主，你也想当地主，老娘与你拼命！”

秀芳说着扑向赵家二小子。赵家老妈也在现场，她内心很纠结，平时秀芳很照顾她，简直亲如一家。但土地是传世之宝，儿子回来要确权土地，她也赞成。秀芳与儿子争吵起来，她颤巍巍地赶过来劝阻，谁知，秀芳往后挥了一下胳膊，无意打在老人身上，赵家老妈已经八九十岁了，哪能经受得起，当场跌倒昏死过去了。会场上的人吓傻了，忙扶起赵家老妈，切人中进行抢救，可半天听不到老人的声音。真正吓傻的是秀芳，秀芳惶恐过度，绝望过度，她被挤出人群，机械地走回了家，从凉房里找出农药瓶，把剩下的农药大口地喝了进去。

好半天赵家老妈缓过了气，赵家二小子站起身来寻找秀芳，想揍她。秀芳不见了踪影。吴满喜等人情知不妙，赶快往秀芳家跑，秀芳正躺在院里口吐白沫。好在村人开回了汽车，众人赶忙开车把秀芳往医院送。根生在村外放羊，得知消息，疯了一般往乡医院跑，连汽车也不坐。

一个月后，秀芳与男人坐在自家地头，面对着黄灿灿的麦子，沉甸甸的玉米棒，没有心思去收获。庄稼收割完，土地就归了确权后的赵家了，娘家四口人的地也确权到弟弟的名下，秀芳家在村里连一寸土地也没了。村民确权后的土地都流转给一家绿化公司种树苗。村人与绿化公司商量土地流转费时，有人把根生叫到村民组长家，村民组长对一个老板派头的人说："根生是我们村里种地的老把式。"那位老板问根生："你家种小麦亩产多少斤？"根生不明就里，老老实实地说："好年景亩产四百斤。"老板豪爽地说："我就按每亩地四百斤小麦的价格支付土地流转费。"一屋的人都笑了，只有根生蒙了，自己原来还想指望流转别人家的承包地，继续在村里种地，可绿化公司出的流转费这么高，根生绝望了。

抢救秀芳，花了两万四千块钱，家里的二十多只羊都卖了，以后的日子咋过呀，秀芳不知道。好半天，秀芳有气无力地对男人说："根生，你救我干啥？我死了还能埋在这块种了二十年的土地里，以后死了，咱连块埋人的地也没了。"没想到根生更愣，他说："现在死也不晚，反正现在这块地还属于咱家的，死了还能埋在这块地里，要死我们一起死。"秀芳凄惨一笑，说："我俩都死了，小华咋办？"小华是秀芳和根生的儿子，是一个智障患者。秀芳和根生号啕大哭起来。

乡官难当

李全喜三十五岁就当上了乡长，可谓少年得志。当选乡长后的第二个星期日，李全喜坐上乡政府的二一二吉普车回到了县城的家里。司机小李打开小车的后备厢，李全喜伸过手抓住宰好的羔羊后蹄子，小李抓住羔羊的前蹄子，把整只羊提溜进院。家门一下子推开了，涌出了老婆、小姨子、三叔一干亲人，人人笑逐颜开，笑语连连，羊肉早有人接手，提进了家。老婆郝雅丽礼让小李进家。小李笑着再三推辞，说："下次吧，我有点急事要办，你还是先照顾客人吧，我与李乡长今后天天在一起，不必见外。"李全喜说："为了这只羊，你也忙了一早晨了，还是吃完羊肉再走吧。"小李说："你家今天客人多。"执意要走。李全喜只好让小李走了，说好后天早七点半来接李全喜返乡。

送走小李，李全喜进了家，见老父亲和岳父几个长者围坐在炕桌边喝茶抽烟唠嗑，就凑到炕沿边坐下陪客。酒具凉菜等很快端上了桌，三杯酒下了肚，众人说起话来就随便了。老父亲按捺不住兴奋，开口说："咱家祖坟是请李半仙看就的，李半仙当年就断言过，祖坟背靠官帽山，后代肯定会出官，眼下就应在了你的身上。"说得李全喜很不好意思。李全喜说："爸，你可不能乱说，一个乡长芝麻大点的官，不值得炫耀，外人听见会笑话的。"岳父接过了话题，笑眯眯地说："自家人，但说无妨。我新中国成立前扛了三年枪，真刀实枪地与敌人干过，军功章得了好几枚，熬到四十二岁才当了局长。你年纪轻轻就成了科局级干部，起点不低呀。”众人附和，真是前途不可限量呀。李全喜心里涌上一股暖流。当年，李全喜是一个普通乡的干部，岳父下乡蹲点，看准了李全喜的聪明能干，做主把在县城机关工作的女儿嫁给了他。自己没有辜负老人的信赖，五年一个台阶，工作十年就当上了乡长，再好好奋斗上五年，说不定能干上副县长。李全喜扫了一眼老婆的脸，郝雅丽的脸放红光，比他还要高兴。李全喜暗暗下了决心，一定要在工作中干出点名堂来，争取再上新台阶，不辜负至爱亲朋的期待，为家族增光添彩。

三叔是一个不安分的庄稼人，这几年倒买倒卖赚了几个钱，一副见多识广的样子，他鼓励侄儿：“全喜，好好干，争取当几天县长，我们也能沾点光。当官就是好，走路有小车坐，吃肉有人送。”李全喜赶忙申明，说：“三叔，这只羊可是侄儿花钱买的，郝雅丽给我打电话，说爸和三叔星期日要来，特意让我买的。”岳父说：“自己花钱，这就对了，不能贪小误了自己的前程。”老父亲也说：“当官咱就图个名声好，如果落个贪赃枉法的骂名，还不如不当官。”三叔笑笑，不以为然地说：“老话说，三年清知县，十万雪花银。官当大了，啥都会有的。反过来说，钱有了，又肯往外花，才能当更大的官。”李全喜说：“社会上是有花钱买官的，溜须拍马当官的，可你侄儿是一步一个脚印走过来的。”三叔拉长声调说：“社会开始变了，为人不能太老实，老实人吃亏。”三叔的话让李全喜、父亲、岳父几个人的心里很纠结。

第二天上午，李全喜去县农牧局推广站的张亮家串门。这几年，张亮到火石坝乡蹲点下乡，搞畜牧养殖科技推广。李全喜作为副乡长，与张亮一道工作，两人合作得很好。张亮是高级畜牧师，精通业务，思路开阔。李全喜心里清楚，自己被提拔为乡长，受益于与张亮一道工作。两人合作在市报上发表了一篇山区发展畜牧业的调研报告，社会反响很大。县委李书记来火石坝下乡时特意向李全喜进一步了解情况，对李全喜的工作十分赞赏，这成了李全喜能够脱颖而出接任乡长的一个契机。火石坝是一个山区乡，半农半牧，在这种欠发达地区，很难靠招商引资来加快发展，穷地方要钱没钱，要资源没资源，只有依靠科技，独辟蹊径，才有可能帮助村民脱贫致富，在工作中出彩。张亮就是能够帮助自己打开乡里工作新局面的诸葛亮。

李全喜提了两瓶好酒，进了张亮家。张亮首先祝贺李全喜当了乡长。李全喜说："我能当了乡长，也是在工作中沾了你老兄的光，今后还望老兄多多帮助。"张亮说："还是你有本事，我有啥能耐？参加工作二十多年，至今连一个副科级都不是。"李全喜微笑着说："怨不得社会上有人不服我当了乡长，连老兄也这么酸溜溜地说。"张亮也笑了，说："能当官那是命，不是谁想争就能争得来的。"他回头吩咐老婆炒几个菜，与李全喜一醉方休。

席间，两人三句话不离本行，讨论起山区加快发展畜牧业的事了。张亮说："依靠现有畜牧业的科技水平，将山区畜牧业提升一个档次，产值增加一倍，农民成倍增加收入不成问题。关键是村民科技素质太低，你对他们进行科技推广宣传，讲得天花乱坠，他们也是将信将疑，无动于衷，有时真让人灰心。"李全喜说："农民都是现实主义者，他们往往亲眼见了才相信。再说，家庭个体经济承受不起大的风险，思想上难免会保守一些。我们科技推广工作往往也是说得多做得少，有时也怨不得农民。"张亮接着说："唉，农牧局多年来光有兵，却少枪没子弹的，没法打仗。科技人员下乡报销旅差费都是一推再推，哪有科技试验推广经费可用，只能干说不练。"李全喜说："老和尚也是只凭嘴皮子念经，信徒一片。科技人员有了为农民服务的诚心，坚持科技宣传推广，精诚所至定会金石为开。"张亮苦笑地说："我们向老和尚学习虔诚的精神吧。灰腾梁气候寒冷，绵羊接羔的成活率历年在百分之七十左右。提高接羔率，有一个技术措施很管用，就是改造羊圈棚舍，将羊圈正面的土墙拆去一半，圈顶也拆去一半，覆盖塑料薄膜，吸收太阳能来提高羊圈的温度，晚上加盖草帘保温。羊圈温暖了，羊羔成活率自然就提高了。每户投资几百元就可以办到。"现在，秋收即将结束，两人商量，利用两个月的时间，动员村民改造羊圈棚舍。然后继续引进寒羊种公羊，与当地绵羊配种，改良培育绵羊新种群，提高绵羊的产羔率和肉羊体重、改善羊肉的品质。这项工作两人已经合作搞了两年了。

李全喜拉上张亮回到乡里，就上了灰腾梁上那几个行政村，组织村民开会，进行科技培训。会下沿门串户，一户一户地动员，但收效甚微。村民有的将信将疑；有的等待观望，抱着走着瞧的态度，认为有人先搞成功了，自家跟着学不迟。有的村干部借机提出上级免费提供塑料薄膜的要求。工作虽然进展不大，但村干部和村民对李全喜热情多了，不少村民与李全喜这个新乡长套近乎，拉他去家吃饭。

这天，头道沟村的村民小组组长王生拉李全喜和张亮到老刘家吃饭。老刘家是村里的富户，老刘夫妇养育了两儿一女，都是大学毕业留在城里工作，大儿子刘浩更是开办了一家旅游公司，身价千万。这天，刘浩回来动员父亲母亲进城居住，可老刘死活不愿意走，他舍不得卖掉自家养的一群羊。席间，刘浩向李全喜诉苦："你说我爸怎么会如此顽固，有福不享，死守着这群羊不放。"李全喜说："孝顺孝顺关键在于顺，你爸妈身体还硬朗，既然老人家不愿进城，不妨迟接他们几年。你爸不愿进城也有一定的道理，山区的空气自然清新，有能谈得来的乡亲，这是在城里有钱也买不来的。刘邦当了皇帝，接他老子进皇宫，他老子也是不愿脱离故土乡亲。刘邦无奈，只好在京城仿建家乡一条街，把父亲的相邻都搬过来，这才把老父亲请进了京城，古今一样的道理，改变农民的传统习惯观念可不是件容易的事呀。"接着他说起眼下动员村民建暖棚羊圈这么一件好事，投资不多，立马就可见效，可村民就是难以接受，真是好事难办，乡官难当呀。刘浩对李全喜的话很感兴趣，他向李全喜、张亮详细询问了科学养羊的技术和经济效益，沉吟一会儿，用手一拍桌子说："我来投资羊圈棚舍改造，与乡亲们合伙科学养羊。"李全喜眼前一亮，追问怎么个合作法？刘浩胸有成竹地说："养羊也可以按公司运作模式来进行。我来投资新式羊圈棚舍建设，添置设备，购置种公羊，实行科学饲养，出栏羔羊由我来包销。"李全喜又问："羊群这么管理，利润又如何分配？"刘浩说："各家养各家的羊，只是都按照张站长制定的科学饲养模式来养羊，出栏羔羊我以比市场价高百分之三十的价格包销，我垫出的资金分三年从每户卖羊款中扣回。"张亮说："你自己办一个养羊场得了，为何要绕这么大的圈子呢？"张浩说："其一，草场都按户分了，你个人建养羊场，草场从哪里来？其二，我是这座山沟里走出去的人，为乡亲们做点事情，大家一起致富一直是我的心愿。”李全喜站起来，与刘浩紧紧握手，说：“我代表乡政府谢谢你报效乡里的一片拳拳之心。”刘浩说：“生意人讲究合作共赢。采用合作规模养羊，大家都有好处，村民采用科学养羊，效益能大幅度提高，张站长的科技推广目的达到了，李乡长执政为民的抱负也实现了。我虽然为村里发展养羊事业垫资，并且要以高出市场价来包销羊肉，但我的公司有了稳定的活羊货源，旅游生意就更好做了，这就叫作合作共赢。”李全喜和张亮对刘浩的主意连声叫好，是呀，合作才能扩大规模，才能在市场上创出品牌效益。几个人当即在酒桌上热烈讨论，拟就了建立养羊合作社的章程。

第二天，王生把村民聚拢到村小学校开会。会上，李全喜向村民详细解读了养羊合作社的章程草案，刘浩对村民的疑虑做了解答。有村民质疑刘浩的动机，市场上不缺卖羊的，他为啥舍近求远，垫资办养羊合作社。刘浩说：“我给大家举一个例子来说明，村里有人养奶牛卖牛奶，一斤一元，供不应求。可有的户降价到九毛钱也卖不出去，因为前面那户人家凭信用占领了市场，而人家伊利公司牌子响亮，一斤牛奶可以卖到两块多，产生价格差距的根源就在于品牌效应。灰腾梁上的羊肉是出了名的好吃，但是还没有形成灰腾梁的羊肉市场品牌。我们建立灰腾梁养羊合作社，就是想创灰腾梁的羊肉品牌，靠品牌闯市场赚大钱。我是带领大家共同创品牌闯市场，共同赚大钱。现在我先在咱们村试搞，明后年会在全乡全县扩展。”村民们都在心里盘算过了，有了大树好乘凉，跟上能人走会沾光，人家垫资，自己不承担风险，何乐不为呢。章程对加入合作社的户主的要求是：采取统一科学的饲养模式，出栏羊必须卖给刘浩的公司，可又规定，刘浩以高出市场价百分之十的价格来收购。养羊有人垫资，有人技术指导，出栏羊高价包销，这样的好事去哪找。当下就有三十六户村民表态加入。会上通过了灰腾梁养羊合作社章程，选举刘浩当社长，王生当监事，聘请张亮当技术顾问。一桩好事办成了。刘浩办事雷厉风行，第三天，刘浩公司派来的装满砖头、水泥、塑料膜的大卡车开进了村里，只用了一个星期，头道沟村的暖棚羊圈全部改造完成。在头道沟示范效应的带动下，全乡暖棚羊圈改造普遍推开。

李全喜从工作实践中意识到，在农村家庭生产责任制的条件下，农村工作原有的行政指令性的工作方法已经失灵了，他把为每个村培养科学种田、科学养畜示范户和致富重点户，以及依靠典型示范引路作为乡政府的一项基础工作来抓，并把示范户和重点户以乡科技推广协会、良种羊繁育协会的名义组织起来，让能人在协会中充分发挥头羊领路作用。

火石坝乡的工作进入良性发展轨道，各项工作有条不紊地推进，县里下达的各项工作任务总能在和风细雨中完成，连续三年年终考评优秀，进入了全县先进单位行列。县里的领导对李全喜刮目相看，别看李全喜这个人低调，不好张扬，工作上却很有套数，是那种不声不响却真能逮住耗子的好猫。最让李全喜露脸的是：灰腾梁养羊合作社干出了名堂。刘浩的旅游公司在灰腾梁上开办了旅游点，主打产品就是现宰活羊做的手把肉。草原手把肉只有用现宰活羊才做得地道好吃，刘浩的公司有养羊合作社提供充足的活羊货源，生意越做越火。合作社养的是本地蒙古羊与寒羊的杂交种，改良羊提高了羊肉的瘦肉率和口味。刘浩是把营销高手，他把灰腾梁羊肉的特点宣传得很到位，灰腾梁养羊合作社培育养殖的羊肉在工商局注册了“灰腾梁”商标，成了市场上的畅销品，产品供不应求。水涨船高，合作社里的养羊户比当地农户出栏羊价格要高出百分之二十多，得到了实惠。同时养羊合作社吸引了更多的养羊户加入，规模越来越大。有一次，几位北京的专家学者来灰腾梁旅游，刘浩亲自接待，他把灰腾梁品牌羊肉尽情地吹。专家学者对他创办养羊合作社的举动更感兴趣了，要求去合作社养羊场参观。刘浩说：“我有事不能陪你们去了。我们这个合作社是在火石坝乡李全喜乡长的鼓动下成立的，李乡长也是合作社特聘的顾问，你们去火石坝乡，由李乡长陪同好了。”他当即用手机给李全喜打了电话。

李全喜在乡政府接待了这几位专家，弄清其中有一位孙老是农业部的专家。他详细地介绍了养羊合作社的成立过程，然后陪同孙老一行到头道沟村现场参观了养羊合作社的农户羊舍棚圈，询问了农民的收入。正好张亮也在头道沟。张亮介绍了新型杂交羊的培育过程和饲养技术标准，所生产优质羊肉的各项技术指标，说明“灰腾梁”羊肉品牌货真价实，并非浪得虚名。孙老和几位专家很兴奋。孙老说养羊合作社是一大创举，解决了家庭生产责任制下如何走规模经营，吸收转化科技成果，创品牌农产品闯市场的问题，是农民抱团致富的好路子。他们要大力宣传推广养羊合作社的经验。果然，没过几天，北京报刊上连续发表了孙老等人介绍灰腾梁养羊合作社的文章，不断有记者前来火石坝乡采访，市政府也在火石坝乡召开了灰腾梁养羊合作社现场观摩推广会，由李全喜做了专题汇报。灰腾梁养羊合作社火爆，也让李全喜沾了光，他被组织部门列为县级后备提拔干部。李全喜有望在明年县政府换届时再上一台阶。

然而，天有不测风云，李全喜的仕途被新调来的田强书记改变了。田强书记是市里派下来的干部，年轻有为，文才口才俱佳，他当过市委主要领导的秘书，靠山很硬。这位田强书记好大喜功，急于干出一番政绩来，上任伊始，就提出全县农业生产结构大调整，革小麦莜麦的命，马铃薯坐正席，全县搞百万亩马铃薯丰产工程，其中十万亩覆膜马铃薯是高产攻关工程。

西山县属于农牧交错区，土地瘠薄，无霜期短，广种薄收，农业方面历来都种植小麦、莜麦和马铃薯三种主要作物。田强是农大的毕业生，长期给市里分管农业的领导当秘书，自认为是农业方面的内行。他知道全县马铃薯平均亩产一千二百斤，用五斤薯折合一斤粮的国家统计标准来计算，折合亩产量是二百四十斤，而小麦单产只有一百五十斤，莜麦单产更低，连一百斤都不到。当地气候适宜马铃薯生长，马铃薯是当地无可置疑的优势作物。在市里工作时，他就给领导出主意，喊出了马铃薯立市的口号，如今自己当了县里的一把手，自然就要在马铃薯上大做文章。

覆膜马铃薯是一项新的栽培技术，以前县里从来没有搞过，田强书记随市领导外出参观覆膜马铃薯栽培，觉得这项技术不错，回来就决定在全县推广十万亩。当时，县农牧局就有科技人员提出，还是按照农技推广程序，先试验示范后再推广不迟，被田强书记生硬压了下去。田强书记提出的口号就是超常规思维，跨越式发展，改革就是突破常规，就是想大的、干大的。

马铃薯丰产工程和覆膜马铃薯高产攻关工程在全县紧锣密鼓地推开了，领导强度为全县在农村实行家庭生产责任制以来所未见。田强书记在大会上讲，在实施马铃薯丰产、高产工程上，领导不力让位，科技人员技术服务不力让职称，农民不搞让地。县直机关抽三分之一的干部下乡，县级领导包乡，科级领导包行政村，一般干部包自然村，哪个地方出了差错，追究哪个干部的责任。田强书记本人马不停蹄地在各乡巡视，发现问题，当即就地处理，毫不含糊，铁腕作风让全县干部胆寒。

田强书记第一次来火石坝乡时，与乡里的领导交谈，说出了要在全县实行种植业结构大调整，马铃薯播种面积扩大两倍，坐正席的思路。李全喜也认为马铃薯是全市的优势农作物，同意市里、县里提出的马铃薯立市、立县的决策，但他认为调整农业生产结构要有一个过程，不能一哄而起。革小麦、莜麦命的口号不合适，不能以行政命令的方式，剥夺农民家庭的生产自主权。田强书记对李全喜提出的不同意见很恼火，他在市里组织的观摩灰腾梁养羊合作社时听过李全喜的发言，知道李全喜是县里的后备干部。对他还算客气三分，但还是明确警告他，个人意见必须服从县委的统一部署，必须不折不扣地贯彻执行，马铃薯丰产、高产工程是县里头等的重点工作，火石坝乡连年先进，希望在马铃薯丰产、高产工程上起到表率作用，这也是对李全喜这位后备干部的一大考验。李全喜面对这位霸道执拗的顶头上司只能唯唯诺诺。田强书记对李全喜不放心，特意点名由县委组织部张副部长带队下乡负责火石坝乡的工作。

马铃薯丰产、高产工程在全县紧锣密鼓地推进，工作的难处在于滩川好地必须集中连片种植马铃薯，公路两旁的地必须种成覆膜马铃薯，不准村民种小麦莜麦。包产到户已经实行了十多年了，村民已经习惯了自主安排农业生产，自然反对乡政府强迫命令指挥农业生产。这就苦了乡村干部和县里下乡包队干部，他们苦口婆心地劝导村民服从政府的种植计划，软硬兼施地阻拦村民自行种地，每天蹲守在村里，如临大敌，不敢有丝毫的懈怠。李全喜已经连续五十多天没回家了，整天走村串户说服动员村民种马铃薯丰产田，检查督促包村干部的工作，忙得焦头烂额，身心疲惫。身体劳累是其次，主要是心痛。马铃薯丰产、高产工程打着科学种田增产增收的旗号，其实质已经演变为田强书记等人的政绩花架子工程，违反了农业生产的科学规律，不得民心，但自己又反对无效，还得服从执行上级的决定，心里有说不出的纠结难受。由于李全喜与人为善，平时为村民办过不少好事实事，他当班长的乡政府领导班子也团结务实。村民都已看到，全县都这么搞，就像又来了一场政治运动，也就不过分为难下乡干部了，随大流种马铃薯。火石坝乡总算完成了县里下达的马铃薯丰产、高产工程的种植任务。但算不上百分之百完成任务，东营村的田大、田二弟兄俩为了早点外出打工，半夜里偷偷开着小四轮拖拉机种了十亩小麦扬长而去。麦苗在五一节过后，齐刷刷地拱出地面。张副部长从县里回来，望见离公路两公里远绿油油的麦田傻了眼，这个村是由组织部小徐负责的村，因小徐的父亲突然得病住院，小徐请假，走了六七天，就出了这么大的娄子。张副部长赶到乡政府，告知李全喜麦苗的事。李全喜其实早已知道了。乡政府的在家领导当即开会商量如何处理这十亩麦地的事。张副部长主张坚决把小麦田用拖拉机耕翻掉，否则无法向田强书记交代。而李全喜却说："麦苗既然出土了，再耕翻毁苗有点说不过去了，怕村民不答应。"张副部长说："革小麦、莜麦的命是政府的决策，必须不折不扣地执行。"李全喜说："包产到户责任制赋予了村民自主经营权，干部只能引导说服村民调整种植结构，实行科学种田，没有权利铲掉已经出土的小麦。就像可以千方百计动员孕妇实行计划生育，打掉肚里的胎儿，可一旦生出来了就得保护婴儿的生命权。"两人说着闹僵了。其他干部都沉默不语。张副部长怒气冲冲地集合组织部的下乡干部，一起来到东营村，试图耕翻麦苗，却遭到村民的围攻。村里有一个白胡子老头，跺着脚骂道："自古毁坏青苗那是丧尽天良，你们就不怕天打五雷轰。"男女老少村民七嘴八舌吵嚷成了一片，什么难听的话都有。张副部长一行人一见大事不好，只好灰溜溜地走了。县里的领导也曾给李全喜打来电话，李全喜就是拖延着不去耕翻麦田。李全喜心里明白，自己过不了这一关，就彻底得罪了田强书记和县组织部的一干人，明年政府换届时想再上一个台阶是没戏了。李全喜是想升官，但做人的良心使他硬不下心肠来对付不听话的农民。人家农民有种地的自主权，没什么错。田强书记说要逼农民致富，哼，你想出的法子灵验吗？市场只有其自身规律，市场会听你县委书记的话？

春播结束后，下了两场及时雨，火石坝乡的庄稼陆续出苗，绿染大地，生机勃勃。李全喜总算松了一口气，今年农民种地的农资成本显著增加，光地膜一项每亩就增加了三十六元，还有调马铃薯良种费、购买化肥费等，全乡百分之八十的农户向信用社贷了款，老天爷不帮忙，那就麻烦大了。庄稼虽然长势喜人，但李全喜的心却很纠结，县里的领导好像有约，谁也不来火石坝下乡。李全喜去县里开了几次会，田强书记也不用正眼看他，过去火石坝乡政府工作处处争先，如今却被边缘化了。

夏秋时节，市里在平川乡召开了马铃薯丰产工程、高产攻关工程现场观摩会。市里主要领导都来了，各县都来了人，真是车流滚滚，人潮涌动。与会人员面对万亩清一色马铃薯丰产田啧啧称奇，平川乡政府的领导就是有魄力，马铃薯哪都种，可谁见过连片种植万亩覆膜栽培马铃薯田呀，这地方的领导就是大手笔、有魄力。平川乡乡党委书记陈光手里拿着扩音话筒，高声大嗓地介绍了经验，出尽了风头。

下午，在县政府礼堂继续开会。市委乔书记在讲话中充分肯定了西山县县委政府抓马铃薯丰产、高产工程的做法，号召全市各县学习推广。他还表扬了陈光，说良将出于州府，猛将起于卒伍，像陈光这种真抓实干的干部就应该提拔重用。李全喜瞅见陈光和田强书记得意扬扬的面容，心里不由得反胃。陈光是个什么东西，最大的本事就是喝酒不醉，公款请客不累。他工作没谱，只会一味地迎合领导，作风简单粗暴。就拿这次革小麦、莜麦的命，大搞马铃薯丰产、高产工程来说吧，平川乡用拖拉机耕翻了一百多亩农民的麦田，差点引发农民造反，真是一将功成万骨枯。今年风调雨顺，马铃薯丰收已经成为定局，可贸然增加了马铃薯的播种面积，农民如何出售消化这么多的马铃薯呀。粮多伤农也是一条市场规律。李全喜已经发动全乡干部和村民联系出售马铃薯的事了，马铃薯丰收了，卖出去才算增产增收。

李全喜已经死了被提拔晋升的心，工作中少了个人功利动机，与村民便有了更多的共同语言，做事更多为农民着想，群众影响越来越好。特别是他创办的灰腾梁养羊专业合作社的影响越来越大，杂交改良羊肉质鲜美，走俏市场，不断有学者前来考察，有记者前来采访，外省市的人前来取经。有些有来头的来宾，县里的领导不得不陪同来。凡来过火石坝乡的领导，心里都暗暗佩服李全喜的工作，这真是一个务实有为的干部。只是田强书记再没来过火石坝乡。

到了秋天，全县、全市的马铃薯丰收了，可同时，全国几个主要马铃薯产区的马铃薯也都丰收了，马铃薯出现了市场过剩、卖难的现象。好在李全喜提前有了准备，提前把今年全国马铃薯市场行情转告给每村每户，让村民及时降价出售马铃薯，早先派出的干部引来了不少客户，火石坝乡三分之一的马铃薯总算卖出去了，相比有的乡，连一家客商都没引来，算幸运多了。马铃薯价格由去年每斤七毛钱，一路狂跌到二毛五分钱，村民种植马铃薯丰产不丰收，空喜欢一场。有的种植大户收获的马铃薯像小山一样堆在地里，卖不出去，急得痛哭流涕。村民怨声载道，骂县乡政府误导了农民。李全喜感叹，遇上田强书记这种爱搞政绩工程的领导算是倒霉了，干部受累，百姓遭殃。

又到了县政府班子换届的时候，虽然李全喜的民主测评位居前列，可还是没有进入被提拔名单中，田强书记力主提拔陈光。一把手的意见起了决定性的作用，陈光被提拔为副县长，不过交流到外县任职去了。

出人意料的是，李全喜被调到平川乡接陈光的乡党委书记的职务。平川乡是大乡，自然条件比火石坝乡强多了，党委书记与乡长虽然是平级，可党委书记是乡里的一把手呀，由乡长改任党委书记，这也算是重用，虽然李全喜内心里不愿离开火石坝乡，可又说不出口，只能服从组织调动。

李全喜到平川乡上任的当天，就遇到了上访人员的纠缠。原来，陈光铲了五十二户村民的一百三十六亩小麦田，村民不答应闹得不行，陈光只好答应每亩补偿两百元钱。到了年底，陈光挪用县里下发的扶贫款每亩补发了一百元，还差一百元没钱补发。村民听说乡里换了领导，就向新来的书记、乡长要钱。李全喜耐心听完村民的述说，说："我们新来乍到，总得给我们留点时间了解处理吧，十天后我答复大家好不好？"好歹把这伙人打发走了，又来了几拨要账的。几家饭店老板要乡政府领导吃喝欠账的钱。李全喜拿过账本翻了翻，多是陈光签的字。又将欠各家饭店的账目总数拢了一拢，吓了一大跳，竟然欠下了十多万吃喝款，这还了的，咋还呀？县农资公司的老板也来要地膜化肥生资款，李全喜接过账单奇怪了，乡政府本身不种地，怎么会赊欠下农资款？覆膜马铃薯所用的地膜、化肥，虽然由乡里统一调配，行政村拉回来分到村民手里，农户有钱交钱，没钱由随行的信用社信贷员办理信贷手续，与乡政府没啥关系呀？李全喜就问留任的朱副乡长咋回事，朱副乡长解释说：“县里号召每份承包地种一亩覆膜马铃薯，这也是任务指标，乡里要求万亩连片马铃薯示范丰产田都覆膜，村民只接受每份地一亩的覆膜任务，陈书记拍板，每户超出一亩覆膜任务的地膜、化肥由乡政府垫资。”哦，李全喜明白了，怪不得平川乡能搞成万亩覆膜马铃薯种植，原来乡里垫资了化肥和农膜款。朱副乡长又说：“原来想，村民增收了，卖了马铃薯，乡政府再从村民手中收垫资款，可今年村民马铃薯没有卖上价钱，农民骂声不绝，垫资款就无法收回来了。”又是一堆难收拾的烂摊子。李全喜吩咐朱副乡长和办公室主任，把乡政府的所有欠款都拢一拢，上乡党政联席会议研究解决。

三天后，乡政府党政联席会议召开，李全喜面对整理出来的欠款账单惊呆了，乡政府总共欠下三十二万元，相当于全乡干部一年工资的总和，这可咋还呀，今后的工作如何开展进行。与会人员面对巨额债务，都愁眉不展，谁也想不出一个好办法来，反复讨论，只有一个办法，向县委、县政府反映解决吧。

李全喜和张乡长一起到县委找田强书记反映平川乡存在的债务问题。田强书记很不耐烦地说：“单位存在欠账问题是个普遍现象，你们回去自己想办法逐步消化，当领导就得担责任，怕担责任就别当官！”李全喜对田强书记这种不负责任的回答很不满意，他顶撞田强书记说：“我在火石坝乡就没有欠下债务，我走时，乡政府公务费账上还结余一万多块钱。”田强书记也火了，说：“李全喜，你要正确对待没有被提拔使用的问题，不能向组织闹情绪！你不服陈光被提拔是吧？你知道去年平川乡召开的马铃薯现场会在全市影响有多大吗？陈光为我们县争了光！市委书记在会上公开说就要提拔重用像陈光这样真抓实干的人，你也在场嘛。当然，你的工作也不错，你依然还是县里培养的后备干部，这次调你去平川乡当一把手，这也是组织上对你的重用，你好好干，下次还是很有希望再上一个台阶的。”李全喜说：“提拔谁不提拔谁，那是组织上考虑的事，我能正确对待。我也不是找您来发牢骚的。问题是平川乡政府欠账太多，就是把全乡干部一年的工资扣了不发，债也还不完，我们是被沉重的债务压得无法开展工作呀。”

田强书记沉吟片刻说："你们先拿个化解债务的方案报上来，要立足于自己解决问题，当然县里能帮也会尽量帮助你们的。"

李全喜回到乡政府，召开了党政联席会议，主要议题是化解债务危机问题。大家七嘴八舌地发表了很多意见和建议。李全喜说："乡政府负债太多，已经处于债务危机，这就如银行发生了挤兑，劝说债主延期取款一样难办。大家已经体验到，这几天上门要债的人团团聚在乡政府，我们已经不能正常开展工作了。政府是为人民服务的，政府发生信用危机，群众会相信你吗？今后怎么能够开展工作呢？所以我主张乡政府积极想办法还债。田强书记让我们立足自身解决债务危机，那么我们只能自己想办法筹钱还债。乡政府不是经济实体单位，政策不允许搞经营做买卖赚钱，自身没有经济造血功能。变相从农民身上收钱这事，我是做不出来的。县财政每年给乡政府拨十万元办公经费，我们只能从这里面节约资金来还债，我建议将乡政府的办公经费压缩三分之一用来还债，再压缩日子就无法过了，办公楼水电费取暖费电话费总得交吧，以后来客一律在乡政府食堂就餐，饭店就餐费都不能报销，大家准备过几天苦日子吧。但就这样，每年才能节省出来三万元，面对三十二万元的债务，只能是杯水车薪，恐怕无法向债主交代。"会场上群情激动。有人出声大骂陈光不是个东西，他拉下的屎，让大家来收拾！李全喜说："你们也别骂陈光啦，他吃喝欠账是多了一点，但主要债务还是种马铃薯生资费和付农民毁掉青苗的补偿费，这都是工作中发生的债务。再说骂他也解决不了问题。我提议，我们卖政府的大楼还债，把乡政府搬到中学里办公，反正学校里这几年招不到几个学生，空房有的是。对饭店的欠账，除招待县以上来宾的，通过办公室主任登记的招待饭费予以承认报销，其他谁吃的饭谁还债，饭店找签字的人去要钱，乡政府不管。"与会人员多数赞同这一做法，就是担心这是将县委政府领导的军，你李全喜承受得起吗？李全喜坦然地说："欠债还钱天公地道，不还钱你就得挨骂，于其让老百姓骂，还不如让上头的领导来骂为好。"既然李全喜愿承担责任，有挨上级领导骂的准备，其他人也就说不出什么。两天后，平川乡政府化解政府债务危机的方案上报到县政府。

田强书记在办公室里看到平川乡这个报告，气得火冒三丈，卖乡政府办公楼还债，还要逼着平川乡参与公款吃喝的人公摊费用，这不是出西山县的洋相吗？李全喜这是公开叫板造反！他不由得喊出了声："撤李全喜的职！"来向他汇报这件事的王县长说："李全喜这家伙做得是有点过分了，要是撤销掉他的职务能解决问题就好了，恐怕撤了职务，事情越闹越大，越难收拾。"田强书记也想到过，李全喜既然敢破釜沉舟，什么事都会干出来的，能压则压，压不下来就疏导，田强书记深谙当官之道。县政府又拨来一笔扶贫款，把毁青苗的赔款解决了。把乡里撤并空出来的几所小学校房舍场地让乡政府用来抵了债，总算把多半债务危机化解掉了。

李全喜还在平川乡当书记。他去县里开会，田强书记等领导完全无视他的存在，乡镇科局级领导对他也是避而远之。老婆在家也不断数落他。三叔等亲友也说他是个犟种，不会办事。李全喜回城心烦，在乡下默默干着自己认为有意义有价值的事情。他的工作思路还是要把农民组织起来，依靠科技来致富。平川乡地势平坦，土地肥沃，靠近国道，有地利优势，李全喜选定了以发展蔬菜为突破口，通过引导村民围绕市场需求种田，调整农作物种植结构来挣钱。

通过农业部专家孙老的介绍，李全喜与中国农科院蔬菜所建立了联系。蔬菜所火花所长一行三人来平川乡考察建立制种基地的事，李全喜全程陪同考察。李全喜虽然念大专时学的是畜牧业，但他是农家子弟，在学校读书时，每逢星期日和假期都要下地帮助家人干农活，熟悉农业生产的各个环节，参加工作后又一直没离开农村。他喜欢读书，热爱农业科技，交往了不少农技人员做朋友，了解农业科研最新进展，实际上比普通的农民更懂得农业种植。他为火所长详细介绍了平川乡人文、地理、气象、土壤等情况，什么降雨量、气温、地温、土壤有机质、氮磷钾含量等各种数据脱口而出。火所长很欣赏李全喜这个农业通、科技迷。当火所长提出，蔬菜制种需要建立七公里的隔离带，在隔离带里不能自行繁育其他蔬菜种子，以防不同品种花粉的串粉，造成制种失败。李全喜说："本地村民历来以种大田作物为主，只有极个别的村民繁殖胡萝卜、甘蓝等地方菜种子自用，劝导村民不要繁殖菜种应该不是一件难事，乡政府可以书面做出承诺，保证不会出现蔬菜种子花粉串粉的事，能不能建立隔离带有效阻止蔬菜花粉的传播，是制种基地能否成功的关键，在农村实行包产到户责任制的形势下，劝阻农民不要在隔离带自行繁育菜种是一件很头痛的事。”因此，李全喜的承诺让火所长放下了心，决定在平川乡建立冷凉蔬菜制种基地。蔬菜所出手大方，连片转包了村民土地一千亩，每转包村民一亩土地，按照常年小麦亩产量四百斤折款给付。李全喜把制种基地安排在三和堂村，这个村有三千亩平坦好地，民风也好。村民自己不用流汗种地，就能收到亩产四百斤小麦的包地款，这对村民来说是一件大好事。但好事实行起来也很麻烦，有不少波折。有的村民进城打工走了，委托其他村民无偿代耕。如今就想把土地转包费自己收取。受委托代耕户就不乐意了，闹起矛盾来。他们就放话，自己的承包地给多少钱都不转包，试图把建制种基地的事给搅黄了。有的人家耕地扩边开荒，实际耕种面积大于承包面积。还有少数种地能手种植经济作物，亩产值高出四百斤小麦的收益，就想多要点。农村事纠缠起来就像一团乱麻，一时很难理得清。李全喜的农村工作经验丰富，带领乡村干部住在三和堂村，一家一家地做工作，对症下药，评理说人，以情感人，一一解决了村民提出的问题，五天时间全部办妥了土地转包手续。

到了菜种播种时，蔬菜所派来两男一女三个管理人员。老刘是组长，五十多岁。宗芳，女，三十多岁，负责农艺。小李大学刚毕业，负责农机管理。这三个人都没有在内蒙古生活过，人生地不熟，连老乡说的本地方言也听不懂，难以打开工作局面，事事要找李全喜商量。火所长也再三拜托李全喜给予大力协助。李全喜就尽心尽意帮助老刘他们的忙。三和堂行政村的办公室大院腾出来做了制种基地办公场所，村委会搬到了村里的小学办公。蔬菜所每年给两万元租房费，行政村干部也满意。行政村的会计杨刚被聘为制种基地的农田队长，负责聘用领导农民工干活。农机手从北京带过来两位，又从当地招聘了两位。李全喜特意把火石坝乡的农民技术员侯勇推荐给宗芳当助手。侯勇是老高中生，原是乡良种场的农技员，承担过内蒙古农科院的试验示范任务，头脑清楚，见多识广，他很快就成了宗芳的得力助手。蔬菜所制种基地顺利完成了春播。

菜苗长到一尺高的时候，李全喜组织乡村干部配合蔬菜所对三和堂村周围的大片农田仔细地检查了一遍，防治村民自行繁殖菜种，确保制种基地种子的纯度。虽然乡村干部事先走村串户地讲明了在种子田隔离带不能繁殖菜种，但还是有极个别村民在院子里的菜圃和花圃里零星地栽种了菜秧准备留种，经过干部们的说服动员都拔掉了，只有林场的护林老憨是个老倔头，光棍，他种了二十株甘蓝菜秧给远在外乡的外甥制菜种，死活不相信，林场离三和堂村那么远，咋会发生花粉串粉的事呢，就是不让干部拔菜秧，谁拔就和谁拼命。乡政府的包村干部小李回来向李全喜汇报。李全喜只好亲自出马。他带了两瓶好酒、一包猪头肉和花生米，带着小李和村主任老万一块来到老憨家。老憨见乡党委李书记来了，同样不给情面，说："我种了四五十年地，不比你们知道菜秧花粉能传多远？就你们夜壶里放炸弹尽吓唬老百姓。谁敢拔我的菜秧，我就剁下他的手！"李全喜不接老憨的话茬，自行从碗柜里找出盘和碗放到圆桌上，把熟肉、花生米等下酒菜放进去，把酒瓶打开，将酒倒进茶杯，拉老憨坐下。老憨头挣扎着不肯坐下，被老万强拉住摁在凳子上。李全喜用手一拍桌子说："我是来你家喝酒的，不是打架的，这酒有毒？我先喝一杯试试。"说完头一扬，酒下了肚，亮着空酒杯直盯盯地看着老憨头。老万把一杯酒塞到老憨头手中。这老憨是个酒糊涂，嗜酒如命，一开始还扭扭捏捏，很快就与李全喜、老万干起杯来。喝在兴头上，老憨头夸李全喜是个好官。李全喜趁机说："你说我是好官，我说的话你可要听。"老憨头连连点头："听！听！"李全喜说："这可是你说的，不要后悔。"老憨头直着眼说："不后悔，不后悔。"一顿酒把老憨头喝得爬到桌子上了。李全喜把老憨头安顿着睡好，自己掏了二百块钱留给老万转交老憨头，出了家门，与小李一起动手，把老倔头的二十株菜秧都拔掉了。

过了五天，老憨头来乡政府找李全喜。乡干部怕老憨头闹事，说李全喜回县里开会去了。李全喜从窗里看见老憨头的影子，主动迎了出来。老憨头骂李全喜不够朋友，留下二百元干啥？李全喜高兴了，拉老憨头进乡政府食堂，两人又喝了一瓶酒。

李全喜闲时喜欢找制种基地的老刘、宗芳唠嗑。有一次，李全喜向宗芳推荐本地产的甘蓝，说这是良种菜，属于地方特产，长得又大又瓷实，平平常常的一个有二十多斤，菜叶水灵、甘甜，可以当作水果吃。宗芳笑一笑说："这种甘蓝在北京等大城市没市场，一颗甘蓝二十多斤，买回去一家人一星期也吃不完，谁买？我们繁育的甘蓝是小型品种，一个甘蓝只有两斤左右，市场很畅销。”这对李全喜是很大的启发，是呀，种地要围绕市场转，才能挣到钱，尤其是种蔬菜，不能像过去从水井里提水，抱住轱辘死搅。当初，他千方百计地争取蔬菜所来平川乡建蔬菜种子生产基地，就是希望借助蔬菜所的科技和信息来发展本乡的蔬菜产业。他诚恳地请求宗芳为全乡的乡村干部和农民技术员讲一堂科学种菜课。宗芳爽快地答应了。

宗芳科学种菜讲座很成功，调动起平川乡村民的种菜积极性，不断有村民拿上鸡蛋等土特产来找宗芳咨询蔬菜新品种、新技术的事。宗芳也是来之不拒，热情接待。李全喜趁热打铁，聘请宗芳为乡政府的科技顾问，从办公经费里挤出一万元，作为顾问费。宗芳很感动，她知道乡政府经费很紧张，推托不要。李全喜说：“顾问费你一定收下，你能对我们乡的蔬菜生产给予指导这就是对我们工作的最大支持。”宗芳就与李全喜反复讨论，决定先重点引进示范推广小型甘蓝和金瓜（一种南瓜新品种）蔬菜品种。她的同学在北京经营一家蔬菜批发公司，可以前来收购产出的蔬菜。平川乡一下子发展了三千亩蔬菜新品种种植。

李全喜调到平川乡工作已经一年半了，虽然田强书记有意冷落平川乡，一次也没有来过平川乡。但平川乡的蔬菜制种和蔬菜生产异军突起，在社会上引起很大的反响。村民转包出去的土地坐收四百斤小麦的粮钱，又能到制种基地打工挣钱，格外地满意。全乡三千亩良种甘蓝和金瓜大丰收，北京客商坐地高价收购。县城里的市民也吃到了新品种蔬菜，赞不绝口。村民种菜的产值超过了种小麦十倍的收益，引起附近村村民的眼红，有不少外乡村民来平川乡取经，明年也想种新品种蔬菜。市报头版报道了平川乡种植新品种蔬菜致富的通讯，市委乔书记给县委田强书记打来电话，让总结平川乡发展蔬菜生产的经验，上报专题材料，准备在市里举行的会议上做典型发言。田强书记虽然内心对李全喜的怨愤没有消除，本想找个借口把他调到县里的清闲单位凉快起来，但李全喜这个家伙就是有两下子，不得不继续让他在乡党委书记位置上干下去。年终，李全喜又评上了县级先进工作者。

李全喜应邀到中国农科院蔬菜所开年会。他是乘坐早上的火车到的，这天是星期日，所里没安排活动内容，宗芳过来要陪他去故宫转一转。李全喜说：“中国农科院在我眼里那是农业科研的最高殿堂，我一直非常向往。我这次有机会来到了农科院，这对我来说是一场朝圣，我只想尽情看一看农科院，学点东西。”宗芳笑着说：“没那么神圣。你是我们的合作方，今后会常来常往的。”宗芳理解李全喜的心情，就领李全喜在农科院的大院里转了一遍，介绍了各个研究所的基本情况。到了蔬菜所，宗芳领李全喜进了办公大楼，所里星期日还有人工作值班，照看着生长中的蔬菜。李全喜参观了标本室、培养室、试验室、图书馆等场所。他就像一个乡下的孩子闯进了游乐园，兴奋得不得了，不断地向宗芳提问，新奇的事物让李全喜大开眼界。李全喜对蔬菜所建的一排温室最感兴趣，外面是冰天雪地，可温室里依然满目翠绿，西红柿正在开花吐蕊，带刺的黄瓜悬吊在支架上，还有许多叫不上名字的蔬菜品种蓬勃生长，一派生机盎然。这让李全喜羡慕不已，他对宗芳说：“村里的农民一家建这么一座温室，一下子就进入了共产主义社会了。”宗芳说：“农民建温室已经不是一件稀奇的事，山东寿光农民建温室生产的蔬菜已经大批量地供应北京市场了，那里菜农的收入比我们这些工薪阶层的收入高好几倍。”李全喜问：“在内蒙古地区能不能建温室？”宗芳说：“内蒙古虽然气候寒冷，但光照强，温室种的蔬菜产量很高。去年我们所帮助内蒙古军区在满洲里建的温室很成功。”李全喜又问：“建一座温室造价很高吧？”宗芳说：“建一个半亩面积的温室大约需要二十几万，材料费其实也不贵，就是钢支架和加厚塑料薄膜，主要贵在施工费上。农民自己建，可以因陋就简，自己施工，费用就降下来了。”李全喜听了半天没作声，他暗暗琢磨也想在平川乡建一座温室。

第二天，所里开大会，主要内容就是总结过去一年的工作，表彰先进，安排明年的工作。火所长在报告中表扬了平川乡冷凉蔬菜制种基地，为所里创收做出了较大的贡献。他还在报告中特意提到李全喜是如何配合所里下乡的科技人员开展工作的，说所里的科技人员下去，一定要争取当地基层政府、村委会的支持，吸收当地有实际经验的干部、农民技术员参加，先进的科学技术与当地生产经验结合，是一条成功的创新之路，是一条好的工作经验。他宣布，所里将破格奖励李全喜五万元。老刘、宗芳他们组也获得了重奖。这让李全喜喜出望外，激动得热泪盈眶。

会议一上午就开完了。中午会餐时，火所长把李全喜拉到身边就座。席间，李全喜向火所长表达了感谢之情，向火所长说出经过深思熟虑的一个要求，他说："五万元重奖，相当于我两年的工资，自己福受不起。我想请火所长帮忙，把这五万元钱变成建温室的钢支架和塑料膜，支援我们乡也建一座温室，这对我们乡发展蔬菜产业极为重要。"火所长笑一笑说："那好，我们所援建你们一座温室，材料我们包了，土建工程你们负责，开春后，我们派张工程师去指导你们建温室。"李全喜千恩万谢。火所长还说："去年，我去内蒙古四趟，发现内蒙古天气凉爽，光照充足，蓝天白云，牛羊粪资源丰富，农田基本没有污染，生产的蔬菜可以弥补山东等蔬菜主产区高温时期造成的蔬菜品种的短缺。而且内蒙古与北京边界距离不到四百公里。在内蒙古建立冷凉蔬菜产区，对满足北京、天津等蔬菜供应具有很重要的意义。所里决定上马一个冷凉蔬菜课题组，也要在平川乡设立一个试验点，希望李书记给予支持。"李全喜大喜过望，连连保证一定满足蔬菜所的一切要求。

下午，李全喜让宗芳陪同见了负责建温室的张工程师，交谈了很久，请教了许多问题。张工程师给了他一大摞技术资料，李全喜如获至宝。

李全喜要坐晚车回内蒙古，宗芳劝他留一天，去天安门广场一带转一转。李全喜说："我这次收获太大了，就像捡到一袋宝贝，急着想回家，哪有游览的闲心。"

平川乡借助蔬菜所的技术支持，有上一年村民种菜发了财的示范效应，新品种蔬菜生产如大火燎原般地迅猛发展，全乡一下扩种了两万亩蔬菜。李全喜从多年农村工作实践中得出一个经验，那就是没有组织的农民是一盘散沙，河里的浪潮一来沙堆就不见了踪影，岸边只留下哭声。因此，他对全乡蔬菜生产的大好局面，始终保持着清醒的头脑，蔬菜是季节性的农产品，无法长久保存，一旦遇上市场风险，那就像大江决了堤，束手无策了。从北京回来，李全喜着重抓两件事。一件事是成立蔬菜专业生产合作社、蔬菜协会等组织，把菜农组织起来，实行三统一：一是由合作社和协会统一购置良种、化肥、农药等物质，既保证了质量，又降低了价格，农资供应商直接送货上门，方便了村民；二是统一采用规范化栽培技术，使种植出来的蔬菜能够达到统一的质量标准，便于批量销售；三是大家商量好统一定价，既不要哄抬菜价，也不要降价倾销，保持蔬菜价格的相对稳定。第二件事是四下联系销售商，发展蔬菜订单种植，预约收购。宗芳联系来两家蔬菜公司，人家拿来了种子，秋天收菜时扣还种子费，发展订单蔬菜。

李全喜忙得就像一个飞人，开上乡政府的吉普越野车到处跑。各村菜农向他咨询种菜的各种事宜：良种、栽培技术、化肥、农药、市场销售，林林总总，应有尽有。农资经销商争相找他联系推销产品。请来的科技人员等他安排下村去讲课。蔬菜经销商请他陪同考察签约。他还不断想办法推动各个行政村合作社和蔬菜经销协会的活动，还要陪同前来考察的上级领导和外地参观学习者。回到县城，还要到县政府、财政局、科技局、农业局、水利局、供电局等各个职能部门寻求支持，协调解决蔬菜生产中遇到的各种问题。王县长认为，平川乡发展蔬菜产业化为全县农业结构调整、农民脱贫致富找到了一条出路，全力支持平川乡政府的工作，把上级扶持农村工作的投资项目尽可能地安排到平川乡，如打井、水电配套、乡村公路修建、扶贫开发等，为平川乡带来不少投资。科技局和农业局更是把平川乡当作重点乡来扶持，把局里的科技人员派来平川乡下乡工作。

李全喜在忙忙碌碌的工作中，没忘了抓建温室这件大事。他认为建起了温室，就能够在本乡繁育新品种菜秧，促进全乡的蔬菜生产稳定向前发展。而且，温室可以使全乡的蔬菜产业升级换代，真正做强、做大蔬菜产业。蔬菜所张工程师来到平川乡，李全喜亲自陪同选择建温室的地址，设计适合当地气候特点的温室。李全喜提议在黄土湾村建温室。黄土湾村坐落在半山腰，山是土山，村里有一眼长流不息的泉水。李全喜说：“我初步测算了一下，从黄土湾山脚下建温室，一直建到黄土湾村，可以像建梯田一样建五级温室。温室的后墙就是山体，石头砌墙加固，就像窑洞一样可以起到保温作用。把村里的泉水封闭起来，建成蓄水池，铺设管道进温室。”张工程师对李全喜的大胆设想惊呆了，他大声说：

"这个主意绝妙了，建温室的后墙一般得堆五米厚的土墙来保温，这是一个很大的工程量。依山设计温室，省下土方工程，会节约不少建设资金，而且更保温。像梯田一样建成一排排温室那多壮观呀。我好好琢磨琢磨。"后来，张工程师设计出别具特色的温室，先建了两座，今冬试验成功后再续建。

有了耕耘，才会有收获。有了付出，才会有回报。李全喜在平川乡抓蔬菜生产在社会上引起很大的反响，进入八月份，自治区农业厅来平川乡召开了现场会，推广平川乡蔬菜种植产业化的经验。李全喜获得了无数的好评，就连不待见他的田强书记也开口表扬了他，媳妇和家人再一次看好李全喜的仕途前景。

然而，生活的河流不可能永远是顺风顺水，不知何时就会出现漩涡逆流。平川乡的蔬菜又一次获得了大丰收，然而销售却出现了一些问题。平川乡大田主要以甘蓝、金瓜、洋葱三大品种为主，秋后甘蓝、金瓜收购价格合理，销售正常，就是洋葱出现了问题。山东主产区产的洋葱，历年出口份额很大，谁知，日本、韩国今年提高了洋葱农药检验标准，造成了出口受阻，不得已转内销，国内洋葱供过于求，价格一泻千里。连带造成平川乡的洋葱卖不出去了，村民骂声连天。三和堂行政村的蔬菜经营协会是与北京一家蔬菜公司签订了洋葱订单生产销售合同，北京公司遵守合约，赔本照春季定好的价格收购洋葱。其他村的村民就要来强卖，北京的客商当然不干了，而且连三和堂行政村产的洋葱也不想收购啦，闹起矛盾。李全喜赶过来处理，好说歹说，总算说通北京公司继续收购，三和堂行政村的村民凭行政村蔬菜协会开出的单，按照春季预约种植的洋葱亩数，每亩可出售四千斤洋葱，价格还按原定的价格。其他村的村民眼巴巴地看着三和堂村民卖掉了洋葱，自家的洋葱降价也无人问津，血本无归，于是就急了。他们就跑到乡政府，围住李全喜，让他想办法帮助出售洋葱。有的人涕泪交加苦苦恳求，说一个乡的人不能两看待，你让公司收三和堂的洋葱，就不能收购我家的；有的人血脉贲张，高声怒骂李全喜动员村民种菜是坑人害民，自己从中捞好处，是个大贪官。说什么话的都有。李全喜自己也是心急如焚，可一个小小的乡官有啥本事能扭转市场大行情呢？有些人还去县政府闹，有些不明事理的城里人还真以为李全喜是个十恶不赦的人呢，真是好人难做，好官难当呀。

风能兴风作浪，却掀翻不了大江。生活还继续在轨道上运行。平川乡经过一场洋葱卖难的风波，趋于平静，毕竟村民种菜，发了财的人是多数，还要扩大面积继续种菜的人也是多数。怨恨李全喜的人也理智了下来。有的人天天烧香拜佛，菩萨也包不了自家无灾无难。李全喜不是活菩萨，他只是一个想为村民做好事的人，能不能做好有时也看天意，由不得他。李全喜一如既往地抓工作，只是更加小心谨慎。

县里又迎来换届了，科级干部都躁动起来。李全喜已经在科级岗位上工作了十年，他也急切地想在仕途再上一个台阶。李全喜不是官迷，他不把升官看作是发财的捷径。但毕竟提升职务是组织、人民群众对自己过去工作的一种肯定，有了较大的权力，才能在更高的平台上施展身手，最大化地实现人生价值。满足家人好友的期望。再说，按照市委科级干部五十岁一刀切的常规做法，这次升不上去，最多再工作五年就得离岗坐休回家，李全喜可不愿意早早失去工作的机会。这十年来，李全喜跌倒过，也哭过，但始终没有放弃上进心，一直在兢兢业业地做工作，努力奋斗。工作业绩终于得到组织上的承认肯定，年年考评获优秀，多次受到县里和市里的表彰，民心口碑不错。特别是对自己曾有过成见的田强书记已经调走，担任市民政局局长去了。天时、地利、人和都具备了，李全喜对自己这次获得提拔晋升很有信心。

市组织部就要下来测评考察了，各种小道消息满天飞，但有一条消息是确定无疑的：今年选拔进入县级的后备干部首先要过群众民主推荐关，然后才会进入县委常委会讨论提名程序，群众民主推荐那可是一个基础。这比过去直接在县委常委会上研究确定选拔对象是一大进步，民主分量增大了。但民主推荐，不是县里每个公民都有推荐权，能够参加县里民主推荐会议的各乡镇只有书记乡长两人，各科局只有局长一人，还有县里五大班子正科以上的干部，人数不到两百人。有希望获得推荐的科局长、乡镇长忙开了，相互间电话不断，请客聚会不断，虽然大家见面打招呼不好意思拉票，但那种期盼谁都会心领神会的。李全喜的老婆郝雅丽是县妇联主任，她倒是对自己被提拔不抱什么希望，自己工作虽然很认真，但妇联只是一个群众组织，不可能做出什么优异的成绩来。她满怀希望地认为李全喜能够被提拔，她太了解自己的丈夫了，世上哪还有像他那样实干苦干，而且能够干出一番名堂的基层干部，李全喜上不去那真是没了天理。不断有人给郝雅丽打电话、请客吃饭拉近乎，她也有一票民主推荐权。随着拉票活动的活跃，郝雅丽焦急地不断给李全喜打电话，让他回来也跑一跑。李全喜心里很矛盾，他是太想在职务方面上一个台阶了，但做人的原则又让他放不下脸，思来想去，没有回去。他想，如果大家能够处于公心推荐干部，那平川乡工作成绩那是明摆在那里的，自治区、市、县都曾开过现场会，哪个单位能够比得了。如果拉关系能起作用，那自己再折腾也是白费劲，自己一直工作在乡下，和县里多数科局领导打交道少，人情往来不多，自己又不擅长交际，临时抱佛脚能起多大作用，比自己本事大的人多着呢，干脆听天由命吧。

县里民主推荐测评考察大会如期召开，市委组织部的张副部长出席了会议，会议开得严肃紧张，各项议程逐项进行，最后一项是民主推荐县级后备干部，给每人发一张表格，可以推荐五名干部，不填推荐人的名字，属于无记名推荐。与会人员埋头默默填写后，市组织部来的工作人员收回了表格，整个程序非常严谨。市组织部考察组第二天就公布了测评结果，参加会议的人都说这次测评，完全没有一丝暗箱操作的迹象。可面对公示通知，李全喜却哭笑不得。他落选了，老婆郝雅丽却意外地进入了名单。李全喜面对这种结果连公平不公平、委屈不委屈都说不出来，只是感到世事有点黑色幽默的味道。事后，李全喜两口子在被窝里仔细分析，这种结果真是意料之外而又在情理之中。推荐出现大变数与测评会扩大吸收了县人大常委会委员和政协常委参加有关。科级干部没想到人大常委会委员和政协常委也参加会议，谁也没想到拉这部分人的票。而郝雅丽本人是政协常委，常委们很自然就把票投给了郝雅丽。郝雅丽还当过一届县人大代表，与人大方面的人也多熟悉，熟人好办事，郝雅丽就意外地被推荐上去了。同时，县政协领导班子结构要有妇女干部，县委讨论政协班子人选时，顺理成章地把郝雅丽作为政协副主席通过报上去了，当然郝雅丽本人公道正派，在政府大院里一直有一个好的名声，这也很重要。而李全喜正好相反，他工作在乡下，与社会各界来往不多，人大常委会委员和政协常委多数不认识他，那年平川乡洋葱出现卖难问题，有村民去政府大院闹事，社会影响很大。虽然平川乡蔬菜种植得到的好处远远大于出现的问题，可好事不出门，恶事行千里，有些人就记住了曾经出现过的问题。同时，这次民主推荐干部，在科局级干部中李全喜一直呼声很高，木秀于林风必吹之，有些竞争对手就有意不填李全喜的名字，竞争就是这样残酷，免不了有人会违背良心良知行事。再说，两口子都进入后备干部，好事能让你们一家占全？因而李全喜没过民主推荐关也在情理之中。这就是命，上次换届，李全喜是被田强书记民主集中掉了，这次又是被民主下去了，该怨谁呢？世上本来就没有完美无缺的制度，一个小漏洞，就会刷掉一批有作为的人。

李全喜清楚地知道，失去了这次提拔晋升的机会，自己的仕途也就等于画上了休止符了。等到下一届政府换届，自己已经五十岁了，别说被提拔了，按照市委通常做法，连继续工作的机会都没有了。李全喜职务晋升失败，情绪是有点不好，但工作没有消沉下去，一个农家子弟能够成为政府公职人员已经不容易了，父亲一直在他耳朵旁唠叨，千万可不能成为贪官呀。想当大官由不得自己，但做个好官可是自己说了算。李全喜已经没有了功利心，工作中不需要搞花拳绣腿来讨好上级领导，只想实实在在为老百姓办点事，将来落个好名声，退休后再回忆起来，不至于问心有愧。

蔬菜所帮助建成的温室取得了巨大成功，春节期间，温室里的黄瓜西红柿茄子上了饭桌，这在西山县可是开天辟地的新鲜事，四下村民争相来瞧稀罕，也成了县城里居民的谈资。自治区科技厅赵厅长来西山县考察工作，王县长特意陪同赵厅长来平川乡考察温室，赵厅长看了很高兴，鼓励李全喜再续建几座，扩大规模，扩大影响，说内蒙古冬季蔬菜基本全靠外调，本地温室能够生产鲜菜，可是一件大事呀。李全喜向赵厅长汇报，他说："按照规划，要依山建五层温室，就像一排排窑洞一样，但是建温室成本高，风险大，村民光有建的决心还不行，他们还是没资金、没能力建。"赵厅长说："王县长，你应该支持呀。"王县长说："我是心有余力不足，寒冷地区建温室应该也算科研项目或者示范推广项目吧，科技厅给立个项目，给点钱，助李书记一臂之力吧？"赵厅长与王县长对视后，两人哈哈大笑，赵厅长说："我争取出点钱，你也拿点，村民们凑点，咱们共同努力帮助平川乡把温室建起来。”

没出两个月，科技厅和县政府建温室的专项资金到了平川乡，平川乡黄土湾农民蔬菜专业生产合作社承揽下这个项目，有已经建成的两座温室作样板，黄土湾村蔬菜生产合作社一鼓作气，只用了三个月的时间就建成了温室群，把平川乡的蔬菜生产提升了一个档次。李全喜对黄土湾温室蔬菜种植，从蔬菜品种选择，育苗、定植、浇水、施肥、防虫、防病，样样过问，亲力亲为。温室蔬菜生产出产量、出效益、出技术，带动了全市各地的温室建设热潮。

李全喜已经是全乡蔬菜种植的技术大拿，市场信息的权威。他指导村民种菜，使不少村民家庭由穷变富，实现了母鸡变凤凰的转变。如今，他说话有人听，办事有人跟。走到哪个村，都会被村民围住，谈论种菜技术的话，探讨市场赚钱的机会。工作起来顺风顺水，平川乡样样工作走在了全县的前面。

有了梧桐树，才能招凤凰来。外地的蔬菜公司也来平川乡转包村民土地，建立蔬菜生产基地，恒温库建起来了，蔬菜加工进一步深化，村民也有了就地打工赚钱的机会。有一家生产脱水蔬菜的大型加工企业的李厂长也来平川乡考察。李全喜热诚招待李厂长，两人相谈甚欢，李全喜说：“无公害健康食品是社会的需求，人们越来越在乎食品的安全。内蒙古气候凉爽、光照充足，空气土地没有受到污染，农田大量使用牛羊粪等有机肥，是生产有机环保无公害绿色蔬菜最理想的地方，而且内蒙古离北京又近，交通便利，可以说生产蔬菜食品的厂家选择来内蒙古建基地、建工厂，那就等于建立了企业百年兴旺的基业。”李厂长被李全喜说动了，决定在平川乡投资建厂。李全喜给予厂里最大的优惠条件，支持建厂。他知道，只有把蔬菜产业链条拉长，生产出的蔬菜能够就地转化加工，才能稳定全乡的蔬菜生产，才能提升蔬菜的产值，才能更好地抗御市场风险，才能做强、做大蔬菜产业。

几年工夫，平川乡的蔬菜产业、蔬菜种子产业成了气候，蔬菜新品种不断引进，新栽培技术不断研发推广。平川乡成了全县、全市的蔬菜生产基地，蔬菜新品种、新栽培技术、加工新技术的开发推广中心，不断有人前来参观学习。村民有钱了，村里的事情也就好办了，村容村貌也有了大的改变，村里的土路变成了水泥路，行政村文化室、卫生室也建了起来。农妇也学城里人，早晚在村委会门前广场上跳起健身舞，扭起了秧歌。平川乡成了县里新农村建设的试点，是全县农村工作的脸面，上级领导下乡检查工作，县里领导总要去平川乡。县里的领导对李全喜的工作好评有加，村民们更是由衷地拥护。可李全喜对此已经是宠辱不惊了，每当想起自己离五十岁越来越近了，就要被一刀切下来坐休，心里总是十分地惆怅，感叹自己仕途的不顺，李全喜不理解为啥正是干事业的年龄，却要发出夕阳无限好，只是近黄昏的感叹。

李全喜家又一次举行家庭大聚会，父亲三叔特意从村里赶来，只是岳父已经去了另一个世界，见不到面了。这次聚会的主体还是庆贺家人升官，不过不是李全喜升官，而是李全喜的儿子通过公开考试程序晋升为副处长了。李全喜的儿子叫李佳和，大学毕业经公务员考试变成了一名公职人员，仅仅工作了五个多年头，就赶上了选拔年轻干部，公开竞聘副处级职位。李佳和笔试第二、面试第一，综合成绩第一，力拔头筹。家人亲友当然高兴了，李佳和从首府一回家，亲友们闻讯都赶了过来。酒席上，李全喜的爸爸高兴地说："当年，李半仙就断言过，咱家祖坟背靠官帽山，后代要出当官的人，你们看，全喜是乡官，儿媳妇是县官，孙子刚三十岁也成了县官，佳和的前途不可估量呀，来，为我们老李家官运亨通，家族兴旺干杯。"全家人都站了起来，说笑着干了杯。三叔接着说："当年全喜三十五岁当了乡长，起点也不低呀。我劝他为人要灵活点，他就懂得死心眼实干，唉，十几年来只能原地踏步走，真是李广难封呀。佳和，你可不要学你爸那个实心犟劲，争取当几天省长干干。"家人一起附和："佳和，好好干，争取当他一个省长。"李佳和说："其实，我很佩服我爸，人的职务有高低，可贡献没大小。我爸在咱们全县，甚至可以说在全市，第一个建起农民养羊专业生产合作社，第一个蔬菜生产合作社，辉腾羊和冷凉蔬菜成了自治区名牌产品，闻名华北。将平川乡建成了全市第一个蔬菜生产基地，建成了全市第一座温室，第一个蔬菜种子基地，我觉得我爸很了不起。我爸的精神激励我好好学习，努力工作，因此，当自治区党委公开选拔年轻干部的机会来临的时候，我有实力能把机会抓住，我的成功有我爸的一半功劳。"李全喜的爸爸接起说："全喜是没当成大官，但他干成了大事，全县的人谁不说全喜是个好官、清官、能干事的官，我为我儿子骄傲。”在场的人无不动容，全喜的眼睛湿润了。郝雅丽一句话打破了席间的沉默，她说：“明年我们就要有孙子啦，全喜好好哄孙子吧，把你的本事用在培养孙子成才上吧？”三叔不解地问：“哄孙子是女人的事，你不哄为啥叫全喜哄。”郝雅丽一笑，说：“按照自治区的政策，女同志县处级干部六十岁退休。按照市里的土政策，科局级干部五十岁一刀切退下了坐休，我还要工作十年，全喜明年就得回家啦。”全喜爸和三叔就骂：“这是什么狗屁规定！”李佳和说：“我告诉爸两个最新好消息，党中央习主席已经了解到基层公务员的不合理的状况，已经采取措施纠偏，一是停止按年龄切干部的地方政策，您今后可以工作到六十岁退休；二是县以下公务员，科级干部任职十四年以上，经考核可以晋升到副处级待遇。这是可靠消息，文件很快就要下达。”郝雅丽说：“你爸当乡长书记已经十五年了，能晋升到副处待遇？”李佳和说：“那是肯定的。”三叔高兴地站起来，端起酒杯说：“这么说，全喜家三口人都是副县级干部了，这在咱乡可是从来没有过的好事，你们升官，三叔高兴，都把这杯干了！”三叔的手哆嗦着，酒洒了半杯。李全喜一激动，头一扬，一杯酒下了肚，喝得有点猛，呛出了眼泪，这酒是啥滋味，只有李全喜能够品味出来。

突 破

武强坐在小车上，一路颠簸前行，路边散立着盆口粗的大杨树，孤立成景，可惜连不成林荫道，那还是自己当年知青插队下乡时，参加青年突击队种的树，如今已长成参天大树，真是世事沧桑呀。

人生路上转了一个来回。三十年前的今天，武强离村进城到农业中专学校读书，那是何等的欢欣鼓舞，他在村口与乡亲们分手时，曾豪迈地说："等学到知识，还要回来在农村广阔天地里大展身手，与乡亲们共建社会主义新农村。"如今自己已经是小有成就的高级农艺师，又刚被任命为乡党委书记，工作使命就是带领乡亲们建设社会主义新农村，命运给了一个实现当年志向的机遇，可自己有把握完成这一使命吗？武强感到压力的沉重，同时，内心又激发出大干一场的豪情。

武强又回到当年知青插队的地方——小山村，村容依稀还是当年布局样子，小村依山傍水，山是小土山，只是当年满山的杨树如今看不到了，只留下零散孤立的几棵坟树，村前的小河已经干涸，一条大道穿村而过，昔日低矮的土房普遍被砖瓦房所取代，家家都建了一个像样的门楼，可有一半人家关门垒窗外出打工去了，街上没有行人，没有了当年女人们大呼二喊、孩娃们乱跑的热闹景象。

车开进了村中央，武强下车走进一户人家，推开院门走了进去，一个黑胖的中年人正在院里的几畦菜圃里忙碌。主人抬起头，看见生人进院发怔。武强喊道："小满，发啥呆，连老朋友也认不得了？"小满醒悟过来，连声说："哎呀！真是稀客贵人。武强，听说你来当书记啦，正想去叙旧攀高枝，不想你倒上门来啦。"武强说："我有什么可高攀的？我看你今后就准备多破费几顿饭吧。"小满说："嘿嘿，如今不是够不够三百六的年代，你就是在我家住上一年半载也供得起你吃，就是美酒大肉也难请你来家呀。"小满赶紧迎上前来，伸出一双泥手与武强握手。武强当年下乡就住在他家的西屋，两人毫不见外。

小满当着行政村主任，武强来找他，既是叙旧，更是来村里开展工作。武强不客气地说："小满，你这个村主任咋当的，上好的滩水地，庄稼长得七零八落，有的撂荒地上臭马蒿长得比庄稼都高，村里就像刚遭过大灾，连点生气都没有。"小满说："那是你的看法。你在村里那会儿倒是人多红火，修梯田、建水库，劳动得热火朝天，可大家还不是都饿肚子吗？如今，有本事的人进城打工去了，留在村里的人好歹都能混个肚圆，农村不赖，空气新鲜，环境优美，是养穷人、没本事的人、闲散人的好地方。"武强哭笑不得。

武强笑骂道："看你这个精神状态吧，死气沉沉，就像一个八十多岁的棺材瓤子说的话，还能指望你带领村民致富奔小康？"小满说："有能耐、有理想的人还会待在村里？我是不行，你来哇又能如何，恐怕只不过会比我吹点牛吧，奔小康那是纸上游戏，乡村干部最大的本事就是编数字，糊弄上级。"武强的脸阴沉下来，不再与小满斗嘴，他严肃地问小满："我走时门口那两千亩滩地都建成了水浇地，咋如今地里旱得冒烟也不安排浇水？"小满说："深井泵坏了，谁去修，谁出钱？当初井泵是承包给电工王四，可有的人浇了地，却拖着不交电费，王四也垫不起，一来二去，水地也就变成了旱地。粮食又不值钱，你还能指望种地发财奔小康？地里能打多少算多少，即使颗粒无收，就靠地里长的乱草，也能养几只羊、几只兔度光景。如今，村里的人家走了一多半，年轻点的都打工出去了，就靠老弱病残种地，农业还能折腾出个啥花样。满足吧，不饿肚子就比过去强多了。"小满的老婆从屋里走出，热情地让武强一干人进家，她也是本村人，与武强相熟。她骂小满："别贫嘴灰说，见了老朋友把你张狂得没个样，人家如今可是管你的书记，快去小卖部提瓶酒，再买几根香肠，一袋榨菜。”

武强在小满家吃了一顿莜面，喝了一瓶烧酒，唠了一晌午，回乡路上默默无语，内心却翻江倒海地思考问题，小山村的情况在全乡很有代表性，在这样的条件下，农村工作如何来开展，突破口又在哪里呢？作为一名有成就的高级农艺师，武强深知，我国粮食不是多得不稀罕，党中央每年第一号文件就讲的是农村、农业、农民问题，粮食是国民经济的基础，出了问题可了不得。市场需要大量的粮食蔬菜和其他农产品，有市场，就有赚钱的机会，种地并非就不能致富。然而，就像小山村这种小农个体落后的生产方式肯定是不行的，家家种二三十亩土地，还零散地分成七八块，牛耕耧种，有水不用，现代化农机具难进田间地头，这样的生产水平只能混个温饱，哪能致富奔小康。农业生产迫切需要资金、技术、人才，看来光靠本地人是难以解决的。而在零散的土地上，小农生产方式又接纳吸引不了外来资金技术的投入。现代农业生产只有实现规模化经营才能提高效率，专业化生产才能与市场对接，带来效益。这是一个巨大的矛盾，如何才能解决呢？

武强原来在县农业局推广站工作，是站长，在局里还挂着一个副局长的头衔。他一直搞技术推广，对蔬菜颇有研究，在菜农中很有威望，工作范围一向在城关镇一带。新来的县委吴书记提出调整农业产业结构，大力发展蔬菜生产的主张。组织上就把他这个技术干部破格使用，派到大滩乡当书记。武强感到自己已快到坐休的年龄，却担当了一方重任，这是组织上的重用，真是一个难得的机遇。技术干部在全局工作中始终是一个配角，自己对发展农业生产是有想法的，如今有了权，可以施展身手，就很想在乡党委书记任上干一番事业，为一生工作留一个完满的结局。他来乡工作后，天天到村里搞调研，与村干部和农民座谈，很快形成了新的工作思路，准备在乡党委会议上提出讨论。

乡党委会议如期召开，包乡领导县纪委雷书记也特意赶来参加，这是武强来乡工作四十多天后第一次主持党委会，也可以看作是新书记主政理念思路的一次亮底，与会人员满怀期待。果不其然，武强提出了大力调整种植业结构，推广温室大棚设施农业，用三年的时间在全乡推广种植蔬菜一万五千亩，建三千亩温室大棚，将大滩乡建成蔬菜生产基地的主张。虽然武强在会下与干部谈话中早已表明了大搞设施农业种蔬菜的想法，但是大家还是为他的宏伟设想吃了一惊，大滩乡有水浇地两万四千亩，用一万五千亩来种蔬菜可能吗？建一亩温室需投资三万元，建一千亩就需投资三千万元。建一亩大棚需投资六千元，建两千亩就需投资一千两百万元，总计四千多万的投资，钱从哪来？这真是异想天开的荒唐想法。乡人大何主席说："武书记，平时看你是一个谦虚谨慎的人，没想到你竟然有如此狂妄的想法，这可不是放卫星的年代。"参会人员哗的一声都笑了，大家都觉得武强的设想太离谱了。武强自己也笑了，他说："大家知道我搞了三十年蔬菜科技，科学是老老实实的学问，哪能弄虚作假，你们何时听我吹过牛？我提出这套想法是经过充分调研论证，论证报告已经写好打印出来，现在是在征求大家的意见。大家尽管提意见，越尖锐越好，但要以理服人。"接着，他长篇大论地论述道："从设施农业和蔬菜种植的经济效益说起，分析了大滩乡种蔬菜的地理优势、生产优势，成为周边城市蔬菜生产基地的可能，强调了县委政府把蔬菜生产作为将来县里支柱产业的决策，出台了补贴建温室大棚的优惠措施，时不我待，等等。"他讲得入情入理，滔滔不绝，把大家都吸引住了。雷书记见多识广，早就不耐烦武强的说教，不客气地打断武强的讲话，说："种蔬菜比种粮食作物经济效益高，这是大家都知道的事，问题的关键在于，一建设施农业种蔬菜是高投入的事，资金从哪里来？二大面积生产下的蔬菜，往哪里卖？这可不是在城关镇种蔬菜，产销能对接。这么多的蔬菜一旦卖不出去，老百姓的眼泪能流成河，可不是闹着玩的。"大家七嘴八舌地表态赞同雷书记的话。武强接着说："我在城关镇蹲点时，连续两年种植葱头，创造出亩产万斤的记录，震动了华北地区，北京、山东、河北等地的专家都来考察，大家一致认为咱们县日照强，温差大，土壤疏松，可以成为葱头生产的高产地带。日本、韩国、蒙古和俄罗斯是葱头需求大国，每年从我国大量进口葱头，已经有不少蔬菜生产经营公司来咱们县联系种植营销葱头的事，这也是县委政府所以会把蔬菜种植作为将来农业支柱产业的科学依据，也是把我这个半老头派来当乡党委书记的一个原因。说句实在话，搞设施农业，种蔬菜，是需要巨额资金，需要足够的技术人才，但我在这方面倒不太愁。愁的是土地的调整和农民生产方式的改变，一家种二三十亩土地，还分成七八块，怎么能大面积生产蔬菜？怎么能建温室大棚？搞出口型的蔬菜种植，必须实行规模化生产，标准化栽培，确保生产出的蔬菜品质优良一致，才能打开并占领市场。推广一万五千亩蔬菜种植，听起来太悬乎，按目前的生产方式，想办到确实比登天还难。但是如果换一种思路来搞，却又简单容易得多。我调查过全乡滩水地种植小麦的收入情况，正常年景一般亩产三百斤左右，浇一两次水，亩产能达到四百多斤，可多数农民因各种原因不浇水，水地变成了旱地。就像今年天旱，亩产不过七八十斤，连生产成本都收不回来。就按亩产三百斤小麦来计算，卖三百斤小麦收入二百元，扣除生产成本每亩纯利润不足一百元。如果我们能够把土地集中起来，出租给北京等地的蔬菜生产企业和客商来种，土地承包费每亩要一百元不成问题，包地费就相当于农民自己种地的纯收入，农民还能到公司的蔬菜田打工赚钱。种植蔬菜的资金技术，公司自会带来，蔬菜销路不用我们担忧。”事情竟然如此简单，大家异口同声地说：“有这等好事，干！可就怕是吸引不来公司和客商。”武强又说：“外地客商不可能与每家农民去谈转租承包土地的事，这件事情应该由我们乡村干部来做。我们村集体出面把农民的土地返租过来，再发包出去种蔬菜。只要乡里引回来蔬菜生产龙头公司，就能带动起全乡蔬菜的生产，农民自己也可以傍着龙头企业种植蔬菜，这样就真正实现了公司加农户的专业化生产模式，或者蔬菜生产发展到一定规模，农民自己建立起蔬菜生产经营合作社组织，只有组织起来实现专业化生产经营，才能在社会大市场上立住脚，赚到钱。”围绕集中土地的话题，与会人员畅所欲言，讨论热烈，最后大家都觉得这对农民来说是件大好事，不难办。只有雷书记提出不同意见。雷书记是一个严肃正统的人，就是思想有点古板僵化。他见惯了那些夸夸其谈、好大喜功，最后却一事无成的人。他对武强的主张是将信将疑，生怕他为了搞政绩工程，最后却落一个鸡飞蛋打、劳民伤财的结果。他说：“包产到户生产责任制是党在农村工作的基石，要确保农民承包土地三十年不变的政策。外地是有把土地收回来集体经营的例子，比如华西村、南街村和大寨。但那是经济发展到了相当高程度后的选择，像我们这种经济落后的地区采取这种措施一定要慎重考虑好。”武强说：“我们不是要集体收回土地，而是用有偿转包的方式集中土地，是在农民互惠互利自觉自愿的基础上进行的，有偿转让土地承包权是农民的一项权利，我们提倡，或者引导组织农民流转土地，决不搞行政强迫命令，雷书记，您尽管放心。”雷书记说：“那自然好。我丑话说到前头，一旦有农民到县里告状，我是一定要处理的。”

武强来小山村蹲点搞建温室、大棚，推广种植蔬菜的工作。他在这里有人缘，工作好开展。武强与小满一道多次召开村民会议，做动员宣传工作，会下不断走访农民，解答疑问，经过十天的忙碌，总算把全行政村的三千六百亩滩水地由行政村转包倒租了过来，承包费每亩一百元。农民家家签字画押同意。对那些愿意继续种地的农民，行政村大力扶持鼓励，他们再从村集体承包土地种蔬菜经济作物，承包费还是一百元，对种地农民来说土地等于从左手转到了右手，只是土地经过了调整，零散地变成了整块大田，种多少随自己的意，更便于种植经营。土地一包就是三年，到期再议租金续签，租金返还给农民，村集体一分都不扣留。这对外出打工的户和没劳力种地的户是大喜事，靠土地出租有了一笔可靠的收入，土地还是自家的，只不过是委托村集体代管。本村农民承包了一千五百亩地，其余两千一百亩就向外地人发包种植蔬菜。有些迁走户口的农户，土地由集体收回统一管理经营，收益用于全行政村的公用事业。在村民大会上，武强提议将集体收回来的五百三十亩土地以每年三百元的价格租给蔬菜公司建温室大棚，租期二十年，农民都很满意，村民大会上做出了同意转包的决议。

下一步工作就是招商引资，往出发包土地。这项工作做得很顺利，武强向北京等地的公司和本县城关镇的蔬菜种植大户发出了信息，不到十天工夫就把土地转包了出去，这几年大家种植葱头得了利，有了成功的种植经验，正想扩大种植规模，有成片土地往出发包，真是雪中送炭的好事。建温室大棚也引进了两家企业，就等收获完庄稼动工建大棚。武强想动员本村的人也建温室大棚，这才是农民致富的可靠的途径。可本村农民没有搞过设施农业，有重重的顾虑。有的提出乡里能不能先建起温室，再卖给大伙种。武强想这也是一个办法，农民自己盖温室，确实也有困难，统一建设，能够降低成本，保证质量。他找施工队提出让他们先垫资建起温室，然后再往出卖大棚收钱，秋季正是建筑行业的淡季，建筑队答应了武强的提议。建筑队的老板凭信武强的为人，知道武强不会让他们赔本吃亏的。

建筑队是机械化施工，没用一个月的时间，小山村就建起了二百亩温室，其中一百五十亩是蔬菜公司自己建的，五十亩是村委会委托施工队建起来的，由村委会负责往出销售。种温室必须抢在春节前收获第一茬菜，才能卖上好价钱。为了调动农民购买温室的积极性，武强就动员乡村干部带头买温室。村主任小满想买，可钱不够，武强就借给他三万元。小满买了两个温室，他对武强说："你那三万元就当入股了，钱我是不还了，我和你捆在一起搞才踏实。"武强只好答应了他。

农民是第一次种温室蔬菜，什么也不懂，武强给他们联系蔬菜订单，购买菜种、化肥、农药，手把手地教他们如何种温室菜。他没明没夜地忙碌了一个多月，小山村的二百亩温室在社会各方的大力帮助下，终于长出绿茵茵的蔬菜，大伙鼓起了致富的信心。没买温室的农户，也有了去温室里打工挣钱的机会，村民们都十分高兴。

大滩乡超常规地发展起设施农业，大面积种植蔬菜，受到了市县领导的重视，县委吴书记给武强打来了电话，说市委书记要来考察，请他做好准备。他当即向在家的乡干部安排接待工作，话还没说完，又接到县纪委雷书记的电话。雷书记接到举报，有人告武强借搞设施农业之际，接受施工队的贿赂，帮助施工队高价卖温室赚钱。武强大喊道："冤枉！社会上都知道建一个温室的成本是多少，在咱们地区还有比大滩乡的温室造价更低的吗？我帮助施工队建温室，最终目的是帮助农民上马设施农业，这是工作的需要，难道是罪过？"雷书记说："没有就好，不要一听有人告状就火冒三丈，当干部就应该经得起考验。我再问你，你们乡干部投资建温室、包地种菜是不是有的事，你个人搞了没有？"武强说："这种事是有的，乡党委号召乡干部带头搞。"雷书记说："真是无法无纪的行为，党中央文件明令在职干部不准经商办企业，难道你不知道吗？"武强说："我认为这不同于经商办企业，这是带头搞科技示范推广工作，承担着风险，有些劳动收入也是正当的。”雷书记说：“乱弹琴，纪委要派人去查。”武强说：“好吧，我们接受审查。”武强放下电话，望着一屋发呆的干部，不由得放高腔：“按照我刚才的安排，该干啥，就干啥，发什么呆，赶快分头行动！”乡干部一哄而散。只剩下武强自己发呆，生活、工作就是这样的复杂，对错相连，祸福相倚。武强叹口气，站起来，喊司机开车下村。他的人生信念是：只要干事，不计得失，功过是非，任人评说。

小小说篇

军 粮

深秋的不儿罕山，大地飞霜，白桦树飘落金叶，枯黄的牧草在寒风中抖动，排成行的大雁哀鸣着恋恋不舍地向南飞去，大山一片肃杀的景象。大汗在圣山山顶上已经流着泪向长生天祈祷了一天一夜。花剌子模国的国王真是一个十恶不赦之徒，他竟敢把蒙古国派去的友好使者——大汗商队的四百五十人杀死，抢走了全部货物。成吉思汗祈祷长生天保佑，他要将花剌子模国灭掉，将摩柯末国王碎尸万段。

众将士在山下已经守候了一天，他们知道大汗像雄狮一样勇猛，心思却像狐狸一般狡猾，他在下灭花剌子模国的决心，周详地考虑作战计划。虽然将士们望着大汗石像般的身影十分焦虑，却无人敢劝大汗下山。

一个腰系油腻围裙的五十多岁的伙夫提了一个陶罐，一个食盒，走近团团乱转的将官身边，面对术赤主将从容进言道："圣主吃了我这罐饭就会下山。"

众将官将惊诧的目光聚焦在这位大汗御用的伙夫身上。

术赤大睁鹰眼，问："张三宽，你知道父汗现在在想什么？"

张三宽说："军粮。"

术赤说："哦，那我先尝尝。"

张三宽从食盒里取出一个木碗，用勺子从陶罐里舀满面糊，双手进献大公子。

术赤喝过两口，一股麦香肉香味充满口腔，蒙古人日常是喝牛乳吃羊肉，从不喝面糊，但术赤的口腔肠胃对这碗面糊并不排斥。术赤说：“这是用啥东西熬成的粥？”

张三宽说：“莜面和羊肉。”

术赤说：“是用铃铛麦穗加工成的面？”

张三宽说：“是的，是莜麦面。”

术赤想起来了，那年进军中都，路过宣德府，在坝上的农田里见过这种作物，当时，战马低头进食莜麦穗，鞭挞都不肯抬头。术赤干脆放纵部队战马饱食了一顿莜麦穗，然后急行军一百多里，遇见强敌当道，战马还能像一股飓风一样冲杀过去。事后，术赤感叹道：“这莜麦可真是军马好饲草料。”

术赤问：“吃莜面耐饥？”

张三宽说：“当地人有句俗话，六十里莜面三十里糕，二十里的荞面饿断腰。”

术赤笑了，说：“莜麦是好马料。”

张三宽说：“也是好军粮。牧人背一袋炒熟的莜面、炒熟的黄莜麦，十天半月不动锅灶，照样干活劳动。”

术赤大喜，兵马未动粮草先行，这是行军打仗的常识。进军花剌子模国，要越过八百里的沙漠戈壁，那里缺粮少草，军队即使能顺利走出戈壁，也人困马乏，咋能打仗，这是大汗和全军将士都在考虑的重要问题。如果每匹战马驮着半口袋莜麦，每个将士背着炒熟的莜面、黄莜麦的军粮袋，就解决了将士的军粮和战马的饲料问题了。

术赤接过张三宽的陶罐食盒，向父汗走去。

当晚，张三宽被大汗任命为军需官，五天后，大军粮草备齐，出征。

蒙古大军走出戈壁，就见前方敌军已经排兵布阵，以逸待劳，准备决战。

蒙古大军的将士不慌不忙，下马把口袋里的莜麦让战马吃净，自己也从军粮袋里掏几把烧熟的黄莜麦嚼食。两个时辰过后，全军的将士翻身上马，军队就像龙卷风般冲向敌阵，花剌子模敌阵顿时土崩瓦解，全国陷入混乱之中。

五块钱

金大娘阴沉着脸，气鼓鼓地走来，我按住电梯门的键等她进来。金大娘不说话，我也不敢去问。到了我们住的那层楼，我扶着金大娘的胳膊出了电梯间，随口问了一句："您吃过饭了吗？"金大娘说："饭是吃了，更吃了一肚子气。"边说边摇头，拿钥匙开了门，进去了。

我租房住进了这栋楼房，与金大娘成了邻居。金大娘是一个小学的退休老师，已经八十多岁了，女儿出国定居，她平时的生活很寂寞，亲友来往不多。每天下午，我们几个退休老人常在小区的小公园里闲坐唠嗑，金大娘也常来，我们就熟悉了。有时在菜市场遇见她买菜，我会帮她把菜提回来。

第二天下午，我们几个老伙伴照例在小公园里见面了。金大娘还是心事重重的样子，一脸不高兴。我说："您妹妹昨天上门来，请您去饭店吃饭，走时高高兴兴的样子，何事让您生气？"金大娘叹了一口气，说："难得妹妹上门请我去吃饭，这可是十多年来头一遭。我们是在金火锅吃的涮羊肉，结账时，服务员说消费了五十五元钱，我妹妹掏出了五十元，说没有零钱了，免了吧。我当即从钱包里掏出五元钱补上，没想到我妹妹到柜台说我八十多岁了，想把我给的那五元钱要回来，你说丢人不丢人呀，我羞得恨不得找一个地缝子钻进去。我是有退休工资的人，一辈子都没做过丢脸的事。你说，这事做的让我出去咋见人呀。"我安慰金大娘，您的妹妹做事是有点唐突，不够恰当。但小事一桩，您不必特别在意。几位老人也在旁边劝说。可金大娘却不大认同，她揪着自己的脸皮说：“人老了就能这样做？”

从此以后，这件事成了金大娘的心病，甚至见了人就有躲避的意思。她坐在公园的一角，嘴里不断地叨咕，可又听不清她在说什么，我几次开导都不起作用。金大娘的自尊心太强了，总认为自己做了对不起人的事。我感觉这样下去，金大娘会出问题的。我忽然想到，我请金大娘再去金火锅就餐，来打破金大娘这个思维怪圈。

我对金大娘说，要请她去金火锅吃涮羊肉，金大娘先是一怔，随后同意了，但她说，由她来付钱。我欣然同意。

那天，我与金大娘在金火锅吃得很愉快，吃完，我喊服务员结账。服务员拿来菜单与我合计，按了几下电子计算器，报出消费数，总共花了六十八元五角。金大娘豪气地掏出钱包，点出六十九元钱。服务员退回一元，说：“五毛零头就免了吧。”金大娘说：“那不行，我从来不占别人毫厘的便宜。”我向服务员挤了挤眼，服务员领会了我的意思，笑着拿钱走了。一会儿，服务员陪同大堂经理来了，服务员先递给金大娘找零的五毛钱，笑着说：“这是您的零钱。”大堂经理随后递给金大娘一份点菜单，满面笑容地说：“这是我们餐厅的菜单，请您保存好，欢迎您常来。”金大娘爽朗地说：“我会常来的。”

总算是乌云散了，雨过天晴了。

大立柜

金大娘坐上本家侄子小六开的小车，心急火燎地赶到旧大院，下了车就看到院里停着一辆小四轮拖拉机，车厢里立着的一对立柜正是自家的心爱之物，一个光脑袋的老头正在用粗麻绳捆绑那对立柜。金大娘就像麻绳在心头上勒过，心疼得要命，她不由得紧走了几步，用手扶住拖拉机车厢，喘着粗气问司机："谁让你拉的？你往哪拉？"

老头扫了一眼金大娘，一个六七十岁的老太太，罗圈腰，苍白脸，有气无力的样子，穿戴的衣服虽然样式陈旧，但还算得体，很文静，依稀有几分美人迟暮的感觉。老头就赔着笑脸说："我是小南沟村的，我们村整体扶贫搬迁，村里人都搬到城里来了，昨天我正在拆房干活中，听有人喊，要卖这对立柜，我就花了五十块钱买下啦，咱光棍一条，实用就行了，不讲究时髦好看。"

金大娘说："这是我家的东西！"

老头说："噢，卖立柜的敢情是你的儿子？"

金大娘说："五十块钱就卖了？当年做这两件立柜光工钱就花了两百二十元，那时候的钱多值钱，十块等于现在的一百块！做这两件立柜，水曲柳三合板用了五张，木料用了两厘多。三合板、木料那会儿多难买呀，我求爷爷告奶奶，用了两年时间才备够了料。立柜做成后，全大院里人谁不羡慕，争相来我家串门看，这对立柜整整陪伴了我三十年呀。”

老头笑了，说：“老太太舍不得卖，我就不买了，我给你送过去，就要五十块钱的运费。”

金大娘怔住了，立柜往哪拉呀？旧房就要拆迁了，分到手的安置新房有大小两套，儿子占了一间小套的，大套给孙子结婚当作喜房了，自己连老窝都没了，只好暂住在闺女家一间四十二平方米的旧楼房里，要不是闺女两口子到大城市打工走了，自己连个住的地方都没有了。闺女家里堆得满满当当，哪能放得下立柜。放到儿子的新房里吧，儿子凶巴巴的，不光嫌弃人，连自己用过的东西都嫌弃，这不，连招呼都不打，家产就被他随便糟蹋光了。金大娘十分伤感。

小六开口说：“大姑，快让人家拉走吧，你拉回去往哪放？军哥要处理的东西，您要留，不是找骂？我早说过，当初你留小套，大套给军哥，军哥儿子的婚房，让他去想办法，一辈人不管隔代的事。您亲儿子，不听我的话，如今自己连一个窝都没了，更多麻烦后悔的事还在后头呢。”

老头一边听，一边不住地瞅金大娘，不由得接过话头说：“我住的移民小区离这里不远，二栋二单元三楼西户，你可以上门看你的立柜，我叫张兰太。”边说边从车厢里捡起一张旧画报纸，撕下一条，从衣兜里摸出一支油笔来，翻过纸条的背面，把自己的楼房号和手机号写在纸上，递给了金大娘。小六伸手从旁拿过字条，瞅了一眼，意味深长地打量着老头，说：“没想到你的钢笔字写得这样好。”

老头说：“祖上也算是书香门第，唉，那个年代家庭成分不好是天大的事，人拗不过命运，只能打光棍了。”

小六是笑非笑，正要开口说话，没想到，金大娘探过手来把字条接了过去。小六一愣怔，心有所动，随后笑了，说：“唉，大姑苦命，能换个活法也好。”

真尔美

真尔美爱笑，走到哪儿都能留下一串银铃般的笑声。

真尔美爱笑不是天生的，小时候家里穷，姐弟五个，她是老大，父母整天下地劳动，顾不上管孩子，只能是大姐管大弟，大弟管大妹，大带小，一起长大。作为家中的老大，自然责任重大。放学回来，真尔美赶紧忙着做饭喂猪。父母收工回来，一旦发现弟弟妹妹们哭闹闯下了“祸”，不分青红皂白，首先责骂真尔美一顿。那时候，真尔美只有做不完的家务活，挨不完的骂，哪有欢笑伴随。

真尔美做了媳妇才有了笑声。婆家在呼市郊区，婆婆已经不在了，真尔美进门就当家。婆家的家境并不好，二亩半一个破大院子里，只有歪歪扭扭的两间正房，院墙也东倒西塌了，显得荒凉破败。真尔美进门看着这个破大院子就笑了，穷不怕，就怕没有翻身的本，这么大的院子干啥挣不来钱呢？可干啥合适呢？她想起村里的一句老话，瓜菜一分等于良田一亩。对，就育秧种菜，呼市那么大，人口那么多，何愁卖不出菜？

真尔美把想法向自家男人一说，他的头摇得像拨浪鼓。丈夫是那种文化不高主意挺硬的主儿，自带城郊人比乡下人高三分的骄傲，能听你真尔美的话？真尔美是穷人的孩子早当家，有的是办法，她对付犟毛驴采用的是顺毛捋。她对丈夫笑脸相迎，笑语相劝，笑得男人五迷三道，笑得男人神魂颠倒，笑得男人放了话，这个家由你去折腾吧，只要不把老子卖了就行。

得到男人的首肯，真尔美就放开了手脚干。种菜离不开水，先要打一眼机井。打一眼机井需要五千块钱，比盖三间大瓦房还贵。真尔美家的柜子里只有二十块现钱。这难不倒真尔美，她去乡信用社贷款。谁知，信用社的老主任对真尔美殷勤的笑脸，连眼皮子都没抬。就你家的穷底子，贷上款拿啥还？此路不通另辟蹊径。张副乡长是个女的，很有事业心，负责管理着她们村。真尔美就缠上了张副乡长，说致富规划，谈发家打算，表带头闯路的决心。真尔美的桃花笑脸硬是把张副乡长感动了，由她出面协调，真尔美终于贷上款，打成了机井，把院子整成了菜地。乡里把真尔美家列为科技示范户，是区里农技站的联系点。

真尔美在乡干部和科技人员的帮助下，菜越种越好，收入一年比一年高，公公和丈夫有了笑头脸。这个媳妇不简单，整天嘻嘻哈哈地笑，笑得人民币哗哗往家里流，敢情娶回个喜神来。他们也不去工地打工了，忙着种菜卖菜。

笑脸是真尔美的名片。真尔美凭着真诚的笑容，结识了各路朋友，家里的蔬菜种植经营得越来越好。后来，村里种菜的人多了起来，真尔美就把主要精力用来培育菜秧和果树苗了，菜秧、树苗更赚钱。

城市扩展到村边了，村民们突击盖房，以便将来拆迁时争取较大的利益。可区政府派下来的工作队严密监视，不允许村民不经批准违法滥建。家里的男人和公公着慌了，自家只盖了三间正房，大院里都种菜、育苗了，拆迁那是按照建筑面积赔偿的，自家岂不要吃大亏？真尔美面对家里两个男人责难的目光自信满满地说："你们放心吧，我们家得到的拆迁补助金肯定是村里最多的。"果不其然，没过半年，村里张贴出拆迁公告，随后，拆迁工作队进户与每家签订拆迁补偿合同，拆迁标准早已张榜公布，一平方米土房换一平方米楼房，院子按每平方米一百元补钱，真尔美家算下来，只能补偿一百平方米的楼房，价值二十万元。乡政府工作人员满带同情地对真尔美家人说："你家光有一个大院子，房子的建筑面积小了点，补偿就少了点，但这是没办法的事，谁都不能突破补偿规定，不然就乱套了，拆迁工作就无法进行下去了。"男人和公公顿时绿了脸，说不出半句话，只是把埋怨的目光对准了真尔美。

真尔美满面笑容地对三位政府拆迁工作人员说："遵守政府的规定是公民应尽的职责和义务，我们都要依法办事。国务院和自治区有关拆迁条例中规定，拆迁要按地面物的实际价值进行补偿，没错吧？"工作人员说："是有这样的规定。"真尔美说："我家院子里种的是果树苗，你们看到了吗？"对方说："是果树苗。"真尔美说："那你们就调查一下这个院子里种了多少株果树苗吧。"真尔美的要求合情合理。那就调查吧。工作人员老李带着小张、小王来到苗圃，抽点调查，拿出卷尺、计算器干开了，好大一会工夫才干完，计算核实好数据，三个人脸都绿了，这个院子里的树苗竟然有三万多株。真尔美说："准确数字应该是三万两千六百二十株，这是良种果树，去年秋天，区林业站采购了我家两千株果树苗，每株按二十元结算的。我家的机井是在水利局备案挂号的，一口机井的价值应该在二十万元吧，乡政府拍卖造纸厂，就是对厂里的机井这样估价的。"老李被这么大的补偿数字吓住了，一言不发带着小张、小王走了。第三天，区里的张书记带着一帮人又来了，女副乡长升任书记了。真尔美满脸笑容地迎接，并与张书记一行人谈判，她笑里藏针，软中带硬，依法依理讲事实，把张书记等人说得张口结舌。逼得张书记求情道："真尔美，我知道你是一个知情达理的人，不管你多有理，政府的拆迁款有限，你就少要点吧，就算支持政府的工作。"真尔美笑眯眯地说："那好，公民理应为政府分忧解愁。这样吧，拆迁款我只要二十万现金，你们把乡办猪场顶给我算了，我把树苗也带走吧。"女书记如释重负。乡办猪场是人民公社时期留下的产物，早就垮掉了，只留下一个八亩大的空院子，离这里还有三公里远，值不了几个钱。良种树苗虽然值钱，但要等到秋后才能长大出售，眼下只能被推土机一推了之。用废弃的东西解决拆迁难题，何乐而不为呢。三天后，乡政府开会通过了真尔美的要求，双方签订了法律文书。当时，村里人还笑话真尔美家失算了，他们高高兴兴住楼房去了。真尔美一家搬到猪场继续苦熬苦干。谁能想到，没用三年时间，真尔美的新居又被政府拆迁了。拆迁款的补偿一年比一年高，这样，真尔美家发得按也按不住了。就连真尔美的老公走起路来都在偷笑。这下，村里人都佩服真尔美的眼光，别看真尔美整天嘻嘻哈哈，人家心眼真多，看得真远。

真尔美有了钱，日子越过越潇洒，笑声越发响亮。她家买下一座商住两用楼，成立了一家文缘公司，真尔美自任经理，专门经营文化、教育用品，办有幼儿文艺特长培训班、音乐美术助学基地等机构，经营得风生水起，财源滚滚。传统生意当然要做，真尔美还投资饭店，专门做红白宴席生意，还养着一个婚庆乐队。真尔美的兴致上来，宴席上也常登台高歌一曲，图的是客人快乐，自己快乐。城里流行开广场舞，真尔美成了领队，领着一百多位大妈扭腰舞扇，笑声一片。

真尔美爱笑，笑得爽朗自信，笑得朋友多多，笑得生意通四海，财源达三江。

一袋山药蛋

大清早，孙明生把冰箱里的剩大米、剩菜倒在一个海碗里，用暖壶里的热水一冲，正在连吃带喝的时候，老同学张勇忽然上门来了。

张勇扫视了一下孙明生寒酸的家，心里很是凄然。如今，社会老实疙瘩就是吃不开，恐怕小学同学中只有孙明生还住在父母留下的平房里。张勇问道：“你还在工地上干活？”孙明生说：“我只会瓦工手艺，还能到哪去。”张勇说：“嫂子和闺女呢？”孙明生说：“俊芳到包头姨姨家去了，小芳已经上初三了，全校排名进了前二十名，唉，孩子学习越好，我的压力越大，拼命挣钱吧，看样子得供着念大学、读研究生。”张勇说：“孩子有出息，就是父母最大的希望。拆迁很快就要轮到你们这片了，你家的生活会有很大改变的。”孙明生说：“唉，就愁拆迁补偿了楼房也是装修不起呀。哎，你大清早上门有啥事？”张勇说：“我老舅家捎来一袋山药蛋，我想放到你家窖里。”孙明生说：“放吧，当年这个山药窖还是你和我挖成的。”

张勇从停在大门外的小车里取出一个编织袋，袋里装着山药蛋。孙明生已经打开窖盖，下到窖里，他接住张勇手上的编织袋，放到窖里，上来拍拍手说：“我得上工地去了，改天咱哥俩聚一聚喝顿酒。”张勇说：“我用车送你一段？”孙明生说：“回来咋走？我还是骑车吧。”两人分手，各自走路。

地上冻后，工地就停止施工了。孙明生不愿意窝在家里，就到桥头等人雇佣，干点零活，好歹挣点小钱。老婆打来电话，让他早一点回来，去她妈家吃饭。孙明生猛然醒悟，哎哟，今天是岳父的生日，每年这一天，他们都在外母娘家吃饭。他正要起身走，遇有人雇佣往五楼搬运装修房的材料，等待了半天才来了一个干活的机会，孙明生不愿放弃。孙明生干完活已经是十一点四十分了，他着急了，狠心破费了一回，打出租车来到外母娘家。

菜已上桌，孙明生进来就开席。岳父岳母都是朴实的退休工人，与孙明生相处得很好，没有丝毫嫌弃孙明生没本事挣不来大钱的意思。小舅子穷汉乍富，有点张狂，有时喜欢挖苦孙明生几句。孙明生也不恼，只要你过得好，我就高兴，起码不用像过去那样来抠我。小舅子果然叫阵，入座后，就叫嚷着罚孙明生三杯酒，说孙明生是个钱迷，为了挣钱啥也不顾。孙明生老老实实地认罚，心里还有几分甜蜜，一家人吵吵闹闹才过得有意思。餐桌上堆满了猪羊鸡鸭肉，可孙明生的筷子总往炒山药蛋丝盘里伸。小舅子就嘲笑他，说："天生就是一个山药蛋的命，贱！甚不值钱，就喜欢吃个甚。"孙明生自我解嘲地说："你骂对了，我就觉得山药蛋最好吃。"老婆笑道："没出息的东西，我就知道你顿顿离不开山药蛋，特意从咱家带过来一篮子。"孙明生随口问："不是从窖口白色编织袋里拿的吧？"老婆说："哎呀，我就是从那个袋里拿的山药蛋。"孙明生着急了，高声道："我不是和你说过，窖口那袋山药蛋是张勇的嘛。"老婆说："我忘了。"孙明生说："人家的东西，你能动？这咋办呀？"小舅子看不下去了，插话道："几个不值钱的山药蛋，也值得你发火，瞧你那个小家子气的德行！"孙明生说："这不是小气不小气的事，替人家保管东西是个诚信问题。"岳父说话了："你真是一个榆木疙瘩死脑筋，红皮山药蛋，菜市场有的是，你不会买上补齐，你别把山药蛋当成个金豆豆，一惊一乍的，也不怕别人笑话。"老婆骂道："张勇是你小学时的同学，平时好得要命。就是把他放的山药蛋都吃了哇是个啥事，你一个丢人现眼的闷葫芦。"孙明生有话难言，脸憋成了绛紫色，忍受着众人的说教。好歹等主食上来，孙明生草草吃完饭，就蒙头站起来，径直走进厨房，提上篮子里剩余的山药蛋，对岳父岳母说："改天我再给您提来山药蛋，这是人家张勇的，要拿走。”说完头也不回地出了门，他躲避着岳父一家人射来的鄙视目光和老婆的骂声。

没过几天，张勇上门要把山药蛋拿走，孙明生苦着脸把缺了几个山药蛋的事说了个清楚。张勇说：“几个山药蛋，吃就吃了，补什么。”孙明生说：“如果是你的山药蛋，我自然不会如此啰唆，你也是为别人保管的呀。”张勇说：“我那个姥姥是个日怪人，山珍海味不稀罕，就喜欢吃个山药蛋，还说山药蛋放在土窖里才不会变味，害的我老舅到处找土窖。”孙明生笑了，说：“原来世上好吃山药蛋的人多了。”

又过了几天，张勇上门请孙明生去喝酒。孙明生为一袋山药蛋窝了一肚子的火，不愿意跟张勇走。张勇不由分说地将孙明生连拉带拽上了车。车开到一处高档别墅区，两人下了车，孙明生一脸疑惑地问：“来这里干啥？”张勇也不解释，拉着孙明生进了一家的门。在富丽堂皇的餐厅里，孙明生迎面看见公司王总在座，顿时手足无措，涨红着脸，走也不是，站也不是，话堵在嗓子眼里说不出来，眼睛可怜巴巴地瞅着张勇求助。王总爽朗地笑着说：“原来是孙师傅，快请坐。”孙明生的脚像钉在地上，动也不动。张勇上来拉他坐下，说：“我老舅特意请你来喝酒。”原来王总是张勇的老舅，可他请我喝酒为啥呀？孙明生眼盯着张勇，一脸的疑惑。张勇说：“我老舅感谢你为他储存了一袋山药蛋。”“哦，原来如此，可就这么点芝麻小事特意请我喝酒？”孙明生还是不明白。王总已经端起酒杯，向孙明生敬酒。孙明生赶忙站起来说：“王总，不敢当，不敢当。”大家一起碰了杯，在王总的带动下，一口干了。坐下后，王总说：“你来我公司工作已经三年啦，我只知道孙师傅技术好，干活做事很认真，今天才知道是你还是一个十分讲诚信的人。”孙明生说：“王总过奖了。”王总继续说：“我老娘一直住在深山老家里，今年我好说歹说把老娘弄到城里来了。老娘来时带来两袋山药蛋，一袋放在厨房里吃，另一袋我放在地下室里储存。老娘说山药蛋离了土就变味，让我放在土窖里。可别墅区里哪有土窖呀，正好张勇上门，找你帮忙解决了这个难题。从你家拿回山药蛋，张勇说你媳妇吃了几个，你又补上了。我检查后，发现你补了五个山药蛋。”孙明生很惊奇地说：“你咋知道补了五个，能分得出来？”王总哈哈大笑，说：“我也是庄户人家的子弟，从小就种山药蛋。我们山区的地是灰质土，从山药蛋皮上沾的泥土一眼就认出来了，况且一吃就知道了，我们那里种出的山药蛋口感特别沙。从这件事上，我看出孙师傅是一个特别认真、讲诚信的人。”孙明生忙说：“我是没本事的人，难得王总看得起。”张勇在一旁介绍，说孙明生办事有原则，是最靠得住的人。王总说：“我也和你一样，是个说老实话，办老实事的人，别看世上那些所谓的聪明人，能赚上一点小钱，可能成大事的人很少，因为他们不讲诚信，路越走越窄。”三个人酒逢知己千杯少，干了一杯又一杯，越谈越热乎。

临散场，王总说出一个让孙明生改变人生的决定：开春聘孙明生为工长。工长要比瓦工师傅的工资高两倍，而且冬天不干活也发工资。孙明生连忙推谢：“谢谢王总的厚爱，我怕胜任不了。”王总说：“你有技术，是内行。你干事认真，讲诚信，这就是能够胜任工长的最好资本，好好干吧，我不会亏待你的，二十多年前，我也像你一样，是一个老实本分的打工人。”

田头相遇

小车就要驶进村口，王林却把车停在路边，下了车。儿子小磊也跟着下了车。眼前这块地里的大黄蒿长得有一人高，被碧绿的玉米青纱帐包围着，分外刺眼。小磊脱口而说：“真是可惜，这么好的地竟然撂荒了。”王林阴沉着脸，说：“这是咱家分的责任田。”小磊傻眼了。

一阵哗啦啦的玉米叶响，从地里钻出一个黑红脸膛的老汉来，汗水在花白胡须丛中胡乱地流淌着，浑浊的花眼直勾勾地盯着王林看。王林一阵愣怔，迟疑着开了口：“你是田大。”田大一笑，说：“你是贵人多忘事，我倒是一眼就认出了你。”王林忙伸出手，拉田大到地头，吸烟拉话。田大说：“听说你在省城发了财，成了大老板了，开的车比县长的车都高级。”王林说：“马马虎虎，有口饭吃。你咋不把这块地也种上，撂荒了，多可惜。”田大说：“这是你家的地，你不说话谁敢种？”王林说：“前年我表弟也进了城，我让他把地转让出去，谁知他没照办。”田大说：“村里的年轻人走光了，留下的老年人也种不动了，地可不像过去那样金贵。”小磊插话道：“一亩地能收入多少？”王林介绍道：“这是我儿子小磊。”田大惊讶地说：“你离村时，还穿着开裆裤呢，现在干啥工作？”小磊说：“研究生刚毕业，正在选择。”田大说：“干啥都比种地强，风吹日晒，一亩地只能收入五六百块钱。”王林说：“我开的超市需要一个夜勤人员，要不你去我那里干吧，一个月工资等于你三亩地的收入。”田大说：“有句老话，庄户人纳了粮，等于占山为了王。如今种地不用交公粮，政府还有补贴。种地虽苦，可自在。”王林父子一起笑了。

车继续上路。王林感叹地说：“我当年要是不把土地抛下进城，与田大一个样。脱离农村，等于割断了穷根。”小磊说：“我倒看出了农村的商机，五百元一亩，就可把土地转包到手，建温室大棚，为我们超市生产无公害蔬菜，实行产供销一条龙经营，大有可为。”王林说：“田大种地发不了家，你一个五谷不分的人能行？”小磊说：“关键在于转变生产方式。”……父子两人又争辩了起来。

转让土地

乔老牛蹲在自家地头，一支接一支地抽烟，他心里烦躁呀，有人要他转让这五亩地，这可是要割他心头上的肉。村里包产到户分给他家三十亩地，只有这五亩滩水地是旱涝保收田，全家人有了这五亩地，就不用愁肠温饱，这地是全家人过日子的定心丸。张家孙子明亮勾结来南蛮子竟想把村里整个南滩的千亩好地都转包走，做梦去吧，我老牛就是死活不转让，土地承包使用证在我手里，你能咋的。

老伴气喘吁吁地赶来了，边走边喊，老牛装聋作哑不理睬。老伴走近老牛身边，脚踢手拽地把他拉了起来，嘴里嚷嚷地骂着催老牛回家，乡长村主任等一干人在家等他。老牛慢慢腾腾地挪着步，想让老伴回去对客人说找不见他，躲起来。老伴骂他不识抬举，竟敢对乡长、村主任摆架子，榆木脑袋老顽固，算不过账来，人家明亮要转包土地，每亩地每年按二百四十斤小麦的折款给钱，你自己种哇能收多少？不用下地干活流汗，不怕天旱雨涝雹子打，春天就收了土地转让费，这样的好事找上了门，你还作酸。老牛是一个精明的庄稼人，岂能算不来土地收入账，这块地自己种了三十年，年年能打多少粮，种粮成本有多高，心里有一本明明白白的账。每亩地丰收年能打四百斤小麦，最旱的那年只收了一百六十斤。人家一亩地按二百四十斤小麦给，加上籽种化肥耕作费，实际上等于自家种亩产四百斤小麦的收成，往出包地比自家种划算得多。当然，刚包产到户那几年，机电井配套，种水地小麦亩产上过八百斤。可后来有人要浇地有人不浇，有人浇了地却拖欠着水电费，一来二去，水井电线也被人卸走了，水地也就变成了旱地。老牛对那块地太有感情了，觉得自己去种，心里才踏实，就不断找借口拖着。转包地的事村里已经酝酿了二十多天了，人家明亮不断让步，村里人除老牛一家外都签订了土地转让合同，老牛家成了钉子户。

路上，老伴对老牛摊了牌，说儿子打回了电话，让咱们一定要把地转包出去，每亩给二百四十斤小麦的价钱已经很合算了。老伴生气地说："你要再死犟，全家就按人分地，我们把地转包出去，你就种你那一份地去。还说，人家明亮要包整块地，就因咱家的原因搅黄了全村转包地的事，我怕被村人的唾沫淹死，干脆离婚各过各的吧。"老牛阴沉着脸，凶巴巴地说："想另过还不容易，我用锄头拍死你，把你埋在荒田野外好好另过。"老伴噘着嘴说："看你那个德行，就有点欺负老婆的能耐。"

老牛一进村，就感受到了来自村人的压力，四大娘迎在村口安顿老牛："牛娃子，快把地转让出去吧，大娘早种不动地啦，你又能种几年，转包地，这可是瞌睡送来枕头的好事啊！"从城里赶回来签订土地转包合同的年轻汉子、小媳妇，说话就直截了当了，虽然用牛大爷、牛叔来称呼他，可话语就有几分威胁的成分，意思很明白，不能因为你影响全村人往出转包地。老牛有着牛板筋的脾性，可牛也得合群走呀。

进了自家家门，乡长、村主任、明亮等一干人都站起来迎接他，乡长拉他坐到身旁，明亮递来纸烟，村主任奉承他是全村最会种地的人。老牛解嘲地说："如今是最会种地的人不让种地了，最不会种地的人却要种全村所有的地。"明亮笑了，他想起念书时，假期参加队里的割麦子劳动，自己握不紧麦把，把麦穗散落在地里，老牛作为生产队队长骂他，说："连麦子都不会割，你将来会饿死，能有啥出息。"自己把镰刀一摔，朗声地说："你记住，我天生就不是一个种地的人。"然后扬长而去。明亮说："我承认我至今也不是一个庄稼人，但与我合作的那个山东侉子却是一个农大毕业的高才生、蔬菜经销商。人家的种地法就连您这样的庄稼人也想不到。就说种马铃薯吧，人家用专用拖拉机犁地、施肥、播种、复地膜，一次完成，喷灌机转一圈人工降雨浇五百亩地。我记得有一年，县长来咱村包点种高产田，你指挥社员把全村的羊粪鸡粪集中施到了五亩地里，秋后每亩起了五千斤马铃薯就觉得很了不起了，人家喷灌马铃薯平均亩产起码在六千斤以上。人家生产的马铃薯个头均匀，品质好，专供北京超市，每斤马铃薯的价格一元以上，你种下的马铃薯大小不均匀，卖上五毛钱就烧高香了，咋比？”乡长接起话说：“现代农业是高投入、高产出、高收益，所以人家给了我们土地转包费还有钱可赚。转包土地对社会有利，对包地企业有利，当然首先对我们农民有利，包地费相当于我们自家种地的纯收入，你们还可以去给他们打工，像老乔这样的庄稼把式他们最喜欢雇用，干一天八小时，工资起码在五十元以上，何乐而不为呢？”老牛说：“那真是块好地呀，养活了我们全家人三十年，要是再通电恢复成水地，产量能上千斤。”村主任说：“我和你努了多少劲都办不成，村人心不齐，水地只能变成旱地，人家明亮一上手就直接搞喷灌。”老牛无奈地地叹一口气说：“地转出去了，今后就给明亮当长工吧。”明亮跳起来说：“你给我当长工？你是地主儿，就是如今的地主，我首先是你的长工。”大家听了哈哈大笑，老牛听了心里也舒坦，跟着大家笑了起来。

成功的比拼

于成久莽撞地推开宴会厅的门，望着一群油光粉面的男男女女发了呆，敢情走错了门？主持人老魏皱了皱眉头，走过来扬起手，正要让这个乡巴佬出去，可看见这人的额头上有一片红胎记，忽然想了起来，疑惑地问："于成久？"

于成久露出走风的大板牙，笑着说："我是于成久，看着面熟，想不起你是谁了。"老魏扬起的手攥成了拳头，重重地打在于成久的肩上，高兴地大喊："于成久，你还活着！"大厅里凝固的空气顿时激发了，同学们纷纷走了过来，热情地与于成久握手说话。于成久与在座的同学有二三十年没见过面了，难怪相见不相识。

想当年，于成久是市一中高三班的活跃分子，是文体特长生，吹拉弹唱，样样拿得起，乒乓球更是全校冠军，和班里的同学都能玩到一块。谁知，命运开了一个玩笑。高考时，他考了一个省体校的大专班，毕业分配时，分到了一个偏远山区的农村中学，然后在乡下成家落根，远离了城市，疏远了昔日的同学和朋友，虽然在几次同学聚会上，于成久也接到了口信，可那会儿他正陷于养儿育女水深火热的生活煎熬中，哪有心情参加什么同学聚会，他开始被大家遗忘了。半个月前，于成久回城后意外地遇到高三班主任刘老师，双方留下了手机号码，这才参加了这次同学聚会。

俗话说，三十而立。于成久的这班同学，都已年近五十，事业发展得如日中天，那六个考上大学本科的同学，从政的已经有当副市长的，从事科教文卫的起码都有副教授的职称，都是事业有成，春风得意的样子。那几个高考落榜的差生，也是异军突起，其中不乏腰缠万贯的商界精英。于成久看到同学们混得这样好，既高兴羡慕，内心难免又有几分失落，但他是一个善良的人，他端着酒杯转着桌子与同学们叙旧干杯，喝得脸红脑涨。可一等于成久转过身子，一桌的人就对他露出会意的怜悯脸色。你看他那历经风霜的紫红色的脸庞，一身松垮的半旧蓝灰衣裤，手脚笨拙的举止，咋就混成了一个乡巴佬。岁月真是无情呀，昔日那个风流潇洒小生哪里去了。张山拉起身边年轻妖娆的老婆一起与于成久干杯，把于成久吓了一跳，他原以为那是张山的女儿呢。张山说："于成久，咋不把嫂夫人领来？"于成久说："照料家里养的猪鸡牛羊，哪能走得开。"老魏站起来敬于成久酒，说："你能扎根山村献身教育事业，值得敬佩。"于成久苦笑着说："我那是没本事，谈不上高尚。"旁边的李华插嘴说："唉，张市长曾在你那个县挂职副书记，你咋不找他，设法调回城里来呀，在学校时，你俩可是乒乓球双打伙伴。"于成久老实地说："想过回城，可又怕回城，家里就我挣工资，拖家带口地回了城咋活呀？我也曾去过一趟县委大院，没见到张成礼。唉，人穷志短马瘦毛长，咱不敢麻烦人家大领导。"李秀梅探过身来问："你孩子还好吧？"于成久说："女儿在一家民办剧团唱戏，儿子学体育。"李秀梅说："于成久，了不得，我们都是独生子女，就你是儿女双全。"于成久嘿嘿一笑，说："沾了老婆是农民身份的光，政策允许生二胎，不过，日子也就比你们过得更艰难些。"大款杜秋动了恻隐之心，感慨地说："我公司正要投一笔公益善款，就捐给你所在的学校吧？"于成久长叹一声，说："我在那所学校待了近三十年，要是早几年能争取回来一笔赞助款，那该多好，可如今学校已经撤销了，就留下我看门，我也等着退休了，用不着捐款了。"杜秋说："那你的孩子可以到我们厂上班。"于成久连连致谢。隔壁桌上，张隽对李青说："命就是命，没想到当年班上的活宝变成了如今这样的死宝，你庆幸当年没追到他吧。"李青笑着说："还是我的命好。"张隽又说："要是我，混成这样，打死我也不参加同学聚会，丢人现眼。”李青环顾了一下大厅，在座的哪个同学不是功成名就的样子，就那些下岗的同学没有来。说白了，同学聚会还不是有本事的同学炫耀显摆的场合。

于成久抬头看见表针指向九点钟，忙向同学们告别，老魏奇怪地问：“于成久，你这个乡巴佬进了城能有啥着急的事？同学多年没见，多坐一会儿吧。”于成久慌忙解释道：“小女参加星光大道月赛，我得回房间打开电视看一看。”老魏疑惑地走到墙角，打开厅堂里的电视，一个女孩正又扭又唱。于成久兴奋地说：“这就是我的女儿山杏儿。”在场同学的目光全被吸引过来，大家为山杏儿这个纯朴清新的女孩的精彩表演鼓掌喝彩，直陪着山杏儿连闯三关，夺得月赛冠军。大家一起欢呼，对于成久的女儿赞不绝口。李青问：“于成久，你儿子体育练得咋样？”于成久说：“还可以吧，亚运会上夺得了一枚银牌。”李青问道：“于山魂是你的儿子？”于成久不动声色地点点头。大家都说：“哎哟，于成久，你这个乡巴佬真是太了不得了。”面对同学们的惊呼，于成久面不改色，可内心十分得意，乡巴佬自有乡巴佬的成功之道。

最后一次投票

薛旺躺在病床上，身体虚弱得连手指头都懒得动弹一下，输液瓶里的白色药液迟缓地往下滴着，他清醒地意识到，自己的生命即将走到尽头。唉！人总有一死，这是谁都无法改变的宿命，顺其自然吧。自己这一生风风火火地干过，好事做得多，错误也犯过，但自认为干啥事都没离开过党的原则，对得起自己的良心，就是死也死得心安。

眼睛是最不安分的东西，虽然薛旺的身体动也没动，但飘忽的目光还是让他看到了一件不想看到的东西——大柜座钟顶上放着一个信封袋，里面装着一千元钱，那是前天郝喜全送来的。

郝喜全来看他，提了一兜子水果，说了一顿客套安慰的话，见他衰败不堪的样子，就匆匆走了，临走时，给他留下这个信封。老伴儿随后打开信封，发现里面装着一千元钱，颇为吃惊，说："咋能收人家这样重的礼呢？"儿子山虎不以为然地说："郝喜全出去这几年发了大财啦，村里几乎每个党员都送了一千元见面礼，又不是特意给咱的。"薛旺的心头一震，这个小滑头，这哪是给党员送见面礼，分明是想竞争村支书的位置，给党员们发的买票钱，把不良商人的手段用来搞村支书竞选，郝喜全你也真敢作敢为。

郝喜全也是薛旺发展的党员，他曾对这个头脑灵活的年轻人寄予厚望，本想当作接班人来培养，谁知人家看到外面的世界更精彩，就进城当包工头了。跟郝喜全打工走的人称他为笑面虎，大家都没挣到什么钱，就他一个人发财了。几年工夫，郝喜全的公司办起来了，小汽车坐上啦，跟村里的人也彻底疏远啦。要不是村里发现了脉金矿，郝喜全会想起西营村吗?他会来竞争这个村支书的位置吗?他是醉翁之意不在酒。不行！只要我活着一天，就不能让这种自私自利、心术不正的人在村里掌权。

座钟的自鸣钟响了起来，十点正时报点。薛旺张口对老伴和儿子说："上午选举村支部书记，送我到村委会去开会。"老伴儿子都慌了，忙说："你病成这个样子，还要去开会，开了一辈子的会还没开够？"儿子说："地球离开谁都会一样地转，你为村里操心了几十年，还没操够?"薛旺说："我是眼睛里揉不进沙子，我在支部书记任上干了大半辈子，临走让不放心的人接手，我是死不瞑目，送我到村委会！"语气是不容置辩的坚决。家里人已经习惯了按照薛旺的话办事，老伴儿、儿子知道他犟牛脾气。老伴儿心一硬，对儿子说："山虎，背你老子到村委会开会去！死在马背上的将军才是好将军！"

老伴儿推开行政村会议室的门，山虎把老爸背了进来。会议室里的人都站了起来，嘴里不约而同地喊出声："老支书。"只有主持会议的乡党委副书记田彩和郝喜全惊讶地合不拢嘴。老支书来，想干啥?

老伴赶快把毯子铺在长条椅子上，大伙七手八脚地扶薛旺躺下。薛旺平息了一会，脸上露出一丝歉然的笑意，对围在身边的人说："恐怕这是我这个老党员最后一次参加支部会议了，给大家添麻烦啦。"田副书记赶紧接过话茬，说："薛支书，你放心好了，支部会上一定会选出党员满意、组织放心的支书，来接你的班。这次组织提名郝喜全为村支书候选人，他也是你培养吸收的党员。他这几年下海经商增长了见识，挣了钱回报家乡，准备向村里捐款二十万，用于村里修路等公益事业。郝喜全同志有开拓进取的新思维，有能力，会带领西营村走向富裕的小康路。"薛旺说："党支部就是要带领村民劳动经营致富，让大家都过上好光景。但是，当好一个支部书记，光有钱的意识是不行的，最重要的是有一颗为村民公正办事、为大家谋利益的公心，能带领大家一起走共同致富的路。郝喜全同志多年外出，长期对村里的事不闻不问，连党费都拖欠着，现在村里发现了脉金矿，眼看要进入开发阶段，他忽然回村竞选支部书记，总让党员们感到有点疑虑。他准备为集体投资，为个人送礼金是好事，也给我送了一千元，但想以这种方式取得党员们的信任，却难以走得通，因为共产党内不兴做买卖那一套，这种做法不符合党章的规定。我个人认为郝喜全同志即使对家乡是一片实情好意，也得接受村里人较长时间的考验，才会赢得党员们的信任。我个人这一票现在是不投他的，要投给章明同志。郝喜全送给我的礼金，我也要上交支部处理。”儿子山虎赶紧把装钱的信封递给田副书记。薛旺说完，会议室里一片寂静，仿佛空气也停止了流通。党员们的脸上呈现出严肃认真的神态，大家都在思考。郝喜全万分恼怒，面对这个衰败之体，想说、想骂，却张不开口，潜意识里他怕这个人。薛旺缓口气继续说：“我即将告别这个世界，也许这是我在党内投的最后一票。我有病，身体不允许再待下去，要提前退场啦，预祝支部大会成功。”老伴赶紧扶薛旺起来。薛旺趴在儿子的背上，一家人往外走。

党员们纷纷送薛旺出门，背后传来一波又一波保重、放心之类的安慰话。薛旺一下子觉得身心轻松了许多，全行政村共有五十八名党员，其中四十五名是他当支书任上培养发展的，他对西营村的党员、党支部很有信心。

买 座

梁英跟着徐亮挤上了火车的车厢门，心里便叫苦不迭，这趟慢车咋会有这么多人，人挤人就像一个个肉粽子贴在一起，汗臭味、烟熏味，说不上名的难闻味直往鼻孔里钻，真想呕吐。徐亮不管不顾地开路，硬往车厢里面挤，挤到中间，总算找到了一处能够站得住的地方。梁英看着满头大汗的徐亮，歉意地一笑，是自己提出中途下车游览藏在深山里的一个古寺，才坐上了这趟人满为患的列车。

徐亮善解人意地对梁英微笑着，他没有说话，两眼就像聚光灯一样扫描着周边座位上的乘客，打着他们的主意。只见他从衣兜里掏出一张百元票钞，手一扬，开口说："哪位朋友有偿让一个座。"梁英的脸腾地红了，这是干什么？徐亮连走了四排座席，终于如愿以偿，与一位农民工打扮的中年人达成交易。他得意地转过头喊梁英过来。梁英看着周围乘客惊奇、鄙视、愤怒等各种复杂的眼神聚焦过来，慌忙摆一摆手，把头扭向了一边。徐亮又喊了梁英两声，见梁英头也不回，就生气地挤了过来，说："你愿意被人挤来挤去？好不容易遇到了一位肯换座位的人。"梁英悄声地说："我坐在那里羞！"徐亮理直气壮地说："羞什么？那是用钱换来的，不是骗来抢来的。"梁英说："你有钱，你是大爷，您享受去吧！"梁英与后面的人调了一下位置，与徐亮拉开了距离，看也不看徐亮一眼。徐亮知道梁英的脾气，多说无益，两人就那样站在走道上各自生着闷气。

好在三个小时的路程一会儿就到了，两人前后走出了车站。徐亮紧走两步赶上了梁英，开口说："你这个人真是观念陈旧，那人需要钱，我们需要座位，通过钱使我们达成公平交易，这有啥不好。"梁英说："钱好，钱能带来公平，钱能使鬼推磨？"徐亮说："我不假清高。我认为，在市场经济的社会里，钱能衡量体现一切东西的价值，钱就是公平的使者，通过钱才能体现公平交换。"梁英说："收起你那套金钱万能的歪理吧，你是用金钱挑战社会道德，用金钱来破坏社会良俗秩序。你见过谁在火车上买座位？你是在赤裸裸地展示金钱的丑恶。"徐亮说："改革开放年代，只要不违法就是合理的。你不是在峨眉山登顶过程中也坐过滑竿嘛，你给轿夫挣钱的机会，自己身体得到了休息，这不是两全其美的好事吗？与有偿换座位还不是一样的性质？"梁英说："你是知道的，我那是扭伤了脚才坐了滑竿。是的，乘坐滑竿的人多了，轿夫的生意也就火了，但一个有良知的人一定要有恻隐之心，自己年纪轻轻的，让别人汗流浃背地抬着走，于心何忍。挣钱要有道，花钱也要有度才行。"梁英气急败坏地反驳徐亮。徐亮不以为然地说："小题大做，神经过敏。"梁英说："哼！抱有金钱至上、金钱万能的观念，总想用金钱突破社会的良俗底线、做人处事的原则，使自己高人一等，终究会堕落下去的。今天在火车上买座位，明天花钱享受跪式服务、天体餐饮，后天就会毫无心理障碍地花钱买春，搞权钱交易勾当。钱是好东西，钱多了无顾忌地挥霍，带来的往往是罪恶。"梁英劈头盖脸地一顿骂，让徐亮哑口无言。

两人默默走到十字路口。梁英停了下来，说："到了十字路口了，我们分手吧，志同才能道合。"徐亮说："刚才我俩辩论，你论据有力，但结论未必正确，因为你弄错了前提。我并非像你认为的是一个金钱至上者。我拿钱买座，并非为了自己，而是为了让你坐。你不愿意坐，我也放弃了座位，陪你站了一路。这说明我是把爱情视为第一位的。"梁英一愣，好半天才泛起一句话，说："你是想说你是'金钱诚宝贵，爱情价更高'的吧？可惜你还是没有'若为自由故，二者皆可抛'的境界。"徐亮说："我们都是凡人，过着平凡的生活，不要把自己当作英雄来要求，更不要用这样的标准来要求恋人，那是很累人的，没几个人愿意陪你一起走路。我俩有缘相伴走过一段路，你总好往左偏，我习惯靠右边走，走在路上，你拉我，我牵你，左右校正，那不是就走到正路上了吗？”

梁英想一想，徐亮说得也有几分道理，他这个人身上大的毛病还没发现，平时挺会讨人喜欢的，继续深入相处了解一下也好。徐亮接过梁英手上的提包，两人过了红绿灯路口，一起往前走。

生财有道

乡下的大舅又上门来了，他坐在沙发上，一支接一支地抽烟，咕嘟咕嘟地喝水。母亲坐在旁边，很有耐心地听大舅哭穷诉苦。大舅说：“老天爷连续五六十天没下雨啦，庄稼都快旱死了。封山禁牧，羊也不能养活了。全家人的日用生活就靠几只鸡屁股银行来维持，鸡也没有多余的粮吃，只能到地里挖甜苣喂。哎，甜苣是养穷人的东西，天越旱，它越兴旺。”母亲说：“晓华的单位搞福利，分回两袋米，你回的时候带走一袋吧。”

晓华看着大舅满脸沧桑的苦瓜脸，又是可怜，又是鄙视。晓华从小就记得，大舅几乎年年上门请求帮助，次次都满载而归，真是稀泥摸不上墙。她忍不住地开口讽刺大舅一句：“哟！大舅的鸡可真金贵，吃的是甜苣，一小盘甜苣在城里饭店卖到十五元。”母亲没好气地训斥晓华：“就你能！你帮你大舅买卖甜苣？”晓华的犟劲上来了，说：“遍地是黄金，就看你会不会取，卖甜苣当然也是一条生财之道。”母亲思忖一下，对大舅说：“如今，城里人越来越喜欢粗粮苦菜，城郊的农民有挖甜苣苦菜来卖的，一小袋卖一块钱。”大舅说：“咱们那里离城三十多公里，把甜苣运来早蔫了，谁买。”

晓华大专毕业后，在县政府的招待所做卖饭工作，她头脑灵活，见多识广，思谋一阵，对大舅说：“大舅，我妈让我帮你卖甜苣，那我就真的帮你卖啦。你挖多少，我卖多少，利润咱俩对半分，你看行不？”大舅知道晓华精明，有能耐，赶紧回答：“大舅全听晓华的。”

晓华向单位请了两天假，第二天与大舅一起坐小班车回到了五福堂村，车顶上还拉来一台冰箱，她准备卖加工出来的甜苣。

大舅发动全家人到地里挖甜苣，万亩滩里庄稼没捉住全苗，甜苣倒长得分外旺，垄背垄眼满地是，挤压着禾苗的生长。大舅他们拔了不到一小时，就满筐满袋地扛到大井旁来洗甜苣。晓华要求他们必须捡干净、洗干净甜苣，不能带进一片枯叶，一粒沙土，这是成功的关键。城里人刁钻精明，吃出不干净的东西，要让你赔款，能让你的买卖赔垮，家业赔穷。大舅他们晓得了其中的厉害，捡甜苣、洗甜苣不敢有丝毫的大意。

加工甜苣很简单，烧开水把甜苣在锅里过一下就成了，然后捞出来放入冷水中，再用手团成菜蛋蛋，六个菜蛋蛋装一食品袋，食品袋里放入标签，上面写着：五福堂天然甜苣，义丰食品公司生产，联系电话：4903258。然后把甜苣放入冰箱里冻着。第二天一早，晓华把冻好的甜苣食品袋装进一个干净的编织袋里，坐村里进城的小班车带回来。在车上，顺便与司机大明说好，以后每捎一袋甜苣，给两元运费，大明岂有不答应之理。

晓华回到家，把一半甜苣放入自家冰箱里，然后骑车拖上剩余的半袋往大饭店、超市里送，说好是代卖，每个菜蛋蛋卖五元钱，商家回扣五角钱。这几年，饭店的饮食讲究乡土特色，甜苣苦菜也成了特色菜，颇受欢迎。可是甜苣只是农民随意进城来卖，没有一个稳定的供货渠道。捡甜苣苦菜又麻烦费工，晓华送来的菜蛋蛋可谓是雪中送炭，大受饭店的欢迎，晓华很快打开了局面。晓华的母亲已经坐休在家，整天忙着接要货电话，接了电话就骑上轻骑送甜苣菜蛋蛋，忙得不可开交，一天能赚二百多元钱。她是越忙越高兴，能为哥哥找到一条致富路，再苦再累也愿意。更何况自家还分一半利润。她对晓华说：“是不是我们多给你大舅点，他们比咱们辛苦。”晓华不同意，说做买卖就是亲父子也要明算账，生意要按做生意的规则办，亲戚间帮助那是另一回事，不能混淆。

晓华的母亲很快就认识到晓华的铁面无情。有一次，菜里吃出了沙子，晓华打电话把大舅喊来，好一通批评埋怨，话说得很难听。大舅解释说："收村里人卖来的甜苣，没有把好关。"甜苣市场打开后，大舅家的人手忙不过来，晓华就让大舅按每斤五角钱的价格收村里人的甜苣，村里的老汉、孩童挖半天甜苣，能挣二三十元钱，都高兴得不得了。卖得多啦，难免有人鱼目混珠，没有捡净菜里的杂质。晓华说："农民就是素质低，刚找到一点挣钱的门路，就要自砸锅，活该受穷。"晓华的母亲脸上吃不住劲，责备晓华，说："越大越不懂事，能这样对你大舅说话？"晓华说："丑话是好话，要想做甜苣生意，就得把好质量关，一点差错也不能出。嫌麻烦不自在，干脆不做算啦。大舅，您走时我再给您带两袋面。"大舅赶紧接话："都是大舅的错，大舅保证以后绝不会再出现这种事。"这老汉吃到了甜头，心劲蛮高，还指望靠卖甜苣发家致富呢，只要每天都能挣到现票票，才不在乎晓华没大没小的没礼貌。晓华笑了，说："要想生意做得长久，关键在于树立市场品牌。眼看我们卖甜苣的生意越做越火，引起社会上不少人的眼红，有人也想卖甜苣。乡村地里到处都有甜苣，谁不能挖甜苣？这又没有多少技术含量。要想在竞争中取胜，质量品牌是第一位的，我们就是要做到：在市场上五块钱卖一个菜团，顾客抢着买。别人卖一块钱一个，也没人去买，食品这种东西，顾客花钱买放心。"大舅和母亲满心眼地佩服晓华。

市场认可了"五福堂甜苣"，晓华的甜苣生意越做越大。第二年，大舅的十五亩滩地干脆就没种庄稼，任由甜苣疯长，割了一茬又一茬，远比种庄稼收益多。大舅感叹地对晓华的母亲说："妹子，哥种了一辈子的地，受穷了一辈子，没想到甜苣苦菜倒成了致富门路，还是年轻人厉害呀！"

名人辈出

张敏陷在宽大的老板椅上摇头晃脑地左右摆动，看着手上拿的一纸公函，情不自禁地笑出了声。五台山上的法师算卦就是灵，说张敏年过四十交好运，果不其然。年初，单位的领导一班人出了车祸，张敏这个办公室主任一步登天成为公司的一把手。接着，张敏在市晚报上又发表了两篇散文和一篇小说，真是官运亨通带动文采飞扬，一通百通，这不，《中华文学艺术名人大辞典》又寄来入选通知书，张敏就要成为文化名人啦，这是多么令人得意的事。虽然入选通知上说，入选人要认购三套辞典，每套价格高达八百元。但这点小钱算什么，公司要定十套，有关领导都要送，张敏要让他们知道自己已经成为全国文学艺术界的名流。

好事接二连三，《中华文学艺术名人大辞典》的汪主编来电话，说想带人来采风，问张敏能不能接待。张敏说采风名头不够响亮，要开成文学界的盛会，他主管的这个国营大公司拿出十万或者八万赞助费那是小菜一碟。汪主编那是明白透顶的人，会议名称最后商定为：华北五省文学联谊会暨张敏作品研讨会。

张敏当了经理，有了经济实力，就把多年压在箱底的文稿捣鼓出来，出了一本文集，虽然用了六万元公款，但这不能叫作以权谋私，文学那是人类的精神食粮，是造福社会的公益事业，公家的钱投资文化事业天经地义。更何况，张敏觉得自己这个经理有了儒商的品位，更能提高企业的社会形象。书刚出版，就有北京的人来开作品研讨会，这是多么光彩的事呀。

研讨会开得隆重而热烈，在政界、文学界掀起轩然大波，张市长也来捧场。文艺搭台、经济唱戏是外地招商引资的成功经验，张市长也要学一回。在第二天的会上，张市长把市里的那些经理老板拉来参加会议，这下可热闹啦，老板能吹，文人会侃，老板们有钱，文人有才，双方一拍即合，当场有五对达成书写报告文学或人物传记的意向。张市长趁势引导，决定出一本反映市里经济界人士的报告文学集，委托张敏为主编。张敏俨然成为市里文学界的领军人物。这就叫：运去黄金褪色，时来铁也生光。时势造英雄，张敏一下子成了市里当之无愧的社会名流。

特殊求诊者

最后一名患者走后，诊室一下子静了下来，张青莲大夫颇有几分不适应。平时，候诊患者排得满满的，只有暴雨如注的今天是个例外。张大夫站起身来，展了展腰，活动了一下脖颈。电铃响了一声，张大夫知道又有患者前来就诊，只好回到座位上。护士推开门放进一位中年汉子。这人衣着朴素，穿着泛白的劳动布裤，半新黑色衬衫，强壮的身体，黑红的面孔，头发乌黑，印堂发亮，双眼放光，哪有一丝病态，倒像一位从农田里走来的农工。

张大夫接过病人递过来的病例本，打开一看，没有就诊记录。就例行地询问对方的名字、年龄，记在就诊本上。病人叫李强，张大夫问："哪儿不舒服？"李强说："近来身体有点不自在，也说不上具体哪不舒服，早就听说张大夫脉道好，特意挂您的号，请您瞧瞧，防患于未然嘛。"

张大夫最厌烦这种病人，患者对医生起码要有一种信任的态度，才能配合医生诊断治疗。这种人倒好，他是先来考察医生一番。张大夫是有修养的人，不与患者计较。她让李强把右手放到药枕上，然后伸出中指和食指，放到李强的手腕上，眼睛微闭，开始诊脉。李强两眼盯着张大夫把脉的手，看得专注、忘情。张大夫感觉到这位病人的失态，心里有点不舒服，就收回了手。

李强毫不掩饰地说："张大夫，您的手真好看，不做手模真是太可惜了。"

是的，张大夫的手是好看，手掌圆润，手指纤细修长，肤色呈象牙白，就像一件精致的艺术品，真有星探找上门了，让张大夫拍手模广告。星探把张大夫的手吹嘘得多么好，张大夫都不反感，人家是职业行为。而李强是一个前来就诊的病人，随意夸奖女医生的手，这是不礼貌的行为。张大夫板起面孔，冷冷地说："先生，您这样说，是对我职业的不尊重，难道做手模要比中医师高一等？"

李强赶紧赔礼道歉，说："哪里，哪里，张大夫，您误会了，中医是国粹，像您这样成就卓然的女中医师更是凤毛麟角，我只是感叹造物主的偏心，把世上美好的东西都集中在您一个人身上了。"这人也算聪明，会就坡下驴，奉承话说得很得体。

女人都有虚荣心，张大夫不好意思再计较，就说："您脉搏跳动有力，节律齐整，一分钟八十次，很正常，从脉象看，您没有什么大的毛病。"

李强连连点头，说："那就好，没病比啥都好。张大夫的脉道我信得过。"

张大夫说："话不能这样说，中医采用四诊疗法，望、闻、问、切，诊脉只是其中的一个手段，中医要综合患者的多种症状做出诊断，体现一个整体观。你伸出舌头让我看一下。"李强伸出像宠犬样的舌头，红润、灵活。张大夫笑一笑说："没有舌苔，没有异味，脸上印堂明亮，嘴唇红润，消化系统也没有毛病，放心吧。"难得没有其他病人等候，张大夫就多问了一句："你每年体检吗？"

李强说："各项指标都正常，就是有点轻度脂肪肝，喝酒喝的，少喝几次就正常了。中医也看重西医的化验指标吗？"

张大夫说："当然看了，中医本身是一个开放的系统，几千年来，中医不断吐故纳新，吸收时代科技进步的精华，所以中医才能长盛不衰。现代科学仪器诊断出来的各项指标，西医、中医一样作为诊断的参考。不过中医有自身整体合一、辨证施治的诊疗原则，因此，也就有了独立存在的价值。"

李强大为佩服，说："怪不得张大夫声名远扬，连草原上的牧民都远道而来找您求诊，原来您是学贯中西。"

张大夫说："不敢这样说，虚名而已。哦，您来自草原？"

李强说："其实我俩也算同行，我是从事生态学研究的，在内蒙古从事药用植物研究。帮助牧民种出的苁蓉、甘草等药材，就是通过中医师的手变成治病的药物。”

张大夫说：“你真能扯，不过种药材的人与使用药材的人也可以说是同行，都与药材打交道嘛。科学技术也是双刃剑，现今，化肥、农药对中药材的影响太大了，有些中药材的农药残留大，让我们医生谈虎色变，不敢放心使用了。”

李强说：“我们可以为你们医院建立中药材绿色生产基地。”

张大夫说：“谢谢。我只是一个普通的医生，管不了医院进药材的事，请您去找我们院长谈吧。先生，您可以走了。”

李强急了，赶紧说：“张大夫，我真有病，是心病。近来，我夜里常常睡不着，胡思乱想。”

张大夫说：“现代生活的节奏快，人很容易焦虑，那我给你开几盒朱砂洋参丸吧？丸药服用方便。”

李强说：“见一见您就好多了，我是草原人，这次特意来拜访张大夫。”

其实，张大夫早已猜出几分此人的身份。张大夫在网上，与一个自称草原人的男士已经聊了很长时间，原来说好今天中午见个面，因为下暴雨的原因，张大夫取消了见面的计划，谁知此人找上门来了。张大夫有几分恼火，说：“先生，我是一个公私分明的人，在我出诊工作期间，你不征求我的同意，上门来谈私事，这样做不妥当吧？”

李强说：“我八点前就来到了医院，一直等到您看完所有的病人，见没有其他人等待就诊，才挂号进了您的诊室，并没有影响到其他患者的就诊，也没有影响您的工作呀。”

张大夫对李强巳经有所了解，此人从事生态研究，知识渊博，视野宽广，能说会道，很有文采，网上聊得很投机，所以才答应了他见面的请求。张大夫见过了李强本人，印象尚好，于是浅笑一下，说：“你这个人是有点坏。”

李强调皮地说：“男人不坏，女人不爱。大丈夫理应相机行事，墨守成规没出息。我是路过北京，晚上要坐飞机到西藏出差，只有中午有时间，我在外面等您下班好了。”说完，就摆手告退了。

护士随即进来，收拾诊室，准备下班。张大夫坐着没动，是否与李强一起吃饭，她还拿不定主意。